일러두기

1. 번역에 쓰인 원전은 2013년 중국 장강문예출판사에서 출간한 '이월하 문집' 제1판을 사용했다.
2. 맞춤법과 띄어쓰기는 한글맞춤법과 외래어표기법에 따랐다.
3. 한자는 우리말로 표기하고, 꼭 필요한 경우에만 괄호 속에 원음을 병기해 이해하기 쉽도록 했다.
   예 : 다이곤多爾滾(도르곤)
4. 인명과 지명은 우리말로 표기했다. 단, 이미 굳어진 표현은 원지음을 존중했다.
   예 : 나찰국羅刹國(러시아). 이후에는 '러시아'로 표기
5. 본문 중의 괄호 안에 뜻을 풀이한 것은 모두 옮긴이의 설명이다.

雍正皇帝

【제왕삼부곡 제2작】

옹정황제 11

시진핑 주석이 반부패개혁의 모델로 삼은 황제

얼웨허 역사소설

홍순도 옮김

더봄

옹정황제 11권

개정판 1판 1쇄 인쇄 2015년 11월 10일
개정판 1판 1쇄 발행 2015년 11월 13일

지은이 얼웨허(二月河)
옮긴이 홍순도
펴낸이 김덕문

펴낸곳 더봄
등록번호 제2015-000072호
주소 서울특별시 중구 을지로 12길 28, 207호(저동2가, 저동빌딩)
대표전화 02-2264-0148 **팩스** 02-2264-0149
전자우편 thebom21@naver.com
블로그 blog.naver.com/thebom21

ISBN 979-11-86589-37-3 04820
ISBN 979-11-86589-26-7 04820(전12권)

책값은 뒤표지에 있습니다.

도인道人의 옷을 입은 옹정제

옹정제는 강희제와는 달리 유학만을 신봉하지 않고 다양성을 추구했다. 제위에 오른 뒤에는 황자 시절에 살던 잠저를 반은 행궁으로, 반은 라마교 사원으로 중수하였는데, 오늘날의 옹화궁이다. 원명거사圓明居士로 자칭한 것은 널리 알려져 있다. 도교에도 호의적이었다. 〈옹정비행악도〉雍正妃行樂圖에는 옹정이 도인 복장으로 누군가와 대적하는 듯한 자세를 취하고 마음속으로 한창 주문을 외우고 있는 모습도 있다. 뿐만 아니라 티베트 승려, 은둔 사대부, 사냥꾼 복장의 만주족 등 다양한 모습으로 등장한다. 이는 만주족과 한족, 몽고족, 티베트인 등을 아울러 하나로 결속하기 위한 통합의 노력으로 보인다.

공친왕恭親王 홍주弘晝

1712~1770. 옹정제는 2명의 황후와 2명의 황귀비, 4명의 비를 두었으며, 슬하에 10남 4녀를 두었다. 하지만 청나라 황실 대동보에 오른 아들은 셋째 홍시와 넷째 홍력(건륭제), 다섯째 홍주뿐이다. 적황후인 효경헌황후孝敬憲皇后 오라나랍烏喇那拉씨는 아들 하나를 두었으나 요절했다. 그래서 홍시가 실질적인 맏이가 됐으나 생모인 제비齊妃 이李씨는 출신이 미약했다. 게다가 홍시는 옹정의 심기를 불편하게 하여 쫓겨나 강희제의 여덟째 황자였던 윤사의 족보에 올려진 뒤 24세에 사망하고 만다. 그후 홍주는 건륭제가 되는 홍력의 총애를 받아 부귀영화를 누렸으나, 아편중독으로 사망한 것으로 전해진다.

유통훈劉統勛

1698~1773. 자字는 연청延淸이고, 호는 이둔爾鈍이다. 산동성 제성諸城(현재의 고밀高密) 사람이다. 옹정 2년(1724)에 벼슬길에 나아가 건륭제 시절까지 형부상서, 공부상서, 이부상서, 내각대학사, 한림원 장원학사, 군기처 대신 등 요직을 두루 섭렵했다. 청렴과 정직, 직간으로 유명세를 떨쳤으며, 이치와 군사, 하무 등 다방면에 많은 업적을 남겼다. 건륭제 38년(1773), 조회에 참석하던 도중 갑작스럽게 사망하자 건륭제는 고굉지신을 잃었다며 슬퍼하고 태부太傅로 예우했다. 시호는 문정文正이다.

雍正皇帝

3부 한수동서恨水東逝

27장

결초보은結草報恩

홍력 일행은 하루 종일 거친 바다에서 수적水賊들과 생사를 건 용쟁호투를 벌였다. 그로 인해 배가 뭍에 다다랐을 때는 저녁 무렵이 다 된 시각이었다. 누구나 할 것 없이 녹초가 된 상태였다. 모두들 배도 고프고 남은 힘도 없었다. 그래도 일행은 간단한 물건들을 챙겨 들고 언덕에 올라섰다. 지세가 움푹하게 파인 땅 저편에 커다란 마을이 보였다.

일행은 앞으로 계속 나아갔다. 움푹하게 파인 곳에서는 벼가 많이 자라고 있었다. 아마 커다란 웅덩이가 교통 흐름에 방해가 돼 이곳에 나루터를 만들지 않은 것 같았다. 어둠의 장막이 드리우기 시작한 무렵이라 멀리 보이는 마을은 우중충하고 무거운 분위기를 풍겼다. 마을에는 한 줄기 하얀 연기가 곧게 솟아오르는 곳도 있었으나 먹장구름처럼 뭉게뭉게 검은 연기가 뿜어져 나오는 집들이 더 많았다. 주변에는 하루 종일 밖에서 지친 몸을 쉬려는 듯 집을 향해 날갯짓을 재촉하는 이름 모를 새들도 보였다.

큰길에서는 말발굽 소리가 한가롭게 들려왔다. 일을 마친 농부들이 집으로 돌아가면서 도란도란 나누는 이야기 소리가 정겨웠다. 가끔 하늘이 떠나갈 듯한 호쾌한 웃음소리 역시 들렸다. 골목에서는 동네 아이들의 천진난만한 웃음소리도 퍼져 나가고는 했다. 한가로운 풍경이었다.

생사의 갈림길에서 겨우 살아남은 홍력 일행은 사람 사는 냄새가 풍기는 이 마을이 그렇게 반가울 수가 없었다. 하나같이 얼굴 가득 함께 어우러져 사는 삶이 얼마나 소중한지를 잘 안다는 표정을 풍기고 있었다. 일행은 형언할 수 없는 감격에 사로잡혀 묵묵히 걸음을 재촉했다. 홍력이 그제야 안도한 듯 긴 한숨을 토해냈다.

"나는 지금 격세지감마저 느껴지네. 오늘 저녁에는 여기에서 묵어 가세. 갈 길이 그리 급한 것도 아니니 피곤이 풀릴 때까지 며칠 푹 쉬어가도 좋고. 진봉오, 자네 점괘 한번 더 보지 그래?"

진봉오가 뒤통수를 긁적이면서 히죽 웃었다.

"쑥스럽습니다, 마마! '역'易에서는 하루 사이에 두 번이나 위험한 일에 휘말리는 경우는 극히 드뭅니다. 우리가 그렇게 운이 나쁜 것 같지는 않습니다. 송괘訟卦에서는 '대인을 만나면 이롭고, 큰 강을 건너면 이롭지 않다'고 했습니다. 한 번 큰 난리를 겪었으니 뒷부분 괘는 맞았다고 볼 수 있습니다. 마마께서는 북경으로 돌아가신 뒤 폐하를 알현하실 테고 저는 운 좋게 마마의 용서를 받지 않았습니까? 이는 송괘 앞부분의 '대인을 만나면 이롭다'에 해당된다고 볼 수 있지 않겠습니까?"

위험에서 벗어났으니 무슨 말을 해도 즐겁기만 했다. 사람들은 웃고 떠들면서 논과 밭을 지나 큰길로 들어섰다. 그리고는 조금 더 걸어서 중심가로 접어들었다.

시골장이 막 파한 듯 가축 거래를 했던 자리에는 동물의 분비물들이 채 굳지 않은 그대로 널려 있었다. 길가의 가게들은 이미 등불을 내다 걸은 뒤였다. 그래서인지 거리는 한산한 느낌이 들지 않았다. 칼국수, 물만두, 양고기구이 냄새도 그랬지만 특히 우육탕牛肉湯을 파는 가게들에서 풍겨 나오는 구수한 냄새는 하루 종일 쫄쫄 굶은 홍력 일행에게는 거의 고문이나 다름없었다.

그들의 초라한 행색은 어중이떠중이 무리로 보이기에 딱 좋았다. 그러나 아무도 그들에게 신경을 쓰지는 않았다. 일행은 지친 다리를 끌면서 마을 서북쪽에 있는 왕기객잔王記客棧에 짐을 풀었다. 전국 여러 곳에 분점을 둔 꽤 유명한 곳이었다. 일행은 드디어 밥도 먹고 잠도 잘 수 있다는 안도감에 시름을 푹 놓을 수 있게 됐다.

홍력 일행은 색가진索家鎭이라는 마을에서 내리 사흘 동안 푹 쉬었다. 그러자 모두들 몸과 마음이 어느 정도 원기를 회복할 수 있었다. 나흘째 되던 날 이른 아침 그들은 노새와 타교馱轎를 타고 길을 떠났다. 홍력은 특별히 빌린 말을 탔다. 옷차림은 예전처럼 행상 차림이었다. 일행은 황릉黃陵, 유광留光, 우시둔牛市屯을 거쳐 동북쪽으로 향했다.

홍력은 유광을 지날 때 문득 하남성의 죽 배식소에서 만났던 왕씨 일가가 뇌리에 떠올랐다. 그때 당시 그들은 황대黃臺라는 곳이 고향이라고 했다.

홍력은 길 가는 행인들에게 슬며시 탐문을 했다. 아쉽게도 황대라는 마을은 강희 56년에 큰 물난리를 겪고 난 뒤 전체가 없어지고 말았다고 했다. 그는 왕씨 일가가 어떻게 사는지 보고 싶었으나 그 소리를 듣고 못내 아쉬움을 삼켜야 했다.

홍력은 또 길에서 만난 사람들에게 전문경에 대한 평판에 대해서도 알아봤다. 역시 저마다 평가가 달랐다. 청렴한 관리라면서 엄지를 내두르는 사람이 있는가 하면 가혹하고 난폭하다고 고개를 절레절레 젓는 사람들도 있었다. 몇 사람을 더 붙잡고 물어봐도 다 똑같은 대답이었다. 나중에는 더 묻고 싶은 마음마저 없어지고 말았다.

이미 5월에 접어든 터라 날씨는 무척 더웠다. 심지어 점심때가 되면 불가마 같은 태양이 쨍쨍 내리쬐면서 숨을 턱턱 막히게 했다. 들리는 말에 의하면 하남성 북쪽 지방에는 열흘 넘게 비 한 방울 내리지 않았다고 했다. 그래서인지 땅에서는 발을 내딛기가 무서울 정도로 먼지가 풀썩풀썩 일었다. 홍력은 앞서 산동성 수해 복구 현장에 순찰을 나갔다가 더위를 먹고 쓰러진 적이 있었을 정도로 유난히 더위에 약했다. 할 수 없이 타교馱轎 안으로 들어가지 않으면 안 됐다.

그런데 가마 안은 갑갑해서 숨이 막힐 지경이었다. 말 잔등에 올라앉아도 마찬가지였다. 땡볕 때문에 눈이 아팠다. 홍력은 오시午時 무렵이 되자 그늘을 찾아 좀 쉬다가 미시未時가 지난 다음 움직이도록 명령을 내렸다. 진봉오는 박학다식하고 성격이 낙천적인 사람답게 길을 가는 내내 끊임없이 우스운 얘기를 했다. 덕분에 일행은 여행길의 노곤함을 잠시나마 잊을 수 있었다.

일행은 곧 진호鎭虎라는 자그마한 마을에 도착했다. 막 신시申時 중반에 접어든 시각이었다. 유통훈은 아침에 출발해 걸음을 재촉하면 저녁에는 활현滑縣에 도착할 수 있을 것이라고 말했다. 거기에서 관부에 알리면 관아 친병들의 호위를 받으며 직예성 보정까지 안전하게 도착할 수 있다고도 했다. 황하에서의 악몽이 재연될까 무척이나 두려웠던 모양이었다. 그도 그럴 것이 만에 하나 사고라도 생기면 보친왕의 안전을 책임진 신하는 무사할 수 없을 테니까.

가는 날이 장날이라고, 그날따라 더위는 더욱 기승을 부리는 것 같았다. 태양은 점심때가 되기도 전에 시뻘건 혀를 날름대면서 중천에 떠올라 사람들을 힘들게 만들었다. 길옆의 옥수수와 붉은 수수는 뜨거운 열기에 지쳐 후줄근하게 늘어져 있었다. 또 멀리 바라보이는 마을의 집들과 나무들 모두 생기라고는 보이지 않았다. 심지어 채소 이파리는 돌돌 위로 말려 올라간 모습을 하고 있었다. 매미들 역시 더위를 먹고 어디론가 자취를 감춰버린 듯 길가는 적막함마저 감돌았다.

"그 정신 사납던 매미소리도 이럴 때는 그립구나!"

홍력은 작열하는 태양 아래에서도 옷차림을 단정히 하고 있었다. 전혀 흐트러짐이 없었다. 그가 말 위에서 연신 땀을 훔치면서 노새를 타고 옆에서 따라오고 있는 유통훈에게 말했다.

"앞으로 사십 리를 가는 동안 마을이나 마땅히 쉬어갈 곳이 없다고 하네. 누구 하나 더위 먹고 쓰러져도 도움을 받을 수조차 없을 것이네. 우리도 힘들지만 인부들과 노새와 말이 버티기 힘들 것 같네. 가려면 자네 혼자서 가게. 나는 하늘이 두 쪽이 난다고 해도 여기서 쉬어가야겠네."

유통훈은 홍력의 투정이 끝나기 무섭게 청사장青紗帳(여름과 가을의 옥수수, 수수밭을 일컬음)으로 둘러싸인 사방을 살펴봤다. 그리고는 조심스레 웃으면서 말했다.

"저도 참기 힘든 것은 마찬가지입니다. 길을 재촉했던 것은 다 마마를 위해서였습니다. 그러면 저 앞마을에 들러 물도 마시고 시원한 그늘에서 밥도 먹고 쉬면서 상의해 보는 것이 어떻겠습니까?"

진봉오가 길옆의 사탕수수 밭을 발견하고 뛰어 들어갔다. 이어 잽싸게 대여섯 가지를 뚝뚝 꺾어오더니 물기가 많은 부분을 홍력과 유통훈에게 건네주었다. 이어 몇 개 남은 수숫대는 타교에 앉은 온씨 모녀에게 가져다주는 것도 잊지 않았다. 그가 입으로 수숫대 껍질을 조심스럽게 벗기면서 말했다.

"날씨도 더운데 제가 썰렁한 우스갯소리나 하나 들려드리죠. 북쪽에 사는 사람과 남쪽에 사는 사람이 중간 지점에서 만났다고 합니다. 북쪽 동네 사람은 그곳이 얼마나 추운 동네인지 설명하면서 이렇게 허풍을 떨었다고 합니다. '우리 동네는 엄청 추워요. 문고리에 손을 대면 손이 그대로 얼어붙어요. 바위에 걸터앉으면 엉덩이가 들러붙어 일어나지를 못하죠. 소피를 볼 때는 항상 막대기를 들고 있어야 해요. 오줌이 처마 밑의 고드름처럼 얼어붙으니 막대기로 쳐서 떨어뜨려야 하니까요' 그러자 남쪽 동네 사람도 허풍을 떨더랍니다. '우리 동네는 얼마나 더운지 아십니까? 돼지 한 마리 팔아 요긴하게 쓰려고 시내로 몰고 나가는 길에 고기 익는 냄새가 나서 봤더니 이놈이 글쎄 통구이가 돼 있지 않겠어요? 그뿐인 줄 아십니까? 옥수수자루를 메고 가다가 뻥! 하는 소리에 놀라 자빠진 적도 있어요. 옥수수 알이 익어서 뻥튀기가 됐더랍니다'……."

홍력이 껄껄 웃음을 터트렸다. 타교 안에 있던 사람들도 다 들은 듯 영영이 창문으로 고개를 내밀어 홍력 등을 바라보면서 큰소리로 웃었다.

일행 모두는 한바탕 웃고 나자 그나마 약간 시원해진 느낌을 받았다. 유통훈이 말 위에서 멀리 전방을 가리키면서 말했다.

"저 앞에 있는 잎이 무성한 홰나무가 보이시죠? 저기에서 쉬어가는 것이 어떻겠습니까?"

"그러지!"

홍력도 두 손을 이마에 대고 앞을 바라봤다. 과연 길이 동북, 서북쪽으로 갈라지는 길목에 보기만 해도 스르르 잠이 올 것 같은 커다란 홰나무가 서 있었다. 더위를 식혀가기에는 안성맞춤인 것 같았다.

홍력은 말을 달려 단숨에 홰나무 밑에 도착했다. 이어 데일 듯 뜨거운 말 잔등에서 미끄러지듯 내려 목을 옥죄고 있던 단추를 끌렀다. 그리고는 한손으로 연신 부채질을 하면서 고개를 들어 거대한 나무의 맨 꼭대기 부분을 눈여겨 바라봤다. 그런 다음 바로 뒤따라온 사람들을 향해 웃으면서 말했다.

"이 나무는 수령이 일천육백 년이라네! 자네들, 저 돌비석을 보게. 그렇게 적혀 있지 않나! 그런데 이 근처에는 이 나무 빼고 다른 나무는 그림자도 찾아볼 수 없군. 장사에 조금이라도 눈 뜬 사람이라면 이 밑에 자리를 만들어놓고 찻잔 몇 개, 수박 몇 통과 장기판을 벌여놓으면 그저 그만일 텐데, 왜 이렇게 방치해 두었을까?"

그러자 곰방대에 불을 붙여 뻐끔뻐끔 빨고 있던 가마꾼이 대답했다.

"전에는 이 부근에 나무가 많았습니다. 전 중승 이전에 아서라포阿西喇布인가 뭔가 하는 사람이 순무로 왔었지요. 그는 오자마자 나무숲 우거진 곳이 도둑떼의 온상이 된다면서 하루아침에 여기 나무들을 거의 반이나 불살라버렸습니다. 그래서 이곳 사람들의 놀이터나 다름없던 냇물도 다 말라버렸지 뭡니까. 여름에 동네사람들이 모여 수다를 떨 만한 곳도 없게 됐죠. 빨래터는 말할 것도 없고요. 그러니 사람들이 다 떠나버릴 수밖에요. 지금 있는 사람들은 대부분 그 뒤에 새로 이사 온 사람들입니다. 수재를 입어 오갈 데 없는 사람들이 주로 여기 모여 산다고 합니다. 조정의 보조금을 받으면서 이곳에서 황무지를 개간해 농사를 짓고 사는 거죠. 말이 나와서 하는 말인데, 이곳 황무지가 그냥 황무지입니까? 전에 살던 사람들이 옥토라고 생각해왔던 좋은 땅들을 수년간 방치해 두다 보니 황무지가 된 것이죠. 후유……, 윗대가리들은 도대체 무슨 생각을 하고 사는지 모르겠습니다."

홍력이 누구인지 모르는 가마꾼은 숨김없이 생각하는 바를 다 털어놓고 있었다. 홍력은 그저 웃기만 할 뿐이었다. 그 와중에 유통훈은 홰나무 밑에 있는 돌비석을 찬찬히 바라봤다. 거기에는 '한나라 광무제가 심은 나무'라고 새겨져 있었다. 그러나 낙관은 '명나라 홍치제 2년'이라고 적혀 있었다.

한편 진봉오는 더위를 참지 못하는 홍력을 위해 다급히 가마꾼에게 물었다.

"이 부근에 객점이 있는가? 목욕할 곳은 없는가? 시원한 수박밭이라도 있었으면 좋겠는데?"

가마꾼이 뭐라고 말하려고 할 때였다. 저쪽 오솔길에서 열두어 살 정도 돼 보이는 여자아이가 걸어오는 것이 보였다. 아이는 맨발에 짚신을 신고 소매 짧은 적삼에 무명 바지 차림이었다. 겨드랑이에 바구니를 끼고 머리채를 달랑거리면서 노래까지 흥얼대는 모습이 무척 발랄해 보였다. 아이는 나무그늘 밑에 서 있는 사람들을 이상하게 바라보더니 동쪽을 가리키면서 말했다.

"저기로 가면 가축에게 먹일 정도의 물은 있습니다. 물이 너무 얕아서 목욕은 할 수 없어요."

진봉오가 다시 물었다.

"꼬마야, 여기 수박밭은 없어?"

"저기 있어요. 저의 아버지가 수박농사를 짓고 있습니다. 모셔다 드릴까요?"

여자아이가 홍력을 유심히 쳐다보면서 대답했다.

"그래, 그래!"

진봉오가 반색을 하면서 여자아이를 따라나섰다. 아이는 다시 한 번 홍력을 힐끔 훔쳐보고는 고개를 숙인 채 생각에 잠긴 표정으로 떠나갔다.

여자아이는 수수밭을 가로질러 한참 앞서 나갔다. 담배 한 대 태울 만한 시간이 지났을 즈음 드디어 수박밭이 나타났다. 여자아이가 바구니를 내려놓으면서 "아버지!" 하고 불렀다. 그러자 수박밭 옆의 수수밭에서 호미자루를 멘 사내가 모습을 드러냈다. 여자아이가 애교스러운 어투로 나무라듯 말했다.

"이런 날씨에 더위라도 드시면 어떻게 하시려고 그러세요? 집에 들어가셨다가 해 떨어질 무렵에 나오시라니까요!"

"괜찮아!"

사내가 땅에 털썩 주저앉아 곰방대를 꺼내 들었다. 여자아이는 가까이 다가가는 진봉오를 의식한 듯 사내의 귓전에 대고 뭐라고 소곤거렸다. 그러자 사내가 흠칫 놀라면서 다그쳐 물었다.

"분명해? 틀림없어?"

여자아이가 잠시 머뭇거리더니 말했다.

"너무 닮았어요. 그날 죽을 주는 천막 밑에서 봤던 분 같았어요. 그때 우리 가족이 그분 앞에 꿇어앉아 있었잖아요. 제가 맨 앞에 앉아 똑똑히 봤거든요. 눈 밑에 주근깨가 몇 개 있는 것도 생각나요. 아까는 너무 멀어 그것까지는 확인 못했어요. 조금 있다 돌아갈 때 아직 그 자리에 계시면 찬찬히 뜯어볼게요……."

여자아이는 그 사이 진봉오가 코앞까지 다가오자 바로 입을 다물었다. 이 수박밭의 주인은 다른 사람이 아니었다. 바로 홍력이 찾고자 하는 그 왕씨였다. 얼마 전 이위가 홍력 대신 농사 경비를 마련해 준 덕분에 왕씨를 비롯해 오갈 데 없던 사람들 200여 명이 고향으로 돌아올 수 있었던 것이다.

"수박을 드시겠습니까? 저쪽에 있는 수박이 닭똥거름을 준 것이라 맛이 더 좋을 겁니다. 마음껏 드십시오."

진봉오가 수박밭을 기웃거리자 왕씨가 웃으면서 친절하게 말했다.

"한 이백 근 정도 필요하오."

진봉오가 수박 하나를 따서 주먹으로 내리쳤다. 새빨간 속살이 드러나면서 달콤한 냄새가 확 풍겼다. 그가 게걸스럽게 한 입 베어 먹고는 엄지를 내둘렀다.

"참으로 달군. 한 근에 얼마요?"

"밖에 나오면 너나없이 고생인데……. 제가 이백 근을 날라드릴 테니 한 조弔(엽전 1000문)만 주십시오!"

왕씨가 쑥스럽게 뒤통수를 긁적이면서 말했다. 진봉오는 흔쾌히 동의했다.

"좋소! 나도 같이 따서 얼른 가져가야지. 우리 나리께서 애타게 기다릴 텐데!"

왕씨가 진봉오와 함께 수박을 따다 말고 물었다.

"외람되지만 객관客官께서는 무슨 장사를 하시는지요?"

"뭐 비단장사도 했다가 도자기 장사도 했다가 대중 없소."

"부디 돈 많이 버십시오. 혹시 남쪽에서 오시는 길인가요?"

"남쪽에도 갔다 북쪽에도 갔다, 동에 번쩍 서에 번쩍 한다오."

두 사람이 그처럼 대화를 주고받으면서 수박 따기에 여념이 없을 때였다. 갑자기 수수밭의 수숫대가 요동을 치더니 웃통을 벗어젖힌 사내 한 명이 뛰어 나왔다. 사내는 안하무인으로 수박을 뚝 따더니 주먹으로 갈라 게걸스레 베어 먹었다. 그가 입가로 줄줄 흐르는 수박 즙을 닦으면서 말했다.

"무슨 놈의 수박밭이 이런 데 숨어 있어? 길옆에 있어야 잘 찾아 먹지. 아이고, 목말라 뒈지는 줄 알았네! 어이, 상常 장궤掌櫃(가게 주인), 나 여기 있소. 아우들 데리고 오게!"

사내의 말이 떨어지기 무섭게 저 멀리서 대답 소리와 함께 남자 20여 명이 수수밭을 난장판으로 만들면서 달려왔다. 돼지처럼 살찌고 기름이 번지르르한 윗몸을 흉측하게 드러낸 사내들이었다. 그들은 주인인 왕씨는 안중에도 없다는 듯 수박밭을 마구 헤집으면서 수박을 땄다. 채 익지 않은 수박은 그 자리에서 공 차듯 멀리 차버리기도 했다. 이만저만한 행패가 아니었다.

진봉오는 두 주먹을 불끈 쥐었다. 왕씨가 애써 화를 죽이면서 나지막한 목소리로 그를 달랬다.

"참으십시오. 저자들이 저마다 칼을 찬 걸 보면 도둑떼가 틀림없습니다!"

진봉오는 왕씨의 말에 흠칫 놀라면서 손에 들고 있던 수박을 떨어뜨렸다.

'만만치 않은 작자들이구나. 어떻게 이 자리를 벗어나야 하는가?'

진봉오가 불안에 떨면서 머리를 굴리고 있을 때 상 장궤라 불리는 사내가 다가와 물었다.

"여보게, 당신네 셋이 일가족인가?"

"아닙니다. 이분은 수박 사러 온 손님입니다. 수박밭의 주인은 접니다."

왕씨가 딸을 감싸 안으면서 고개를 숙인 채 대답했다.

"여기에서 연진현延津縣까지는 얼마나 되나?"

“관도官道로 가면 칠십 리쯤 될 겁니다.”
“관도 말고 곧장 가로질러 가면?”
“사십 리 길이죠. 그러나 이 큰 수수밭들을 가로질러 가려면 힘이 들 텐데요?”
왕씨가 다시 대답했다. 상 장궤가 뭔가를 다시 물으려 할 때였다. 갑자기 진봉오에게서 내내 시선을 떼지 않고 있던 사내 한 명이 그를 가리키면서 고함을 쳤다.
“저자는 황하에서 한판 붙었던 그놈들과 한 패거리잖아? 제기랄, 원수는 외나무다리에서 만난다더니!”
“그렇다, 왜?”
이미 들통이 난 이상 곤혹스런 상황을 벗어나는 최고의 방법은 삼십육계 줄행랑이다. 진봉오는 영문을 모르는 상 장궤가 미처 반응하기도 전에 수박을 그의 얼굴을 향해 힘껏 내던졌다. 그리고는 걸음아 날 살려라 하며 내달렸다. 사내들은 저마다 들었던 수박을 내던지고 칼을 빼들면서 진봉오의 뒤를 쫓았다.
수박을 가장 열심히 먹던 강도가 수박에 미련을 버릴 수 없다는 듯 왕씨를 칼로 위협했다.
“수박을 둘러메고 따라 나서!”
왕씨는 할 수 없이 수박을 들고 한쪽으로 가서 조용히 딸에게 말했다.
“행아杏兒야, 어서 어머니께 가서 알려!”
홍력 일행은 저 멀리 수수밭 쪽에서 무슨 일이 일어났는지 전혀 모른 채 진봉오가 수박을 들고 나타나기만을 목이 빠지게 기다리고 있었다. 그런데 기다리는 진봉오는 나타나지 않고 멀리서 갑자기 요란한 고함소리가 들리는 것이 아닌가. 일행이 고개를 들어 보니 진봉오가 정신없이 수수밭에서 뛰쳐나오고 있었다.

홍력 일행을 발견한 진봉오는 엎어질세라 두 팔을 내저으면서 소리를 질렀다.

"도, 도둑떼를 만났습니다. 어서 준비하고 일어나요, 일어나……!"

진봉오는 정신없이 달려오는가 싶었으나 그만 그루터기에 걸려 넘어지고 말았다. 그러나 다시 벌떡 일어나 홍력 일행에게 다가갔다. 그의 얼굴은 온통 흙먼지투성이였다. 그가 얼굴을 쓰윽 문지르고는 수수밭을 가리키면서 말을 이었다.

"도둑떼입니다. 숫자가 엄청 많습니다. 넷째마마, 서둘러 앞마을로 먼저 피신하십시오!"

그 사이 도둑떼들은 이미 길가로 모습을 드러냈다. 모두 상투를 정수리에 얹고 우람한 상체를 드러낸 채 창과 칼을 꼬나들고 있었다. 유통훈은 그들의 수를 헤아려봤다. 고작 스물 몇 명밖에 되지 않았다. 형씨 사형제와 무예실력을 가늠할 수 없는 온씨 모녀만으로 충분히 감당할 수 있을 듯했다. 유통훈이 침착한 표정으로 홍력에게 아뢰었다.

"넷째마마, 온씨와 형씨 형제들이 엄호할 것이니, 어서 떠나십시오!"

그러나 상 장궤 무리는 서둘러 덮치지 않았다. 대신 길 한가운데 서서 엄지와 검지를 동그랗게 말아 입안에 집어넣고는 날카로운 소리를 내고 있었다. 잠시 후 남쪽 어딘가에서 화답소리가 들려오는가 싶더니 수수밭이 우수수 요동치기 시작했다.

"어서 마마를 모시고 가! 감히 먼저 도망치는 자는 몽둥이에 맞아 죽을 줄 알아!"

가마꾼들이 겁에 질려 부들부들 떨자 유통훈이 무섭게 호통을 쳤다. 그때 온씨가 한 손에 장검을 든 채 두 손을 나팔 모양으로 하더니 멀리 있는 도둑들에게 고함을 질렀다.

"이봐 강도 자식들! 너희들, 산동성의 단목세가 명성을 못 들어봤더냐? 오늘 단목 어르신의 표창을 빼앗으려는 것이냐?"

"웃기지 마라, 이년아! 단목세가는 무림에서 자취를 감춘 지 삼십 년도 더 넘었다."

상 장궤가 너털웃음을 터트렸다. 그러더니 이내 다시 큰소리를 쳤다.

"그깟 수작으로 우리를 놀라게 하려고? 어림도 없다. 듣자 하니 네 년은 우리 아이들을 많이 다치게 했다더군. 내가 꼼짝 않고 여기 서 있을 테니 표창 세 개만 던져봐. 나를 쓰러뜨리면 내가 사내 자존심을 걸고 순순히 길을 비켜줄 테니!"

영영은 이미 손바닥으로 바둑알을 만지작거리고 있었다. 또 목표를 응시하고도 있었다. 그러나 거리가 너무 멀었다. 영영은 그게 마음에 걸리는 듯 쉽사리 행동을 개시하지 않았다. 언홍은 탄궁彈弓(탄환을 쏘는 활)과 철환鐵丸(쇠구슬)을 몸에 숨기고 있었다. 온씨 역시 틀어 올린 머리카락 속에서 종이봉지 하나를 꺼냈다. 그 속에는 매미 날개처럼 얇고 하얗게 날을 세운 철표鐵鏢(표창)가 들어 있었다. 그녀가 철표를 꺼내 들고 말했다.

"네놈들은 내가 단목세가의 문하라는 것을 믿지 못하는구나. 어디 한번 믿게 해줄까?"

말이 채 끝나기 전에 철표가 잠자리처럼 날아올랐다. 그러나 상 장궤의 머리 위에서 맴돌기만 할 뿐 떨어져 꽂힐 기미는 보이지 않았다. 상 장궤가 긴장한 나머지 고개를 잔뜩 쳐들고 철표만 뚫어지게 지켜보고 있을 때였다. 온씨가 목소리를 낮춰 언홍에게 명령했다.

"때려!"

언홍은 기다렸다는 듯 쇠구슬을 탄궁에 실어 힘껏 시위를 당겼다. 동시에 영영이 내던진 검은 바둑알도 출렁거리는 상 장궤의 가슴을 향해 날아갔다.

머리 위에서 맴도는 철표에만 집중하고 있던 상 장궤는 배와 가슴에 대여섯 곳이나 쇠구슬과 바둑알 공격을 당하고 말았다. 그러나 그는 꿈쩍도 하지 않았다. 배와 가슴은 부어오른 흔적도 하나 없이 멀쩡했다. 그의 뛰어난 기공 실력에 사람들은 경악하고 말았다.

그때 철표 하나가 다시 상 장궤를 겨냥해 날아갔다. 상 장궤는 손을 뻗어 잡으려고 했으나 워낙 속도가 빠른 데다 나비처럼 오르락내리락 움직이는 바람에 끝내 잡을 수가 없었다. 그는 두 개의 철표가 머리 위와 눈앞에서 정신없이 왔다 갔다 하자 차츰 당황하기 시작했다.

상 장궤는 침착하려고 애를 썼다. 그리고는 눈앞의 철표를 잡으려고 했다. 그때 그는 갑자기 정수리에서 전해지는 통증을 느꼈다. 동시에 기절할 것처럼 갑자기 눈앞이 어지러웠다. 이미 철표의 습격을 받은 것이었다. 그는 본능적으로 정수리를 만졌다. 피가 질펀했다. 그 사이 눈앞에서 팔랑거리던 철표가 불시에 그의 얼굴을 습격했다. 동시에 그의 눈과 코에서 피가 줄줄 흘러내렸다. 상 장궤는 겁에 질려 벌렁 넘어졌다. 넘어진 채로 연신 뒷걸음쳤다.

온씨가 철표를 또 꺼내 보이면서 냉소를 터트렸다.

"이래도 믿지 못하겠어? 하나 더 보내줄까?"

상 장궤가 다급히 손사래를 쳤다.

"아, 알았소. 단목세가의 철표 맛은 충분히 봤으니 그만하시구려. 저기 기생오라비처럼 생긴 자가 내 아우들하고 원수지간인가 본데 저

놈만 남겨두면 자네는 갈 길을 가도 되겠소!"

온씨가 다시 냉소를 터트렸다.

"웃기고 자빠졌군! 저 분이 우리 표주鏢主인데, 어떻게 내버려두고 가?"

"상 장궤 형님!"

상 장궤가 다소 망설이는 기색을 보이자 황 수괴의 제자가 황급히 턱 밑으로 기어들면서 말했다.

"다른 사람은 못 믿는다 해도 저까지 못 믿으시겠습니까? 저 기생 오라비 몸값이 자그마치 은 오십만 냥이라니까요? 우리 황 수괴 형님이 혼자 꿀꺽하려고 하지만 않았어도 벌써 우리 손에 들어왔을 거예요. 그랬더라면 상 장궤 형님은 한 푼도 못 건졌을 거라고요! 저 계집들이 아무리 날고 긴다고 해도 우리 사십 명이 한꺼번에 덮치면 별 수 없을 겁니다. 이런 기회는 두 번 다시 없어요."

온씨가 기가 막힌다는 표정으로 소리쳤다.

"상가야, 당신 혹시 산동성 구정채龜頂寨의 흑무상黑無常 아니야? 이 년 전 팔월 보름에 우리 단목 어르신께 선물 사들고 왔었잖아? 설마 그깟 잡귀 황 수괴 때문에 우리 단목세가의 눈 밖에 나는 그런 바보 같은 짓은 안 하겠지?"

흑무상은 온씨의 한마디에 고개를 숙인 채 고민에 빠진 모습을 보였다. 하지만 아무리 생각해봐도 은 50만 냥의 유혹을 뿌리칠 수는 없는 듯했다. 그가 마침내 뭔가 결심한 듯 손을 홱 저으면서 소리쳤다.

"다들 덤벼! 원래 계획대로 한다!"

그 소리에 도둑떼들은 홍력 일행을 향해 벌떼같이 달려들었다. 순간 형씨 사형제는 앞에서 홍력을 호위했다. 또 온씨 모녀 셋은 철표와 바둑알, 쇠구슬로 흑무상 무리의 공격을 무기력하게 만들었다.

쌍방은 팽팽한 대치상태에 빠져들었다. 어느 한쪽에서 반드시 돌파구를 찾아야 하는 긴박한 상황이었다. 그때 앞쪽 마을에서 징소리가 요란하게 울리더니 개 짖는 소리와 사람들의 고함소리가 어우러져 들려왔다. 어떤 사람들인지, 무슨 난리인지 도무지 알 수가 없었다. 유통훈은 한 무리의 도둑떼가 더 나타난 줄 알고 깜짝 놀랐다. 그 와중에 누군가는 길 북쪽 비탈진 곳에 있는 토지묘土地廟를 발견하고 큰소리로 고함을 질렀다.

"다들 토지묘로 피신합시다!"

그 절은 지은 지 얼마 안 된 자그마한 곳이었다. 기둥의 붉은 칠도 아직 완전히 마르지 않은 상태였다. 일행은 홍력을 호위하면서 정전으로 들어갔다. 이어 형씨 사형제는 대문을 지켰다. 또 온씨 세 모녀는 뜰 앞의 느릅나무 밑에서 날카로운 시선으로 적들의 동향을 면밀히 주시했다. 왁자지껄 떠드는 소리와 무기가 부딪치는 소리는 코앞에서 들려 왔다.

곧이어 온씨가 상황을 살피러 휙 지붕 위로 날아올랐다. 그러더니 춤이라도 출 듯한 기쁜 표정으로 홍력에게 보고했다.

"넷째마마, 이곳의 충의로운 백성들이 강도들과 대적하고 있사옵니다!"

왕씨의 딸 왕행아는 마을로 달려가서는 어머니에게 사실의 자초지종을 얘기했다. 홍력의 은혜를 입고 그곳에 정착한 마을 사람들에게 은인이 위험에 처했다는 말을 한 것이다. 그러자 마을 사람들은 남녀노소 할 것 없이 서둘러 달려 나왔다.

100명이 넘는 마을 사람들은 손에 잡히는 대로 들고 나온 삽과 낫, 호미, 괭이를 마구 휘둘렀다. 스무 명 안팎의 도둑떼는 순식간에 혼란에 빠지고 말았다.

시간이 흐를수록 도둑들은 점점 지쳐가기 시작했다. 이성을 잃고 덤비는 마을 사람들을 힘만으로는 도저히 당해낼 도리가 없었던 것이다. 몇몇은 비실비실 도망치기 시작했다. 그때 홍력이 큰소리로 명령을 내렸다.

"형건업, 여기는 괜찮으니 자네들도 전부 동참하게. 저자들에게 숨 돌릴 기회를 줘서는 안 되네. 하나도 살아서 도망가게 해서는 안 돼!"

"예, 알겠습니다!"

형씨 사형제까지 기세등등하게 가세하자 마을 사람들은 용기백배해 더 힘을 냈다. 무예는 모르나 때리고, 밟고, 찌르는 원시적인 동작으로 도둑떼와 사투를 벌였다. 그 사이 적들 중 대여섯 명이 더 쓰러져 나갔다. 나머지는 눈치를 보다가 뿔뿔이 흩어지더니 수수밭을 헤집으면서 도망가기에 바빴다. 그때 유통훈이 다급하게 고함을 질렀다.

"향민鄕民 여러분, 절대 후환을 남겨서는 아니 되오. 도망가는 자를 뒤쫓아 잡아 오도록 하시오. 한 사람당 땅 열 무畝씩 포상한다고 우리 넷째마마께서 분부하셨소!"

마을 사람들은 땅을 준다는 말에 더욱 고무됐는지 우르르 수수밭으로 뛰어들었다. 형씨 사형제는 오직 흑무상만을 노리고 있었다. 흑무상이 행여 도망갈세라 조금의 빈틈도 보이지 않고 포위망을 좁혀 나갔다.

흑무상은 비실비실 뒷걸음치면서 도망갈 틈을 노리다 뒤에 있는 우물을 미처 발견하지 못하고 그만 실족을 하고 말았다. 나머지도 이미 기진맥진한 데다 무기까지 빼앗기자 투지를 잃은 듯했다. 게다가 지형에도 익숙하지 않았기 때문에 급기야 1시간도 못 돼 전부 뒷덜

미를 잡히고 말았다.

홍력은 토지묘에 그들을 가둬놓았다. 그리고는 건장한 마음 사람 30명을 선발해 번갈아 가면서 그들을 지키도록 했다. 약속대로 격투 중에 다친 마을 사람들을 격려하기 위해 땅과 은을 하사했다. 일행은 그렇게 날이 어둑해질 무렵에야 겨우 한숨을 돌릴 수 있었다. 참으로 다사다난한 하루였다. 홍력 일행은 연이은 신변의 위협 때문에 배고픔도 더위도 잊을 정도로 경황을 차리지 못했다.

얼마 후 소식을 접한 활현 현령 정영청程榮青이 아역들을 데리고 부랴부랴 달려왔다. 마을 사람들은 승리를 자축하기 위해 돼지와 양을 잡았다. 그리고는 왕씨의 집 마당에서 잔치를 베풀었다.

홍력, 유통훈, 정영청은 상석에 앉았다. 또 왕씨 일가와 진봉오는 아랫자리에 앉았다. 서로 술잔을 주거니 받거니 하면서 즐거운 시간이 계속됐다. 마음 사람들도 춤추고 노래를 부르면서 어둠의 장막이 완전히 드리울 때까지 놀다가 여흥이 도도한 채 집으로 돌아갔다.

내내 좌불안석이던 정영청은 사람들이 흩어지자 홍력을 따라 방 안으로 들어가면서 연신 사죄를 했다.

"전 중승께서 차질이 없도록 하라고 누누이 강조하셨습니다. 그런데 하필이면 여기에서 이런 봉변을 당하셨으니 이놈은 입이 백 개라도 할 말이 없습니다. 죄를 물어 주십시오, 마마!"

정영청은 털썩 무릎을 꿇었다.

"이자들은 다른 성에서부터 우릴 쫓아서 내려온 놈들이네. 게다가 자네는 우리가 어느 길로 오는지도 몰랐을 테니 어쩔 수 없었던 일이야."

홍력이 천천히 말했다. 그때 왕씨가 더운 물수건을 가져왔다. 또 행아는 발을 담글 뜨거운 물을 떠왔다. 홍력이 지친 발을 대야 속에 담근 채 수건으로 얼굴을 문지르면서 잠시 생각하더니 입을 열었다.

"여기는……, 괴수둔槐樹屯이라는 마을이지? 실로 의기투합이 잘 되는 용감무쌍한 백성들이었네. 자네가 평소에 그만큼 교화에 힘썼다는 것을 증명한 셈이지. 그러니 자네도 이번에 도둑떼를 무찌르는데 일조를 한 셈이네."

홍력이 그렇게 말을 하고 있을 때에도 행아는 손을 멈추지 않았다. 무릎을 꿇고 앉은 채 홍력의 발을 꼼꼼히 씻겨주고 있었다. 홍력이 그 모습을 내려다보면서 치하의 말을 건넸다.

"참으로 영특하구나. 귀엽고 예쁘기도 한 것이!"

홍력이 다시 정영청에게 말했다.

"나머지 일은 자네가 알아서 처리하고, 전문경에게는 도둑떼들의 습격을 받은 상대가 우리라는 말을 절대로 꺼내지 말게."

"그렇게 되면…… 소인이 공로를 독식하는 게 될 것입니다. 소인이 어찌 감히……."

"잔말 말고 그렇게 하도록 하게."

홍력이 말을 마치고는 자리에서 일어나 편한 신발로 바꿔 신었다. 이어 두 팔을 머리 위로 길게 뻗으면서 덧붙였다.

"죄수들은 내일 아침 자네가 직접 현으로 압송해가도록 하게. 반드시 엄하게 처벌해야 하네!"

홍력은 지시를 내리고는 천천히 뜰로 걸어 나왔다. 이어 하늘에 깜빡이는 별들을 바라봤다. 그때 유통훈이 조심스럽게 아뢰었다.

"넷째마마! 주동자인 흑무상은 우리가 끌고 가야 할 것 같습니다."

"왜?"

홍력이 고개를 들고 물었다. 어둠 속이라 유통훈의 얼굴은 잘 보이지 않았다. 진봉오가 유통훈의 뜻을 알아차린 듯 대신 대답했다.

"이자들이 멀리서부터 넷째마마를 죽어라 쫓아온 것은 분명 누군가의 사주를 받았기 때문입니다. 끌고 가서 자백을 받아야 합니다. 마마께서 친히 처벌을 하시면 그동안 놀라신 가슴이 조금 위로를 받을 수 있을 것입니다."

홍력이 진봉오의 말이 끝나기도 전에 그 뜻을 알겠다는 듯 고개를 끄덕였다. 그리고는 다시 명령을 내렸다.

"이 원수를 어찌 갚지 않을 수가 있겠나? 정영청, 자네는 도둑떼 두목인 흑무상이 백성들에 의해 주살된 것으로 위에 보고 올리도록 하게."

정영청으로서는 더 바랄 나위 없는 결정이었다. 그럴 수밖에 없었다. 홍력이 도둑떼에게 시달린 사실을 비밀에 붙이면 도둑떼를 소탕한 공로는 고스란히 정영청에게 돌아갈 수 있었으니까. 그는 속으로 연신 쾌재를 부르면서 물러갔다. 정영청이 물러가자 홍력이 형건업에게 다시 명령을 내렸다.

"가서 흑무상을 끌고 오게!"

홍력이 말을 마치고는 곧 방으로 들어갔다. 왕씨 일가 다섯 명은 전부 시립해 있었다. 그 모습을 보고 홍력이 웃으면서 말했다.

"여기서는 자네들이 주인이고, 나는 손님이라네. 그러지 말고 들어가서 쉬도록 하게."

"그렇지 않습니다. 소인들은 물론 이 괴수둔 마을의 절반 이상이 죽 배식소에서 마마를 직접 뵌 사람들이옵니다. 모두 마마를 은인으로 높이 우러러 모시고 있사옵니다."

그 사이 행아가 쟁반에 수박을 곱게 담아 나왔다. 이어 나지막한 목소리로 권했다.

"찬물에 띄워 놓았던 것이옵니다. 차가울 때 어서 드십시오!"

홍력이 부드러운 미소를 보이면서 수박을 한 입 베어 물었다. 시원하고 달콤한 즙이 입 안 가득 퍼졌다. 홍력이 행아의 머리를 다시 한 번 쓰다듬어 주었다.

"참으로 영특하고 귀엽구나. 너를 먼 곳에 보내면 어머니가 걱정할 것 때문에 말은 하지 않는다만 당장 북경으로 데려가고 싶구나!"

그 말에 왕씨가 황급히 입을 열었다.

"아닙니다. 그때 당시에는 저이가 애를 불구덩이로 밀어 넣으려 했으니 소인이 입에 거품을 물 수밖에 없었사옵니다. 마마께서 미천한 계집애를 데려가 주신다면 누추한 가문의 무한한 광영이 되겠습니다. 이년이 어찌 마다하겠습니까. 이것아, 마마께서 북경으로 데려가신다는데 어서 머리 조아려 고맙다고 하지 않고 뭘 꾸물거려?"

행아가 곧 엎드린 채 수없이 머리를 조아렸다. 그리고는 일어나 홍력이 벗어놓은 옷을 들고 나갔다. 그때 형건업이 초주검이 된 흑무상을 끌고 들어왔다. 왕씨 일가는 공손히 물러갔다.

"흑무상! 이놈, 무슨 죄를 지었는지 알고 있는가?"

유통훈이 홍력의 눈짓을 받고 자리에 앉더니 위엄 있게 물었다.

"알다마다요."

흑무상은 기진맥진한 상태로 늘어져 있더니 천천히 고개를 들고는 입을 열었다.

"목을 쳐야 마땅한 죄를 지었습니다. 하기야 이 바닥에 들어서는 날부터 오늘을 각오하기는 했습니다만……."

"목만 친다면 간단하고 좋지. 문제는 그게 아니야. 네놈은 재물을 노려 사람을 죽인 것이 아니라 폐하의 넷째 황자인 보친왕마마를 모해謀害하려고 했어! 그러니 어찌 목이 달아나는 것으로 끝낼 수가 있겠어?"

흑무상은 경악을 금치 못했다. 즉각 도무지 믿기지 않는다는 표정으로 홍력을 쳐다봤다. 얼마 전까지 청포靑袍 두루마기 차림의 초라한 상인처럼 보였던 사람은 진짜 온 데 간 데 없었다. 대신 이목구비가 단정한 용자봉손龍子鳳孫이 흰색 비단 장포를 단정하게 차려입고 노란 허리띠를 두른 채 눈앞에 위엄 있게 앉아 있었다. 흑무상은 한참 동안 넋이 나간 듯 멍하니 있다가 겨우 입을 열었다.

"마마가 아니라 폐하께 불경을 범했더라도 이미 지은 죄를 되돌릴 수는 없지 않습니까? 흔쾌히 죗값을 치르겠습니다!"

잠자코 듣고 있던 홍력이 유통훈과 흑무상의 대화에 끼어들었다.

"듣자 하니 자네, 그 유명한 채화적采花賊(여자들을 훔치는 도둑)이라면서?"

흑무상은 홍력의 질책에 즉각 발끈했다. 머리를 한껏 도리질하면서 왕방울 같은 눈도 끔벅였다.

"어떤 미친놈이 그런 개 같은 소리를 떠들고 다닌답니까? 관리도 죽여 봤고, 소금을 싣고 가는 배를 덮친 적도 있으나 나약한 여자들은 절대 손대지 않았습니다. 이놈이 아무리 막가는 인생이라지만 지킬 것은 칼처럼 지키는 사내라고요. 제 말을 믿어주십시오."

"도둑에게도 도道가 있다고 장자莊子가 말했지. 들어갈 때는 용감하고, 나와서는 의리를 지키고, 나눌 때는 자애로우라고 했지……."

홍력이 중얼거리듯 말하고는 다시 목청을 가다듬고 말을 이었다.

"사실 목을 자르고, 능지처참하고, 산 사람을 토막 내서 잘근잘근 다지는 것은 가장 잔혹한 형벌이라 할 수 없지. 그 옛날 위충현魏忠賢이 정권을 잡았을 때 툭하면 산사람의 가죽을 벗기고는 했지. 유통훈, 자네도 들어서 잘 알지?"

유통훈이 홍력의 뜻을 알아차리고는 즉각 응수를 했다.

"익히 들어왔습니다. 산 사람을 머리끝부터 가죽을 쫙 벗겨서 거적 위에 펴놓고 햇볕에 말렸다고 들었습니다. 죄인은 거죽을 다 벗길 때까지도 쉽게 숨이 끊어지지 않는다고 하더군요."

홍력은 흑무상을 떠보기 위해 일부러 가슴 섬뜩한 말을 꺼낸 터였다. 아니나 다를까, 흑무상은 안색이 창백해지더니 끝내 고개를 떨어뜨리고 말았다.

"자네가 지킬 것은 지킨다고 떳떳하게 말하는 걸 보니 그래도 구제받을 여지는 있는 자로군."

홍력이 고개를 푹 떨어뜨리고 있는 흑무상을 서릿발 같은 표정으로 바라보았다. 이어 훈계하듯 다시 말을 이었다.

"부처님께서는 자비로움으로 오악五惡(살생, 투도, 사음, 망어, 음주 등 오계五戒를 어기는 다섯 가지 악행)을 저지른 인간을 구제해 오셨지. 이 세상에 구제불능의 마음은 있어도 구제불능의 인간은 없다고 하셨네. 왕신王臣과 비적匪賊은 미세한 생각 하나 차이라네. 자네는 아직 젊고 혈기왕성한데다 남다른 재주까지 있지 않은가. 그 재주를 지금부터라도 좋은 일에 썼으면 하는 바람이네. 부디 오늘 이 자리를 환골탈태하는 계기로 삼게!"

흑무상은 위엄 속에 자상함을 담은 인간적인 홍력의 가르침에 크게 감명을 받은 듯했다. 곧 연신 머리를 조아렸다.

"이놈은 다시 태어날 기회를 주신 마마를 위해 여생을 살겠사옵니다! 사실 이 흑무상은 피도 눈물도 없는 구제불능은 아니옵니다. 강희 사십오 년 산동성에 보기 드문 풍작이 들었습니다. 그때 땅주인이 소작료를 엄청나게 올려 받는 바람에 분쟁이 생긴 적이 있사옵니다. 그 와중에 주인이 이놈의 형제들을 다 죽여 버리는 참사가 벌어졌습니다. 그래서 홧김에 이놈은……, 마을을 전부 불태워버리고 도둑떼가 득실거리는 구정채로 들어갔던 것입니다……."

흑무상은 과거의 아픔이 떠오르는 모양이었다. 결국 코를 벌름거리면서 애써 눈물을 참더니 급기야 땅을 치면서 통곡을 했다. 온씨 모녀도 그 모습을 먼발치에서 지켜보다 눈시울을 붉혔다.

"구정채라면 여기에서 칠백 리나 떨어진 곳이군. 그런데 이 먼 하남성까지 온 이유는 무엇인가? 태평세월에 무슨 배짱으로 이곳까지 와서 일을 벌일 생각을 했다는 말인가?"

유통훈이 말투를 부드럽게 바꾸더니 흑무상을 똑바로 쳐다보면서 물었다. 그러면서 홍력을 힐끔 쳐다봤다. 흑무상이 눈물을 닦으면서 대답했다.

"아까 도망간 놈 있지 않습니까? 그놈 별명이 철취교鐵嘴蛟입니다. 그놈의 애비가 살아생전에 저하고 의형제를 맺었습니다. 얼마 전 철취교 그놈이 저를 찾아와 값나가는 물건이 떴다고 하더군요. 몸에 십만 냥이 넘는 은을 지니고 있다고 했습니다. 그리고 어떤 부자나리가 이번 일을 성사시키면 오십만 냥을 주겠다고 했답니다. 저에게 형제들을 데리고 가서 그 사람을 잡으면 삼십만 냥을 준다고 했습니다. 제가 돈에 눈이 멀어서 그만……."

"그 부자나리가 누구라던가? 돈 오십만 냥을 걸고 사주를 했다는 자 말이야."

"마마, 그건 정말 모릅니다."

"모르다니?"

"정말로 모릅니다! 이놈도 철취교에게 물었습니다. 그자도 이번 일을 사주한 사람이 어마어마한 사람임에 틀림없다고 하더군요. 그러나 누구인지는 정말 모른다고 했습니다. 저희들이 여기까지 오는 내내 길목마다 도사道士가 한 명씩 지키고 서서 지휘를 했사옵니다. 그리고 북경 말투를 쓰고 턱 밑에 수염이 없는 늙은 남자도 있었습니다. 이름이 반세귀潘世貴라고 하는 것 같았습니다. 북경의 어느 귀인 댁에서 일을 하는 사람이라고 하는 것 같았습니다. 그 외에는 정말 아는 것이 없사옵니다."

흑무상이 초조한 표정을 지으면서 다급히 대답했다. 홍력은 가슴이 아려왔다. 인정하기 싫었으나 이쯤 되면 그의 추측은 사실로 이미 밝혀진 것이나 다름이 없었다. 평소에 마냥 온화하고 겸손한 줄로만 알았던 셋째 형님이 자신에게 그런 식으로 마수魔手를 뻗쳤다는 사실을 믿고 싶지 않았던 것이다. 강호의 비적들을 사주해 넷째 아우의 목숨을 끊으려 하다니, 참으로 독한 생각이 아닐 수 없었다. 하지만 그 모든 것은 엄연한 현실이었다. 홍력은 잠시 감정을 정리하고 나서 흑무상에게 말했다.

"자네가 나를 속이지 않은 이상 나도 자네를 진심으로 대하겠네. 나는 이미 자네를 용서해주기로 했네. 여기에 남고 싶으면 남고, 나를 따라 가고 싶으면 따르게."

흑무상은 믿기지 않는다는 듯 두 눈이 휘둥그레졌다.

"자네 입장을 고려한다면 아무래도 나를 따라가는 게 나을 성 싶네. 자네의 '화려한' 과거 때문에 관부官府에서는 자네를 가만 두지 않을 것이야. 자네 일당이 전부 잡혔는데 자네만 돌아가도 이상하게 생각할 테고. 자네는 어찌 생각하나?"

홍력이 무표정하게 물었다. 흑무상이 추호도 주저함 없이 단호하게 대답했다.

"이놈은 이제부터 죽으나 사나 마마의 곁을 지켜드리겠습니다! 정말 앞길이 막막하지 않고서야 이 태평성세에 누가 산속에 숨어 살려고 하겠사옵니까?"

홍력이 웃으면서 머리를 끄덕였다. 이어 진봉오를 쳐다보며 말했다.

"저 친구도 죄를 지은 몸이나 내가 용서해줘서 기꺼이 나를 따르고 있다네. 보아 하니 나도 공덕을 제대로 쌓은 것 같군."

이어 흑무상에게로 고개를 돌리며 말을 이었다.

"물론 자네는 악명이 높은 자야. 자네의 죄는 용서받을 수 없는 것이지. 그러니 일단 북경 근교 밀운密雲에 있는 우리 황장皇莊으로 가서 농장을 지키고 있게. 시간이 흘러 이 사실이 세간에서 잊혀지면 개명해서 세상 밖으로 나오도록 하게. 자네 실력을 유감없이 발휘할 수 있도록 군중軍中으로 보내줄 테니 한번 잘해보게. 누가 알겠나? 오늘의 비적 두목이 내일은 어엿한 장군으로 변신해 있을지?"

홍력은 흑무상이 마음의 짐을 벗어 던지고 새롭게 거듭나기를 원하는 마음에서 힘과 용기를 불어 넣어주고 있었다. 흑무상은 굵직한 눈물을 흩뿌리면서 연신 머리를 조아렸다.

"마마께서는 실로 이놈의 재생부모再生父母이시옵니다……."

"나는 여태 지의旨意를 받고 흠차의 신분으로 방방곡곡을 떠돌아 다녔기에 언제나 사복 차림이었지. 이는 알 만한 사람은 다 아는 바이네."

촛불을 지그시 바라보면서 한숨을 내쉬던 홍력이 분부했다.

"진봉오가 이런 말을 했지. '천금을 가진 자는 앉을 때 몸을 숙이지 않고, 운명을 아는 자는 위험한 담벼락 밑에 서 있는 어리석음을 범하지 않는다'고. 정영청에게 이르게. 내일 나와 함께 떠난다고 말이야. 그리고 이불에게 사람을 파견해 나를 마중 나오라고 전하게. 괜히 집 앞에서 낭패를 당하느니 가마에 편히 앉아 친병들의 호위를 받으면서 북경으로 들어갈 것이네!"

28장

증거를 인멸하는 홍시

홍력 일행은 활현에서부터는 역도驛道를 택해 북경으로 향했다. 이불이 직예성 보정부保定府에 명령을 내려 파견한 친병들은 북경 근교의 풍대豊臺 대영大營까지 그들을 호송했다. 이때 이불의 정성은 대단했다. 측근을 파견했을 뿐 아니라 그가 한시도 홍력의 곁을 떠나지 못하게 했다. 또 길에서의 상황을 수시로 알 수 있도록 조처도 취했다. 아무튼 홍력을 조금이라도 더 편하게 해주기 위해 갖은 노력을 다했다.

홍력은 총독이 타는 팔인대교八人大轎에 앉은 채 철통같은 수비에 둘러싸여 북경으로 향했다. 이불은 유난히 더위를 싫어하는 홍력을 위해 특별히 덮개를 여닫을 수 있도록 가마까지 개조해줬다. 때문에 더울 때에는 덮개를 열고 비가 내리면 가마를 닫을 수 있었다. 그랬으니 행군길 내내 현지 역관에서 얼음물에 시원하게 담근 과일과 간식을 쾌마快馬로 날라다 바친 것은 너무나 당연한 일이었다.

홍력 일행이 이렇게 해서 구사일생으로 북경 근교에 이르렀을 때는 대략 5월 하순 경이었다. 북경 근교에 도착한 다음에는 노하潞河의 역관에 머물렀다. 그가 세수를 마치고 나자 밖에서 아역이 "예부상서 우명당이 뵙기를 청합니다"라고 아뢰어왔다.

"어서 들어오라고 하게."

홍력이 대답했다. 그리고는 황급히 유통훈 등에게 주의를 줬다.

"길에서 겪은 일들은 절대 입 밖에 내서는 안 되네."

우명당尤明堂은 홍력의 말이 끝나기도 전에 벌써 콧수염을 달싹이면서 들어섰다. 이어 뜰 한가운데 엎드려 예를 갖춰 인사를 올렸다. 홍력이 그 모습을 보면서 반색했다.

"우 상서로군. 면례免禮하고 어서 들게!"

"예!"

우명당은 나이가 60대 후반으로 체구가 왜소한 편이었다. 나이에 비해 혈색이 좋고 눈빛이 맑아 겉보기에 쉰 살 정도로밖에 보이지 않았다.

그는 강희 33년에 진사에 합격한 이후 20년 동안 줄곧 경관京官으로 있었다. 그러다 강희 말년 호부에서 대대적인 국채 환수 운동을 펼칠 무렵 이친왕 윤상에 의해 낭관郎官들 중에서 발탁됐다. 그리고는 불과 수 년 사이에 예부상서로 벼락출세를 했다. 그동안 그는 묵묵히 조정 중추부서의 일에 협조해 왔다. 굳이 성총을 따지자면 그가 전문경보다 황제의 믿음을 더 받는 사람이라고 할 수 있었다.

우명당이 홍력 앞에서 다시 예를 갖춰 문후를 올렸다. 이어 웃음 띤 얼굴로 아뢰었다.

"신은 한군漢軍 양황기鑲黃旗 소속입니다. 주군主君의 포의노包衣奴입니다. 비록 면례를 명령받았사오나 그러고 나면 신이 몇 날 며칠 편하게 잠을 못 잘 것 같아 굳이 문후를 올리는 바입니다. 마마, 잊으셨사옵니까? 전에 장친왕藏親王의 문하인 공부工部의 낭관 구가상瞿家祥이 그 마마를 배알한 자리에서 면례를 명받았다고 해서 문후를 올리지 않은 적이 있었습니다. 그는 그 일 때문에 집에 돌아온 뒤 침식을 전폐한 채 고민을 하다가 급기야 정신까지 이상해지지 않았습니까? 다시는 주인을 뵐 면목이 없다고 하면서 말이옵니다. 그러자 장친왕께서는 친히 다 죽어 가는 그 친구를 찾아가셔서 기회를 줬다지 않사옵니까? 결국 그 친구는 두 손으로 자기 뺨을 마구 때리면서 '이 화냥년 구멍으로 나온 더러운 놈아, 어서 장친왕께 문후를 올리지 못해?'라면서 입에 담지도 못할 욕설을 퍼붓고 나서야 겨우 진정했다지 않습니까? 그후 마음의 걱정을 훌훌 털고 병상에서 일어났다고 합니다. 사람은 뭐니 뭐니 해도 마음의 병이 없어야 합니다."

우명당은 손짓 발짓 다 해가면서 한바탕 수다를 떨었다. 그러자 홍력의 등 뒤에 시립해 있던 유통훈과 진봉오가 당시 구가상의 꼬락서니를 상상하는 듯 입을 감싸 쥔 채 웃었다.

홍력은 기분이 대단히 좋아 보였다. 얼음물에 담갔던 여지荔枝라는 열대 과일을 가져오게 하더니 직접 껍질을 까서 우명당의 입에 넣어주기까지 했다. 그가 천천히 말했다.

"관보에는 자네가 어가를 수행해 봉천奉天으로 갔다고 하던데, 그런데 어찌 해서 여기 있는가? 셋째 형은 북경성 안에 있나, 아니면 창춘원에 계시나? 장상張相(장정옥을 일컬음)은 또 어디 있고?"

우명당이 아뢰었다.

"신이 막 어가를 따라 출발하기 직전에 폐하께서 북경에 남으라는 지의를 내리셨사옵니다. 만상서滿尙書(만주족 상서)인 아영격阿榮格의 아버지인 객리령喀里領의 묘소가 봉천에 있기 때문에 그 사람이 겸사겸사 따라가는 것이 더 나을 것 같다고 하셨습니다. 셋째마마께서는 요즘 안팎으로 불철주야 다망하십니다. 지금은 태후마마께 문후를 올리러 들어가셨는데 창춘원으로 돌아오셨는지는 잘 모르겠습니다. 장상은 하루에 몇 만 자는 족히 될 상주문들을 읽고 요약본을 만드느라 바쁩니다. 또 운송헌의 셋째마마께 결재 받으러 다니랴, 술직차 북경에 들어온 외성 관리들을 접견하랴 그야말로 정신이 없습니다. 실로 정력이 대단한 분입니다. 신 같았으면 진작 쓰러졌을 것입니다. 방금 전에도 만났습니다. 조금 있다 문후를 올리러 올 거라고 하더군요. 아마 셋째마마를 모시고 함께 오려고 그러는 것 같습니다."

홍력은 갑자기 뭐라고 설명하기 어려운 상실감이 엄습해 오는 기분을 느꼈다. 옹정의 태도가 석연치 않게 느껴졌기 때문이다. 사실 옹정이 그에게 보내는 주비朱批 내용은 요즘 들어 심상치 않았다. 이를테면 다음과 같은 내용이었다.

> 형만 한 아우가 없다고 셋째 황자는 역시 형일 수밖에 없구나. 일을 똑 부러지게 하는 것이 결코 너를 능가하면 했지 못하지 않구나.

더한 내용도 있었다.

> 홍시가 이렇게 사소한 일에까지 정성을 기울이다니 홍시를 다시 보게 되는구나. 다른 아들들도 홍시만큼만 해줬으면 짐이 무슨 걱정이 있겠나? 다들 홍시만 같다면 실로 우리 종묘사직의 복이 아닐 수 없다…….

이밖에 다음과 같은 내용도 있었다.

셋째 홍시가 전에는 언행이 가볍고 허풍이 많은 것이 흠이라고 생각했으나 지금은 전혀 그런 모습을 찾아볼 수 없구나. 참으로 크게 바뀌었다.

이렇듯 홍력에게 보내는 주비에서 홍시에 대한 옹정의 칭찬은 이만저만이 아니었다. 홍력으로서는 상대적인 박탈감과 상실감을 느낄 수밖에 없는 내용들이었다. 반면 그에게는 칭찬보다 훈계를 더 많이 내렸다.

홍력, 너는 군주의 어려움을 알아야 한다. 항상 살얼음판을 걷듯, 한 치 앞도 보이지 않는 어둠에서 헤매듯 매사에 조심 또 조심해야 하는 그 어려움을 알아야 해. 아무리 신중에 신중을 기해도 실수가 생기는데 대충대충 했다가는 큰 사고를 내고 마는 거야.

너는 이 나라의 보물인 만큼 항상 자애하고 자중하거라.

크고 바른 마음을 가지고 용기를 내서 일해 보거라. 짐은 평범한 군주가 아니니 절대 조삼모사朝三暮四하는 일은 없을 것이야.

옹정은 여러 주비에서 말했듯 홍력에게도 가끔 용기와 격려의 뜻을 전해오기는 했었다. 그러나 홍력 스스로가 느끼기에 부황父皇은 항상 홍시에게 마음을 더 주고 있는 것 같았다. 그는 자신도 모르게 홍시를 떠올리지 않을 수 없었다.

'북경으로 돌아오는 이번에 홍시 형님 때문에 온갖 파란을 다 겪었어. 경계심을 백배로 더 키워도 모자라지 않아. 뒤에서는 친동생을 음해하려고 온갖 추악한 짓을 벌여놓고 겉으로는 황제의 빈자리를 메우기 위해 최선을 다하는 모습을 보이다니. 앞뒤가 다른 위선적인 모습으로 문무 관리들로부터 점수를 따내고 말이야.'

홍력은 잠시 생각을 멈췄다. 등골이 오싹해지는 기분을 느낀 탓이었다. 얼굴에서는 어느덧 웃음기가 깡그리 사라지고 보이지 않았다. 그가 길게 한숨을 내뱉었다.

"아바마마께서 옥체가 불편하신 상태로 북경을 떠나셔서 심히 우려스럽네. 내가 남경을 떠나기 전에 백방으로 알아봤지만 좀처럼 용하다는 의원을 찾지 못했어. 열셋째 숙부도 많이 그리웠었는데, 요즘은 좀 어떤가?"

홍력이 짧게 침묵하는 동안 그렇게 많은 생각을 했는지 전혀 알 리가 없는 우명당이 상체를 숙이면서 아뢰었다.

"이친왕께서도 넷째마마를 그리워하고 계십니다. 어제 신이 청범사로 문후를 다녀왔습니다. 이친왕께서는 '홍력을 밖에 너무 오래 있게 해서는 안 될 것 같네. 내가 폐하께 홍력을 하루 속히 북경으로 불러오는 것이 좋겠다고 말씀을 올렸었는데……'라고 하셨습니다. 이에 신이 '이불이 말하기를, 보친왕께서 내일 북경에 도착하실 것이라고 합니다'라고 말씀을 올리니, 이친왕께서는 이런 말씀을 하시더군요. '어릴 때 꼬맹이들을 무릎에 올려놓고 목마도 태우고 하던 일이 어제 같은데 벌써 세월이 이렇게 갔군. 꼬물거리는 것들이 얼마나 귀여웠다고. 정말 보고 싶군! 돌아오는 대로 먼저 이 늙은이부터 만나달라고 하게. 언제 선제를 따라갈지 모르는 몸이니 자꾸 사람이 그립군.' 분명히 이렇게 말씀하셨습니다."

이친왕의 얘기를 하는 우명당의 표정은 매우 어두웠다. 홍력 역시 가슴이 뭉클해지는 모양이었다. 눈에 눈물이 그득하게 고였다. 홍력이 눈치 없이 흘러내리는 눈물을 황급히 닦아내면서 억지로 웃음을 지었다.

"조금 있다가 셋째 형님과 장상을 만나보고 바로 청범사로 갈 것이네."

홍력의 말이 채 끝나기도 전에 희색이 만면한 홍시가 장정옥을 데리고 역관의 이문二門을 들어섰다. 홍력은 빠른 걸음으로 마중 나가 안뜰 계단 앞에서 한쪽 무릎을 꿇은 채 인사를 올렸다.

"셋째 형님, 어서 오십시오. 보고 싶었습니다."

홍력이 이번에는 장정옥에게 말했다.

"장상은 볼 때마다 마르는 것 같아 마음이 아프네. 그래도 기력은 아직 좋아 보여서 다행이네."

"넷째 아우, 오느라 수고 많았네."

홍시는 덥석 홍력의 두 손을 잡았다. 그리고는 일부러 괜한 너스레를 떨었다.

"햇볕에 많이 탔네그려. 갈 때보다 살도 조금 빠진 것 같군. 지난번 덕삼德三이 북경에 왔더군. 내가 특별히 우황 여덟 냥, 사향 한 근, 그리고 얼음 등을 그 사람 인편으로 남경에 있는 자네에게 보냈었네. 그런데 얼마 뒤 자네가 온다 간다 소리도 없이 떠나버렸다면서 편지를 보내왔더군. 우리 아우, 실로 대단하네. 이 날씨에 사복 차림으로 말을 타고 돌아오다니! 그래도 건강해 보여서 좋네. 며칠 동안 아무 생각하지 말고 푹 쉬게……."

홍력을 바라보는 홍시의 두 눈에서는 오랜만에 아우를 만난 반가움 외에는 다른 것은 찾아볼 수 없었다. 홍력도 크게 감동을 받은 듯 홍시의 손을 잡고 놓을 줄 몰랐다.

"형님, 고맙습니다. 형님도 이 여름을 나려면 보약을 드셔야 하는데, 남겨 뒀다가 형님이나 드시죠. 형님이 좋아하는 찻잎 두 근을 가져왔어요. 산지에서 직접 재배한 정품입니다. 개봉에 두고 왔는데, 곧 부쳐올 거예요."

홍력이 장정옥을 돌아보면서 말을 이었다.

"장상 몫도 한 근 있다네. 그리고 송지宋紙 세 묶음에 휘묵徽纆도 한 통 사왔지. 다 장상에게 주려고 말이야. 그림 한 장 멋있게 그려 줘야 하네. 세상에 공짜가 없다는 건 알지?"

장정옥은 실눈이 될 정도로 웃으면서 말했다.

"정말 황송합니다. 서화 실력이야 마마께서 이 늙은이보다 열 배는 더 훌륭하시지 않습니까? 그런 말씀은 마십시오."

장정옥과 유통훈은 군신과 형제들이 오래 떨어져 있다가 재회한 다음 그처럼 회포를 나누는 장면을 많이 보아온 터였다. 별다르게 생각할 이유가 없었다. 하지만 진봉오는 달랐다. 그런 장면을 처음으로 가까이서 보는 터라 자신이 이 나라 핵심 권력자들 사이에 서 있다는 사실이 도무지 실감나지 않았다. 더불어 다정하기 이를 데 없이 대화를 나누는 형 홍시가 황하와 괴수둔에서 벌어진 생사를 건 용쟁호투와 관련이 있다는 생각 역시 도무지 하지 못했다.

'이렇듯 자상한 셋째 패륵이 친아우 홍력을 괴롭혀온 막후 조종자일 리는 없을 거야.'

그는 나름대로 홍력과 유통훈이 지나치게 민감한 것이 아닌가 하는 생각을 했다.

진봉오가 이런저런 생각에 잠겨 있을 때였다. 자리에 앉은 홍시가 떠다니는 찻잎을 찻잔 뚜껑으로 살살 밀어내더니 갑자기 물었다.

"이 친구는 낯선 얼굴이군. 넷째, 자네가 이번에 데려왔나?"

홍력이 허허 웃으면서 대답했다.

"아, 이 친구요? 이름은 이한삼李漢三이고, 자字는 세걸世杰이라고 하죠. 어릴 적에 장사치 부모를 따라 하남성으로 갔다가 가세가 기우는 바람에 고생을 무척 했나 봐요. 우연한 기회에 하도河道아문에서 일하게 됐다고 하네요. 지금은 치수治水와 수리水利에 일가견이 있는 기술자가 됐답니다. 글에도 능하죠. 참 괜찮은 친구입니다. 하남성河南省 하도河道 원흥오阮興吳가 저의 문인이었잖아요. 그가 이 친구 같은 사람은 큰물에서 놀면 잘 클 사람이라고 해서 데려가 달라고 해서 데리고 왔어요."

홍력은 낯빛 하나 변하지 않고 술술 거짓말을 하고 있었다. 진봉오는 당황하기는 했으나 그런 말도 제대로 받아 넘기지 못할 위인은 아니었다. 그가 침착하게 아뢰었다.

"모두 원 대인의 후애厚愛와 넷째마마의 배려 덕분입니다. 소인이 무슨 덕이 있고 재주가 있어 이 자리에 설 수 있겠습니까? 부디 앞으로 많은 가르침을 내려주십시오."

홍력은 진봉오의 말이 끝나기 바쁘게 서둘러 술상을 봐 오도록 주위에 지시를 했다. 조정의 규정대로라면 흠차가 임무를 완수하고 돌아왔을 때 연회는 베풀지 않는 것이 원칙이었다. 그러나 지금은 옹정이 북경에 없기에 술 마시고 황제를 알현할 일도 없는 상황이었다. 때문에 형제간에 오랜만에 만나 즐거운 자리를 가질 수 있었다. 주위에서도 굳이 말리지 않았다.

잠시 후 조촐하나 정갈한 주안상이 들어왔다. 홍시와 장정옥, 유통훈은 한 자리에 앉았다. 진봉오는 곁에서 살갑게 술을 따르는 시중을 들었다. 홍시와 홍력은 술잔을 들면서 그동안 쌓인 그리움을 절절하게 다시 토해냈다. 유통훈과 우명당은 입만 열면 제덕帝德과 군은君恩 타령을 하고 있었다. 장정옥은 남들이 모두 취해도 혼자 깨어 있을 정도로 원체 빈틈이 없는 사람답게 "이한삼 선생께 하무河務에 대한 가르침을 받고자 한다"면서 이것저것 하남성 하도에 대해 자꾸 캐물었다.

홍시와 술잔을 주고받는 홍력은 겉으로는 즐거움에 겨워 어쩔 줄 모르는 것처럼 보였다. 그러나 신경은 온통 좌불안석인 진봉오와 하무에 대해 집요하게 캐고 드는 장정옥에게 가 있었다. 진봉오는 그런 홍력의 걱정을 간파했는지 자신이 능한 문장文章과 시사詩詞로 교묘하게 화제를 돌리면서 장정옥을 상대하고 있었다. 또 워낙 책 더미 속에 묻혀 살다시피 한 사람답게 가끔씩 툭툭 던져오는 하무에 대한 질문을 용케도 무리 없이 소화했다. 전에 하무의 대부로 일컫는 진황陳璜의 저술《하방술요》河防術要를 읽었던 것도 크게 도움이 되는 모양이었다.

진봉오는 궁금증이 많고 책임감도 투철한 데다 의심 역시 수준급인 장정옥의 질문에 응수하느라 진땀을 쏟고 있었다. 다행히 홍시는 홍력의 여독을 염려했는지 일찍 쉬라고 자리를 비켜줬다.

홍력은 사람들을 모두 보내고 나서 이마의 땀을 훔치면서 진봉오를 향해 엄지를 치켜들었다.

"어휴! 심장이 다 떨리더군. 거짓말을 밥 먹듯 하는 인간들은 참으로 대단한 것 같아. 그런데 자네 오늘 보니 제법 능청스럽더군. 오늘부터 자네는 진봉오가 아닌 이한삼이네!"

때는 더위가 기승을 부리는 한여름이었다. 그래서인지 해시亥時가 한참 지났는데도 날은 어두워지지 않았다. 홍력은 윤상을 만나러 청범사로 가려고 방문을 나섰다. 그러다 금방 되돌아왔다. 그리고는 등나무 의자에 반쯤 기댄 채 천장을 뚫어지게 바라보면서 생각에 잠겼다. 유통훈과 진봉오는 물러가지도 못하고 그저 시립해 있을 수밖에 없었다.

"이보게, 연청延淸(유통훈의 호)!"

홍력이 꽤 오랜 동안의 침묵 끝에 한숨을 내쉬면서 입을 열었다.

"우리가 셋째 형님을 괜히 의심한 것은 아닐까?"

유통훈이 진봉오를 바라봤다. 진봉오 역시 유통훈에게 계속 시선을 두고 있었다.

사실 그들이 북경으로 오면서 겪은 일들에는 의심스러운 점이 한두 가지가 아니었다. 우선 홍력이 가는 곳마다 도둑떼들은 기가 막히게 냄새를 맡고 찾아왔다. 또 대개 재물을 탐내는 도둑들과는 달리 그자들은 홍력의 목숨을 노렸다. 도둑떼가 한 상대에게만 지나치게 집착하는 모습도 석연치 않았다. 가장 의심스러운 것은 뭐니 뭐니 해도 그 넓은 땅덩어리에서 홍력의 행방을 묘하게 잘 찾아내 습격을 했다는 사실이었다. 여러 가지 상황을 종합해볼 때 누군가 조정 실세의 사주를 받은 것이 틀림없다는 결론이 가장 설득력이 있었다.

그런데 가장 먼저 홍시를 의심하던 홍력이 왜 갑자기 마음이 흔들린 것일까? 두 사람은 영문을 몰라 잠시 어리둥절했다. 그러나 곧 홍력이 그냥 해본 말이라는 것을 눈치 챌 수 있었다. 홍력은 지금까지 겪은 일에 대해 소문을 내고 싶지 않은 것이 분명했다. 그래서 유통훈과 진봉오에게도 "만에 하나 발설하는 날에는 '괜히 의심한' 책임을 물을 것이다"라고 못 박는 것이 분명했다.

유통훈이 한참 생각하더니 먼저 입을 열었다.

"저도 넷째마마의 말씀에 공감합니다. 이런 일은 친형제간에 도무지 있을 수 없는 일입니다. 저희들이 입을 잘 간수할 것을 약속드리오니 안심하십시오."

홍력이 의자에서 몸을 일으켜 천천히 부채질을 하면서 말을 받았다.

"그때 당시에는 한 번쯤 의심해 볼 법도 했어. 선제先帝 때 워낙 형제간에 시끄러웠으니 말이네. 그러나 세상이라는 것은 워낙 요지경 같은 것이야. 알고도 모를 일이 어디 한두 가지이겠나! 누군가가 불난 집에 도둑질하기 위해 우리 형제 사이를 이간질하는 것일지도 모르지. 내가 지금 '괜한 의심'을 운운하는 이유는 '간통죄는 현장을 덮쳐야 하고, 도둑은 장물을 확보해야 한다'는 말이 맞다고 생각하기 때문일세. 말이라는 것은 한번 내뱉으면 다시 주워 담을 수 없지 않은가. 유통훈, 자네는 형옥관刑獄官을 지냈기 때문에 이 도리를 잘 알거네. 나는 인의仁義로 군주와 아랫사람들을 대하는 만큼 자네들은 절대 내 뜻을 오해하지 말게."

홍력의 말은 그야말로 빈틈 하나 없이 논리 정연했다. 어린 나이에 저 정도로 깊은 생각을 가지고 있다니! 유통훈과 진봉오는 마음속으로 탄복해마지 않았다. 연신 고개를 숙이면서 알겠노라고 다짐했다.

"진봉오, 자네는 보아 하니 역리易理에 능한 것 같네. 《역경》易經에 '군주가 치밀하지 않으면 나라를 잃고, 신하가 치밀하지 않으면 스스로를 잃는다'君不密則失其國, 臣不密則失其身고 했네. 여기서 '밀'密이 뜻하는 것은 '비밀스럽다, 신중하다'라는 것만 의미하는 것이 아니네. '주도면밀하다'는 뜻이 더 적합하겠지. 군자는 모든 것을 주도면밀하게 다 살펴야 한다는 뜻이지. 문을 열려면 주도면밀하게 사방을 다 살펴야 어딘가에 꽁꽁 숨겨진 열쇠를 찾아 열 수 있을 것이 아닌가. 그렇지 않고 아무 열쇠나 가지고 열쇠 구멍을 백날 쑤셔봤자 문이 열리겠나? 우리도 언젠가 필요할 때 열쇠를 금방 찾아낼 수 있도록 마음속으로만 생각하고 있자 이 말이네. 알겠는가?"

"무슨 말씀인지 잘 알겠습니다!"

유통훈과 진봉오는 이구동성으로 대답했다. 그들은 내심 소년 홍력의 지혜와 도량에 감복하고 있었다. 홍력은 만족스런 표정이었다.

"그러면 됐네. 오늘 이후로 우리는 이 사실을 마음속 어딘가에 꽁꽁 묶어두고 입 밖에 발설하지 않도록 하세. 연청, 자네는 내일 부部로 돌아가게. 진秦…… 아니 이한삼, 자네는 잠시 내 곁에 남도록 하게. 일단 먼저 기적旗籍에 넣어줄 것이네. 치고 들어갈 기회가 생기면 내가 다시 천거할 테니 그리 알게. 내가 술자리에서 했던 말들은 자네가 정리해서 개봉 하도아문의 원홍오에게 보내게. 나의 가노家奴 출신이니 투명하게 말해도 괜찮을 것이네. 그렇다고 약점을 잡힐 정도까지는 밝히지 말게."

말을 마친 홍력은 곧 자리에서 일어나면서 명령을 내렸다.

"가마를 대라!"

홍시는 노하 역관에서 나오자마자 집으로 향했다. 그러다 도중에 생각을 바꿔서 장정옥의 집으로 방향을 틀었다. 셋째패륵부와 장정옥의 집은 같은 방향에 있었다. 홍시가 탄 대교가 장정옥의 뜰에 내려섰다. 그러나 장정옥은 아직 뜰에 들어가지 않고 대문 앞에서 몇몇 외성 관리들과 얘기를 나누고 있었다. 그중에는 대학사大學士 윤태尹泰도 끼어 있었다. 홍시가 멀리서부터 활짝 웃으면서 아는 체를 했다

"윤 상국相國, 자네도 왔는가?"

윤태가 그제야 홍시를 발견했는지 황급히 다가와 문안인사를 올렸다. 다른 관리들 역시 따라서 예를 갖추었다. 홍시가 한손으로 윤태를 부축해 일으키면서 말했다.

"우리 사이에 뭐 이런 걸 다 하고 그러나! 어서 일어나게. 지난번 홍주가 자네의 문후 인사를 받았다 해서 폐하께 혼이 난 걸 알면서! 내가 폐하께 끌려가 혼나는 걸 보고 싶어서 그러나?"

홍시는 말을 마치자마자 연신 껄껄 웃었다.

"그러게 말입니다. 신도 방금 윤 대인에게 한소리 하고 있던 중이었습니다."

장정옥이 머릿속으로는 부지런히 홍시가 찾아온 이유를 생각하면서 웃었다. 그리고는 바로 본론으로 들어갔다.

"둘째 아드님 계영이 걱정 때문에 달려온 것 같구먼. 애비로서 자식 위하는 마음이야 잘 알겠네만, 자네도 알다시피 도원道員 직급에서 안찰사按察使로 승진을 시키는 것은 내 마음대로 되는 일이 아니라니까. 일단 소속 성省에서 천거하면 여기에서 자료를 만들어 어람御覽을 청해야 해. 그런 다음 다시 지의에 따라 움직이게 되는 거지. 그러니 차분히 좀 더 기다려 보게. 올해 안휘성安徽省 고공사考功司에서는 아직 관리들에 대한 평가가 올라오지 않은 상태이네. 한 가닥 희망이라도 있으면 내가 절대 자네를 실망시키는 일은 없을 거네. 내가 그 집 마나님한테 차 한 잔도 얻어먹지 못하는 처량한 신세가 돼서는 안 되지."

홍시는 장정옥의 말을 통해 윤태가 또 둘째 아들 윤계영尹繼英의 승진을 부탁하러 왔다는 사실을 알 수가 있었다. 윤태의 슬하에는 아들 셋이 있었다. 큰아들은 일찍 요절했다. 셋째 윤계선은 남다른 재주와 비상한 머리로 스무 살 남짓한 나이에 양방진사兩榜進士 1갑一甲에 별로 어렵지 않게 급제할 수 있었다. 그리고는 한림원翰林院의 편수編修를 거쳐 지부知府, 도대道臺, 포정사布政使 순으로 승승장구했다. 그렇게 순무巡撫 자리에 올랐을 때는 나이 서른도 채 되지 않았을 때였다.

그가 처음에 관직에 올랐을 때에는 아버지 윤태의 후광이 어느 정도 작용했다고 볼 수 있었다. 그러나 그후부터는 날개 돋친 호랑이, 물 만난 고기였다. 자신의 능력을 유감없이 발휘하면서 좋은 평판을 쌓아갔다. 특히 강서성에서 비적들을 소탕한 것이나 광동성에서 탐관오리들을 처단한 업적은 조정의 인정을 받았다. 남경에서 제방을 건설한 공로 역시 마찬가지였다. 나중에는 그의 명성과 치적이 아버지 윤태를 능가할 정도에 이르렀다.

그러나 윤태로서는 아쉬움이 컸다. 윤계선이 적출嫡出이 아니라는 이유 때문이었다. 조정에서는 난다 긴다 하는 윤태였지만 사실 집에서는 큰마누라에게 꼼짝 못하는 공처가였다. 그 정실부인과의 사이에서 낳은 둘째 아들 윤계영은 시험에 연신 낙방하고는 했다. 그러다 마흔 살이 다 되어서야 돈을 주고 겨우 감생監生 자리에 앉았다. 실로 무능하기 짝이 없는 골칫덩어리였다.

못난 아들 때문에 심성이 비뚤어진 큰마누라의 시기와 질투는 장난이 아니었다. 툭하면 윤계선의 어머니 황씨를 괴롭혔다. 게다가 윤태는 유교 사상이 뼛속까지 배인 고리타분한 사람이었다. 서자庶子와 적자嫡子에 항상 차별을 뒀다. 서자인 윤계선의 출세도 별로 반가워하지 않았다. 큰마누라가 윤계영에게 '쓸 만한' 관직을 구해주라고 날마다 바가지를 긁자 급기야 옹정을 찾아가 아쉬운 소리를 하기에 이르렀다.

옹정은 황자 시절에 육경궁에서 여러모로 자신의 공부를 도와줬던 윤태의 청을 거절하지 못했다. 결국 '은음恩蔭(공로가 큰 신하의 자식에게 관직을 하사하는 일)'을 허락하게 됐다.

홍시는 그런 사실을 다 알고 있었다. 그래서 또다시 장정옥을 붙잡고 간청을 하는 윤태의 꼴이 우습기 그지없었다. 그가 일부러 사람 좋은 웃음을 지으면서 말했다.

"계영의 일은 곧 성사될 거네. 나도 폐하께 말씀드릴 테니 그리 걱정하지는 말게. 그건 그렇고, 그 집 둘째 아드님 윤계선이 곧 백작伯

爵으로 승진하게 됐다고 하더군. 굉장한 경사가 아닐 수 없지. 혼신의 노력을 기울여 제방을 잘 쌓아놓은 덕에 황하도 옴짝달싹 못하게 만들었다는 것 아닌가. 폐하께서는 넷째가 보낸 상주문을 받고 용안이 크게 밝아지셨네. 그날 저녁 술까지 한 잔 마셨다는 것 아닌가! 폐하는 윤계선에 대해 치하도 아끼지 않으셨네. 그리고 이런 아들을 둔 윤태 자네에 대해서도 칭찬하셨네. 한 가문에 명신名臣이 둘씩이나 나온다는 것은 결코 쉬운 일이 아닐세. 우리 대청 역사에는 물론 《이십일사》二十一史를 다 뒤져봐도 거의 없을 거야. 언제 내가 경하敬賀차 방문할 테니 뒤뜰에 묻어놓은 삼십 년 된 소흥주紹興酒도 그때는 꺼내놔야 하네?"

윤태가 그러자 황송한 표정으로 화답했다.

"모두 폐하의 성은과 윤씨 가문 조상의 덕에 힘입은 것입니다. 이 늙은이와 견자犬子들은 실로 하루하루를 성은에 감사하면서 삽니다!"

윤태의 은실처럼 가느다란 턱수염이 가볍게 떨렸다. 얼굴에는 뭐라 형언할 수 없는 복잡한 표정이 서려 있었다. 윤태는 굳어진 듯 그 자리에 꼼짝도 않고 있더니 한참 후 영문 모를 한숨을 내쉬면서 힘겹게 발걸음을 떼어놓았다.

"일 보십시오. 저는 그만 가봐야겠습니다. 늙은 것이 괜한 주책을 떨어서 면목이……."

홍시는 굳이 그를 붙잡지 않았다. 대신 등 뒤에서 크게 소리를 질렀다.

"살펴 가게. 그 술 아무나 주지 말고!"

장정옥은 산전수전을 다 겪고 파란만장한 삶을 살아온 사람이었다. 윤태의 고뇌를 모를 리 없었다. 그러나 홍시와는 달리 겉으로는 내색하지 않았다. 그가 회중시계를 꺼내보더니 다른 사람들을 향해 입을 열었다.

"셋째마마께서 중요한 일로 오셨으니 여러분과의 얘기는 미뤄야겠소. 여러분 중에서 내일 북경을 떠나는 사람들 중 꼭 할 말이 있는 사람만 남도록 하게. 나머지는 내일 천천히 얘기하지."

장정옥이 말을 마치고는 바로 방 안으로 들어갔다.

"장상! 나는 한가하게 바람이나 쐬러 다니는 그런 황자가 아니네. 이번에 넷째가 하남성 경내에서 연이어 강도들의 습격을 받아 하마터면 목숨을 잃을 뻔한 일을 장상은 알고 있소? 넷째가 도망치듯 북경에 돌아왔다는 사실을 알고 있느냐 말이오."

홍시가 장정옥을 따라 서재로 들어오더니 시녀에게서 찻잔을 받아 들면서 단도직입적으로 말했다. 막 찻잔을 받아든 장정옥은 흠칫 놀라 뜨거운 물을 그만 손등에 쏟고 말았다. 이어 황급히 찻잔을 쟁반에 내려놓으면서 홍시를 뚫어지게 쳐다봤다. 그가 잠시 후 숨을 길게 들이마시면서 입을 열었다.

"진짜 그런 일이 있었다는 말입니까? 그런데 전문경은 무슨 배짱으로 일언반구도 상주하지 않았을까요?"

"비밀을 지켜야 하니까 그럴 수밖에 없었겠지. 상세한 내막은 나도 잘 몰라. 강을 건너기 위해 탄 배가 하필 도적 배였다지 않은가. 하루 종일 그 험한 풍랑 속에서 강도들과 악전고투했다더군. 그것도 부근에서 고기를 잡던 어부들이 개봉부에 사실을 알려서 겨우 알게 된 거라네. 개봉부에서 제보를 받았을 때는 사건이 지난 지 나흘째 되던 날이었다지 않겠나. 현장에서 수적水賊 차림을 하고 몸에 여러 군데 상처를 입은 강도들의 시체를 일곱 구나 건져 올렸다고 하네. 방금 조사 결과가 나왔는데 강도들은 황 수괴라는 두목이 이끄는 무리들이라더군. 넷째는 아마 어떤 고수의 도움을 받아서 구사일생으로 탈출한 것으로 보인다고 하네. 그 극악무도한 패거리들은 수많은 사상자를 냈네. 그러나 넷째는 털끝 하나 다치지 않고 무사히 돌아왔지 않은가. 무림 고수의 도움이 없이는 불가능한 일이지."

홍시의 목소리는 나지막했으나 또랑또랑했다.

장정옥은 오랫동안 말이 없었다. 전혀 갈피를 잡을 수가 없었던 것이다. 홍시의 말이 사실이라면 이는 거대한 음모가 의심되는 큰 사건이 아닐 수 없었다. 강희가 첫 번째 남순길에 올랐을 때도 그랬다. 가짜 주삼태자朱三太子에 의해 행궁行宮에서 큰 곤욕을 치를 뻔했던 사건이 있었다. 그러나 그 뒤로 몇 십 년 동안 천하는 태평했다. 황자는 말할 것도 없고 남북을 빈번하게 왕래하는 일반 상인들이 강도떼의 습격을 받았다는 소문도 거의 없을 정도였다. 그러니 일국의 재상인 장정옥의 충격은 이루 말할 수 없었다. 이런 일이 생기면 재상의 책임이 제일 크다고 할 수 있었다. 그러나 장정옥은 그 와중에도 다른 의심이 드는 것을 어쩌지 못했다.

'홍시 황자는 무엇 때문에 이렇게 큰 사건을 진작 알고 있었으면서 이제 와서 알려주는 것인가? 이불과 전문경은 관할 구역이 서로 잇닿아 있음에도 불구하고 고양이와 쥐처럼 사이가 좋지 않아. 그리고 전문경은 지금 사방으로부터 공격을 받고 있는 상황이야. 그런데 하필 그의 관할 구역에서 황자를 모해하려는 사건이 발생했다니, 이것이 과연 우연의 일치일까?'

장정옥은 거기에까지 생각이 미치자 고개를 흔들었다. 너무 진도가 많이 나갔다고 생각하는 듯했다. 곧이어 그가 천천히 숨을 내쉬면서 입을 열었다.

"음으로 양으로 제대로 보살피지 못해 강도떼들이 창궐하게 된 것은 모두 재상인 신의 책임입니다. 이 일은 당사자인 넷째마마께 직접 여쭤본 뒤 폐하께 주명奏明해야 할 것 같습니다. 형부에서 직접 팔을 걷어붙이든지 아니면 이위에게 시켜서라도 하루속히 사건의 진상을 규명해야겠습니다."

홍시가 손가락을 꼽으며 말을 받았다.

"오늘이면 사건 발생일로부터 열이틀이 지났네. 소문을 내서 득 될 것은 없는 일이야. 폐하의 새로운 정책에 대해 조야에서는 의견이 분분하다네. 사악한 무리들이 새로운 정책에 대한 반대세력에 편승해 도처에서 유언비어를 퍼뜨리고 다니고 있어. 태산이 붕괴될 조짐을 보인다, 큰 홍수가 범람하고 지진이 일어날 것이다, 혜성이 나타났다 따위의 별의별 섬뜩한 소문이 다 나돌고 있다네. 한마디로 '인군人君이 무도無道하면 하늘이 경종을 울린다' 뭐 이런 맥락에서 갖가지 소문들을 조작해내는 것 같네. 이 마당에 이번 사건을 공개하면 붙는 불에 부채질하는 꼴밖에 더 되겠어? 아무튼 득 될 것이 하나도 없을 거네. 나는 아바마마가 북경을 비운 사이 정무를 직접 챙겨온 황자이네. 책임이 두려워서가 아니라 아바마마의 대정大政에 무익하다고 판단해 그저 조용히 덮어두고자 하는 것이네!"

홍시가 한참을 말하다 목이 말랐는지 차 한 모금을 마셨다. 그리고는 바로 입을 다물었다. 얼마 후 그가 장정옥의 얼굴을 힐끗 훔쳐봤다. 방금 전까지 터질 것처럼 팽팽해졌던 얼굴 근육이 한결 느슨해진 것 같았다. 머릿속으로 생각을 굴리는 것도 같았다.

'사실 홍시 황자는 황자로서 아직까지 이렇다 할 실수는 보이지 않고 있어. 그랬기에 나를 비롯한 신하들의 눈에 나지 않고 있어. 게다가 폐하의 건강 상태는 요즘 들어 부쩍 여의치 않아.'

장정옥이 여러 모로 그렇게 생각을 굴리는 듯하더니 곧 웃으면서 입을 열었다.

"신이 아무리 정성을 다해 폐하를 모신들 황자마마들만 하겠습니까? 이번에 운송헌에서 몇 가지 사건을 정확하고도 패기 있게 처리하시는 셋째마마의 모습을 보면서 큰 감명을 받았습니다. 호북성에서 가짜 옹정전雍正錢을 주조한 소굴을 일망타진하고 주범들을 엄벌에 처한 이후 호북은 물론 호남성의 식량가격도 많이 안정됐다고 합니다. 항주杭州에서 파업을 한 직조공들을 엄벌한 일만 봐도 그렇죠. 신도 처음에는 주범을 탄광에 끌고 가서 효수형에 처한 것이 조금 지나치다고 생각했었습니다. 그러나 다시 보니 셋째마마의 판단은 역시 정확했던 것 같습니다. 그자를 효수한 뒤 탄광에서 다른 잡음이 전혀 들려오지 않았다더군요. 광부들이 고분고분 열심히 일을 하고 있답니다. 여러 가지를 두루 살펴 일벌백계의 조치를 생각해낸 분이 셋째마마밖에 더 있겠습니까?"

장정옥은 수십 년 동안 재상 자리에 머무르는 동안 황자부터 주현의 말단 관리에 이르기까지 그 누구와 각별히 친하게 지낸 사람이 없었다. 그렇다고 누구를 특별히 멀리 하는 경우도 드물었다. 한마디로 적도 없고 친구도 없었다. "바른 말 만 마디보다 하나의 침묵이 값지다"라는 신조를 지키면서 살아온 사람이라고 해도 과언이 아니었다. 그처럼 칭찬에 인색한 장정옥이 사람을 앞에 두고 이토록 칭찬하는 일은 매우 드물었다.

홍시는 그런 장정옥을 잘 아는지라 기쁨이 이루 말할 수가 없었다. 그러나 일부러 미간을 찌푸리면서 근엄한 표정을 지었다.

"후생後生이 세상구경을 해봐야 얼마나 했겠는가. 장상이야말로 진정한 이 나라의 기둥이지. 그건 온 천하가 다 아는 일이 아니던가? 지난번 폐하께서 팔의 통증을 호소하셔서 넷째하고 찾아가 뵈었더니, 다행히 의원들의 처치를 통해 많이 괜찮아지셨어. 그 자리에서 폐하께서는 '장정옥이 몸이 안 좋아서 짐의 마음이 무겁네. 짐과는 일심동체인 고굉지신股肱之臣인데!'라고 하셨소. 그제야 우리도 장상의 건강이 여의치 않다는 것을 비로소 알게 됐어. 장상을 백작에 봉하는 일을 두고 예부에서는 말이 있었소. 전투에서 공을 세운 것도 없고 지방을 다스려 치적을 쌓은 공로도 없다고 하더군. 마땅히 공훈의 글을 작성하기 힘들다는 것이었지. 물론 반대여론이 대단하지는 않았지. 하지만 폐하께서는 '가당치도 않은 소리 말라. 장량張良(한나라 고조 유방의 공신)은 전공을 세우고 치적이 있어서 명재상이 된 것인가? 천리 밖에서 전쟁을 승리로 이끌 수 있으면 되는 것이다. 누가 장형신을 그런 식으로 매도하면 짐의 눈에 나는 수가 있다'라고 하시면서 반대하는 자들의 입을 막아버렸소. 아 참, 이번에 예부에서 현량사賢良祠에 이름을 넣을 사람을 뽑았는데, 장상이 첫 번째로 거론됐다는군. 폐하께서는 봉천에서 친히 주비를 보내와 장상을 다른 사람과 동급으로 취급하지 말라고 하셨어. 개국공신이자 고굉지신이니 선시선종善始善終(처음부터 끝까지 다 좋음)해야 한다고. 공자의 십철十哲(10대 제자)을 기리는 십철사十哲祠에 넣어도 부족한 것 같다고 하셨지. 장상 정도면 후세로부터 대대손손 칭송 받아 마땅한 인물이야."

홍시는 장정옥에게 듣기 좋은 말을 해주느라 머리를 쥐어짜내고 있었다. 그러나 그는 장정옥이 얼마나 속 깊은 사람인지를 간과하고 있었다. 대청의 당당한 황자가 그런 식으로 낑낑대면서 신하를 떠받드는 것이 얼마나 체면이 깎이고 가볍게 보이는 행동인지도 전혀 모르고 있었다. 하기야 평소에도 망언을 남발하고 가벼운 행동을 밥 먹듯 하는 사람인지라 그런 행동이 그리 새삼스러울 것도 없기는 했다.

장정옥은 입 안 가득 밀어 넣은 술과 음식을 채 넘기지도 않고 침을 튀기면서 열변을 토하는 홍시를 애써 외면했다.

"신은 '선시'善始는 그나마 자신할 수 있으나 '선종'善終은 아직 더 지켜봐야겠습니다. 열심히 일해서 신하로서의 도리를 다하는 것만이 폐하의 성은에 보답하는 길이라고 생각합니다."

홍시는 장정옥의 담담한 한마디에 잠시 할 말을 잃었다. 그러나 곧 기지를 발휘해 화제를 바꾸었다.

"폐하께서 언제쯤 돌아오실지 모르겠어. 이쪽에서도 미리미리 성가聖駕를 맞을 준비에 들어가야 할 텐데. 난 이런 생각을 해봤소. 날도 더운데 폐하께서 성가를 승덕承德으로 옮기시는 것이 어떨까 하고 말이야. 피서산장避暑山莊에서 아예 여름을 나시고 가을에 북경으로 돌아오시는 것이 어떨지 폐하께 여쭤볼 생각이오. 넷째도 돌아왔으니 운송헌의 정무는 그 친구한테 맡겨놓고 나도 코에 바람이나 넣을 겸 한번 구경이나 나가볼까 하네."

"넷째마마께서는 이제 막 북경으로 돌아오신 흠차대신의 신분입니다. 일단 폐하를 뵙고 술직을 마쳐야 다른 일을 볼 수가 있습니다."

장정옥이 대답했다. 그는 그제야 비로소 홍시가 찾아온 이유를 알 것 같았다. 그가 다시 말을 이었다.

"셋째마마께서도 지의를 받고 폐하를 대신해 정무를 보고 계시니 마음대로 다른 누군가에게 정무를 넘길 수는 없지 않겠습니까? 이불의 전문경 탄핵안과 전문경의 주변奏辯(자신의 주장을 밝힌 주장)을 며칠 전에 벌써 여러 부서에 넘겼으니 그에 관한 대원大員들의 의사를 들어보는 것이 시급한 것 같습니다. 폐하께서도 귀경하시는 대로 이 일부터 물어보실 것입니다."

장정옥은 홍시를 바래다주고 돌아오자마자 시계를 쳐다봤다. 마침 자명종이 열 번 울리고 있었다. 취침하기에는 아직 이른 시간이었다.

결국 그는 내일 북경을 떠난다면서 늦게라도 만나야 된다고 고집을 부리는 관리들을 불러들였다. 예상한대로 급한 용무는 없었다. 장정옥은 조정에서 제 목소리를 낼 수 있는 신하에게 한 번이라도 더 얼굴도장을 찍고 싶어 하는 지방관들의 심리를 너무나 잘 알고 있었다. 그래서 달갑지 않았으나 그들의 수다를 끝까지 다 들어주고 몇 마디 당부의 말을 전하고는 물러가도록 했다.

장정옥은 드디어 완전히 혼자가 돼 서재에 홀로 앉아 있었다. 그러나 마음이 편하지는 않았다. 점점 더 갑갑해지기만 했다. 하기야 홍력이 위험한 일을 겪었다는 사실에 대해 들었으니 그럴 만도 했다. 물론 그 사건은 아직 완전히 사실로 밝혀지지 않았다. 그러나 강도들의 시체가 많이 발견됐다는 것이 사실이라면 상황은 심각할 수 있었다. 또 그때 당시의 급박하고 험악했던 광경을 설명하기에도 부족함이 없었다.

'넷째 황자 홍력은 백 명이 넘는 황족 자제들 중에서도 유일하게 성조의 서재로 들어가 글공부를 했어. 어린 나이에 정무政務에 대해 성조의 가르침을 직접 받은 황자였지. 게다가 폐하의 아들들 중에서는 유일하게 친왕으로 봉해진 황자야. 바보가 아닌 이상 홍력 황자에 대한 폐하의 뜻을 짐작 못할 사람은 없다고 해야지. 그 사건이 차라리 재물만 노린 사건이었다면 오히려 처리하기가 쉬울 거야. 재상인 내가 그 책임을 지고 처벌을 받으면 되니까. 또 전문경과 이위가 범인들을 처리하면 뒤탈 없이 사건을 매듭지을 수 있어. 그런데 만약 그것이 아니라면 어떻게 되는 것인가? 또 다른 황자의 난을 예고하는 사건이라면……?'

장정옥은 그런 생각이 들자 갑자기 등골이 오싹해지는 기분을 느꼈다. 옹정 형제들 사이의 피가 질펀한 황제 쟁탈전을 현장에서 생생하게 봤던 경험자였으니 그의 생각도 크게 과한 것은 아니었다.

'이번에도 유사한 싸움이 일어난다면 여생을 평안하고 무사하게 보내려 했던 내 소망은 수포로 돌아갈 거야. 또 태평한 시대의 재상으로 이름을 남기고자 했던 염원도 풍비박산이 날 것이고!'

장정옥은 생각할수록 머리가 터질 것만 같았다. 그러나 아직 사건에 대해 섣부른 판단을 내릴 수 있는 단계는 아니었다. 그는 그런 현실에 그나마 일말의 기대를 걸었다. 그러나 불안한 마음이 드는 것은 어쩔 수 없었다. 홍시에게 전해들은 말을 옹정에게 비밀로 한다는 것이 절대 불가능한 일이라는 생각이 들었던 것이다. 우선 전문경이 입을 봉하고 있을 리가 만무했다. 어쩌면 지금 이 시각 홍시가 앞질러 밀주문을 쓰고 있을지도 모를 일이었다. 순간 장정옥의 수척한 얼굴에 한 가닥 미소가 스치고 지나갔다. 그는 내친김에 바로 종이를 폈다. 이어 그 종이에 한참 시선을 박고 있는 듯하더니 붓을 들어 뭔가를 천천히 적어 내려가기 시작했다.

> 신 장정옥이 폐하께 삼가 문후 올리옵니다. 무릎 꿇고 비밀을 상주하옵니다. 방금 셋째 황자 홍시가 신의 집을 다녀갔사옵니다…….

장정옥은 이어 두 사람의 대화내용을 상세히 기록했다. 그런 다음 끝에 장황한 몇 마디를 덧붙였다.

> 홍시의 경충敬忠과 효제孝悌는 언표言表에 흘러 넘쳤사옵니다. 하오나 신은 이번 일이 결코 예사로운 일이 아니라고 생각되옵니다. 무작정 덮어두는 것이 능사가 아닌 것 같사옵니다. 사건의 전말이 아직 분명히 드러나지 않았사오나 신은 직무에 소홀한 책임을 져야 마땅하다고 생각하옵니다. 폐

하께서 엄히 처벌해 주시기를 바라옵니다. 신이 당사자인 넷째 황자와 면담 후에 상세한 내용을 다시 상주해 올리도록 하겠사옵니다. 신의 졸견이 타당한지 폐하의 성재聖裁에 따르도록 하겠사옵니다.

장정옥은 상주문을 다 쓰고 난 뒤 다시 한 번 읽어봤다. 이어 만족스런 표정을 지으면서 붓을 내려놓았다. 그리고는 시원스레 기지개를 켜면서 하품을 했다.

장정옥의 예상은 적중했다. 그가 하품을 할 때 홍시는 이미 밀주문을 다 베껴서 봉투에 넣고 있었다. 원래 밀주문은 다른 사람이 대필해서는 안 된다는 원칙이 있었다. 때문에 그로서는 셋째패륵부의 막료가 대신 써준 밀주문을 베낄 수밖에 없었다.

밀주문에서 그는 전문경이 사건과 관련해 보고한 내용을 요약해 적었다. 그런 다음 본인이 직접 이 사건을 처리한 과정을 부연 설명했다. 그러나 장정옥과의 대화 내용은 생략했다. 그저 "군기처 대신 장정옥에게 이 사실을 알렸다"라고만 했다. 또 "아바마마의 용체를 걱정해 천천히 사실을 상주하겠다는 홍력의 효심에 크게 감동받아 눈물을 쏟았다"는 말도 했다. 홍시 역시 그제야 시름이 놓인다는 듯 나른하게 하품을 했다. 그리고는 옆에 있는 막료에게 말했다.

"발송하도록 하게!"

"예, 셋째마마!"

막료는 밀주문을 들고 나가려고 했다. 그러자 홍시가 순간적으로 그를 다시 불러세웠다.

"잠깐!"

막료가 발걸음을 멈추고 홍시를 바라봤다.

30대 중반인 그의 이름은 광청행曠清行으로, 직예성 보정 사람이었다. 열두 살부터 과거 공부를 시작해 수재가 되기는 했으나 향시에는 연거푸 다섯 차례나 낙방을 했다. 그러나 그는 자신의 시험에서는 항상 미역국을 마셨어도 이상하게 다른 사람을 대신해 시험을 볼 때는 백발백중이었다. 그래서 불명예스럽게도 '광 새총'이라는 별명을 가지고 있었다. 당연히 그는 부정행위로 수만 냥의 돈을 벌었다. 그러나 이불에 의해 들통이 났다. 나중에는 수재의 명단에서도 제외당했다.

홍시는 그런 그를 이불이 하도 한심한 일이라면서 장정옥에게 우스개 삼아 얘기하는 것을 귀동냥해 듣고는 여러 경로를 통해 수소문해 자신의 곁으로 데려왔다. 광청행은 기대를 저버리지 않았다. 문장에 능한 데다 판단력이 민첩해 막료감으로는 더할 나위 없는 적합한 사람이었던 것이다. 홍시가 그에게 말했다.

"숨통이 끊겼는지 하나씩 다 확인했지?"

광청행이 홍시의 말이 무슨 뜻인지 안다는 듯 자신 있는 어조로 대답했다.

"예, 확인했습니다. 다 죽었습니다. 이제 우리 일을 아는 자는 거의 없습니다. 섭聶 공공公公(태감)은 너무 눈에 띄는지라 독주를 먹여 없애버렸습니다. 어느 곳에 가더라도 그가 태감인 사실을 단박에 알아볼 수 있으니까요. 다른 자들은 모두 흑산장黑山莊으로 보냈습니다. 아무 때나 처리할 수 있도록 사람을 시켜 지키게 했고요. 철두취鐵頭嘴라고 하는 자만 산동성 포독고抱犢崓로 도망가 버렸습니다. 사실 그놈도 별로 아는 것은 없습니다. 그리 걱정하지 않으셔도 됩니다."

홍시가 광청행의 말에 험악한 표정을 지었다. 이어 잠깐 뭔가를 생각하더니 단단히 지시했다.

"포독고의 황구령黃九齡을 매수해 철두취인지 뭔지 하는 놈도 없애버리라고 해. 절대 후환을 남겨서는 안 돼. 가보게."

29장

피서산장의 난상토론

장정옥과 홍시의 밀주문이 봉천奉天에 도착했을 때는 옹정의 어가御駕가 이미 그곳을 떠나 승덕承德으로 출발한 뒤였다. 그래서 밀주문은 봉천에서 다시 승덕으로 보내졌다. 이어 옹정이 그곳에 도착한 다음날 비로소 군기처 대신 악이태의 수중에 들어갔다.

강희제 때부터 내려온 제도에 의하면 어가가 행궁에 머무를 때는 당일 불침번인 어전시위와 건청문 시위대신 그리고 장경章京(사무관)들이 주야로 번갈아가면서 행궁을 지켜야 했다. 당연히 그들을 통솔하는 임무는 영시위내대신令侍衛內大臣 직책을 겸하고 있던 악이태와 주식이 맡고 있었다. 악이태는 밀주문이 든 노란 함을 받자마자 바로 주식이 머물고 있는 서재로 찾아갔다. 악이태가 문을 밀고 들어서면서 말했다.

"중당 어른, 어젯밤에는 넷째마마의 문안 상주문과 이위의 상주문이 오더니 오늘은 셋째마마와 형신으로부터 밀주함이 왔소이다. 우리 같이 폐하를 뵈러 가는 게 어떻겠소?"

"추심秋心(악이태의 호), 자네 왔군!"

주식이 침대에 눕듯 비스듬히 기댄 채 신선수神仙手라는 나무망치로 등을 가볍게 두드리다 악이태의 목소리를 듣고 일어났다. 이어 웃음 띤 얼굴로 말을 이었다.

"이제 막 아침밥을 먹었소. 이 몸은 갈수록 말썽이라네. 어제 가마가 좀 심하게 들썩이는가 싶더니 어디 삐끗했는지 등허리가 아파 통 잠을 잘 수가 있어야 말이지. 폐하께서는 지금 몽고의 왕공들을 접견하고 연회를 베풀고 계시는 중이니 점심때는 돼야 끝나지 않을까 싶네."

악이태는 주식과 달리 천리 길을 어가와 동행했음에도 전혀 피곤한 티가 나지 않았다. 오히려 피부가 바람에 그을리고 햇볕에 타서 더 건강해 보였다. 고질병인 기침도 기적같이 며칠 동안 잠잠한 모양이었다. 그가 주식의 말에 미소를 지었다.

"나는 아무래도 몇 살이라도 더 젊어서 그런지 이번에 어가를 모시면서 기침이 뚝 떨어진 것 같소. 예전에 운남성을 떠나올 때 피를 토하니까 사람들이 폐결핵이라면서 겁을 줬었지. 까짓 것 몸뚱이 좀 움직이니 감쪽같이 낫지 않았소? 잘 먹고 적당히 운동하고 마음을 편안히 하면 낫지 못할 병이 어디 있겠소! 중당 어른, 허리 통증은 어제오늘의 일이 아니잖소. 혈색은 홍광鴻光이 만면한 것이 대단히 좋아 보이는구먼. 나는 강희 오십일 년에 이곳 피서산장에 한 번 다녀가고는 이번이 두 번째요. 중당 어른도 아마 팔 년 만이죠? 조금 이르지만 나가서 이 좋은 경치나 구경하면서 자리가 파하면 폐하께 밀주함을 올리고 오는 것이 어떻겠소?"

주식이 악이태의 제안에 흔쾌히 동의했다. 이어 태감에게 조복朝服을 갈아입혀달라고 명령을 내렸다. 둘은 가마 대신 말을 타고 산장 남쪽에 있는 여정문麗正門에 도착한 다음 편문인 덕회문德匯門을 통해 화원에 들어섰다.

때는 6월이라 태양이 이글거리는 불덩이처럼 작열하고 있었다. 피서산장이 있는 승덕은 과이심科爾沁 몽고 남쪽인 연산燕山 산기슭에 있었다. 워낙 지세가 높아 기류가 찬 데다 서쪽에 연산보다 더 높은 태항산맥太行山脈이 가로막고 있는 탓에 자연스럽게 더위가 차단되었다. 게다가 열하熱河가 이곳에서 발원하고 네 개의 강줄기가 만나 승덕을 가로질러 가기 때문에 피서의 성지로 손색이 없었다.

두 사람은 산장으로 들어섰다. 산장 안은 거대한 아름드리나무들이 울창한 숲을 이룬 가운데 가지들이 서로 뒤엉켜 있었다. 마치 그물망 사이로 하늘을 쳐다보는 것 같은 느낌이 따로 없었다. 게다가 습기가 많을 뿐 아니라 바위에는 온통 새파란 이끼가 뒤덮여 있었다. 가끔씩 들려오는 매미울음 소리만 '지금은 여름'이라는 사실을 상기시켜주고 있을 뿐이었다. 어디를 봐도 여름과는 거리가 먼 청량한 세계였다.

주식은 울창한 나무들로 둘러싸인 곳에서 습기를 담뿍 담은 맑은 공기를 힘껏 들이마셨다. 순간 온몸의 잠자던 세포들이 다 같이 깨어나 합창하는 것 같은 상쾌한 느낌이 그의 몸을 강타했다. 그가 어리둥절한 표정으로 이리저리 기웃거리는 악이태의 모습을 보면서 말했다.

"여덟 개의 산장과 열두 개의 행궁行宮 사이에 점점이 널려 있는 천문만호天門萬戶를 다 구경하자면 아예 여기 눌러 살아야 되겠지? 이 산장에만 말로 형언할 수 없는 절경이 서른여섯 곳이나 있다네. 폐하께서는 그중 연파치상재煙波致爽齋에 계시지. 우리가 방금 들어올 때 봤던 둑이 물막이 둑이라 해서 이름이 지경운활芝徑雲癓이라고 하네. 그리고 자네가 지금 서 있는 이곳은 무서청량無暑淸涼이라는 곳이라네. 조금 더 앞으로 가서 연훈산관延薰山館을 지나면 그 뒤에 커다란 연못이 나오지. 만학송풍당萬壑松風堂도 그곳에 있고. 또 그 길을 따라가면 송학청월松鶴淸越, 사면운산四面雲山, 북침쌍봉北枕雙峰, 서잠신하西岑晨霞, 추봉낙조錘峰落照 등 명승절경들이 이루 말할 수 없이 많다네. 다 구경하려면 아예 눌러 살아야 한다니까!"

"정말이지 여기 오니 마음속까지 시원해지는군요. 세속적인 욕망이나 미움 같은 것이 다 부질없이 느껴지오. 출장입상出將入相을 하면 어떻고 개부건아開府建牙를 하면 뭘 하겠소? 여기 이 물 한 줌, 바위 하나와 벗하면서 신선처럼 사는 것보다 낫겠소? 나는 정말 여기 눌러 살까 보오."

악이태가 한숨을 내쉬면서 말을 받았다. 주식이 그의 찬탄에 빙그레 웃으면서 화답했다.

"그거야 식은 죽 먹기 아니겠나? 이곳에 상주하고 있는 병사들은 모두 구백팔십이 명이라네. 적당히 실수를 범해 이곳으로 쫓겨나 경비병이 되면 자네 꿈이 실현되지 않겠는가? 사실 나도 처음 이곳에 왔을 때는 자네하고 같은 생각을 했지. 그러나 며칠만 있어보게. 또 북경의 홍루금분紅樓金粉이 그리워진다네. 사람이란 원래 만족을 모르는 존재가 아니겠나?"

악이태와 주식은 이 정자, 저 정자에 앉아보고 기이하게 생긴 나무들을 만져보기도 하면서 격의 없는 대화를 나눴다. 다시 악이태가 감탄사를 연발했다.

"성조께서는 실로 안목이 대단하시오. 이곳은 절경도 절경이거니와 북경과 멀지도 가깝지도 않고, 또 몽고와 봉천과도 적당한 거리에 있지 않소. 이런 곳을 어떻게 물색하셨을까?"

주식이 즉각 대답했다.

"그러기 때문에 성조께서는 '인'仁의 황제라 불리기에 추호도 손색이 없다는 거지! 사실 애초에 이곳에 산장을 만든 이유는 다른 것이 아니었어. 몽고 왕공들이 황제를 조금 더 쉽게 알현하게 하기 위해서였지. 고사기高士奇 재상이 조정에 계실 때 내가 여쭤봤거든. '만국의 왕들이 천자를 알현하는데 북경으로 찾아오는 것이 당연한 일 아닙니까? 무슨 이유로 천자께서 몇 백 리 여독에 시달리시면서 이곳까지 접견을 나오셔야 합니까? 이건 아무리 생각해봐도 예의가 아닌 것 같습니다'라고 했더니, 고사기 재상은 이렇게 말씀하셨네. '이는 천자의 인덕仁德이야. 몽고족들은 천연두를 앓고 난 사람을 숙신熟身이라 하고, 아직 천연두를 앓지 않은 사람을 생신生身이라고 하지. 그들의 관습에 따르면 생신인 사람은 북경에 들어올 수 없다네. 성조께서 그들을 적극적으로 배려하신 거지. 외번外藩들에 대한 특별한 선물이라고 할 수 있어. 사실 몽고의 왕공들만 제대로 다독이면 변방의 우환은 걱정할 필요가 없다네. 역시 성조께서는 심모원려가 대단하셨던 분이시지. 인과 덕을 품고 먼 곳의 자들을 회유하는 것도 재능이라 할 수 있지'라고 말이야."

주식이 잠시 숨을 고르고는 저 멀리 서북쪽의 전당들을 가리키면서 다시 말을 이었다.

"저리로 가보세. 사자원獅子園이라는 곳이야. 폐하께서 과거 잠저潛邸로 쓰시던 곳이야. 그때 당시 보친왕께서 사자원 바로 옆에서 시중을 드셨지."

악이태가 옹정이 잠저로 쓰던 곳으로 간다는 말에 의식적으로 장포자락을 손으로 털면서 옷차림을 단정히 했다. 표정도 금세 숙연하게 바뀌었다.

악이태는 주식을 따라 천천히 걸음을 옮겼다. 과연 다섯 개의 커다란 기둥이 떠받치고 있는 거대한 건물이 곧 눈에 들어왔다. 그러나 주홍색의 대문은 굳게 닫혀 있었다. 대신 금테를 두른 검은 편액에 '사자원'이라고 적혀 있는 글씨는 악이태와 주식을 반갑게 맞이하고 있었다. 옆에는 옹정이 친히 쓴 글씨가 기둥에 적혀 있었다.

해가 가고 달이 뜨니 내일이 가깝고,

꽃향기와 새소리는 진가를 드러내는구나.

궁전과 남쪽의 서원에서는 인기척이 전혀 들리지 않았다. 녹음이 우거진 숲속에서 재잘거리는 새소리만 들릴 뿐이었다. 담벼락에는 덩굴도 무성했다. 계단 앞의 방초芳草들 역시 가슴 시리게 푸르렀다. 마치 이 방에서 살았던 주인의 예사롭지 않은 이력을 말해주는 것 같았다.

"왜 사자원이라고 했을까요? 이곳에서 사자를 사육했나요?"

악이태가 물었다. 주식이 산봉우리 하나를 가리키면서 대답했다.

"저기 저 산이 마치 사자가 쭈그리고 앉아 있는 것 같지 않아? 저 봉우리 이름이 '사자봉'이거든. 이 궁저宮邸는 저 봉우리 이름을 따서 지은 것이네……."

주식이 한참 설명을 하고 있을 때였다. 멀리서 태감 한 명이 종종걸음으로 달려오면서 소리쳐 불렀다.

"주 중당, 악 중당! 연회가 끝났습니다. 폐하께서 두 분 중당을 부르십니다."

주식이 바라보니 한 무리의 사람들이 만학송풍당萬壑松風堂 앞의 가산假山 쪽에서 나오고 있었다. 연회가 그쪽에서 열렸던 모양이었다. 악이태와 주식은 빠른 걸음으로 그쪽으로 다가갔다.

몽고의 왕공들 몇몇 역시 악이태와 주식 쪽으로 걸어오고 있었다. 연회석상에서 기분 좋은 일이 있었던 듯 그들은 하나같이 술기운에 벌겋게 달아오른 얼굴을 하고 있었다. 웃음꽃도 만발했다. 알아듣지도 못할 몽고말로 뭐라고 웃고 떠들면서 무척 즐거워했다. 주식이 악이태를 끌어당기면서 그들에게 길을 내주었다. 그때 왕공 한 명이 주식을 알아보고는 손가락으로 가리키면서 무척이나 반가워했다.

"아니, 이거 주 선생 아니시오? 강희 사십팔 년에 우리 한 번 봤지 않습니까? 폐하의 스승 맞지 않습니까? 학문이 저 하늘의 구름처럼 높고 이 땅의 양떼들처럼 많은 분입지요."

주식이 그제야 상대방인 온도이溫都爾 칸汗을 알아본 듯했다. 황급히 다가가 읍을 하면서 예를 갖추고는 웃는 얼굴로 화답했다.

"칸께서도 오셨습니까? 저의 학문은 구름같이 높지도 못하고 양떼처럼 많지도 않습니다. 실로 과찬이십니다. 잠깐 소개해 드리겠습니다. 이 분은 서림각라西林覺羅 악이태鄂爾泰라고 합니다. 폐하로부터 모범 총독의 칭호를 수여받고 지금은 군기처 대신으로 있습니다. 문재文才와 무략武略을 겸비하고 학문이 마치…… 대초원 같은 분입니다!"

주식의 농 섞인 말에 악이태가 빙그레 웃으면서 다가가 여러 왕공들에게 예를 갖춰 인사를 올렸다.

"막북漠北 몽고에서 수천 리 황사 길을 오시느라 실로 노고가 이만저만 아니셨을 줄로 압니다. 왕공 여러분들의 충정에 절로 고개가 숙여집니다."

온도이 칸의 얼굴에는 금방 국화꽃 같은 미소가 번졌다. 그가 곧 밖으로 심하게 휜 짧고 굵은 다리를 득의양양하게 옮겨 놓으면서 말했다.

"폐하께서 우리에게 얼마나 잘해주시는데요. 이번에도 사료 십만 석과 찻잎 만 근을 하사하셨지 뭡니까! 책령 아랍포탄 그 나쁜 자식, 폐하께서는 그놈을 아무리 처먹어도 배부른 줄 모르는 이리새끼라고 하셨습니다. 그 새끼가 감히 우리 동몽고 문 앞에서 기웃거렸다가는 과이심科爾沁, 객랍심喀拉沁, 찰책특扎責特…… 등 우리 몽고 왕공들이 단결해서 이렇게 비틀어버릴 겁니다!"

온도이 칸이 말을 마치고는 두 손으로 힘껏 목을 비트는 시늉을 했다. 잔뜩 힘이 들어간 입 모양이 무척이나 우스꽝스러웠다. 악이태는 왕공들끼리 그렇게 웃고 떠들면서 지나가자 그동안 참았던 웃음을 터트렸다.

악이태와 주식 두 사람은 곧 마중 나온 고무용과 장오가의 뒤를 따라 '만학송풍당'으로 들어갔다. 그리고는 정전을 돌아 열 몇 그루의 은행나무 옆에서 멈춰 섰다. 고무용이 동쪽 서재로 들어갔다가 잠시 후 나오더니 말했다.

"두 분 중당, 안으로 드십시오."

옹정은 술을 마시지 않은 듯 낯빛이 멀쩡했다. 외관도 괜찮았다. 미색 면 두루마기를 입은 복장에 머리에는 구슬이 달린 생사生絲 조관朝冠을 쓰고 있었다. 또 허리에는 진주를 박은 말꼬리 모양의 허리띠를 두른 채 한여름임에도 마고자를 걸치고 있었다. 그리고는 반쯤 안락의자에 기댄 채 턱과 귓전에 더운 물수건을 올려놓고 있었다. 옆에서는 교인제가 시중을 들고 있었다.

두 사람이 들어서자 옹정은 손짓으로 창가의 나무걸상을 가리키면서 앉으라고 하고는 입을 열었다.

"짐이 그 옛날 머물렀던 곳에 다녀왔나? 악이태는 처음으로 왔으니 여기저기 잘 좀 둘러보지그래. 가만, 두 사람 배고프겠군. 고무용! 간식 좀 내오게."

분부를 마친 옹정이 이번에는 교인제에게 말했다.

"더운 물수건은 더 이상 올리지 말거라. 이 사람들이 가져온 밀주함을 열거라. 열쇠는 짐의 베개 밑에 있어."

"예, 폐하."

교인제가 나지막한 목소리로 대답하더니 악이태의 손에서 밀주함을 받아들었다. 이어 이위의 상주문과 홍력의 문안 상주문을 옹정에게 두 손으로 받쳐 올렸다. 그런 다음 방금 들어온 두 개의 밀주함을 들고 저만치 물러앉아 열기 시작했다. 그 일에 대단히 익숙한 듯 동작이 세련되었다. 그녀는 곧이어 옹정이 홍력의 문안 상주문을 다 읽기를 기다려 밀주문 전용 봉투에 들어 있는 편지를 조용히 옹정의 면전에 내려놓았다. 옹정이 이위의 상주문을 훑어보고 한쪽에 내려놓으면서 미소를 지었다.

"아무튼 이위는 참 재미있는 친구라네. 일전에 관제사關帝祠를 지었다면서 문장이 기가 막힌 상주문을 올린 적이 있었어. 물론 다른 사람이 대필한 거겠지. 오늘은 또 호산춘사湖山春社가 완성됐다면서 짐에게 제자題字를 써달라고 조르는 것을 좀 보게. 짐을 참으로 귀찮게 만드는 친구일세."

악이태가 웃음 띤 얼굴로 말을 받았다.

"이위가 신에게도 편지를 보냈사옵니다. 국사 때문에 노심초사하시는 폐하께서 강남으로 오시면 편히 쉬어 갈 수 있게 명물名物을 만들어놓겠다고 했사옵니다."

악이태는 들뜬 표정으로 말을 했으나 어느새 굳어진 옹정의 낯빛을 보고는 입을 꾹 다물고 말았다. 옹정은 약간 화가 난 듯 수건을 교인제에게 던져줬다. 그리고는 약간 떨리는 손가락으로 홍시와 장정옥의 밀주문을 가리켰다.

"자네들도 읽어보게. 다른 곳도 아닌 하남성 경내에서 이런 일이 발생하다니, 실로 믿기지가 않는구먼."

옹정이 자리에서 벌떡 일어나더니 신발을 꿰어 신었다. 이어 뒷짐을 진 채 방 안을 서성거렸다. 황급히 밀주문을 하나씩 들고 읽어본 악이태와 주식 두 사람은 가슴이 철렁 내려앉는 표정을 지었다. 방 안 가득 긴장감이 감돌기 시작했다. 둘은 재빨리 시선을 교환하고는 밀주문을 바꾸어 보면서 옹정에게 뭐라고 말할지를 고민하기 시작했다. 악이태가 먼저 침묵을 깼다.

"이런 일이 발생할 줄은 정말 생각지도 못했사옵니다. 몇 십 년 태평성대에 이런 일은 처음이옵니다. 벌건 대낮에, 그것도 한 개 성에서 감히 수적水賊들이 황자를 노리다니요! 넷째 황자께서는 덕이 높으셔서 천만다행으로 안전하게 탈출하셨사옵니다. 그렇지 않고 만에 하나 무슨 사고라도 났더라면 전문경은 어찌할 뻔했사옵니까?"

교인제는 처음 창춘원에 들어왔을 때부터 거의 매일이다시피 홍력을 보고는 했다. 볼 때마다 나이에 비해 점잖고 멋진 사람이라고 생각했다. 또 시간이 흐를수록 그의 명민함과 인정스러움에 매료돼 퍽 호감을 갖고 있던 중이었다. 그녀는 그런 홍력이 큰 사고를 당할 뻔했다는 소식에 옹정에게서 받아든 수건을 그만 쟁반에 떨어뜨리고 말았다. 이어 그 모습을 옹정에게 들키자 고개를 떨어뜨리고는 변명하듯 중얼거렸다.

"바깥세상이 그렇게 무섭나요? 금존옥귀 같은 넷째마마를 모시는 아랫것들은 도대체 뭘 하고 있었기에 그런 일이 다 발생하옵니까? 참으로 섬뜩하옵니다……. 하마터면 넷째마마를 다시 못 뵐 뻔했다니요!"

주식도 화가 난 듯한 목소리로 입을 열었다.

"넷째마마께서는 미행微行을 너무 즐기시옵니다. '흰 용도 물고기로 모습을 바꾸면 어부에게 잡힌다'고 했사옵니다. 그리고 전문경도 한소리 들어야 하옵니다. 지금 사면초가에 빠져 있으면서도 무슨 일을 그토록 치밀하지 못하게 하는지 모르겠사옵니다!"

"그렇게 호들갑 떨 일은 아니네."

옹정이 숨을 길게 내쉬면서 말했다. 이어 창밖의 녹음綠陰을 응시하면서 좌중에 들려주듯, 자신에게 말하듯 중얼거렸다.

"이런 일을 한번 겪어보는 것이 육경궁에서 학문을 일 년 익히는 것보다 더 나을 것이네. 생각하면 아찔하기는 하나 털끝 하나 안 다치고 멀쩡하게 돌아왔지 않은가?"

옹정이 다시 멀리 바라보던 시선을 거둬들이면서 껄껄 웃었다.

"원래 인생길이라는 것은 이렇게 험악하다네. 짐도 황자 시절에 미행 나갔다가 도둑 소굴에 잘못 들어가는 바람에 하마터면 큰일 날 뻔했지 않았나! 그때는 이위도 어렸었지. 그래도 그 친구가 아니었더라면 짐이 지금 이 자리에서 자네들하고 마주하고 있지 못했을 걸세."

그때 옹정은 소복小福을 수소문하면서 찾아다니던 중이었다. 그러다 객잔에 잘못 들어 곤욕을 치른 바 있었다. 그는 그 생각을 하자 갑자기 가슴이 뭉클해지는 모양이었다. 동시에 교인제를 힐끗 바라봤다. 이어 찻잔을 들어 한 모금 마시고는 다시 말을 이었다.

"아직은 사건의 전말이 확연히 드러나지 않았네. 그러니 홍력과 전문경이 올릴 상주문에 유의하도록 하게."

악이태가 황급히 허리를 굽혀 알겠노라고 대답했다. 그런 다음 자신의 생각을 덧붙였다.

"전문경은 셋째마마께 편지를 보냈으면서 아직 상주문은 올리지 않은 상태이옵니다. 아마 지금 사건을 조사 중인 것 같사옵니다. 이 불과의 사이가 대단히 껄끄러운 마당에 자신의 관할 구역에서 그런 일까지 발생해 심정이 대단히 불편할 것으로 생각되옵니다. 당사자인 넷째마마께서도 나름대로 고민이 많으실 줄로 아옵니다. 우선 폐하께 심려를 끼쳐 드릴까봐 주저하실 테죠. 또 이 사건이 전문경에 대한 평판과 관련돼 있는지라 자칫 한 사람의 정치생명을 단축시키지 않을까 하는 우려도 있을 것이옵니다. 그리고……."

악이태가 장황하게 말을 하다 말고 갑자기 입을 다물어버렸다. 더 해서는 안 될 말이 있는 것 같았다.

"이 사람이! 그게 짐에게 아뢰는 말버릇인가? 무슨 말을 하다 마는가?"

아니나 다를까, 옹정이 두 눈을 부릅뜬 채 고함을 질렀다. 악이태는 난감한 나머지 얼굴이 새빨개졌다. 그는 사실 "넷째마마는 이 사건이 정쟁으로 비화되지 않을까 우려할 것이옵니다"라고 말하려던 참이었다. 그러나 그 말을 내뱉으면 곧 홍시가 지목받을 터였다. 당연히 그 파장은 상상을 초월할 수밖에 없었다. 게다가 그런 말을 함부로 내뱉은 자신에게도 불똥이 튈까 걱정이 됐던 것이다. 그가 결국 한참 후에야 말머리를 돌려 아뢰었다.

"넷째마마께서는 폐하의 치화治化에 오점을 남길까 우려해 이 일이 크게 조명되는 것을 원치 않으실 수도 있사옵니다."

옹정이 듣기에 악이태의 말은 뭔가 석연치가 않았다. 그러나 어떻게 할 방법은 없었다. 그때 마침 주식이 공수를 하면서 입을 열었다.

"보친왕께서는 일 년 넘는 바깥생활로 심신이 지쳐 있을 줄로 아옵니다. 충분한 휴식기를 가져야 할 것 같사옵니다. 여기는 북경에서 가까우니 폐하께서 이리로 부르시는 것은 어떠하실지……. 조석으로 시봉을 받으시면서 사실의 경위를 직접 보고 받는 것이 어떨까 하옵니다."

주식의 말을 듣고 난 악이태는 속으로 감복해마지 않았다. 똑같은 일에 대해 자신은 어째서 말을 그런 식으로밖에 못했을까 하는 아쉬움이 순간 그의 뇌리를 스치고 있었다. 옹정이 두 대신의 말은 속마음에 새겨두지 않겠다는 표정으로 입을 열었다.

"아직은 홍시더러 운송헌에서 정무를 계속 보라고 하게. 홍력이 이번에 겪은 일을 가지고 옆에서 너무 호들갑을 떨지 말게. 짐이 일생동안 겪었던 것에 비하면 자그마한 곤액困厄에 불과하네. 곤액……, 자네들은 책을 많이 읽어서 잘 알겠지만…… 나쁜 것은 아니지 않은가? 천지天地는 회명晦冥(해나 달이 빛을 가리어 어두컴컴함)으로부터, 일월日月은 박식薄蝕(일식이나 월식으로부터 해와 달이 서로 그 빛을 가림)으로부터, 산천山川은 붕갈崩竭(무너지고 마름)로부터 액을 당한다고 하지 않았는가. 그럼에도 아직 건재하지 않은가. 천지도 액에서 자유롭지 못하거늘 하물며 작고 작은 우리 인간임에야! 이제 겨우 열여섯 살, 아직 세상사가 얼마나 험악한지 모르는 나이네. 어릴 때 적당히 겪어보는 것도 나중을 위해 좋은 일이라고 할 수 있어. 홍력은 잠시 북경에 머물고 있으라고 하게. 그러면서 천하의 전량錢糧을 책임지고 병부兵部의 사무를 겸하게 하라고 지의를 작성하게."

"알겠사옵니다, 폐하."

주식이 어리둥절한 표정으로 서 있는 악이태를 몰래 툭 치면서 황급히 대답했다. 옹정이 다시 웃음 띤 얼굴을 한 채 말했다.

"자네들, 먼저 간식을 먹고 있게. 짐은 옆방으로 가서 상주문을 읽고 있을 테네. 짐이 떡하니 지키고 있으면 코로 들어가는지 입으로 들어가는지도 모를 게 아닌가!"

옹정이 농담을 마친 다음 교인제를 데리고 병풍 너머에 있는 서재로 건너갔다.

서재는 남북 방향으로 좁고 긴 형태였다. 서쪽에 통으로 된 얇은 사창紗窓이 있어 바깥 경치가 훤하게 한눈에 들어왔다. 창문 옆에는 태감과 시위들의 방이 따로 있어 수시로 부를 수 있었다. 또 북쪽과 동쪽 '벽'은 산을 깎아 만든 천연 담벼락이었다. 애초에 강희는 수려한 경관과 안전성을 높이 사서 이곳을 서재 겸 거처로 택했을 터였다. 물론 방 안에는 소박한 강희의 성격을 보여주듯 벽면을 가득 채운 수십 폭의 그림과 등나무 의자, 책상 그리고 자명종을 빼고는 달리 장식품이라 할 것도 없었다. 황궁의 다른 서재들과는 달리 호화로움 대신 소박한 문묵文墨의 기운이 방 안 가득 넘치는 그런 곳이었다.

"인제! 이 그림들을 우습게봐서는 안 되네. 굳이 가격으로 따지자면 양심전 하나를 사고도 남을 만큼 비싼 물건들이야!"

옹정이 책상 위에 종이를 펴놓다 말고 찻잔을 들고 온 교인제에게 벽면을 가득 메운 그림들을 가리키면서 말했다. 교인제가 즉각 입을 열었다.

"소녀는 그림에 대해서는 잘 모르옵니다. 어제 들렀어도 대충 훑어보고 말았사옵니다. 도대체 무슨 그림이기에 그렇게 어마어마한 가격을 매기시는 것이옵니까?"

옹정이 웃으면서 대답했다.

"희조熙朝(강희제) 때의 유명 화가인 주나영朱羅英의 작품이야. 매 폭마다 성조聖祖의 제자題字가 있지 않은가. 고사기의 시도 들어 있고.

이것 보게, 〈경도〉耕圖 스물 세 폭, 〈직도〉織圖 스물 세 폭, 합해서 〈경직사십육도〉耕織四十六圖라는 거야. 굉장하지 않은가? 이건 씨앗을 심는 장면, 이건 밭갈이, 이건 써레질하는 모습이라네. 여기 이것은 탈곡하는 데 쓰는 거, 이건 아마 모내기에 필요한 도구라지……."

교인제는 흥이 도도한 채 설명을 하는 옹정의 말을 들으면서 미소를 지었다. 그리고는 손가락으로 가리키면서 말했다.

"수확하는 장면, 탈곡하면서 바람에 찌꺼기가 날리는 장면, 창고에 낟알을 들이는 장면……, 정말 상세하게 묘사돼 있사옵니다. 그런데 여기 이 여자는 무슨 나뭇가지를 꺾고 있사옵니까?"

옹정이 웃으면서 대답했다.

"너는 산서山西 태생이라 잘 모르나보군. 이건 뽕잎을 따는 장면이야. 그 밑에 그림은 누에를 길러 실을 뽑고 옷을 만들기까지의 과정을 쭉 그린 것이고."

그러자 인제가 웃으면서 말을 받았다.

"그런데 이것이 그렇게 어마어마한 값이 나간다는 말씀입니까? 이 년은 뭘 몰라서 그런지 별것 아닌 것 같사옵니다. 모내기 하고 씨 뿌리고 낟알 거둬들이는 현장에 가면 더욱 생생하게 볼 수 있을 텐데요."

옹정이 다소 우울한 기색을 보이면서 천천히 입을 열었다.

"물론 자네 입장에서야 별것 아니라고 생각하겠지. 고향에서 이런 장면을 자주 봐왔으니 말이야. 그러나 짐은 심궁深宮에서만 살다 보니 처음 이 그림들을 접했을 때의 희열을 잊을 수가 없어. 자네가 짐에게 따졌듯 금존옥귀의 황실 자제들은 견문이 좁을 수밖에 없어. 고래등 같은 궁궐에서 살면서 나가면 가마나 타고 다니고 금의錦衣 차림에 정식鼎食이나 먹고 사니 어찌 세상 돌아가는 이치에 목마르지 않겠나! 진晉 혜제惠帝 때 있었던 일인데 들어보겠는가? 그가 어느 날 수많은 사람들이 굶어 죽었다는 내용의 상주문을 읽었어. 그런데 이 한심한 황제가 하는 말이 가관이 아니었겠나. '굶어죽다니? 왜? 쌀로 죽을 끓여먹고 고기를 먹으면 되는데, 굶어 죽을 때까지 뭘 했나? 미련한 것들이군!' 바로 이런 소리나 했다지 않겠나. 황제가 그 정도였으니 나라가 망하지 않고 배길 수 있었겠나? 자네, 이제 이 그림들로 벽면을 도배한 이유를 알겠는가?"

교인제는 맑은 눈망울로 옹정을 응시했다. 방금 옹정이 두 대신에게 했던 말의 뜻을 이해한다는 자세였다. '큰 뜻을 품은 자는 그 어떤 위험도 두려워하지 말아야 한다. 직접 미행을 하면서 세상사에 관심을 가져야 큰 인물이 된다'는 그런 뜻으로 홍력에 대해 그토록 각박하게 말한 것이 틀림없었다. 교인제가 한참 후 한숨을 쉬면서 거두절미한 채 말했다.

"사람과 사람은 정말 다르옵니다."

옹정은 교인제의 말에는 대답하지 않고 말없이 책상 앞으로 돌아갔다. 이어 붓끝에 주사朱砂를 묻혔다. 그리고는 홍력의 문안 상주문을 잡아당겨 그 옆에 주비를 달기 시작했다.

> 3일에 보낸 청안 상주문을 잘 받아보았다. 너는 당분간 천하의 전량錢糧 업무를 전담하고 군무軍務를 보게 될 것이다. 짐이 곧 지의를 내릴 것이다. 이번에 동남 지방을 순시하면서 "황하의 제방 공사가 순조롭게 끝나 조운漕運이 막힘없이 잘 된다", "강소와 절강 여러 지역이 풍작으로 부유해지고 있다", "새로운 정책도 순항 중이고 가시적인 성과가 보인다" 이런 등등의 기쁜 소식만 올리고 아직 이렇다 할 민분民憤에 대해서는 올린 적이 없구나. 너의 발길이 닿는 곳마다 굵직한 마침표가 찍힌 느낌이 들어 매우 기

뻐구나. 물론 이위와 윤계선을 비롯한 유능한 관리들이 기울인 노력의 결실이기도 하겠지. 그러나 거시적인 것에 착안해 세세한 것에까지 신경 쓴 너의 공로도 크다고 생각한다. 강남이 안정을 찾으면 온 천하가 그곳을 본받게 마련이야. 이것이 짐이 너를 그곳으로 보낸 의중임을 알겠는가? 짐은 여기에서 만사가 순조롭고 편안하니 걱정 말거라. 오늘은 몽고 왕공들을 접견해 그들에게 은총을 내렸다. 서로간의 화합을 다지고 의를 더욱 견고히 하는 자리가 됐지. 모두들 조정과 뜻을 같이 해 흑심을 품은 외세들을 물리칠 것을 맹세했다. 어떤 자리에 있든 항상 짐의 깊은 마음을 잘 헤아려줬으면 한다.

옹정이 주비를 한번 읽어 보고나더니 만족스러운 듯 다시 주사를 듬뿍 찍었다. 그러더니 붓을 종이 가장자리에 문질러 주사를 조금 털어내고는 계속 적어내려 갔다.

황하에서 험악한 일을 당했다는 말을 들었다. 옛날 두홍점杜鴻漸이 무주선사無住禪師에게 "무억無憶, 무념無念, 무망無妄이 무엇이냐?"고 물은 적 있었지. 그때 무주는 "법문法文 세 구절이면 깨우칠 수 있다"고 했다. 무의는 곧 계戒이고, 무념은 정定, 무망은 법法이라고 했다. 원명거사圓明居士의 아들, 너는 이번 일을 정력定力으로 삼아 놀란 가슴을 달래고 안정을 취하도록 하거라. 정력으로 안 되는 일은 없다. '안지여소'安之若素(태연자약하다는 의미)라는 네 글자를 하사하니 무궁무진한 것을 터득할 수 있으리라 믿어 마지 않는다.

옹정은 홍력의 상주문에 주비를 다 달고 난 다음 이위의 상주문을 펼쳐들었다. 이어 빈자리에 주비를 달기 시작했다.

호산춘사가 준공됐다는 상주문을 받았네. 마음이 그리로 줄달음치는군. 짐도 언젠가 남순南巡을 떠날 테지만 지금은 시기가 아니라고 생각하네. 새로운 정책이 널리 보급되고 순항을 할 때 비로소 온 천하의 백성들과 더불어 환호작약하면서 마음 편히 남행을 할 것 같네. 그때 자네하고 만나서 자네가 만들어놓은 명물들을 구경할까 하네. 이곳 풍광도 자네의 춘사 못지않을 것 같구먼. 짐이 한번 시간을 내서 자네의 작품에 글을 하사할까 하네. 금상첨화를 원하는 자네를 기쁘게 해줘야 짐의 마음도 편할 게 아닌가. 만날 그날을 기약하세.

옹정은 이위에게 보내는 주비까지 다 쓴 다음 고개를 들고는 인제에게 지시했다.

"창문을 열거라."

"예, 폐하!"

교인제는 부지런히 글을 쓰던 옹정이 갑자기 창문을 열라고 하는 바람에 황급히 창문가로 다가갔다. 그리고는 섬섬옥수를 들어 수시로 여닫게 만든 창문을 열어 젖혔다. 싱그러운 자연의 향기가 침침하던 방 안에 밀려들어와서는 코끝을 간질였다. 옹정은 두 팔을 벌리고 두 눈을 지그시 감은 채 향기에 도취된 표정이었다. 그러다 갑자기 시선을 교인제에게 보냈다.

창문 옆 햇살이 반짝이는 곳에 서 있는 그녀는 한 폭의 미인도 그 자체였다. 매화꽃이 수놓인 소매 짧은 적삼 사이로 눈처럼 새하얀 팔목이 드러나 있었다. 연두색 긴 치마는 바람결에 하늘거리면서 수양버들 같은 허리를 더욱 가늘어 보이게 했다. 톡 건드리면 터질 것 같은 청초한 모습이었다.

교인제가 집어 삼킬 것처럼 바라보는 옹정의 불타는 눈빛에 얼굴을 붉히면서 고개를 떨어뜨렸다. 그리고는 부끄러울 때 으레 그러듯 적삼 소맷자락을 돌돌 말았다 폈다 하면서 분홍색 혀를 홀랑 내밀었다. 그 모습이 영락없는 소복이었다. 곧 옹정이 알아듣지 못할 말을 몇 마디 중얼거렸다.

"폐하!"

"아니다."

옹정은 교인제의 물음에 어색한 웃음을 지어 보이더니 바로 자리로 돌아가 앉았다. 그리고는 시선을 다른 곳으로 돌리면서 속삭이듯 말했다.

"갈수록 더 고와지는구나."

교인제의 고개는 점점 더 숙여졌다. 얼굴빛은 홍당무로 변해갔다. 옹정이 흐뭇한 미소를 지은 채 그 모습을 유심히 지켜보다 웃으면서 물었다.

"그래 열넷째마마를 만났더니 뭐라고 그러더냐? 이 구중궁궐에 너처럼 간이 큰 사람이 없다는 것을 모르지? 지의를 받고 다녀왔으면 보고 올리는 것이 도리 아니냐? 짐이 직접 물을 때까지 입을 싹 닦고 있으면 되겠는가?"

"아직 다녀오지 않았사옵니다."

"아니 왜? 가고 싶지 않더냐?"

옹정이 놀랍다는 듯 눈을 크게 뜬 채 다그쳐 물었다.

"노비는 열넷째마마께서 계신 곳을 알 수가 없었사옵니다. 고무용 등이 알려주려고 하지 않았사옵니다……."

교인제가 고개를 절레절레 저으면서 말했다.

"그런 일이 있었더냐?"

옹정이 놀란 기색을 보였다. 그러나 고무용 등의 대응이 그리 기분

나쁘지는 않았던 듯 실소를 터트렸다.

"네가 뭘 몰라서 그러는구나. 짐의 지의가 있으면 네가 가고 싶은 곳은 마음대로 갈 수 있어. 고무용 등은 너를 막을 수 없어!"

말을 마친 옹정이 곧 바깥을 향해 소리쳐 불렀다.

"고무용, 들게!"

병풍 밖에 대기하고 있던 고무용이 황급히 달려 들어왔다.

"북경에 돌아가는 대로 인제를 데리고 열넷째한테 다녀오도록 하게."

옹정이 지시를 마친 뒤 한결 부드러운 어조로 교인제에게 말했다.

"가서 몇 시간이고 있다가 와도 괜찮다. 간 김에 필요한 물건이 없는지 꼼꼼하게 챙기고 하인들 중에 무례하게 구는 자가 없는지 알아보도록 해라. 돌아와서 짐에게 보고하면 된다."

그때 고무용이 조심스레 아뢰었다.

"악이태와 주식 두 분 중당이 간식을 잘 드셨다면서 밖에서 대령하고 있사옵니다."

"들라 하게."

옹정이 담담하게 대답하고는 자리로 돌아와 앉았다. 교인제는 순간 마음속에 감동과 괴로움이 교차했다. 자신을 향한 옹정의 일거수일투족을 통해 그의 속마음을 알 것 같았던 것이다. 그녀는 옹정의 자신을 향한 감정이 얼마나 깊고 두터운 것인지 이제야 비로소 알게 된 것이 한스럽기도 했다.

'폐하는 때로는 자상한 아버지처럼, 때로는 믿음직한 큰오빠처럼 나를 대해줬어. 이렇듯 성격 좋고 마음씨 고운 사람이 어찌해서 동복형제인 열넷째마마와는 같은 하늘을 이고 살 수 없는 원수지간이 되고 만 걸까? 지저분한 당쟁 때문에 기력이 소진되는 궁궐을 벗어

나 평범한 일상 속에서 폐하 같은 오빠와 함께 살았으면 얼마나 좋았을까?'

교인제는 그렇게 망상에 가까운 생각을 하고 있다가 옹정의 목소리에 화들짝 놀랐다.

"차를 가지고 오너라!"

교인제는 황급히 대답하고는 바로 물러갔다. 곧이어 옹정이 악이태와 주식에게 자리를 권하고는 물었다.

"전문경과 이불의 상주문을 육부에 내려보냈네. 다들 읽어보고 나서 뭐라고 하던가?"

주식이 상체를 숙인 채 아뢰었다.

"육부에서는 아직 보고서가 올라오지 않았사옵니다. 급하시면 신이 독촉을 하겠사옵니다."

"자네들 생각은 어떠한가? 주식, 자네가 키워서 내보낸 문생이 엄청나게 많지 않은가? 그런데 그 사람들 가운데 이불과 전문경 사이가 궁금해 편지를 보낸 사람이 하나도 없을 리 없지 않겠나?"

옹정이 차가운 어조로 물었다. 주식은 옹정으로부터 그처럼 날카로운 질문을 받은 것은 처음이었다. 순간 그의 이마와 콧등에는 땀이 송골송골 돋았다. 그가 마른침을 꿀꺽 삼키면서 아뢰었다.

"신이 어찌 감히 주군을 기만하겠사옵니까. 서신은 적지 않았사오나 옆구리를 찔러 폐하의 뜻을 물어보는 내용이 태반이었사옵니다. 다른 주장은 없었사옵니다. 폐하께서는 어제御製《붕당론》朋黨論을 통해 온 천하의 신하들에게 절대 무리를 만들어 사사로운 이득을 챙기려 해서는 안 된다고 강조하셨사옵니다. 신은 과거시험의 주시험관을 지낸 일이 많은 터라 더더욱 사제지간의 선을 분명히 해야 한다고 생각하옵니다. 그래서 이런 편지들을 받고도 답신을 전혀 하지 않고 있사옵니다. 그러나 폐하께서 신의 의견을 물으신 이상 신의 뜻을 분명하게 밝히는 것이 옳다고 생각하옵니다. 신은 전문경과 이불 모두 올바른 사람이라고 생각하옵니다. 다만 둘은 정견이 달라 티격태격할 뿐이옵니다. 나름대로 둘 다 취할 바가 있는 것 같사옵니다. 크게 질책할 바는 아닌 것 같사옵니다."

"자네의 뜻은 둘 다 좋은 사람들이다 이건가? 알겠네!"

옹정이 다시 악이태에게 물었다.

"자네 생각은 어떠한가?"

악이태가 대답했다.

"신은 두 사람과 사적인 친분을 운운할 정도로 가깝지는 않사옵니다. 당연히 애증도 없사옵니다. 전문경은 성격이 까칠하고 의지가 굳건해 매사에 열심히 하는 사람이옵니다. 또 폐단을 바로 잡는 시책을 추진할 때는 원성도 두려워하지 않는 사람이옵니다. 이는 온 천하가 인정하는 사실이옵니다. 유홍도가 하남성에서 보내온 주장을 보면 알 수 있사옵니다. 전문경은 주군의 성은에 보답하고자 하는 마음이 지나치게 간절한 나머지 공로에 급급해 가끔씩 실찰失察하는 경우가 있다고는 하옵니다. 물론 전문경이 황무지 개간에 박차를 가한 것은 좋은 뜻으로 칭찬을 받아야 마땅하옵니다. 그러나 전 중승의 성급한 마음을 이용한 아랫것들이 치적을 자랑하기 위해 지나치게 백성들을 들볶았사옵니다. 그 때문에 백성들이 외성을 떠돌게 됐사옵니다. 그것은 전문경의 실찰이 아니라고 할 수가 없사옵니다. 이불은 방금 주식 대인의 말씀대로 올바른 사람이옵니다. 호북에서 새로운 정책을 널리 알려 탁월한 치적을 쌓았사옵니다. 그러나 그는 겉으로 드러나는 하남성의 문제점을 크게 부각시켜 전문경을 궁지로 몰아넣으려 하고 있사옵니다. 그의 속 좁은 행태 때문에 둘 사이의 공방이 점점 치열해지는 것이 아닌가 하는 안타까운 생각을 해보았사옵니다. 이상은 신의 어리석은 의견이오니 맞는다고 할 수는 없사옵니다. 모든 것은 폐하의 성재聖裁에 따르겠사옵니다."

옹정이 찻잔을 든 채 두 사람의 말을 다 듣고 난 다음 긴 침묵 끝에 입을 열었다.

"방금 주 중당이 붕당에 대해 언급했네만, 붕당의 피해를 고스란히 당하고 살아온 짐은 그 얘기는 언제 들어도 감회가 마냥 새롭기만 하네. '여덟째당'의 악랄한 짓은 성조께서 피곤을 무릅쓰고 열심히 일하실 나이 때부터 시작돼 이십 년 동안 지속됐지. 그랬으니 조정과 백성들을 위해 제대로 일을 한다는 것은 하늘에 오르는 것보다 더 힘들었지. 홍력이 이번에 겪은 위기만 보더라도 참 기상천외하지 않나? 다른 성에 연고를 둔 도둑들이 어찌해서 하필이면 하남성 경내로 들어와 일을 저질러 전문경의 뒤통수를 치느냐 이거지! 물론 우연의 일치라고 볼 수도 있겠지. 하지만 이불과 전문경의 정쟁이 치열해진 시점에 이건 분명히 예사롭게 넘길 일이 아니네. 아기나, 색사흑, 윤제 세 사람은 날갯죽지 부러진 새와 같은 신세가 됐으나 그 일당까지 완전히 일망타진된 것은 아니지 않은가? 자네들도 상주문을 읽어봐서 알겠지만 사천, 호북, 운남, 귀주 이런 성들에서는 조정의 새로운 정책에 빗대 짐을 비난하는 대자보들이 수도 없이 나붙는다고 하지 않는가? 북경에서도 끔찍한 '궁위밀문'宮闈密聞(궁궐의 비밀스런 소문)이 나돌고 있다네. 심지어 융과다가 짐의 '은밀한 치부'를 너무 많이 알고 있어 짐이 일부러 그를 없애버리려고 안달이라고 하지 않는가!"

탁!

옹정은 말을 하면 할수록 분노가 치밀어 오르는 모양이었다. 급기야 분노를 주체하지 못하고 탁자를 힘껏 내리쳤다. 이어 벌겋게 달아

오른 얼굴로 이를 악물며 말을 이었다.

"짐이 인仁을 베풀었으면 감지덕지해야 할 것 아닌가? 그러지는 못할망정 이런 식으로 짐의 뒤통수를 노리는 것은 도리가 아니지! 보아 하니 아기나의 무리들을 이런 식으로 편하게 가둬두기만 해서는 안 되겠네. 그자들은 국법을 어긴 자들인 만큼 가법에만 따라 처리할 것이 아니네. 즉각 명지明旨를 내려 육부에 그들의 죄를 제대로 물으라고 해야겠어. 천하위공天下爲公이라 했거늘, 죽어 마땅한 자는 죽어야 하지!"

악이태와 주식은 전문경과 이불의 정쟁을 논하던 중 갑자기 윤사, 윤당에게 화제가 돌아가자 적이 당황한 눈치를 보였다. 둘은 순간적으로 '윤사 문제가 아직 끝나지 않은 건가?'라는 의문을 뇌리에 떠올렸다. 그러나 옹정이 크게 노해 있는지라 감히 말을 붙이지 못했다.

주식이 한참 후에야 조심스레 입을 열었다.

"폐하, 이불은 아기나 등의 일당이 아니옵니다."

옹정이 주식의 말에 자리에 눌러 앉으면서 대답했다.

"사실인지 아닌지는 밝혀질 때가 있겠지. 이불의 편에 서서 전문경에게 침을 뱉는 자들을 보게. 하나같이 그 옛날 염친왕부를 제집 안방 드나들 듯 하던 자들이 아닌가? 그들은 짐의 탄정입무, 화모귀공, 관신일체납량 등 새로운 정책이 하루아침에 휴지조각이 되고 짐이 골탕먹는 우스운 꼴을 보는 것이 목적인가 본데, 꿈 깨라고 하게! 짐은 성조의 깊은 뜻을 받들어 정도를 걷고 있네!"

옹정의 두 눈에서는 노기 어린 불꽃인지 눈물인지 모를 빛이 번쩍였다. 그가 다시 한숨을 내쉬면서 덧붙였다.

"그들은 불학무술不學無術해서 성세盛世의 은우隱憂(숨은 근심)를 모른다네. 화모귀공을 실행하지 않으면 탐하지 않는 관리가 없을 것이야. 또 국채를 환수하지 않으면 나라의 곳간이 텅텅 비어 언젠가는 그로 인한 피해가 고스란히 자기들에게 돌아간다는 것을 전혀 생각하지 못한다는 말일세. 《역경》易經에서 이르기를, '궁하면 변하고, 변하면 통하고, 통하면 오래 간다'窮則變, 變則通, 通則久고 하지 않았던가? 몽고족들이 무엇 때문에 중원에 들어온 지 구십 년 만에 망했는지 생각해봤나? 바로 그네들의 썩어빠진 방식을 고집하면서 변통變通의 도리가 무엇인지 몰랐기 때문이지. 우리 대청도 관내關內(만리장성 산해관 안쪽, 즉 북경)에 들어온 지 벌써 구십 년이 다 되어 가지? 경각심을 높여야 하네. 이불은 아마 본인이 바르게 서 있다고 자부해서 다른 사람들을 과격하게 공격하는 것일 거야. 아무튼 짐의 아픈 구석만 찾아가면서 찌르고 있어. 그가 종잡을 수 없는 간사함, 조금만 밀어주면 정신없이 기어오르려는 야심, 이런 한족들의 약점을 벗어던지지 못한 점이 짐은 매우 유감스럽네. 설사 배후에 별다른 음모가 없었을지 몰라도 일벌백계로 경종을 울려야 할 필요가 있다고 보네. 제갈량이 울면서 마속의 목을 벤 것泣斬馬謖처럼 짐 역시 눈물을 흘리면서 이불을 죽이지 말라는 법은 없지 않은가?"

옹정의 격분에 찬 말은 악이태와 주식의 가슴을 섬뜩하게 만들기에 충분했다. 실제로 말 한마디, 한마디가 둘의 가슴을 송곳처럼 찔렀다. 급기야 두 사람은 자리에서 앞으로 나와 무릎을 꿇으면서 아뢰었다.

"폐하의 심모원려를 이제야 알 것 같사옵니다."

"알았으면 됐네. 짐의 뜻을 정리해 육부로 보내게. 이불이라는 이름은 잠시 거론하지 말게. 그들에게 짐의 뜻에 비추어 의논해 보라고 하게. 무슨 의견들이 나오나 보게."

옹정이 말을 마치고 나더니 고개를 번쩍 쳐들었다. 다시 뭔가 말하려는 듯 입을 움찔거렸다. 그러나 바로 손사래를 쳤다.

"그만 물러가게. 덕릉태와 장오가에게 전하게. 모레……, 모레 진시辰時에 북경으로 출발할 거라고 말일세."

"폐하!"

"국사가 어지러우니 편히 쉴 수가 없구먼. 풍광이 이렇게 좋으면 뭘 하나? 마음이 편치 않은 것을. 북경으로 돌아가야지!"

옹정은 아쉬운 표정이 역력한 눈빛으로 창밖의 경치를 바라보았다.

30장

피비린내를 몰고 올 폭풍전야

옹정의 어가가 북경을 향해 출발했다는 조서가 북경에 도착한 그 날, 홍시는 태감 진구秦狗로부터 첩자帖子 하나를 받았다. 옹정이 악이태, 주식과 더불어 열하원熱河園에서 나눈 대화내용이 자세히 기록된 편지였다. 홍시는 곧 막료 광청행을 서화청에 위치한 고우헌鼓雨軒으로 불렀다.

광청행은 홍시의 부탁을 받고 서재에서 몇몇 막료들과 함께 외관外官들에게 보내는 답신을 정리하고 있었다. 그러다 홍시가 부른다는 말을 듣고는 부랴부랴 달려왔다.

"셋째마마, 찾으셨습니까?"

"날씨가 예사롭지 않구먼. 속옷까지 땀에 흠뻑 젖었네. 자, 먼저 이것부터 먹게. 일단 더위부터 식히고 보자고! 그리고 저건 진구가 보낸 편지네. 읽어보도록 하게."

홍시가 얼음물에 담갔던 수박을 광청행에게 건네주면서 말했다. 이어 대나무 의자에 벌렁 드러누워 부채질을 하면서 눈을 지그시 감았다.

광청행은 몇 장이나 되는 진구의 편지를 이리저리 뒤적이면서 반복해 읽었다. 그러더니 말없이 고우헌 밖으로 천천히 걸어 나갔다. 처마 밑에 서서는 연못가에서 하늘거리는 버드나무에 시선을 고정했다. 더운 기운 때문에 숨이 턱턱 막히고 귀청을 찢는 매미소리가 여간 시끄러운 것이 아니었으나 전혀 느끼지 못하는 것 같았다. 그가 한참 후에야 되돌아와서는 홍시를 향해 웃으면서 말했다.

"셋째마마께서는 지난번에 진구에게 은자 삼백 냥을 괜히 줬다면서 아까워하시더니, 이제는 아시겠죠? 소나 인간이나 먹은 만큼 싸게 마련입니다. 이 편지 한 통이 어찌 삼백 냥 값어치만 하겠습니까? 만 냥을 주고도 살 수 없는 것입니다."

홍시도 웃으면서 화답했다.

"내가 그까짓 삼백 냥 주는 게 배 아파 그랬던 것은 아니야. 궁중의 규제가 워낙 엄격하지 않나. 태감이 사사로이 왕공대신들을 만나고 다니다가 들통이라도 나면 가차 없이 목이 떨어질 것이 아닌가. 괜히 일이 크게 번질까봐 그랬지. 하긴, 넷째는 이런 짓 안 하고도 소식이 영통하니……."

광청행이 그러자 바로 고개를 저었다.

"마마께서는 넷째마마와는 비교할 수 없습니다. 그의 생모는 귀비貴妃입니다. 태후마마 앞에서도 말의 권위가 섰던 사람입니다. 넷째마마 역시 강희 오십일 년부터 성조의 슬하에서 공부를 하면서 얼굴 도장 찍어놓은 신하들이 얼마나 많았겠습니까? 게다가 오랫동안 운송헌에서 정무를 보셨죠. 점수를 따려는 자들이 들락거리면서 한두 마디씩만 소식을 날라도 그게 어딥니까? 그러니 굳이 셋째마마처럼 돈을 뿌려가면서 불안하게 소식을 염탐할 이유가 없죠."

홍시는 광청행의 말이 맞다고 생각했다. 그러나 씁쓸한 것은 어쩔 수가 없었다. 그는 몰래 점성술사들을 불러들여 자신의 팔자를 점쳐 본 적이 있었다. 희한하게도 점을 본 자들은 누구나 할 것 없이 그의 팔자가 대단히 고귀하다고 말했다. 때문에 그는 가끔 거울을 들여다 보면서 점성술사의 말을 떠올리기도 했다.

'나는 학식이면 학식, 재능이면 재능, 심지라든가 외모까지 어느 것 하나 홍력에게 처지는 면이 없어. 그런데 무엇 때문에 부황의 총애는 홍력에게만 집중되는 거야. 도통 이해할 수가 없네.'

홍시가 두서없이 이런저런 생각에 잠겨 있을 때 광청행이 다시 말을 이었다.

"진구가 이렇게 기특한 짓을 한 것은 꼭 그 삼백 냥 때문만은 아닙니다. 이자는 넷째마마께서 밖에 나가 계시고 폐하마저 자리를 비운 마당에 홀로 정무를 처리하시는 셋째마마의 진가와 전망을 엿봤던 것입니다. 이같이 영악한 놈이 돈이 궁할 리 없죠. 외관들이 용돈조로 찔러 넣어주는 돈만 해도 족히 몇 만 냥은 될 것입니다."

홍시가 광청행의 말이 끝나기 무섭게 유유자적 부채질을 하면서 말했다.

"이불이 위태롭구먼. 여덟째, 아홉째, 열째 숙부…… 모두 안타깝구먼. 사실 그분들은 같은 길을 걷는 사람들이 아닌데! 이불도 문장 실력이나 인품이나 모두 전문경보다 훨씬 나은데 참으로 안 됐구먼."

광청행이 다시 눈을 반짝이면서 말을 받았다.

"제일 재수 없는 분은 여덟째마마입니다. 폐하께서는 붕당을 가장 두려워하시고 싫어하십니다. 여덟째마마께서는 실세이실 때 조정의 문무백관들과 널리 인맥을 쌓으셨죠. 또 박학다식한 문인들과도 관계가 좋았습니다. 지금 비록 여덟째마마는 날개 부러진 새 신세가 됐으나 과거에 그분을 따르던 세력들은 곳곳에 건재하고 있습니다. 셋째마마, 전에 건청궁에서 '팔왕의정'의 난리가 벌어졌던 일을 기억하십니까? 그때 당시 염친왕에게 비난의 화살을 돌린 사람은 하나도 없었습니다. 모두 전문경에게만 집중 공격을 퍼부었죠. 지금은 전문경이 총알받이나 다름없습니다. 폐하께 위협이 되는 세력들은 폐하의 새로운 정책에 대한 불만을 전문경을 통해 표출하죠. 그래서 폐하께서도 전문경을 공격하는 자는 곧 폐하께 칼끝을 겨냥한 것이나 다름없다고 단언하십니다. 그리고 그들을 제거하려고도 하시는 것입니다. 때문에 전문경을 공격하는 자들이 많아질수록 폐하께서는 전문경을 더 비호하실 것입니다. 그리고 폐하의 비호가 심해질수록 반대파들은 전문경에 대한 공격 수위를 높일 것입니다. 불쌍한 것은 가운데에 끼인 전문경이죠. 여덟째마마를 따르던 자들은 지금 강 건너 불구경하듯 팔짱을 끼고 사태의 추이를 관망하고 있습니다. 가끔 새로운 정책의 내용을 적은 포고문을 떼면서 혼란을 조성하기도 하면서요. 성격이 칼 같으신 폐하께서 이렇게 많은 신하들이 자신에게 등을 돌리는 모습을 보시면서 심경이 어떠하시겠습니까? 아마 그래서 고질병이 더 악화되셨을 겁니다."

홍시가 무슨 생각이 들었는지 두 눈을 번쩍 뜨면서 벌떡 일어나 앉았다. 그리고는 부채질을 멈추고 말했다.

"자네 주장이 과연 일목요연하군. 그렇다면 나는 지금 어떻게 해야 하는가?"

광청행이 다 복안이 있다는 듯 아뢰었다.

"두 가지만 명심하시면 됩니다. 하나는 지친 호랑이를 사정없이 때리는 것입니다. 또 다른 하나는 운송헌의 정무를 똑소리 나게 처리하시는 것입니다. 폐하께서 그토록 싫어하시는 여덟째당의 잔여 세력들을 혼내야 합니다. 그걸 보시면 폐하께서는 마마에게 마음을 주실 것입니다. 넷째마마와 다섯째마마에게는 깍듯하게 예와 형제간의 우애로 대하되 마음속으로는 항상 방어하시는 것이 중요합니다. 다 같은 아들들 중에서 누가 효심이 뛰어나고 능력이 있는지 폐하께서 직접 판단하시라고 하셔야 합니다."

멍하니 넋 잃은 표정으로 광청행의 말을 듣고 있던 홍시가 드디어 입을 열었다.

"폐하께서는 홍력에게 전량과 병부를 맡기셨네. 아마 그에게 군사를 줘서 책령 아랍포탄과 싸우게 할 수도 있을 것 같아."

광청행이 홍시의 말에 안색을 흐리면서 대답했다.

"그 견해에는 저도 공감합니다. 저는 셋째마마 문하로 들어온 이후 염친왕과 폐하 사이에 있었던 왕좌 쟁탈전에 대해 곰곰이 생각해봤습니다. 무엇 때문에 인망이 훨씬 높았던 염친왕이 패배했을까요? 많은 이유가 있겠으나 그중 가장 중요한 것은 폐하께서 처음부터 끝까지 중추 부서에서 실권을 장악했기 때문입니다. 반면 염친왕은 변두리에서 인심을 끌기에만 급급했습니다. 그러나 실권이 없는 인물들은 염친왕의 귓전에 달콤한 바람만 불어넣어줬을 뿐 결정적인 순간에는 아무런 힘이나 영향력도 발휘하지 못했죠. 십만 대군을 거느리고 있었던 열넷째마마조차도 조서 한 장에 찍소리 못하고 홀몸으로 북경으로 돌아오지 않았습니까? 셋째마마께서는 절대로 그 전철을 밟으셔서는 안 됩니다."

"그럼, 그렇고말고! 이기면 왕후장상이 되고 지면 도둑 누명을 쓰는 것이 이 바닥이 아니던가. 나 홍시가 어찌 선인들의 교훈을 잊을 수가 있겠나?"

홍시가 이를 악물었다. 그 표정이 무척이나 섬뜩했다. 곧 그가 자리에서 일어서더니 다시 소리를 내질렀다.

"밖에 누구 없느냐?"

몇몇 하녀와 어멈들이 홍시의 호출에 허둥지둥 달려왔다. 순간 홍시는 이마를 치며 실소를 금치 못했다. 이곳이 운송헌인 줄 착각했던 것이다. 그가 지시했다.

"창춘원으로 갈 것이니 가마를 대라. 서가西街에 있는 뜰 세 개짜리 집을 광 막료에게 줄 것이니 장방帳房(금전출납을 관리하는 곳)에 알리고 쓸 만한 애들 스무 명 정도 골라서 보내도록 해라."

지시를 마친 홍시는 바로 가마를 타고 밖으로 나갔다.

점심때가 다 된 시각이라 그런지 햇빛은 더욱 기승을 부렸다. 길에는 행인들이 거의 보이지 않았다. 개들도 더위를 못 이겨 혀를 길게 빼문 채 헐떡대고 있었다. 더위에 지친 사람들은 마치 열병을 앓고 난 것처럼 기운을 차리지 못하고 있었다. 또 집집마다에는 활짝 열어놓은 문으로 윗옷을 벗어던진 남정네들과 속옷만 걸친 아낙네들의 모습이 보였다.

성을 벗어나니 다행히 사람을 질식하게 하는 더위가 좀 가시는 듯했다. 심지어 역도 양 옆의 빽빽한 백양나무들은 작은 바람에도 시원하게 몸을 흔들어대고 있었다. 가끔씩 습기를 머금은 강바람 역시 시원하게 불었다. 그 바람은 창춘원이 가까워 올수록 더욱 울창해지는 나무숲 때문에 그런지 한결 시원하게 느껴졌다.

드디어 쌍갑문에 이르렀다. 홍시가 막 창춘원 안으로 발걸음을 옮기고 있을 때였다. 북쪽 그리 멀지 않은 곳에서 가볍게 떨리는 종소리가 겹겹의 백양나무 숲을 타고 은은히 들려왔다. 순간 홍시는 주춤

했다. 며칠 동안 더위와 씨름하느라 이친왕께 문안 인사 올리는 것을 깜빡했다는 생각이 든 것이다. 그는 다시 가마에 올라 지시를 내렸다.

"먼저 청범사로 가세."

홍시가 예전부터 집에서 부리던 가마꾼들은 그의 말에 잽싸게 가마를 들더니 빠르게 달리기 시작했다. 시원한 바람에 땀을 식히며 반 리쯤 가자 청범사에 도착할 수 있었다. 홍시는 가마에서 내려 바로 안으로 들어가려다 때마침 종종걸음으로 걸어 나오는 중년의 스님과 맞닥뜨렸다. 땟국이 흐르는 누런 보퉁이를 옆구리에 낀 그 사내는 청범사의 주지인 법인法印이었다.

"이봐, 스님! 쪄죽고 싶은 사람 나오라는 날씨에 어디를 그리 급히 가나?"

"셋째마마! 아미타불!"

법인이 홍시를 알아보고는 얼굴 가득 웃음을 바르면서 다가왔다. 이어 민머리에 송골송골 내돋친 땀을 닦고 나더니 절을 하면서 말했다.

"그간 무고하셨습니까? 한동안 못 뵈었습니다. 이 중은 지금 북쪽에 있는 옥황묘로 가고 있는 중입니다. 보름 동안 비 한 방울 내리지 않으니 어디 숨이 막혀 살겠습니까? 열셋째마마께서는 어젯밤 통잠을 못 이루시더니 오늘 북경 모든 사원의 큰스님들에게 옥황묘로 가서 기우제를 지내라고 하명하셨습니다. 수공修空 방장께서 먼저 가시더니 곧 전갈을 보내시더군요. 대종사大鐘寺 주지 오심悟心스님께서 우리 것보다 더 멋진 가사를 입고 오셨다면서 저에게 열셋째마마가 하사하신 금박 목면木棉 가사를 가져오라고 시키셨습니다. 우리 청범사에는 열셋째마마께서 계신데 다른 절에 뒤처져서야 되겠습니까?"

홍시가 산문山門으로 들어가려다 법인의 말을 듣고 멈춰 서더니 웃으면서 말했다.

"출가인들이 속물스럽게 그런 것 때문에 아옹다옹하고 그러나! 중생들이 범하는 탐욕, 어리석음, 화냄 따위의 번뇌를 하나도 내버리지 못했으면서 어찌 중생을 제도할 수 있겠어? 불조께서 자네들 같은 제자를 인정하시겠나? 기우제를 지내려면 불공에 들여야 할 돈이 얼마나 필요한가?"

법인이 마치 이게 웬 떡인가 하는 표정을 한 채 손가락을 활짝 펴 보였다.

"원래는 열셋째마마께서 오만 냥을 전부 부담하시기로 했습니다. 또 방포 대인도 어떻게 아시고 '이것도 나랏일인데 도와야지' 하시면서 삼천 냥을 주셨습니다. 불교를 믿지 않는 장상은 그 마님과 따님이 각각 천 냥씩 후원해 주셨습니다. 그렇게 해서 도합 육만 오천 냥이 됐습니다."

홍시가 법인의 말을 듣더니 바로 입을 열었다.

"내가 오천 냥을 더 보태지. 오심 큰스님에게 전하게. 경건한 마음으로 기도해서 사흘 내에 하늘을 감화시키라고. 감로甘露 같은 빗물을 내리게 하면 내가 예부에 말해 상을 내릴 것이네. 그리고 내 이름으로 국고에서 은 만 냥을 더 하사할 것이니 그리 전하도록. 알겠는가?"

홍시는 말을 마치자마자 바로 산문 안으로 들어갔다. 청범사는 장정옥, 방포와 윤상이 차례로 입주한 이후 일반 향객들의 발길이 끊어진 지 오래된 절이었다. 때문에 문 앞을 지키고 있는 자들은 모두 이친왕부의 태감과 호위들일 수밖에 없었다. 그들이 성큼 들어서는 홍시에게 일제히 절을 하면서 영접을 했다.

"열셋째마마께서는 오침 중이신가?"

홍시가 물었다. 그러자 태감이 황급히 아뢰었다.

"저희 마마께서는 연이어 며칠째 낮잠을 주무시지 않고 계시옵니다. 원래 계시던 곳이 대비전大悲殿과 가까워 스님들의 경 읽는 소리가 귀찮다고 정심정사淨心精舍로 처소를 옮기셨죠. 그러나 불경 소리가 너무 안 들리니 울적해지신다고 하시어서 지금은 정심정사의 서원西院에 계시옵니다. 소인이 모시고 가겠사옵니다."

태감이 곧 홍시를 데리고 앞장을 섰다. 그는 서쪽 복도에서 북으로 꺾어 들어가지 않고 산문을 통해 서쪽으로 가는 길을 택했다. 과연 복도 뒤편의 좁은 길을 따라 북으로 한참 걸어가자 동향의 자그마한 정원이 무성한 숲속에 어렴풋이 가려져 있는 광경이 보였다. 대나무가 울창한 뜰 안은 한적하고 고요했다. 대문에는 검은 편액에 흰 글씨로 네 글자가 적혀 있었다.

淨心精舍

홍시가 태감에게 말했다.

"자네는 그만 물러가게, 내가 알아서 들어갈 테니."

"황공합니다, 셋째마마. 장상께서는 열셋째마마를 뵈러 온 분은 반드시 모시고 다니라고 했습니다."

태감은 좀체 물러갈 생각을 하지 않고 조심스레 아뢰었다.

"나도 예외가 아니라고 하던가? 그만 물러가게! 장상이 뭐라고 하면 나를 찾아오라고 하게."

홍시가 웃는 듯 마는 듯한 표정을 지었다. 이어 곧 방 안으로 들어갔다. 태감은 감히 따라 들어가지 못하고 밖에 서 있었다.

방 안에는 탕약 냄새가 짙었다. 홍시는 방에 들어가서는 잠시 가만히 서 있어야 했다. 두 눈이 밖의 강렬한 햇볕에 적응된 터라 방 안에 들어온 뒤 잠시 아무것도 볼 수 없었던 것이다. 그가 한참 동안 가만히 그렇게 서 있자 그제야 비로소 검은 장막이 걷힌 듯 큰 베개 위에 비스듬히 기대앉은 윤상의 얼굴이 보였다.

윤상은 한여름임에도 배에 얇은 담요를 두르고 있었다. 말 그대로 피골이 상접한 모습이었다. 윤상의 아들 홍교는 침상 언저리에 걸터앉은 채 약을 한 술씩 떠서는 아버지의 입에 조금씩 넣어주고 있었다. 또 그 옆에는 궁녀 한 명이 무릎을 꿇은 채 약사발을 받쳐 들고 있었다.

홍교가 홍시를 향해 고개를 끄덕여 예를 표했다. 이어 눈을 감고 있는 윤상에게 조용히 말했다.

"홍시 셋째 형님이 아버지를 뵈러 왔습니다."

홍시가 황급히 무릎을 꿇으며 문안을 올렸다.

"열셋째 숙부, 조카 홍시가 숙부님께 문후 올립니다."

"오, 홍시냐?"

윤상은 애써 눈꺼풀을 조금씩 밀어 올리면서 홍시를 바라봤다. 그러더니 기운 없는 목소리로 입을 열었다.

"이 날씨에 여기까지 찾아오느라 고생이 많았어. 어서…… 일어나 앉게."

홍시가 대답과 함께 일어났다. 동시에 창가의 나무의자에 앉으면서 조심스레 말했다.

"승덕 쪽에서 서신이 왔습니다. 폐하께서는 유월 삼일에 출발하시어 구일에 북경에 도착하신다고 합니다. 요 며칠은 어가를 맞을 준비에 통 경황이 없어 숙부님을 찾아뵙지 못했습니다. 그저 방포 선생과 장상께 대신 문후를 올려달라고 했을 뿐입니다."

윤상이 미약하게 머리를 끄덕여 보였다.

"그렇지 않아도 방금 방포 선생에게서 어가의 귀경에 대해 들었네. 자네들은 어가를 맞이하기 위해 바쁠 텐데……, 나는 아무 도움도 못 되고 이렇게 폐만 끼치는군."

윤상이 말을 마치고는 가볍게 기침을 하더니 스르르 눈을 감았다. 홍시는 안쓰러울 정도로 바싹 마른 열셋째 숙부의 모습을 대하자 마음이 편치 않았다. 더구나 그는 옹정의 형제 스물 넷 가운데에서 가장 파란만장한 삶을 살아온 사람이 아니었던가. 홍시 역시 그 사실을 잘 알기 때문에 서글픔이 더할 수밖에 없었다.

윤상이 아직 강보에 싸여 있을 때였다. 그의 생모는 별다른 이유 없이 어느 날 갑자기 출궁해 비구니가 됐다. 어린 윤상은 이후 형제들로부터 굴욕과 모독을 받으며 잡초처럼 거칠게 살아왔다. 심지어 웬만한 태감들도 그를 만만히 보고 인사도 제대로 하지 않았다. 그러나 옹정만은 윤상의 편에 서서 따돌림 받는 윤상을 지켜줬다. 옹정의 보살핌 덕분이었을까, 윤상은 역경 속에서도 희망을 잃지 않고 자라났다. 나중에는 강인하고 고집스러운 성격의 사나이가 됐다. 불의를 보면 팔을 걷어붙이는 '협왕'俠王으로 유명세를 타기 시작했다. 특히 강희는 윤상의 정직함과 그 어떤 외압에도 굴하지 않는 당당함을 높이 평가하면서 "우리 집에 굴레 벗은 천리마가 있다. 그는 바로 목숨을 거는 십삼랑이다"라면서 칭찬을 아끼지 않았다. 한마디로 윤상은 걸음마다 영풍英風을 달고 다니면서 보무도 당당하게 내디뎠던 사람이었다. 강희가 붕어하던 날 그가 직접 풍대 대영으로 가서 병권을 성공적으로 탈취한 것은 무엇보다 그런 사실을 잘 말해주는 것이었다. 급기야 그는 옹정이 순조롭게 보위에 오르는데 지대한 공헌을 하였다.

그런 윤상이 지금은 골골 앓는 환자가 돼 있었다. 동에 번쩍 서에 번쩍 하던 늠름한 기상도 온데간데없이 사라져 버렸다. 홍시는 '협왕'의 영웅적 풍채를 더 이상 볼 수 없다는 생각에 숨을 죽인 채 가만히 한숨을 내쉬었다. 그러나 곧 위로의 말을 건네는 것을 잊지 않았다.

"열셋째 숙부, 지금은 아무 생각 마시고 마음을 편안히 가지세요. 몸조리를 잘하시면 곧 나아지실 테니 약한 말씀은 하지 마십시오. 홍교, 지난번 내가 가 신선을 초청해오라고 한 것은 어찌 됐는가?"

홍교가 즉시 대답했다.

"그렇지 않아도 가사방 신선이 곧 도착할 거예요. 방포 선생과 장상이 얼뜨기 잡귀라면서 막고 나서지만 않았어도 진작 초청을 했을 텐데……. 밖에서 가 신선에 대한 얘기를 많이 들었는지 얼마 전부터는 굳이 말리지 않더군요. 그런데 가 신선이 또 북경을 떠나 어딘가로 운유雲遊를 떠났다고 하더군요. 그래서 계속 기다리다가 이틀 전에야 다시 백운관白雲觀으로 돌아왔다는 소식을 접했어요. 두 번씩이나 찾아가서야 겨우 오늘 오후 이리로 오게끔 약속을 잡았어요."

홍교가 계속 말을 하려고 할 때였다. 윤상이 갑자기 눈을 감은 채 중얼거렸다.

"왔어, 왔어. 사람은 겉만 봐서는 모른다더니, 옛말이 틀린 데 하나도 없구먼!"

홍시와 홍교는 윤상의 뜬금없는 말에 깜짝 놀라 주위를 두리번거리면서 살폈다. 그러나 주위에는 숲만 우거져 있을 뿐 아무런 동정도 없었다. 둘은 갑자기 모골이 송연해지는 느낌을 받았다. 두 사람이 입만 실룩거리면서 어찌할 바를 모르고 있을 때 밖에서 귀에 익은 태감의 공손한 목소리가 들려왔다.

"가 신선, 어서 이쪽으로 드시죠."

말소리와 함께 주렴이 걷히더니 가사방이 홀연히 나타났다. 홍교가 반색을 하면서 맞이했다.

“혹시 가 신선이세요? 어서, 어서 오세요.”

가사방은 예전과 똑같은 차림을 하고 있었다. 검은 장삼에 검은 단화를 신은 모습이었다. 이마까지 덮을 정도로 커 보이는 뇌양건雷陽巾 역시 마찬가지였다. 또 길고 마른 얼굴은 방금 씻은 듯 물기가 덜 마른 것 같았다. 낯빛은 핏기가 없이 창백했다. 가사방이 문어귀에서 세 사람을 향해 웃어 보이면서 말했다.

“빈도는 이미 열셋째마마와 신회神會(신이 서로 교류함)했습니다. 두 분은 셋째마마와 일곱째마마시죠?”

“그래요. 종실宗室에서는 항렬을 세우는 방법이 조금 달라 나를 여섯째라고 부르는 사람도 있어요. 이 분은 셋째마마입니다.”

홍교가 놀라운 시선으로 가사방을 아래위로 훑어보면서 말했다. 윤상 역시 어느새 두 눈을 크게 뜨고는 말없이 눈앞의 기인을 뚫어지게 바라보고 있었다. 그러자 가사방이 윤상의 침상맡으로 다가가 땅에 머리를 대고 절을 한 다음 말했다.

“열셋째마마, 빈도의 절을 받으십시오! 열셋째마마의 병은 빈도를 만난 순간 다 나았습니다. 느낌이 오지 않습니까?”

“그렇소. 나는 이미 어지럼증이 싹 가신 것 같소. 눈도 침침하지 않고.”

“싹 가신 것 같은 것이 아니라 싹 가셨습니다. 마음이 청명하니 눈이 편안해질 수밖에요. 열셋째마마, 위가 줄어들었으니 음식을 조금 드셔야 합니다. 뭐 좀 드시죠. 떡 같은 거라도.”

“떡 말이오? 그래, 그게 먹고 싶었던 거야! 어쩐지 속이 영 허전한 것 같았어.”

윤상이 두 눈을 번쩍이는가 싶더니 옆 사람에게 들릴 정도로 군침까지 꿀꺽 삼켰다. 가사방의 말대로 윤상의 상태는 그새 기적처럼 좋아져 있었다. 홍교는 그런 아버지를 목도하게 되자 놀라움을 금치 못했다. 두 눈도 휘둥그레졌다. 홍교가 황급히 아랫사람들에게 지시를 내렸다.

"어서 계화桂花떡을 내어 오너라!"

가사방은 미소를 머금은 채 윤상이 계화떡 두 개를 냉큼 먹어치우는 모습을 물끄러미 바라봤다. 이어 직접 은병에서 물을 따라 건넸다. 윤상은 그 물도 꿀꺽꿀꺽 단숨에 마셔버리고는 시원한 표정을 지으며 웃었다.

"이렇게 맛있게 음식을 먹어본 적은 이 년 만에 처음인 것 같네. 정말 고맙소! 그대는 기공을 하지도 않고 부적을 태워 잡귀를 내쫓지도 않았는데, 어찌 이리도 용케 내 병을 싹 고쳐줄 수가 있었소?"

윤상의 칭찬에 가사방이 고개를 숙여 예를 표하면서 대답했다.

"열셋째마마, 《도장》道藏의 삼십육부 경전은 모두 일백팔십칠만 육천삼백팔십 권으로 되어 있습니다. 그중 〈동진경〉洞眞經만 공부한 자는 '상련술'上煉術밖에는 모릅니다. 또 〈동본경〉洞本經만 공부한 자는 '안마법'按摩法밖에 아는 것이 없을 테죠. 그 외에 〈동신경〉洞神經만 독파한 자는 '황정'黃庭의 도道에 대해서만 조금 알 뿐입니다. 빈도는 만법을 통달했으니 어찌 어느 한 가지에만 얽매일 수가 있겠습니까?"

가사방이 다시 자신 있는 말투로 느릿느릿 말을 이어나갔다.

"짐짓 갖은 해괴망측한 행동으로 남을 현혹시키는 자는 도가의 이름을 욕되게 하는 하승下乘 잡배들입니다. 열셋째마마께서는 여태 그런 자들에게 속임을 당하셨습니다. 열셋째마마, 이제는 그만 누워계시고 일어나 움직이고 싶지 않으십니까?"

"물론 일어나고야 싶지."

"홀로 일어설 수 있으시죠?"

"자신이 없네."

"아닙니다. 충분히 일어서실 수 있습니다. 수많은 사람들이 자유자재로 길을 활보하고 다니는데, 일세의 영웅이신 열셋째마마께서 걸음을 걷지 못하다뇨? 일어나셔서 스스로 땅을 디뎌보십시오. 괜찮으시면 신발을 신고 몇 발짝 걸어 보십시오."

가사방이 얼굴 가득 미소를 지으면서 말했다.

윤상은 가사방의 말이 마치 먼 나라의 얘기처럼 들렸다. 오랫동안 병환에 누워있어 기운이라고는 손톱 만큼도 없는데 걸어 보라니? 될 법이나 한 얘기인가? 그러나 가사방의 말은 이상하게 그의 귓전에 쏙쏙 들어왔다. 마치 너는 그렇게 할 수 있다고 확신을 주는 것 같았다. 더군다나 오장五臟도 반응하면서 소리를 냈다.

순간 그는 한 줄기 강렬한 열기가 오랫동안 얼어붙었던 얼음장을 녹이듯 오장육부의 혈관이 서서히 뜨거워지기 시작하는 기분을 느꼈다. 침상에서 내려 땅을 딛고 싶은 욕구가 굴뚝같이 치밀고 있었다. 그는 자신도 모르게 벌떡 베개를 밀치면서 일어나 앉았다. 분명히 설 수 있을 것 같은 자신감이 솟구쳤다.

"나는 일어나 걸을 수 있다!"

윤상은 스스로에게 주문을 외우듯 중얼거리면서 두 팔을 뻗었다. 그리고는 천천히 신발을 신고 주위의 만류도 뿌리친 채 일어섰다. 우려했던 바와 달리 몸은 전혀 뒤뚱거리지 않은 채 중심이 잡혔다. 발걸음도 저절로 옮겨졌다. 윤상은 두 팔을 마구 흔들면서 기쁨에 겨워 소리쳤다.

"내가 이제는 걸을 수 있어! 하하하하!"

윤상이 드디어 예전처럼 두 발을 힘 있게 내디디면서 행진하듯 문밖을 나섰다. 정심정사 내의 모든 태감과 궁녀들은 하나같이 경악을 금치 못했다. 방금 전까지만 해도 몸을 뒤척이지도 못하고 물 한 모금 넘기기 힘들어 하던 윤상이 멀쩡하게 제 발로 걸어 밖으로 나가다니, 인간 세상에 내려온 신선이 아니고서는 누가 이런 기적을 행할 수 있다는 말인가?

홍교는 거의 오체투지五體投地할 정도로 탄복했다. 급기야 숭배하는 시선으로 어마어마한 능력을 보여준 가사방을 우러러 보다 털썩 무릎을 꿇었다. 그리고는 엎드린 채 머리를 소리 나게 세 번 조아렸다.

"그대는 과연 살아있는 신선이시오. 우리 아버지 목숨을 구해주신 은혜는 내가 두고두고 잊지 않을 것이오. 당장 백운관을 능가하는 도관道觀(도교의 사원)을 하나 지어주겠소!"

"이건 목숨을 구해준 것이 아닙니다. 그저 병 치료를 해줬을 뿐입니다."

윤상은 참으로 오랜만의 바깥출입에 감격을 금하지 못했다. 이리저리 산책을 하느라 여념이 없었다. 가사방은 그런 윤상을 바라보면서 빙긋 미소를 지었다.

"누구나 다 목숨은 자생자멸自生自滅하는 법입니다. 큰 선행을 베풀었거나 큰 죄를 짓지 않은 한 천명에서 그리 크게 벗어나지 않습니다. 열셋째마마께서는 아직 천명이 다하지 않으셨으니 당연히 털고 일어나실 수 있었던 겁니다."

홍시는 처음부터 끝까지 모든 광경을 빠짐없이 지켜봤다. 당연히 경이로움에 할 말을 잃고 말았다. 그가 한참 멍하니 가사방의 일거수일투족을 바라보다가 불현듯 말했다.

"폐하께서도 옥체가 여의치 않으신데, 가 신선을 추천하고 싶네!"

그때 윤상이 방으로 들어오더니 환하게 웃었다.

"땀을 쫙 뺐더니 날아갈 것 같구먼!"

윤상이 말을 마치고는 다소 무거워 보이던 겉옷까지 와락 벗어던졌다. 당황한 홍교가 말리려고 나섰다. 그러자 가사방이 슬며시 만류를 했다.

"괜찮습니다. 이제는 쾌유하셨습니다. 방금 거사께서는 빈도에게 도관을 하사하신다고 약속하셨죠? 매인 데 없이 구름처럼 떠돌아다니는 것이 빈도의 삶인 만큼 그런 것은 필요 없습니다. 대신 한 가지 청을 들어주십시오. 빈도는 지금 백운관에 기거하고 있으나 손님 신분이라 다소 불편합니다. 거사께서 그곳의 장 진인께 말씀드려 빈도의 적籍을 백운관에 두게 해주셨으면 합니다. 그렇게 해주시면 빈도는 그걸로 만족합니다."

홍시가 가사방의 말에 웃으면서 말했다.

"그거야 뭐 어려울 게 있겠나? 내가 돌아가자마자 순천부順天府에 명해 처리하도록 할 것이네. 장 진인이 칙봉敕封을 받은 신분만 아니었어도 가 신선에게 백운관 주지를 맡길 수 있을 텐데!"

윤상은 홍시와 가사방이 대화를 나누고 있는 동안 침상 맞은편 의자에 앉아 땀을 닦고 있었다. 곧이어 미소를 가득 머금은 채 입을 열었다.

"도장道長, 여기에 남아 있으면 안 되겠는가? 죽어가는 사람을 살리고 백골白骨에 살이 붙게 하는 것은 실로 대단한 재주가 아닐 수 없어. 도장처럼 기이한 능력을 가진 사람들은 밖에 나가면 소인배들의 질시와 모함을 받기 십상이야. 여기에 남아줘. 내가 잘 모실 테니 양생養生의 도에 대해서도 좀 가르쳐 줘. 그러면 용체가 편치 않으신 폐하를 위해 침전을 찾는 일도 훨씬 편하지 않겠어?"

가사방이 그러자 윤상을 향해 몸을 돌리면서 말했다.

"세상만사는 인연으로 이어져 있습니다. 폐하의 옥체가 빈도에 의해 원기회복하실 것이라면 폐하께서 당연히 빈도를 부르실 겁니다. 이번 일도 그렇습니다. 만약 열셋째마마께서 빈도를 믿어주시지 않으셨다면 빈도 역시 속수무책이었을 것입니다. 황공합니다만 빈도는 구름에 달 가듯 사는 삶에 길들여져 있어 어디에도 얽매일 수가 없습니다."

가사방이 말을 마치고는 자리에서 일어났다. 이어 홍교에게 당부를 했다.

"열셋째마마께서 드시고 계시던 약은 계속 드셔도 좋습니다. 물론 드시지 않으셔도 무방합니다. 음식은 당기는 대로 드시고 적당히 운동을 겸하도록 하십시오. 이것저것 구속하지 말고 마음 내키는 대로 하게 해주십시오. 항간의 돌팔이라도 출입을 막지 말고 말벗이라도 하게 들이십시오. 이것도 피하라, 저것도 하지 말라 하면 사람이 괜히 주눅이 들어 우울증이 생길 수 있습니다. 그러면 빈도는 이만 물러가겠습니다. 백운관에 아픈 사람들이 많이 기다리고 있습니다."

홍시는 가사방이 서둘러 떠나려고 하자 자신도 마냥 이러고 앉아 있을 때가 아니라는 생각을 했다. 바로 황급히 홍교의 배웅을 받는 둥 마는 둥 하면서 가사방을 따라나섰다. 얼마 후 그가 금시계를 꺼내면서 가사방에게 말했다.

"이친왕께서는 필히 따로 후사할 것이네. 나는 달리 선물할 것도 없고……, 이 금시계가 어떻겠나?"

가사방이 무뚝뚝한 표정으로 말을 받았다.

"빈도는 세상에서 시간에 가장 둔감한 사람입니다. 시계가 마마께는 꼭 필요하겠지만 빈도에게는 전혀 필요하지 않습니다. 셋째마마께서 원하시는 바가 무엇인지는 잘 알겠습니다. 솔직히 말씀 올리면 군왕이나 제후의 명은 하늘에 달려 있습니다. 인간세상의 술사들이 그것을 예측한다는 것은 능력 밖의 일입니다."

가사방은 말을 마치자마자 홀연히 사라졌다. 홍시는 안 들은 것이나 마찬가지인 가사방의 말에 씩 웃어보이고는 바로 가마에 올라탔다.

홍시가 창춘원 입구에 들어섰을 때 마침 광록시光祿寺 시경寺卿인 홍안弘晏이 쌍갑문 입구에서 두리번거리는 광경이 보였다.

홍안은 강희의 큰아들인 윤제의 큰세자로 홍弘자 돌림 형제들 가운데서는 명실공히 맏형이었다. 나이도 무려 마흔 대여섯 정도였다. 그는 아버지 윤제가 연금당해 있을 때 멀리 흑룡강黑龍江으로 파해巴海 장군을 따라 가서 군대를 조련하는 임무를 맡고 있었다. 강희가 붕어했을 당시에는 악종기의 군중에서 일했다. 또 연갱요가 몰락했을 때는 강서성에 있었다. 그래서 운 좋게 화를 피할 수 있었다.

그는 성격이 소심해 뒤에서 남의 흉을 털끝만큼도 보지 않는 사람이었다. 또 만나는 사람마다 먼저 웃으면서 다가서고는 했다. 그는 큰 사건이 터질 때마다 현장에서 멀찌감치 떠나 있었던 데다 평소에 쌓은 인맥, 그리고 본인의 그런 훌륭한 인간성에 힘입어 아버지의 죄에 연루되지 않을 수 있었다. 오히려 직위도 이전보다 많이 올라갔다.

홍시가 가마에서 내리더니 저벅저벅 걸어가면서 홍안을 불렀다.

"형! 여기서 누굴 기다리십니까?"

"아우구먼!"

홍안이 종종걸음으로 홍시에게 가까이 다가왔다. 중년의 사내답게 두툼한 볼 살이 발걸음에 맞춰 출렁거리고 있었다. 그가 반가운 표정을 지었다.

"지금은 자네가 주인인데, 자네를 찾아왔지 누굴 찾겠나?"

홍시가 주변에서 부산스레 오가는 사람들을 의식한 듯 웃으면서 말했다.

"형님, 우리 들어가 천천히 얘기합시다."

홍안과 홍시 두 형제는 어깨를 나란히 한 채 안으로 들어갔다. 노화루에 있는 장정옥을 찾아가는 듯한 관리들이 눈에 많이 띄었다. 창춘원 각 부서에서 일하는 태감들은 두 사람을 보자 황급히 길을 비키면서 문안을 올렸다.

홍안은 운송헌에 들어가서야 비로소 마음이 편해지는 모양이었다. 밖에 꿇어앉아 접견을 기다리고 있는 관리들을 보면서 앉자마자 웃음 띤 얼굴로 본론부터 꺼냈다.

"호부戶部에서 오는 길이라네. 종학宗學으로 쓰던 집이 두 군데나 망가져서 손을 봐야겠어. 다행히 올해 비가 적게 내렸으니 망정이지 하마터면 내려앉을 뻔했네. 적어도 오천 냥은 있어야 수리를 할 수 있을 것 같네. 그 밖에 황실 자제들의 하반기 학비로도 은 만 냥은 가져야 해. 평군왕平郡王, 영군왕英郡王이 각각 오천 냥, 이천 냥씩 낸다고 하기는 했지만……."

홍시가 미소를 지으며 말했다.

"뭘 그리 복잡하게 말씀하십니까? 한마디로 돈이 필요해서 오신 것 아닙니까? 얼마나 필요한지 말씀해보세요."

"역시 지금은 아우가 섭정왕이야! 통이 큰 것이나 기백이 넘치는 것까지 어느 모로 보나 자네가 최고야. 방금 같이 걸어오면서 호가호위狐假虎威(여우가 호랑이를 등에 업고 위세를 부리는 것)의 느낌을 받았으나 그래도 좋았어! 한 오만칠천 냥 정도가 필요한데……."

홍안은 기쁜 기색을 굳이 감추지 않았다. 홍시는 대수롭지 않은 표정을 지었다. 그리고는 즉석에서 종이 한 장을 꺼내 몇 글자 적어 건네주면서 말했다.

"보시다시피 나는 해야 할 일이 많으니 형님을 오래 붙잡아 두지는 못하겠어요. 가지고 가셔서 요긴하게 쓰세요. 우리는 같은 주군을 모신다는 것만 명심하세요. 호가호위 따위는 운운하지 마시고……. 그 밖에 다른 일은 없죠?"

홍안이 홍시가 적어준 쪽지를 들고 일어서서 밖으로 나가다가 다시 멈춰서면서 말했다.

"내무부에서 전해온 소식에 의하면 둘째 숙부의 상태가 너무 안 좋다는 것 같았어. 어제는 그나마 멀건 죽이라도 넘겼었는데, 오늘은 물도 못 넘긴다고 하네. 지금쯤 태의원에서 나갔을 텐데 둘째 숙부는 인사불성이라네. 가끔씩 정신이 들 때마다 폐하를 한 번만 알현하게 해달라고 조른다고 하네. 폐하께서는 지금 북경에 계시지도 않은데, 이 일을 어쩌면 좋지?"

홍시가 미간을 찌푸린 채 대답했다.

"무슨 뜻인지 알겠어요. 형님의 아버지도 둘째 백부님 옆방에 갇혀 있잖아요. 지금은 미쳐서 사람도 알아보지 못한다면서요? 솔직히 거기 다녀오고 싶어서 이러시는 거죠?"

"아니야! 그건 아니야, 절대 아니야!"

홍안이 기겁을 하면서 저만큼 뒷걸음쳤다. 그러더니 죽어라 두 손을 내저었다.

"우리 아버지는 난신亂臣이고, 적자賊子야. 나는 이 나라의 충성스러운 기둥인데, 그게 무슨 소리야? 삼강三綱에서 군신君臣간의 대의를 첫째가는 덕목으로 가르치잖아. 내가 어찌 그런 사람을 보고 싶어 하겠나!"

홍시가 그렇게까지 할 필요 없다는 어조로 말했다.

"자식이 아버지를 그리워하는 것이 무슨 죄가 된다고 큰형님은 그리 기겁을 하고 그러십니까? 요즘은 참 어떻게 되려고 이러는지 세상이 복잡하네요. 아기나 숙부는 구역질 증세가 심해진다고 해요. 또 보정에 있는 색사흑 숙부는 복통을 호소한다고 하고요. 장가구張家口에 있는 윤아 숙부는 또 어떤가요. 어지러워서 일어서지를 못한다고 해요. 어디 그뿐인가요. 열셋째 숙부와 이위는 각혈에 시달리죠. 전문경은 간이 심각하게 안 좋다죠, 아마? 게다가 큰백부는 미쳐서 난리이고 둘째 백부는 병이 위독하다고 하니……."

홍시는 기가 막히는지 말을 채 맺지 못하고 그만 너털웃음을 터트리고 말았다. 그리고는 다시 한마디를 덧붙였다.

"다들 지쳐서 병이 난 거예요. 폐하께서도……."

홍시는 옹정도 지쳐서 병이 났다고 말하려다가 "이 때문에 무척 속상해하신다"라고 말머리를 돌려버렸다. 그가 곧 웃음기가 싹 가신 얼굴을 한 채 방 안을 잠시 서성거리더니 다시 입을 열었다.

"일단 가보세요. 두 백부님한테는 내가 태의원에 하명해 가장 용하다는 의원을 두 명 보낼 테니까. 두 분이 계신 함안궁咸安宮과 상사원上駟院은 모두 민감한 곳인 만큼 내무부와 종인부에서 직접 관장하고 있어요. 가서 내 지시라고 하면서 두 곳의 태감들을 전부 교체시키세요. 지금 조정은 일이 많은 때입니다. 다 죽어가는 사람들까지 괜히 엉뚱한 일에 연루돼 더 처참한 꼴을 당할 수 있어요."

홍안은 사실 나름대로 속셈이 있었다. 둘째 숙부 윤잉은 무려 40년 동안이나 태자 자리에 앉아 있었던 사람이었다. 때문에 홍시와 홍력이 첫째 윤제는 제쳐두고라도 다 죽어간다는 윤잉의 문안은 한 번쯤 다녀올 것이라 생각했다. 홍안은 바로 홍시가 윤잉에게 갈 때 본인도 따라가서 먼발치에서나마 아버지의 얼굴을 보고 싶었던 것이다. 그러나 홍시의 태도는 예의에서 조금도 벗어나지 않으면서 단호하기 이를 데 없었다. 홍안은 어떻게 달리 말을 붙여볼 여지가 없다는 사실을 실감했다. 그리고는 가슴이 서늘해진 듯 서운한 표정을 애써 감추면서 물러갔다.

"살펴가세요, 큰형님. 무슨 일이 있으면 저를 찾아오시고요!"

홍시가 운송헌을 나서는 홍안의 뒷모습을 바라보면서 말했다. 이어 옆에 있던 태감들에게 지시를 내렸다.

"들어올 때 보니 구문제독 도리침이 밖에서 기다리고 있는 것 같더군. 들여보내게."

태감들이 대답과 함께 밖에 나가 한 바퀴 돌고 들어오더니 공손하게 아뢰었다.

"셋째마마, 도 군문은 안에 손님이 계신 것을 보더니 먼저 장 중당을 뵈러 갔다고 합니다. 조금 있다가 찾아뵐 거라고 합니다."

순간 불쾌감이 홍시의 가슴을 스쳤다. 그가 잠시 뭔가 생각하는 것 같더니 지시했다.

"그럼 순천부 부윤 탕경오湯慶吾를 들여보내게."

"탕경오입니다."

홍시의 말이 떨어지기 무섭게 탕경오가 어느새 안으로 들어서더니 상체를 숙이면서 인사를 올렸다. 그 옆에서 상서방尙書房 주사처奏事處의 사관司官인 이문성李文成이 이미 겉봉이 뜯어진 상주문을 한아름 내려놓더니 인사를 하면서 아뢰었다.

"마마, 신은 방금 풍화루에서 오는 길입니다. 이 상주문들은 장 중당께서 읽어보시고 방 선생이 요약한 겁니다. 오늘 중으로 폐하의 처소로 긴급 발송해야 합니다. 장 중당께서는 직예성 보정의 호십례胡

什禮가 보낸 상주문을 유심히 읽어보시라고 마마께 특별히 전하셨습니다."

"탕경오, 자네는 앉게."

홍시는 탕경오에게 자리에 앉으라는 손시늉을 하고는 목록부터 살펴봤다. 산동, 산서, 직예의 번사들에서 올린 상주문에는 '오랜 가뭄으로 가을 세수稅收가 걱정이다'라는 내용이 담겨 있었다. 조정에서 구제 양곡을 미리 준비해 보내주는 것이 바람직할 것 같다는 얘기였다. 나머지는 약속이라도 한 듯 일제히 전문경과 이불의 정쟁에 대한 의견을 적어올린 것들이었다.

홍시는 상주문들을 대충 훑어보고는 책상 위에 올려놓았다. 그러자 이문성이 물러가려고 했다. 순간 홍시가 그를 불러 세웠다.

"악종기의 군중에서 쇠가죽 천막 이천 장이 필요하다고 했어. 군기처에서 결재를 내렸나? 목록에 없어서 말이네. 장상에게는 내가 조금 있다가 건너간다고 전하게."

이문성이 황급히 대답했다.

"쇠가죽 천막에 대해서는 장 중당께서 이미 처리해주신 것으로 알고 있습니다. 그리고 셋째마마, 폐태자 윤잉이 위독하다고 합니다. 방금 보친왕께서 장상, 방포 선생과 더불어 그쪽으로 떠나셨습니다. 지금쯤은 아마 가시는 중일 겁니다!"

순간 홍시는 갑자기 자신이 무시당하고 있다는 느낌을 받았다. 화가 날 법도 했다. 그러나 잠시 마음을 진정시키는가 싶더니 바로 손사래를 쳤다.

"물러가게."

얼마 후 도리침이 다리를 약간씩 절면서 방 안으로 들어섰다. 홍시가 손을 들면서 무표정한 얼굴로 말했다.

"인사는 면하도록 하게. 방금 사람을 시켜 자네를 찾았었네. 탕경오도 있고 하니 우리는 이따가 얘기 나누지."

탕경오가 홍시의 말을 듣더니 기침을 하면서 목청을 가다듬었다. 그때 도리침이 먼저 입을 열었다.

"제가 먼저 말씀드리겠습니다. 더위는 점점 기승을 부리는데 저희 군중에는 상비약도 아직 내려오지 않고 있습니다. 여름 군복은 가을이 가기 전에 다 해어질 것 같습니다. 제가 병영에 가봤더니 군사들이 험담을 해대고 난리도 아니었습니다. 이질이 번져 고생하는 병사들이 많아 군사훈련도 제대로 이뤄지지 못하고 있는 실정입니다. 셋째마마께서 부디 빠른 시일 내에 긴요한 의약품을 보내주셨으면 합니다. 급합니다."

이번에는 탕경오가 나섰다.

"저도 같은 얘기를 하려던 참이었습니다. 덕화문德化門에 있는 병사들과 풍대 대영의 병사들이 서로 약품을 더 많이 가지겠다고 대판 싸움까지 벌였다고 합니다. 약 가게 앞에서 싸워 가게 창문이 박살나고 주인이 울고불고하면서 저한테까지 찾아와 하소연을 하더군요. 그 약 가게는 저희와 오랫동안 거래해온 가게입니다. 어떻게든 좋게 해결해야 할 텐데 셋째마마와 도 군문, 장우張雨 군문께 여쭤보려던 참이었습니다."

"그 일은 나도 들어서 알고 있네."

홍시가 기분 나쁜 표정으로 도리침을 힐끗 쳐다보면서 말했다. 어쩐지 도리침의 태도가 거만하고 황자인 자신을 은근히 얕잡아보는 것처럼 느껴진 것이다. 그러나 도리침은 홍시가 제멋대로 좌지우지할 수 있는 호락호락한 상대가 아니었다. 동북에서 러시아군과 맞서 싸우면서 혁혁한 전공을 세워 '고담장군'孤膽將軍이라는 별명을 얻은 그였다. 더구나 그는 낙민 사건 때도 큰 역할을 한 덕분에 옹정의 두터운 신임을 받고 있었다. 홍시는 눈앞에 있는 만주 사내를 한참 쳐다보더니 천천히 입을 열었다.

"가게 집기를 부순 것은 순천부에서 보상을 해줄 것이네. 도 장군, 자네는 주모자를 붙잡아 엄벌에 처해야 할 것이네. 이런 일로 민심을 들뜨게 해서는 안 되니 말일세. 장우에게는 내가 가서 직접 말할 테니 자네는 자네 쪽에만 신경 써서 처리하도록 하게. 주동자들은 항쇄를 씌워 백성들 앞에서 죄를 따지도록 하게!"

도리침은 홍시에게 딱히 불만이라고 할 것은 없었다. 그러나 "항쇄를 씌우라"는 말에는 어처구니가 없는지 냉소하듯 말했다.

"저희 쪽에서는 이미 다 끝난 상황입니다. 세 주동자는 효수형에 처했고 나머지 열네 명은 사흘 동안 항쇄를 채워 놓았습니다. 믿지 못하신다면 탕 대인을 시켜 직접 확인해도 됩니다. 마마, 지금 가장 시급한 것은 의약품입니다. 이 사건과는 별개로 시급히 보내주셔야 합니다."

홍시가 즉각 대답했다.

"조금 있다 호부에 명해 빠른 시일 내에 처리하도록 할 것이네! 내가 자네를 보자고 한 것은 다른 일이 있어서야. 아기나, 색사흑과 열넷째 숙부는 북경이든 어디든 자네 두 사람의 수중에 잡혀 있지 않나? 죄를 지어서 집까지 압수 수색당한 자들인데, 아직까지 가족과 아랫것들을 모두 데리고 있다니 말이 되는가? 너무 불합리하지 않은가? 형刑을 사는 사람이 그렇게 편해서야 되겠나? 그 패거리 중 어떤 자들은 밖에서 온갖 터무니없는 소문을 퍼뜨리고 다닌다고 하더군. 특히 하주아何柱兒, 공보기公普奇, 아제포雅齊布, 옹우행翁牛行, 오달례吳達禮, 모태동보毛太佟寶 같은 자들이 궁중을 욕되게 하고 폐하를 비방

하는 짓을 서슴지 않는다고 하네. 여태까지 악인을 방조한 죄는 제쳐두고라도 요즘 하고 다니는 짓거리만 봐도 더 이상 북경에 놔둬서는 안 될 것 같네!"

홍시는 작심한 듯 여러 불량가인不良家人들을 처벌해야 할 대상으로 하나씩 지목했다. 사실 빈대처럼 주인에게 달라붙어 피를 빨아먹고 산 가인들이 섬기던 주인들이 실각하고 연금 당하자 주인들의 처지에 불복해 도처로 다니면서 시비를 뒤바꾸는 말을 하고 다니는 경우는 종종 있는 일이었다. 윤사의 염친왕부에 있던 2000명의 가인들 역시 그랬다. 주인의 그 옛날 문생들을 찾아가 갖은 핑계를 대면서 돈을 꾸는가 하면 주루酒樓에서 술을 마시고 조정을 겨냥해 욕을 하고 다니기 일쑤였다…….

따라서 홍시의 말대로 그런 자들을 한꺼번에 저 멀리 북경 밖으로 쫓아버린다면 도리침과 탕경오에게도 더할 나위 없이 좋은 일이 될 터였다. 탕경오가 그 생각에 기분이 좋아졌는지 먼저 박수를 치면서 호응했다.

"셋째마마, 대찬성입니다! 그자들이 이 빠진 사발에 금이 더 간들 뭐가 대수랴 하는 식으로 아무 짓이나 저지르고 다니는 것을 보면 가슴이 철렁할 때가 많습니다. 멀리 내쫓아버리면 저희들도 편하죠. 그리고 팔…… 아니, 아기나 따위들도 더 큰 화를 덮어쓸 위험에서 자유로워지지 않겠습니까?"

그때 도리침이 끼어들면서 물었다.

"셋째마마, 그 결정은 폐하의 뜻에 따른 것입니까? 조금 이상해서요. 넷째마마께서 여기 계실 때 분명히 못을 박아 두셨습니다. 아기나와 색사흑 등과 관련한 결정은 대소 사항을 막론하고 무조건 주청을 올려야 한다고 말입니다."

홍시가 무뚝뚝하게 내뱉었다.

"가인들을 처리하는데 무슨 주청이 필요한가! 본인들의 털끝 하나 건드리지 않고 곁가지만 쳐버리겠다는데 뭐가 문제인가? 내가 수령手令을 적어줄 테니 내일 아침 즉각 착수하도록 하게. 이에 따른 모든 책임은 내가 질 것이네."

도리침은 순간 지의도 없이 수천 명의 사람들을 성 밖으로 유배 보낸다는 것이 아무래도 무리라는 생각을 했다. 그가 그렇게 잠시 생각을 끝내더니 다시 물었다.

"어가는 언제쯤 북경에 도착하십니까? 혹시라도 오해는 하지 마십시오. 셋째마마의 뜻은 저도 충분히 공감합니다. 그러나 워낙 간단하게 생각해서는 안 되는 일인지라 저로서는 반드시 폐하께 주청을 올려야겠습니다."

"나는 폐하께서 언제 도착하시는지 모르네. 자네는 직접 상주권이 있는 구문 제독이야. 굳이 주청을 올리겠다면 나도 달리 막을 방법은 없네."

홍시가 차가운 표정으로 퉁명스럽게 내뱉었다. 이어 고개를 돌리더니 호십례의 주장을 펼쳐 들었다.

도리침과 탕경오는 얼마 후 별로 기분 좋지 않은 자리에서 무거운 마음을 안은 채 물러났다. 그리고는 운송헌 앞의 가산假山 옆에서 약속이라도 한 듯 발걸음을 멈췄다. 도리침이 먼저 입을 열었다.

"본인이 모든 책임을 진다고 하니 시키는 대로 해야겠지?"

그 시각 홍시는 주장을 읽어보고 있었다. 그런데 눈빛이 심상치 않았다. 호십례의 상주문이 예사롭지 않았던 것이다. "직예 총독 이불은 오월 이십삼일 연회를 베풀어 신을 초대한 자리에서 '윤당의 죄는 목을 쳐야 마땅한 중죄인 것이 틀림없소. 우리 신하된 아랫것들은 폐하의 뜻을 미리미리 파악해 일처리를 해야 되오. 폐하를 난감하게 해서는 안 되오. 자네는 이 일을 관장하는 사람이니 눈치껏 알아서 처리하게'라고 말했습니다"라는 내용이었다.

"색사흑을 죽이고 싶다 이거지? 그러면서 자기 손에는 피를 묻히고 싶지 않다? 너무 똑똑해도 탈이군! 그리도 똑똑한 자가 어찌 자기 등허리 섬뜩한 줄은 모를까!"

홍시의 표정이 순간 험상궂게 변하고 있었다.

31장

비련의 연인

북경 전체는 홍시가 느닷없이 윤사의 뒤통수를 치려고 하자 완전히 발칵 뒤집혔다. 윤사, 윤당, 윤제의 세 패륵부에는 아직 잔여 가인들이 4000여 명은 족히 남아 있었다. 도리침은 사전 통보도 없이 구문제독아문의 병사들을 거느리고 여러 패륵부를 습격했다. 이어 사람들을 한 곳에 몰아 집결시킨 다음 곧 순천부에 명령을 내렸다. 윤사의 가인들은 운남성과 귀주성, 윤당의 가인들은 광서성, 윤제의 가인들은 호남성과 사천성으로 유배 보낸다는 명령이었다.

가인들 중에는 혈혈단신들도 있었으나 남녀노소 일가족을 거느리고 있는 사람이 더 많았다. 그런데 하루아침에 예고도 없이 삶의 터전을 빼앗기게 되고 말았다. 그들은 울면서 하소연도 해보고, 땅에 주저앉아 악을 써보기도 했다. 그러나 소용이 없었다. 주인들이 이미 바람에 날리는 가랑잎 신세가 된 마당이었으니 그들에게 뾰족한 수가 있을 리 만무했던 것이다. 결국 그들은 무자비한 창칼의 위협을 견디지 못하고 피난 아닌 피난길에 오를 수밖에 없었다.

얼마 후 패륵부의 가인들과 그들을 압송하는 병사들, 그리고 아역들까지 족히 5000명에 달하는 무리의 대이동이 시작됐다. 긴긴 행렬은 전쟁에 패해 잡혀가는 포로들의 그것을 방불케 할 정도로 비참했다. 그 광경을 지켜보는 사람들은 옷섶으로 눈물을 찍어내지 않으면 안 됐다.

그러나 똑같은 광경을 바라보는 관가의 시각은 달랐다. '겉으로 드러난' 현상만 바라보면서 가슴을 치는 백성들과는 달리 관리들은 그 사건이 도마 위에 오를 수밖에 없었던 이유를 따져보기에 급급했던 것이다. 또 후폭풍이 어떻게 전개될지 불안에 떨었다.

아니나 다를까, 장정옥과 방포가 노화루露華樓에 도착하자 아기나와 색사흑을 탄핵하는 상주문이 빗발치듯 쏟아져 올라왔다. "가노들을 종용해 비리를 저지르고도 전혀 회개할 줄 모른다"라고 한 사람들은 그나마 온화한 축에 속했다. 언사가 과격한 자들은 윤사 일당의 죄상을 열 가지, 스무 가지도 넘게 나열했다. 심지어 윤사 일당이 제위를 노려 대역죄를 범했으니 십악불사十惡不赦, 구제불능이라면서 목을 쳐야 마땅하다고 성토했다. 옹정의 《붕당론》에 편승한 관리들도 있었다. 이불이 주시험관의 직무를 남용해 사제지간이라는 명목으로 무리를 만들고 군부君父를 우습게 봤으니 전명세와 마찬가지로 간사하기 이를 데 없는 명교죄인名教罪人이라고 지탄한 것이다. 아무려나 점심때가 채 되지 않은 이른 시각임에도 불구하고 거의 비슷한 내용의 탄핵안이 100여 건이나 올라와 있었다.

장정옥은 사흘 낮 사흘 밤을 방포와 함께 자금성이 아닌 청범사에 머무르고 있었다. 따라서 홍시가 운송헌에서 무슨 일을 꾸몄는지 전혀 모르고 있었다. 때문에 한꺼번에 비슷한 내용의 상주문이 물밀 듯 쏟아져 올라오자 황당한 표정을 감추지 못했다.

장정옥은 어지러워진 책상을 대충 정리하고 나서 풍화루風華樓에 있는 방포를 만나러 경황없이 방문을 나섰다. 그때 계단을 밟는 소리가 들리더니 방포가 안으로 들어섰다. 이어 장정옥을 향해 읍을 하더니 히죽 웃으면서 말했다.

"광풍이 크게 이니 나무들이 몸살을 겪는구먼! 나도 상주문 더미에 깔려 죽는 줄 알았다오."

장정옥이 예사롭지 않은 어조로 곧장 물었다.

"심상치가 않소. 도대체 무슨 일이라도 난 거요?"

"방금 주장을 올리는 태감에게 물었소. 세 패륵부의 가인들을 전부 운남, 사천, 귀주 쪽으로 내쫓는다는 운송헌의 지령이 있었다고 하네!"

방포가 녹두처럼 작은 두 눈을 끔벅이면서 말했다. 장정옥도 두 눈을 가느다랗게 좁히면서 창밖을 응시했다. 그리고는 한참 후에야 가볍게 숨을 들이마시면서 내뱉었다.

"이제야 이 상주문들의 내력을 알 것 같구먼. 셋째마마가 이렇게 박력 있는 분인 줄은 여태까지 몰랐네!"

그때 태감 진구가 종종걸음으로 달려 들어왔다. 장정옥이 짜증스럽게 손사래를 치면서 버럭 고함을 질렀다.

"나는 지금 방상方相과 일을 의논하고 있어. 오늘 오전에는 아무도 들여보내지 말게. 다들 물러가라고 하게!"

"그게……, 저……."

진구가 잠시 더듬거리더니 바로 본론을 끄집어냈다.

"여덟째마마의 복진께서 쳐들어 왔습니다. 셋째마마께서 운송헌에 계시지 않는 것을 알고 이리로 쫓아온 것 같습니다."

진구의 말이 떨어지기 무섭게 아래층에서 웬 여자의 악에 받친 고함소리가 들려왔다.

"우리 그사람은 아직 민왕民王의 왕작王爵을 박탈당하지 않았어. 이거 왜 이래? 설사 이름이 아기나로 바뀌었다고 해도 그 존엄을 따라가려면 너는 멀고도 멀었단 말이야! 나도 아직까지는 당당한 팔복진八福晉이야. 일등 고명부인이라고! 설사 더 이상 고명이 아니더라도 나는 안친왕安親王 군주郡主(친왕의 적복진의 딸. 공주)의 딸이야! 이런 신분인데도 장정옥을 못 만날까? 홍시, 이 쥐새끼 같은 것은 어디로 숨었어? 장정옥? 별 볼 일 없는 것이 감히……. 저리 비키지 못해?"

곧이어 찰싹 따귀를 때리는 소리가 장정옥과 방포의 귀청을 찢었다. 누군가 여자에게 귀싸대기를 얻어맞은 모양이었다. 계단을 오르는 어지러운 발자국 소리는 장정옥과 방포가 채 정신을 차리기도 전에 이미 우당탕탕 가까이 다가왔다.

얼마 후 한 여자가 방 안에 들어섰다. 단정한 옷차림을 한 그녀는 겹으로 된 조관朝冠을 쓰고 있었다. 일곱 개의 반짝거리는 붉은 동주도 박혀 있었다. 또 다섯 개의 맹수 발톱과 금빛 용을 수놓은 길복吉服에 금술이 달린 긴 치마를 입고 있었다. 발에는 푸른 비단을 댄 꽃신도 신고 있었다. 외까풀 눈을 매섭게 부릅뜨고 가느다란 눈썹을 거꾸로 치켜 올린 채 장정옥을 노려보는 그녀는 바로 윤사의 정실부인이자 안친왕의 외손녀, 즉 팔복진이었다. 마흔 살을 넘긴 나이에도 용모는 여전히 수려한 여자였다. 북경의 왕부에서는 내로라하는 악바리로 통하는 여자이기도 했다.

여자는 그러나 냉담한 장정옥의 눈빛을 보고 겁을 집어먹은 듯 갑자기 털썩 땅에 주저앉았다. 그리고는 발을 굴러대면서 통곡을 하기 시작했다. 장정옥이 당황해 하며 황급히 태감을 불렀다.

"어서 복진을 부축해 일으켜라! 이보시오, 복진! 방금 복진이 얘기했듯 그대들은 존엄한 사람들이잖소. 그러니 괜히 체통을 구기지 말고 할 말이 있으면 천천히 알아듣게 해보시오."

몇몇 태감들이 막무가내로 버둥대는 복진을 겨우 부축해 걸상에 앉혀 놓았다. 그러자 그녀는 눈물, 콧물 범벅이 된 채 하소연을 하기 시작했다.

"마음씨 좋은 장 중당! 이 마당에 내가 무슨 존엄 따위를 운운하겠소. 저 영감탱이가 저 꼴이 되지 않았을 때는…… 장 중당도 우리 집에 자주 오셨지 않았소? 그때는 내가 요 모양 요 꼴은 아니었지 않소? 장상은 우리 대청大淸의 최고 관직에 제일 오래 앉아 있는 관리가 아니오? 맨 먼저 명주明珠가 변을 당했죠. 색액도索額圖도 감금당한 뒤 죽었소. 성조께서도 '아기나'와 연관된 형제들을 언급한 적이 있었으나 그 가족과 노비들은 풀어주셨소. 이 정도로 비참한 경우는 없었소. 어떻게 태감과 가노들까지 연루가 돼 몇 천리 밖으로 유배당하는 일이 있을 수 있소? 복도 지지리도 없는 영감탱이! 평소에 쌓은 덕은 다 어디로 갔어? 앓아 죽을 때가 돼도 물 한 사발 떠다주는 사람 없이 다 내쫓기다니……."

팔복진이 땅을 치면서 통곡을 하고 있을 때였다. 갑자기 윤지가 모습을 드러냈다. 그녀는 윤지를 발견하자마자 바로 무릎걸음으로 그에게 다가갔다. 이어 죽어라 땅에 머리를 조아리면서 목 놓아 울었다.

"셋째 아주버니……, 한 번만 봐주십시오! 다른 것은 몰라도 그 옛날 형제끼리 술 마시고 바둑 두던 정분을 생각해서라도 다 죽어가는 사람…… 우물에 빠진 사람에게 돌을 던지지만 말아주세요……."

"팔복진, 그만 울고 일어나오. 여기서 이래 봤자 형신과 방 선생이

해줄 수 있는 일은 없어요. 방금 여덟째의 패륵부에 들렀다 오는 길이오. 여덟째의 건강이 낙관할 수 없다고 하더군. 내가 우리 집에서 태감 스무 명을 보냈으니 얼마간 부리도록 하오. 폐하……, 폐하께서 승덕을 떠나셨다고 하니 이제 곧 북경에 도착할 것이오. 그때 가면 은지恩旨가 내려질 것이니, 기다려 보오."

윤지가 침통한 눈빛으로 팔복진을 바라보면서 말했다. 다소 위로가 되는 말이었다. 그래서였을까, 한바탕 소란을 피우고 난 팔복진은 한결 마음이 편해진 눈치였다. 사실 팔복진과 윤사 부부 사이는 금슬이 좋다고 할 수 없었다. 그럼에도 그녀가 소란을 피운 것은 평생 떵떵거리고 살다가 하루아침에 날개 꺾인 봉황 신세가 됐기 때문이었다. 억장이 무너져서 한번 난동을 부려본 것에 불과했다고 할 수 있었다. 그녀는 윤지가 그나마 체면을 살려주자 더 이상 죽치고 앉아 있을 명분이 없다고 생각했는지 얼굴을 감싸 쥐고 흐느끼면서 물러갔다.

윤지가 길게 한숨을 내쉬면서 털썩 의자에 주저앉았다. 그리고는 한참 동안 말이 없었다.

장정옥과 방포도 난감하기는 마찬가지였다. 무슨 영문인지도 잘 모른 채 미묘한 사안의 한가운데 서 있었으니 그럴 만도 했다. 세 사람은 아무도 먼저 입을 열지 않았다. 방포가 그렇게 마주 앉아 침묵을 지킨 지 한참만에야 겨우 입을 열었다.

"셋째마마, 방금 폐하께서 귀경길에 오르셨다고……."

"상유上諭는 벌써 도착했네. 먼저 상서방으로 보냈네. 나는 열여섯째에게 들렀다 오는 길이야."

이어 윤지는 다시 느릿느릿 말을 이어나갔다.

"지금 북경이 여덟째 사건 때문에 의견이 분분해. 폐하께서 직접 지의를 내리신 것도 아니고 홍력도 전혀 모르는 일이라고 하던데, 홍시는 무슨 배짱으로 갑자기 이런 일을 저질렀는지 모르겠네!"

장정옥과 방포는 여전히 말을 아꼈다. 둘은 홍시가 늘 따로 노는 것을 평소에 익히 알고 있었다. 그러나 홍시가 사전에 쥐도 새도 모르게 옹정의 밀조密詔를 받지 말았으리라는 법도 없었다. 두 사람은 그 때문에 심히 조심스러워하는 눈치인 듯했다.

"폐하께서는 유월 칠일 진시辰時에 북경에 도착하실 예정이네. 예부와 함께 어가를 영접할 준비나 잘해놓게."

윤지가 간단하게 본론을 말하고는 자리에서 일어났다. 이어 속으로 냉소를 흘리는 표정을 짓더니 한마디를 덧붙였다.

"홍시는 지금 전에 홍력이 쓰던 회금헌會琴軒에 있어. 홍력은 지의에 따라 이제부터 호부戶部와 병부兵部를 관장하게 됐네. 앞으로 이런 상주문이 올라오면 곧바로 회금헌에 전달하도록 하게."

장정옥과 방포는 윤지가 말을 마치고 떠나려고 하자 자리에서 일어나 인사를 하면서 물었다.

"다른 상주문은 어떻게 처리할까요?"

"종전대로 운송헌으로 보내면 되네!"

윤지는 이번에는 아예 고개도 돌리지 않고 나가버렸다.

휑뎅그렁한 노화루에는 방포와 장정옥만이 덩그러니 남았다. 한 사람은 관가에서 오랜 세월을 보낸 재상이었다. 또 한 사람은 옹정의 글 스승이나 마찬가지였다. 둘 모두 하나를 보면 열을 아는 혜안을 가진 사람들이었다. 그러나 갑작스레 맞이한 상황에 대한 대책은 없는 듯했다. 얼마 후 방포가 긴 침묵 끝에 눈을 가늘게 뜨면서 먼저 입을 열었다.

"어제 관보를 보니 손대포가 곧 북경에 돌아온다더군."

'손대포'는 다른 사람이 아니었다. 바로 어사 손가감이었다. 항상 바른 소리를 잘하고 누구에게든 직격탄을 서슴없이 내뱉는다고 해서 관리들이 붙여준 별명이 바로 대포였다. 실제로 그는 호부 주전사鑄錢司의 말단 관리였을 때인 옹정 원년에 돈을 주조할 때 동銅과 다른 함유물의 비중이 정확하지 않다고 해서 당시 호부상서였던 갈달혼과 멱살을 잡고 대판 싸운 적이 있었다. 나중에는 둘의 싸움이 양심전 앞까지 이어졌다. 갓 황위에 오른 옹정을 놀라게 하기에 충분한 사건이었다. 또 옹정 원년의 최대 사건이라고도 할 수 있었다. 그러나 옹정은 당시 손가감의 죄를 묻지 않았다. 오히려 파격적으로 직급을 올려줬다. 그런 손대포가 운남과 귀주 두 성의 관풍사觀風使로 있다가 지금 북경으로 돌아온다는 것이었다.

방포는 숨 막힐 듯한 현 시국에서는 '손대포'같은 사람이 필요하다고 생각했다. 또 시원스럽게 돌파구를 뚫어주기를 바라는 마음도 다분했다. 장정옥이 방포의 그런 생각을 눈치 챈 듯했다.

"글쎄, 말단에 있을 때는 사고를 쳐봤자 더 이상 굴러 떨어질 곳도 없었으니 그럴 수 있었지. 그러나 그렇게 대담하게 할 말을 대포처럼 내쏘던 사람들도 관직이 높아질수록 배짱이 전 같지 않고 간도 작아지는 것 같더라고. 차라리 정무에 관해서라면 입을 열기 쉬울지 몰라. 하지만 천가天家의 골육들 사이의 일에 관여한다는 것은 여간 힘든 일이 아닐 텐데?"

"내가 보기에는 유홍도도 예사 인물은 아닌 것 같소. 손가감은 장상이 생각하는 그런 사람이 아니오. 전에 북경을 떠날 때 내가 배웅하면서 얘기를 나눴었지. 그의 얘기를 들어보니 '충신이라면 언제든지 목을 떼어놓을 각오가 돼 있어야 한다'면서 결심이 대단하던 걸!"

방포가 웃으면서 장정옥의 말을 살짝 질책했다. 장정옥이 묵묵히 고개를 끄덕이더니 한참 후에야 다시 입을 열었다.

"셋째 황자의 비위를 맞추기가 여간 힘들지 않을 것 같아. 배짱이 두둑한 사람이 곁에 있어주면 우리도 훨씬 수월할 테지."

방포는 더 이상 말이 없었다. 홍시가 홍력보다 까다롭다는 것은 사실 주지하는 바였다. 더구나 홍시는 평소 자신의 마음을 쉽게 열어 보이는 법이 없었다. 그래서 사람들이 홍력에게 다가서듯 마음 놓고 가까이 할 수가 없는 그런 존재였다.

'폐하는 승덕으로 출발하기에 앞서 '홍력은 비록 밖에 있으나 북경에 있는 것과 마찬가지네. 보친왕의 지령이라면 반드시 받들어 실행하라'고 누누이 강조한 바 있었어. 그런데 지금 와서 정무에 관한 모든 대권을 홍시에게 맡기고 보친왕에게는 달랑 호부와 병부만 맡기다니. 도대체 폐하의 저의는 무엇일까? 보친왕이 폐하의 눈 밖에 날 만한 잘못이라도 저지른 걸까?'

방포는 고민에 빠지지 않을 수 없었다. 그가 그렇게 고민하고 있을 때였다. 문득 그의 눈에 장정옥의 책상 위에 놓여 있는 호부虎符가 들어왔다. 그건 바로 청해, 감숙, 산서, 섬서, 호남, 호북 등 6개 성省의 병마를 통괄하게 될 악종기에게 주려고 구리로 새로 주조한 병부兵符였다. 순간 방포의 작은 눈이 반짝 빛났다.

'폐하는 승덕에서 동몽고의 왕공들을 접견한 다음 악종기에게 그런 중임을 맡겼어. 이는 책령 아랍포탄을 토벌할 계획을 세우고 있다는 뜻이 아닐까? 그게 과연 사실이라면 천하의 전량錢糧과 병부, 호부를 보친왕에게 맡긴 것은 큰 의미가 있는 것이야!'

방포가 그런 생각에 잠겨 있을 때 장정옥이 길게 한숨을 내쉬었다.

"우리 신하들은 죽어라 일을 해도 좋고 욕을 얻어먹어도 좋아. 그러나 줏대 없는 주인을 만나 항상 지각변동의 위험 속에서 전전긍긍하는 것이 가장 괴로운 일이지."

"걱정할 것 없네."

방포가 부싯돌을 부딪쳐 불을 지피더니 곰방대에 불을 붙였다. 이어 짙은 담배 연기를 안개처럼 토해내면서 덧붙였다.

"걱정 붙들어 매시게. 우리 주군은 절대 쉽게 마음이 오락가락하는 분이 아니시네!"

6월 6일 옹정의 어가는 드디어 북경 근교 순의현 경내에 있는 이가욕李家峪 행궁에 도착했다.

이가욕은 삼면이 산에 둘러싸이고 두 갈래의 깊은 계곡이 있는 곳이었다. 두 계곡이 만나는 곳에는 커다란 백사장이 있었다. 또 그곳에서 조금만 더 가면 통주通州였다. 통주에 도착하면 북경에 다 온 셈이라고 할 수 있었다. 그 옛날 조정의 문무백관들은 강희가 동순東巡을 마치고 북경에 돌아올 때마다 모두 통주로 나가 어가를 영접하고는 했다. 이어 그곳에서 축시丑時 경에 출발하면 진시에는 정확히 북경에 도착할 수 있었다.

명주는 재상으로 있을 때 그곳 백사장이 시원하게 트이고 물이 충분하다면서 여러모로 편리한 점을 고려해 그곳에 역관을 만들었다. 이어 점차 규모를 늘려 나중에는 행궁까지 지었다. 행궁은 사치스러운 정도까지는 아니었다. 그러나 기둥 아홉 개짜리 고래등 같은 대전大殿에 별채가 200칸 정도는 되는 곳이었다.

옹정 일행이 행궁에 도착했을 때는 해가 산 정상에서 솟아오르고 있을 무렵이었다. 악이태는 옹정의 처소를 사려거思黎居로 정해 놓고 재상 주식에게 어가를 호위하도록 했다. 그리고 본인은 직접 행궁 주변을 돌면서 경계를 확실하게 한 다음 순시에 들어갔다. 또 장오가에게 명령을 내려 병력을 제대로 배치하도록 했다.

그때 누군가 당일 올라온 주장 목록과 예부禮部의 어가 영접 일정을 보내왔다. 악이태는 대충 훑어보고 나서 바로 옹정에게 문후를 올리기 위해 걸음을 재촉했다.

"자네, 오는 길 내내 수고가 많았네."

주식과 바둑을 두던 옹정은 악이태가 들어서자 바둑알을 집어 들면서 말했다. 이어 생각에 잠긴 표정으로 덧붙였다.

"내일 북경에 도착하면 짐이 이레 동안 휴가를 줄 테니 실컷 쉬도록 하게."

옹정이 말을 마치고는 교인제에게 말했다.

"물이 다 끓었나 보구나. 목욕은 천천히 하고 일단 발부터 담가야겠네."

교인제가 다소곳하게 물러나더니 이내 주전자를 들고 다시 들어와 아뢰었다.

"다방茶房에 있던 뜨거운 물이옵니다. 이것으로 씻으면 더 좋을 것이옵니다."

교인제는 조심스럽게 주전자의 물을 대야에 따랐다. 이어 찬물을 부어 온도를 적당히 맞췄다. 그리고는 옹정의 양말을 벗겼다. 옹정이 웃으면서 말했다.

"차방에서 쓰는 물은 옥천산玉泉山에서 수차水車로 실어오는 귀한 물이 아닌가! 차를 마시기에도 아까운 물로 발을 씻다니. 두 번 다시는 그러지 말게."

악이태가 그 사이 예부로부터 올라온 상주문을 다 읽었는지 두 손으로 주식에게 건넸다. 이어 옹정에게 아뢰었다.

"예부에서는 운송헌의 지령을 따른다고 하옵니다. 육부에서는 주관 상서尙書와 시랑侍郎 한 명을 통주로 파견할 뿐 다른 아문에서는 정상적으로 업무를 본다고 하옵니다. 그 밖에 대리시大理寺, 이번원理藩院, 도찰원都察院, 한림원翰林院, 국자감國子監에서는 사관司官 이상의 관리들, 종인부宗人府, 내무부內務府, 태상시太常寺, 태복시太僕寺, 광록시光祿寺, 홍로시鴻臚寺, 흠천감欽天鑑에서는 구품九品 이상의 관리들이 통주로 어가를 영접하러 나온다고 하옵니다."

"인원이 모두 얼마인가?"

"이천 명 남짓하옵니다."

"적지 않은 숫자군! 이런 날씨에 단체로 더위 먹을 일이 있는가?"

옹정이 웃으면서 말했다. 주식이 상주문을 가볍게 내려놓으면서 다시 아뢰었다.

"그러나 노신의 어리석은 생각으로는 어가를 영접하는 자리인 것을 감안하면 지나치게 조촐한 것 같사옵니다. 육부의 구품 이상 관리들은 전부 영접을 나와야 한다고 생각하옵니다."

옹정이 그러자 웃음 띤 얼굴로 말했다.

"주 선생, 또 엉뚱한 고집을 부리는군! 머릿수가 뭐 그리 중요한가? 짐이 그 옛날 성조를 모시고 다닐 때 성조께서는 아예 한 사람도 못 나오도록 지의를 내리신 적이 있는걸!"

주식이 그러자 정색을 하면서 고집을 부렸다.

"그때와는 상황이 다르옵니다. 성조께서는 재위 육십일 년 동안 지방으로 순시를 자주 떠나셨사옵니다. 말년에는 거의 해마다 봉천을 다녀오셨죠. 그러나 폐하께서는 이번이 처음이시지 않사옵니까? 온 천하가 떠들썩하도록 성대한 예를 갖춰야 마땅하다고 생각하옵니다. 육부의 일이 아무리 중요하다고 해도 주군을 존대해 모시는 것보다는 중요하지 않을 것이옵니다. 이것이 첫 번째 이유이옵니다."

"아하! 그러면 두 번째 이유도 있다는 말인가?"

주식이 조금 전보다는 평온한 어조로 입을 열었다.

“그렇사옵니다. 노신 역시 선제를 모시고 남순, 동순, 북순에 여러 차례 다녀왔사옵니다. 예부에서 정한 환영, 환송 절차가 너무 번잡스럽다고 선제께서 적당히 줄이신 경우는 있었으나 신하들이 스스로 주장해 예를 간소화한 경우는 없었사옵니다. 이는 첫 번째 이유보다 더 중요하옵니다. 인신人臣이 결코 바람직하지 못한 선례를 만들지 못하게 막아주시옵소서!”

옹정의 얼굴에서 어느덧 웃음기가 사라졌다. 급기야 그가 뭔가 기분이 나쁜 듯 열심히 발을 주무르고 있는 두 궁녀를 가볍게 툭 하고 찼다. 물러가라는 뜻이었다. 그리고는 스스로 발바닥을 맞붙여 비비기 시작했다. 한참 후 그가 입을 열었다.

“세상만사는 본연의 이치를 벗어나서는 안 되네. 주 선생의 말이 맞네. 입장을 바꿔 짐이 신하라면 성조의 어가를 대충 영접하지 못할 것이네. 짐이 지금 말한 것을 지의로 작성해 쾌마 편으로 홍시에게 전달하도록 하게. 권력이라는 것은 아무렇게나 써먹으라고 주는 게 아닌데……. 흠차가 밖에 나왔다 들어가도 육부에서 이 정도는 할 텐데 말이야. 하물며 짐은 만승지존萬乘之尊이 아닌가! 더구나 불덩이 같은 태양 아래에서 왔다갔다 고생이 이만저만이 아니었어. 그런데 저 작자들은 지금껏 그늘 밑에 누워 있었지 않은가? 한 번 나왔다 들어간다고 종아리에 금이 가는 것도 아닐 텐데 말이야.”

주식이 그러자 다시 아뢰었다.

“그건 또 아닌 것 같사옵니다. 셋째마마께서 악의를 품고 그러신 것은 아니라고 생각되옵니다. 다만 성의聖意를 깊이 헤아려 열심히 정무에 임하다 보니 사소한 것에 발목 잡혀 큰일을 깜빡하셨을 것이옵니다. 셋째마마께 따끔하게 일침을 놓으면 금세 이치를 터득하실 것이옵니다."

악이태는 옹정과 주식 사이의 대화에 열심히 귀를 기울였다. 이어 소매를 걷어붙이고는 먹이 질펀하도록 붓을 날리기 시작했다.

> 짐이 처음 나온 동순 길은 찌는 듯한 더위에 그리 낭만적이지만은 않은 것 같구나. 하기야 외번外藩들을 만나 단합을 도모하고 결속을 다지자는 동순의 목적은 달성했으니 마음은 홀가분하네. 자네들은 북경에 남아 정무를 보는 일이 짐의 동순 행차에 비해 수월하다고 생각하는가? 아니면 더 어렵다고 생각하는가? 홍시, 자네는 지금 실수하고 있네. 사려가 주도면밀하지 못하다는 거야. 북경에 있는 모든 아문의 구품 이상 관리들은 누구나 할 것 없이 통주로 나와 어가를 맞도록 하게. 그것이 인신으로서의 존군경천尊君敬天의 도리가 아니겠는가!

옹정은 두 발을 물에 담근 채 편안히 발가락을 꼼지락거렸다. 동시에 악이태가 작성한 조유詔諭를 들었다. 이어 그가 덧붙였다.

"성인들이 '명분'이라는 것을 만들 때 어떤 생각을 하셨는지는 모르겠어. 그러나 사람이 살아가는 데 명분은 꼭 필요한 것이라고 생각해! 그 옛날 둘째 형님이 폐위당하고 연갱요가 북경에 돌아와 들어갈 곳, 나갈 곳을 모르고 아무 문전에나 기웃거릴 때도 짐은 이렇게 발을 씻고 있었지. 그때 짐이 한쪽에서 무릎을 꿇고 있는 연갱요에게 말했었어. '짐이 편히 앉아 궁녀들에게 발을 맡기고 시원한 차를 마시고 있을 때 자네는 무릎 관절이 물러터지도록 무릎 꿇고 있어야 하는구먼. 억울해할 필요가 없네. 이건 뱃속에서부터 정해진 차이인 거야. 하늘은 짐하고 자네를 만들 때 벌써 군신 사이로 명분을 지정해주었다네'라고 말이야. 짐은 그만하면 알아듣도록 경고를 했다고 생각했었네. 하지만 그는 짐의 말귀를 알아듣지 못했어. 결국에는 멸문지화를 자초했지. 짐에게는 효자 노릇을 톡톡히 하는 밀주함이 있네. 자네들에게도 하나씩 주지 않았는가? 요즘 북경에서 어떤 일들이 일어나는지 알고들 있나?"

옹정의 질문에 악이태가 상체를 숙인 채 대답했다.

"조금은 들어서 알고 있사옵니다. 아기나, 색사흑, 윤제의 가노들이 전부 북경에서 쫓겨났다고 들었사옵니다. 이밖에 이불과 융과다를 탄핵하는 주장, 아기나 일당에게 더 큰 죄를 물어야 마땅하다는 등등의 주장들이 빗발치고 있는 것으로 알고 있사옵니다. 가족들이 보내온 편지를 통해 알게 되었사옵니다."

이번에는 주식이 아뢰었다.

"노신에게 오는 편지는 대부분 외성外省에서 관리들이 보내는 것이옵니다. 폐하께서 신을 높은 자리로 끌어올려 주시니 다들 신에게 잘 보이려고 아우성들이옵니다. 신은 그들에게 편지를 보내는 것은 막지 않겠으나 인사 문제라든지 민감한 사안에 대해서는 절대 언급하지 말라고 했사옵니다. 그랬더니 직예성은 극심한 가뭄으로 농작물이 다 타들어 갔다느니, 여기저기에서 기우제를 지내느라 야단법석이라느니, 대충 그렇고 그런 내용만 올라왔사옵니다. 간혹 눈물 나는 소식도 더러 있사옵니다. 무안武安에서만 하루에 과부 세 명이 더위를 먹고 죽었다고 하옵니다. 남궁현南宮縣에서는 정체불명의 세 도사가 나타나 특별한 기우제를 지낸다면서 수선을 떨더니 결국 비다운 비가 한바탕 내렸다고 하옵니다. 도사들은 이를 기회삼아 자신들의 '홍양교'紅陽教인가 뭔가 하는 사이비 종교를 선전하다가 관부에 붙잡혔다고 하옵니다. 그랬더니 칠천여 명의 백성들이 감옥 앞에 죽치고 앉아 그들을 풀어달라고 집단청원을 했다고 하옵니다. 북경만 일이 많은 것은 아닌 것 같사옵니다."

옹정이 어느새 대야에서 발을 꺼내 수건을 들고 있는 두 궁녀에게 발을 맡기고 있었다. 이어 발을 다 닦고 나서 신발을 신고 두어 발짝 옮기더니 웃으면서 입을 열었다.

"어떤 일은 겉으로는 큰일처럼 보이나 실상은 큰일이 아니야. 또 어떤 일은 사소한 것 같으면서도 결코 사소하게 치부해버릴 일이 아니라네. 남궁현 현령은 자네 문생이지? 사제지간의 관계가 깨끗하다면 짐은 붕당으로 여기지 않을 뿐 아니라 격려까지 해줄 용의가 있네. 그 세 요인妖人들이 일단은 비를 뿌리는 데 결정적인 역할을 한 것이 사실이라면 풀어주라고 하게. 산동성, 직예성, 산서성 어디나 할 것 없이 가뭄이 심각해. 그러니 그들을 끌고 다니면서 바람을 불러오고 비를 모셔오도록 하라고 하게. 성공하면 다른 곳으로 이동하고 실패하면 그 자리서 항쇄를 씌우도록 조치하라고 하게. 윤상도 요즘 들어 이런 것에 흠뻑 매료돼 있더군. 어제 그의 문안 상주문을 받았네. 건강이 많이 좋아졌다면서 가씨 성을 가진 도사 덕분이라고 하더군."

"가사방이라는 사람이옵니다."

악이태가 한마디 끼어들었다.

"맞네, 가사방이라고 했네."

옹정의 얼굴에서 웃음기가 스치듯 사라졌다. 그가 덧붙였다.

"과연 진짜 특이한 재주를 가진 자인지는 조만간에 드러나겠지. 일단 지켜보자고. 성인은 귀신에 대해 존이불론存而不論(남겨두고 논하지 않음)이라고 했지. 귀신이 아예 존재하지 않는다고는 하지 않았네. 춘추전국시대에는 정국이 혼란스럽고 백성들이 도탄에 빠져 허우적댔지. 그런 상황에서 성인들은 나라를 구제할 생각에만 전념했지 귀신에 대해 연구할 여력이 없었을 것이라고 생각하네."

옹정과 악이태, 주식 세 사람은 내친김에 각 지역의 가뭄 피해 상황에 대해 의견을 더 주고받았다. 얼마 후 옹정은 내일 아침 일찍 기침해야 한다면서 악이태와 주식에게 물러가라고 명령을 내렸다.

교인제는 북경에 도착한지 닷새째 되는 날 고무용의 안내를 받으면서 북옥황묘北玉皇廟로 떠났다. 열넷째 윤제를 만나보라는 지의를 받은 것이다. 떠날 때 옹정은 교인제에게 몇 가지만 당부했다.

"윤제는 국법을 어긴 자야. 아기나 일당이라는 걸 명심하라. 지금 조야에서는 그들을 엄벌에 처하라는 목소리가 높아지고 있다. 네가 진심으로 그 사람을 사랑한다면 지금부터라도 본분을 지키고 진정으로 개과천선하는 모습을 보이라고 권유하라. 그렇지 않고 끝까지 짐의 인내심을 시험하려 들었다가는 짐도 마지막 칼을 뽑을 수밖에 없다. 그 사실을 분명히 전하라. 짐은 사적인 관계 때문에 공적인 일을 유야무야 하는 사람이 절대 아니다."

옹정은 윤제를 만나도록 허락해 주면서 교인제에게 달리 가혹한 조건은 달지 않았다. 애써 순순히, 그리고 담담한 모습도 보여줬다. 그러나 그녀는 옹정의 복잡한 눈빛에서 그가 내심 안타깝고 불안해한다는 사실을 알 수 있었다. 아무려나 그녀는 오래 전부터 바라왔던 일이 현실로 이뤄져서 기쁘기도 했으나 가슴 한편이 아련하게 저려오는 것을 어쩌지 못했다. 언제부터인가 자신보다 나이가 배는 더 많은 중년의 황제가 밉지 않을 뿐만 아니라 오히려 다정다감하게 느껴졌던 것이다.

북옥황묘 거리는 예전 모습 그대로였다. 십사패륵부 앞의 넓은 호수도 여전히 푸르고 거울같이 맑았다. 언덕의 수양버드나무 밑에 있는 돌로 만든 의자들도 그 옛날 관리들이 접견을 기다릴 때 앉았던 그때처럼 한여름의 햇빛에 눈부시게 빛나고 있었다. 바람 한 점 없어서인지 모든 풍광들은 전혀 변함이 없어 보였다. 교인제는 그 모습들을 보자 모든 것이 그나마 평화롭던 나날에 윤제와 단둘이서 해가 지는 호숫가에 앉은 채 황혼의 절경을 만끽하던 시절이 눈앞에 선했다.

'바로 저 세 번째 버드나무 밑에서 함께 시조를 읊조리고 노래를 불렀지. 또 간혹 태감의 걸음걸이를 흉내내면서 얼마나 즐거워했던가? 그러나 산천은 여전한데 그 옛날의 사람들은 보이지 않는구나.'

교인제는 자신도 모르게 가슴 저 깊은 곳에서부터 한숨을 끌어올렸다. 가슴이 아렸던 것이다.

고무용은 교인제를 데리고 흰 종이로 가위표시를 오려붙여 봉인한 정문正門을 돌아 의문儀門을 통해 서화청으로 들어갔다. 문지기 태감은 몇 번씩이나 내무부에서 내준 통행증을 확인하고 나서야 그들을 들여보냈다.

"열넷째마마께서는 서화청 뒤편 호숫가에서 낚싯대를 드리우고 계십니다. 따라오시죠."

어린 태감이 말했다. 고무용은 윤제에게 나와서 지의를 받들라고 하면 괜히 길길이 날뛸까 걱정이 됐는지 말없이 고개를 끄덕이면서 태감을 따라나섰다. 과연 윤제는 돌계단에 걸터앉아 맨발을 물속에 담근 채 낚시의 찌만 멍하니 바라보고 있었다. 고무용이 조심스럽게 다가가 목소리를 낮춰 아뢰었다.

"열넷째마마, 소인 고무용이 문후 올립니다!"

"고무용?"

윤제가 힐끗 고개를 돌려 고무용을 쳐다봤다. 그러더니 다시 수면으로 눈길을 돌렸다. 이어 귀찮은 듯 심드렁한 목소리로 물었다.

"무슨 일인가?"

"소인, 폐하의 지의를 받들어 열넷째마마께 몇 가지 전해 올리러 왔습니다. 온 김에 열넷째마마께서 필요하신 물건은 없는지 알아보라고 하셨습니다."

"음."

윤제는 여전히 등을 돌린 채 앉아 있었다. 고무용이 다시 조심스레 입을 열었다.

"폐하께서는 칠 일에 북경으로 돌아오셨습니다."

"음."

"폐하께서는 봉천에서 외조공外祖公님을 접견하셨다고 합니다. 어르신께서는 대단히 편안하셨습니다. 몇몇 외삼촌과 이모님들께서도 모두 건강하시다고 합니다. 모두들 열넷째마마께 문안을 올렸다고 합니다."

"음."

"요즘 북경은 이런저런 일이 많습니다. 알타이에 있던 융과다는 북경으로 소환돼 어제부터 감금에 들어갔습니다. 각 부서의 관리들은 분분히 주장을 올려 여덟째, 아홉째, 열째 마마를……."

고무용이 계속 말을 이었다. 낚싯대에 올려놓은 윤제의 손이 눈에 띄게 떨리기 시작했다. 그러나 여전히 응답은 없었다.

"폐하께서는 열넷째마마를 또다시 불어 닥치는 광풍으로부터 보호해 주시고자 합니다. 마마께서 패륵부에 계시면 위험하다고 판단하셨는지 함안궁으로 모시라고 하셨습니다. 함안咸安, 말 그대로 '모두들 안녕安寧하다'라는 뜻이니 길운을 비는 뜻에서 그리 하라고 하셨습니다……."

고무용은 대답 없는 말을 계속 힘들게 건넸다. 윤제가 드디어 신경질적으로 낚싯대를 물속에 던져버렸다. 그리고는 벌떡 일어나 고무용을 향해 돌아섰다. 순간 윤제는 붉은 칠을 한 기둥 옆에 서 있는 교인제를 발견했다. 동시에 그 자리에 굳어졌다. 가뜩이나 창백한 얼굴에서는 핏기가 싹 사라졌다.

장장 2년만의 만남이었다. 두 사람 모두 여기에서 이렇게 어색한 만남을 가질 줄은 꿈에도 몰랐다. 너무 가혹한 운명의 장난이었다!

교인제는 윤제를 마주한 순간 온몸의 피가 거꾸로 솟구치는 것 같은 기분을 느꼈다. 더 이상 몸을 지탱하지 못하고 윤제의 발밑에 쓰러질 것만도 같았다. 그러나 그녀는 애써 정신을 추스르면서 한 걸음 다가가서 몸을 낮춰 만복萬福하라는 인사를 올렸다.

"열넷째마마……."

교인제가 윤제를 불렀다. 그러나 목에 솜뭉치를 틀어박은 듯 말이 잘 나오지 않았다.

"고무용, 자네가 말한 여덟째마마는 아기나를 말하는 거지?"

윤제가 짐짓 평안을 유지하려는 듯 고무용에게 물었다. 그리고는 교인제를 힐끗 일별했다. 순간이기는 했으나 눈에 처량한 빛이 스쳤다. 그러나 그는 이내 마음의 평정을 회복한 듯 입가에 소름끼치는 웃음을 담으면서 말을 이었다.

"손발이 묶여 다 죽어가는 사람인데, 또 뭘 잘못했다는 말인가?"

고무용은 윤제의 서슬에 감히 얼굴을 들 수도 없었다. 그저 무릎을 꿇고 윤제의 신발을 신겨주면서 조심스레 대답할 뿐이었다.

"소인이 어떤 물건인지는 열넷째마마께서 잘 아시지 않습니까? 이런 조정의 대사에 대해 소인이 무엇을 알겠습니까. 아무튼 폐하께서는 열넷째마마를 여덟째마마와 동일하게 여기지 않을 것이라고 하셨습니다. 함안궁으로 옮기시도록 배려하신 것도 그 때문인 줄로 알고 있습니다."

“같은 어미 뱃속에서 나왔다고 그러겠지! 폐하게 전하게. 내 소원은 빨리 죽어버리는 것이라고 말이야. 자네가 보다시피 서녕에서 올 때보다 훨씬 살이 더 쪄 있지 않은가. 돼지처럼 피둥피둥 살을 찌워 서시西市(사형장을 의미함)로 끌려가기만을 고대한다고 전하게. 옛말에 '풀을 없애려면 뿌리를 뽑고, 악을 제거하려면 끝장을 보라'고 했어. 어찌 나 같은 악의 씨를 남겨두지 못해 안달이래? 하나를 죽이나 열을 죽이나 마찬가지일 텐데. 나를 살려뒀다가 후회하려고 환장한 것 아닌가? 내가 담을 타고 도망가 잔여 세력들을 끌어 모아 난이라도 일으킬까봐 두렵지도 않다는 말인가?”

고무용은 윤제의 대역무도大逆無道하기 이를 데 없는 말을 묵묵히 듣고만 있었다. 감히 대꾸할 엄두를 내지 못했다. 그러다 윤제의 말이 끝나기를 기다린 끝에 겨우 비굴한 웃음을 지으면서 말했다.

“마마께서 홧김에 그렇게 말씀하시나 두 분은 그 누구보다도 가까운 친형제간입니다. 팔이 부러져도 힘줄은 이어져 있다고 했습니다. 폐하께서는 절대 마마께서 생각하시는 그런 분이 아닙니다. 이런 말씀은 올리는 것이 아닙니다만 솔직히 폐하께서 나쁜 마음을 잡수셨다면 독주 한 잔이면 끝나는 일이 아닙니까? 그러나 폐하께서는 교인제 아가씨가 열넷째마마를 몹시 그리워하시는 마음을 헤아리시고 소인에게 여기로 데리고 가라고 하셨습니다. 조금이나마 마마를 위로해드리려는 마음이 깃들어 있지 않겠습니까? 인제 아가씨, 내가 방들에 물이 새는 곳은 없는지 둘러보고 올 테니 그동안 마마하고 회포를 풀도록 해요.”

고무용이 물러갔다. 교인제가 기다렸다는 듯 눈물범벅이 된 얼굴을 들고 처절한 목소리로 윤제를 불렀다.

“마마, 그동안 고생이 많으셨죠……?”

교인제는 그러나 더 이상 말을 잇지 못했다. 바로 허물어지듯 바위 위에 주저앉고 말았다.

윤제는 만경풍파가 가슴을 때리는 것 같은 느낌에 온몸을 떨었다. 순간 눈보라가 휘몰아치던 그날 산신묘에서 처음 만났을 때의 일부터 패륵부에서 손잡고 정겹게 가야금을 가르쳐 주던 추억들, 그리고 마란욕에서 생이별을 할 때의 가슴 찢어질 듯한 아픔까지 인제와 함께 했던 모든 과거가 그의 머릿속을 스치고 지나갔다. 적적하고 고달프던 나날에 큰 위로가 되어 주었던 여자, 달밤에 원림園林을 거닐면서 시와 가야금으로 풍정風情을 노래하던 홍안지기紅顏知己 같던 여자……, 이런 여자가 지금은 자신의 철천지원수인 옹정을 시봉侍奉하고 있다니! 윤제는 다시 한 번 몸을 부르르 떨었다. 분노였다.

윤제가 다시 본 교인제는 예전보다 뽀얗게 살이 올라 있었다. 아름다운 얼굴과 여전히 매혹적인 보조개는 그대로였다. 또 통통해진 몸은 여자아이가 아닌 여인의 모습을 완연히 갖추고 있었다. 윤제와 헤어질 때보다 훨씬 성숙하고 매력적으로 변해 있었던 것이다. 순간 윤제는 이름 모를 질투가 치솟는 것을 떨치지 못했다. 급기야 그가 조롱하는 듯 입꼬리를 치켜 올리면서 코웃음을 쳤다.

"그쪽 물이 좋기는 좋은가 보네! 얼굴이 내 품에서 떠날 때보다 훨씬 더 좋아졌군."

"열넷째마마!"

교인제는 윤제가 삐딱한 시선으로 자신을 바라볼 줄은 상상조차 하지 못했다. 때문에 윤제의 말속에 담긴 가시를 전혀 눈치 채지 못했다. 그저 간절한 소망이 담긴 눈빛으로 재빨리 윤제를 뜯어보면서 말할 뿐이었다.

"마마께서도 혈색이 좋아 보이십니다. 몰라보게 초췌해졌을까 많이 걱정했는데……, 조금만 더 참고 기다리십시오. 이제 곧 재앙이 물러갈 것입니다. 사실 폐하께서는 나쁜 사람이 아닙니다. 항상 마마를 걱정하고 계십니다. 분명 구름이 걷히고 해가 뜨는 날이 곧 올 것입니다……."

"나는 내가 바보처럼 상사병에라도 걸릴까봐 자네를 죽은 사람으로 생각하면서 살았네. 그런데 오늘 보니 자네는 과거를 까맣게 잊은 채 넷째 형님의 품에서 잘 살고 있는 모양이군! 그런데 넷째 형님도 너무 각박하네그려. 껴안으면 부서질까, 놓으면 날아갈까 애지중지하는 여자를 귀비 정도로는 봉해줘야지. 자네같이 영악한 여자가 여태 귀비 자리 하나 못 얻고 뭘 했나? 나는 이제부터 자네에게 존댓말을 쓰고 깍듯이 예를 갖춰야겠네?"

교인제는 끝없이 이어지는 윤제의 비아냥거림에 깜짝 놀란 듯 애달픈 눈빛을 보였다. 그러나 말은 못하고 그저 계속 바라만 볼 뿐이었다. 그리고는 한참 뒤에야 떨리는 목소리로 입을 열었다.

"열넷째마마! 이년을 못 믿으십니까? 이년은 변한 것이 하나도 없는 그 옛날의 인제입니다. 결코 마마께 면목 없는 짓은 하지 않았습니다!"

"내 눈을 똑바로 쳐다 봐!"

"예?"

"내 눈을 똑바로 보라고. 피하지 말고!"

윤제가 포악하게 고함을 질렀다. 이어 불타는 듯한 눈빛으로 교인제를 집어 삼킬 듯 노려봤다. 그러나 교인제의 눈빛에는 놀라움과 애정, 미련과 아픔, 우울함과 순수함만 담겨 있을 뿐이었다. 남자를 배신한 여자에게서 드러날 법한 두려움과 비굴함 따위는 전혀 찾아볼 수 없었다.

오랫동안 인제를 뚫어지게 노려보던 윤제는 드디어 고개를 푹 꺾으면서 난간 밑의 돌계단에 털썩 주저앉았다. 그러다 갑자기 두 손으로 머리를 감싸쥔 채 마치 화살에 맞은 늑대처럼 처량한 울부짖음을 토해냈다.

“가버려! 내 앞에서 사라져! 나는 이미 자네를 깡그리 잊었어. 이렇게 못 잊었다고 달려올 거면 애당초 왜 기둥에 머리 박고 죽어버리지 않았어? 왜? 그렇게 떠났으면서 여기는 왜 나타났어? 하하하하…….”

윤제의 울음소리는 몸서리칠 정도로 섬뜩했다. 멀리 있던 태감들이 허둥지둥 달려올 정도였다. 그러나 그들은 담벼락 모퉁이에 한데 모여 고개를 내밀어 훔쳐만 볼 뿐 앞으로 나설 엄두는 내지 못했다.

“열넷째마마, 이년은 정말 마마를 뵙고 싶었습니다.”

교인제의 두 눈에서도 드디어 눈물이 샘솟듯 솟구쳤다. 곧이어 그녀가 윤제의 옆으로 바싹 다가앉은 채 흐느꼈다.

“이년이라고 그동안 왜 죽고 싶지 않았겠습니까? 그러나 차마 죽을 수가 없었습니다. 폐하께서 이년의 뜻을 따라주시고 지켜봐 주시니 이년은 언제라도 열넷째마마를 뵐 수 있다는 희망을 가지고 살아왔습니다. 이년이 만약 정조를 잃었다면 무슨 낯짝으로 열넷째마마를 그리워하겠습니까?”

윤제는 그동안 많이 진정이 된 듯했다. 어느새 눈물을 닦고 멍하니 수면을 바라보고 있었다. 그리고는 한결 차분해진 목소리로 말했다.

“나는 이제 꿈도, 야망도, 희망도 없는 사람이네. 나는 애당초 이런 집에서 태어나지를 말았어야 했어!”

교인제가 그러자 처연하게 웃으면서 그렇지 않다는 듯 황급히 머리를 가로저었다. 이어 당부하듯 입을 열었다.

“조금만 더 참고 견뎌주십시오. 분명히 해가 뜰 날이 올 것입니다.

이 재앙이 물러가면 열넷째마마께서는 다시 사람 위의 사람으로 우뚝 일어설 것입니다."

교인제는 곧 마음을 다잡고 자신이 입궐한 이후 보고 느꼈던 것과 윤제를 향한 옹정의 간절한 부탁을 함께 전했다. 그리고는 덧붙였다.

"여덟째마마의 가노들은 밖에서 말썽만 일으키고 다녔다 합니다. 조정에서는 이미 지의를 내려 세 패륵부의 가노들을 전부 멀리로 유배 보냈다고 합니다. 폐하께서는 형제들이 끝까지 뉘우치지 못하고 세상을 시끄럽게 만든다면 천하를 위해서라도 칼을 빼들지 않을 수 없다고 하셨습니다. 형제의 목을 쳤다는 멍에를 쓰는 한이 있더라도 마지막 결정을 내릴 것이라고 했습니다. 폐하께서는 그냥 말로만 하시는 분이 아니십니다. 열넷째마마께서는 여덟째마마와는 처지가 다르십니다. 충분히 재기할 가능성이 있습니다. 그런데 어찌해서 섶을 지고 불구덩이 속으로 들어가시려고 하십니까? 이년의 말을 한 번만 귀담아 들어주십시오. 인제가 열넷째마마를 욕되게 하려고 이러는 것은 아니지 않습니까?"

윤제는 교인제의 간절한 호소에 마음이 조금씩 흔들리기 시작했다. 사실 옹정은 그냥 겁이나 주려고 빈말을 하는 사람이 아니었다. 윤제 역시 그것을 잘 알고 있었다. 더구나 윤제는 윤사와 가까운 사이도 아니었다. 어떻게 일이 그렇게 돼 윤사 일당과 같은 배를 탄 것으로 외부에 알려져 있으나 실제로는 그렇지 않았다. 더 정확하게 말하면 윤사와는 서로 경계하는 사이였다. 그런 만큼 괜히 여덟째 근처에서 얼쩡거리다가 함께 칼을 맞아 죽을 이유도 없지 않은가? 분명히 같은 패거리가 아닌데 옹정에게 굳이 그런 오해를 심어줄 이유 역시 없지 않은가? 윤제는 방금 전까지만 해도 전혀 틈을 보이지 않았다. 그러나 한참 생각하더니 마음이 바뀌는 모양이었다. 아니나 다를까, 그가 드디어 땅이 꺼지게 한숨을 토해냈다.

"처마가 낮으니 고개를 숙이는 수밖에 없구나. 그래, 좋다! 눈 딱 감고 한 번 살아보지!"

"그렇게 생각을 바꿔주시니 정말 다행입니다."

교인제가 윤제의 결정에 금세 얼굴에 희색이 가득했다. 그때 멀리서 고무용이 이쪽으로 다가오는 것이 보였다. 떠나야 할 시간이 다 된 것이다. 교인제가 다시 가슴이 뭉클해지는지 목이 메인 어조로 말했다.

"머리채가 너무 헝클어진 것 같습니다. 이년이 마마의 머리를 빗어드리겠사옵니다. 이제 가면 언제 다시 만날는지……."

교인제가 말이 끝나기 무섭게 그 옛날처럼 윤제의 머리채를 풀어 빗으로 빗어 내렸다. 그리고는 눈물을 머금고 머리를 몇 번이나 더 빗질을 했다. 나중에는 한데 모아 쥐고 정성껏 머리채를 땋아 내렸다. 윤제는 빗살이 두피에 닿을 때마다 시원하다면서 몇 번이나 더 빗어달라고 졸라대고는 했던 옛날과는 많이 달랐다. 이제는 머리를 맡긴 채 그냥 가만히 있기만 했다. 그러자 고무용이 가까이 다가오더니 속으로 한숨을 내쉬면서 윤제를 향해 절을 올리고는 인제에게 말했다.

"시간이 벌써 이렇게 됐군요. 떠날 채비를 해야겠어요."

쥐 죽은 듯한 침묵이 잠깐 흘렀다. 윤제가 멍하니 인제를 바라보면서 천천히 몸을 일으켰다. 교인제 역시 몸을 낮춰 절을 했다.

"노비, 이제 그만…… 돌아갈 때가 됐습니다."

"또 올 거지?"

"살아 있다면요! 이년을 기다려 주십시오……."

"아니! 다시는 보고 싶지 않으니 영원히 오지 마!"

윤제가 갑자기 등을 홱 돌리더니 손사래를 쳤다.

32장

가사방, 황실을 홀리다

교인제가 창춘원 담녕거로 돌아왔을 때는 신시申時 무렵이었다. 어린 궁녀 춘연春燕은 그녀에게 옹정이 범화루梵華樓에서 대장군으로 보이는 사람과 함께 어선을 들고 있다고 알려줬다. 또 산서성 사투리를 쓰는 젊은이 한 명이 오채현五寨縣에서 왔다면서 창춘원 앞에서 교인제를 만나고 싶어 하더라는 말도 전해줬다.

교인제는 춘연의 말을 대충 넘기려 했다. 윤제와의 이별이 그녀에게 큰 슬픔을 안겨준 탓이었다. 그러다 누군가 자신을 찾아왔더라는 말에 흠칫 놀랐다. 그리고는 다그쳐 물었다.

"누가 나를 찾더라고? 나이는 얼마나 됐어? 이름은 뭐라고 그랬어?"

"이름은 잘 모르겠어요. 아마 열여섯 살 정도 된 것 같다면서 쌍갑문 문지기 채씨가 알려줬어요."

아직 어린 춘연이 고개를 살랑살랑 저었다. 교인제가 다시 물었다.

"채씨는 그 사람이 무슨 일로 나를 찾는지 물어보지 않았어?"

"물었답니다. 성은 고高씨이고 전에 언니의 이웃에 살았었다고 하더래요. 북경에 와서 일하던 중 돈이 다 떨어져서 조금 빌리려고 찾아왔다나 봐요. 언니가 여기 계셨어도 궁전 내의 규칙상 못 만났을 거예요. 채씨는 어찌할 바를 몰라 장오가 시위한테 조언을 구했다고 하네요. 언니도 알다시피 장오가 아저씨가 마음씨가 좋잖아요? 자기 주머니를 털어 돈 열다섯 냥을 줘서 보냈대요."

춘연이 대답했다. 교인제는 더위에 지친 상태였다. 게다가 슬픔 때문에 힘이 많이 빠져 있었다. 그래도 혹시나 하는 마음으로 간신히 정신을 추스르면서 열심히 생각을 더듬어봤다. 그러나 아무리 생각을 짜내 봐도 예고 없이 자신을 찾아와 돈을 빌릴 정도로 가까운 사람 중에 고씨 성을 가진 사람은 떠오르지 않았다.

그녀는 집을 떠난 후 7년 동안 어정쩡하게 옹정과 윤제 사이의 밀고 당기는 감정싸움에 휘말려들어 경황없이 지내온 터였다. 고향에 두고 온 부모를 잊은 지도 이미 오래 전이었다. 순간 그녀는 항상 수심에 잠겨 있던 어머니의 얼굴을 떠올렸다. 자신도 모르게 바늘로 콕 찌르는 듯한 아픔이 엄습해왔다. 그러나 고씨 성을 가진 사내는 이미 떠나가고 없으니 달리 어찌할 수도 없는 노릇이었다.

교인제가 뭔가를 다시 물으려고 할 때였다. 저 멀리에서 윤상과 방포가 걸어오는 모습이 보였다. 그 뒤로는 검정 옷차림의 젊은이가 따라오고 있었다. 교인제는 때가 때인 만큼 아무도 만나고 싶지 않았다. 결국 춘연에게 조용히 당부를 했다.

"피곤해서 들어가 쉬어야겠어. 폐하께서 돌아오시면 그렇게 아뢰거라."

교인제는 그렇게 말을 남기고는 바로 자신의 방으로 들어가 몸을 누였다. 이어 잠을 청하려 했다. 하지만 아무리 이리 뒤척 저리 뒤척 하면서 잠을 청하려 해도 정신은 갈수록 말똥말똥해졌다. 게다가 그렇지 않아도 상심에 젖었던 마음에 지금은 어찌 살고 있을지 도무지 감감무소식인 어머니에 대한 그리움까지 가득 차오르자 가슴이 찢어질 듯했다. 그예 눈물이 소리 없이 흘러내려 베갯잇을 흠뻑 적시고 말았다.

교인제가 잠을 이루지 못한 채 괴로워하고 있을 때 담녕거에서는 기적 같은 일이 일어나고 있었다. 꼬박 3년 동안 드러누운 채 청범사의 산문山門 밖을 단 한 발자국도 나서지 못했던 윤상이 과거처럼 멀쩡한 모습으로 담녕거에 나타난 것이다. 당연히 그를 본 시위, 태감과 궁인들은 저마다 신기하고 놀라워 했다. 태감 진구는 아예 궁인들을 인솔해 일제히 무릎을 꿇은 채 인사를 올렸다.

"다시 뵈오니 그 옛날과 다를 바가 없어 보입니다. 소인들은 날이면 날마다, 밤이면 밤마다 열셋째마마의 쾌유를 빌어 왔습니다. 아미타불! 건강하신 모습을 다시 뵈니 이 기쁨을 이루 말로 다 할 수가 없습니다!"

윤상도 미소를 머금은 채 화답했다.

"진짜 내가 보고 싶어서 쾌유를 빌었겠는가? 술이라도 한 잔 먹게 푼돈 던져주는 사람이 나 말고는 없었나 보지? 잘못을 저질러 혼이 나도 선뜻 나서서 역성을 들어주는 사람도 없어서 아쉬웠나 보지?"

"그런 것도 없지는 않았으나 정말 뵙고 싶기도 했습니다. 열셋째마마께서 계실 때는 폐하의 성정도 많이 좋아지시는 것 같아서 소인들이 훨씬 편했습니다."

진구가 아부라면 그 누구에게도 뒤지지 않는 태감답게 간사한 웃음을 지으면서 덧붙였다.

"사천 제독 악종기 장군께서 북경에 들어오셨습니다. 폐하께서는 연회를 베푸시어 군신동석君臣同席을 하고 계십니다. 장상과 주상, 그리고 악이태 중당께서도 자리해 계십니다. 열셋째마마께서 들어가실 생각이시라면 소인이 달려가 아뢰겠습니다. 폐하께서 얼마나 즐거워하실지 상상이 되지 않습니까? 그렇지 않아도 모레가 태후마마의 제삿날인지라 폐하께서 법사法事와 연극을 준비하라고 지시하셨습니다. 그런데 열셋째마마마저 건강을 회복하시어 이렇게 나타나셨으니 실로 경사스러운 일이 아닐 수 없습니다!"

진구가 말을 마치고는 뱁새눈을 한 채 검은 옷을 입은 젊은이를 힐끗 쳐다봤다. 윤상이 웃으면서 방포와 검정 옷차림의 사내에게 말했다.

"방 선생, 가사방, 우리는 여기에서 기다리지."

그러자 가사방이 빙그레 웃으면서 말했다.

"폐하께서는 이미 연회를 마치시고 몇몇 대신들과 함께 이리로 오고 계십니다."

방포는 유학의 대가라고 스스로 자부하는 터였다. 그러나 가사방의 초능력에 대해서는 탄복하지 않을 수 없었다. 과연 가사방의 말이 끝나고 얼마 지나지 않아 장정옥과 악종기를 양 옆에 거느린 옹정의 모습이 시야에 나타났다. 옹정의 뒤로는 홍력, 홍시, 악이태가 따라오고 있었다. 방포는 적이 놀라운 시선으로 가사방을 힐끔 쳐다보고는 윤상, 가사방과 함께 무릎을 꿇은 채 옹정을 영접했다.

옹정이 가사방에게 잠깐 시선을 주더니 희색이 만면한 얼굴로 말했다.

"열셋째 아우, 자네는 짐을 만나 꼬박꼬박 참례參禮를 올리지 않아도 괜찮다고 진작 말해두지 않았던가? 다들 안으로 들게."

윤상 일행 셋은 황급히 머리를 조아리고 일어섰다. 이어 윤상이 악종기의 어깨를 두드리더니 말했다.

"동미東美(악종기의 호), 자네는 내가 어릴 적에 봤을 때나 지금이나 변함없이 건실해 보이는군! 설마 장생불로약 같은 것을 숨겨놓고 혼자 먹는 것은 아니겠지?"

"무슨 말씀을 그렇게 하십니까? 신도 이젠 많이 늙었습니다. 신은 사천성에 있을 때 열셋째마마의 건강을 많이 걱정했었습니다. 그런데 이렇게 씩씩한 모습을 뵈니 뭐라고 형언할 수 없이 기쁩니다. 다만 과거보다 조금 수척하고 창백해 보이니 더욱 몸을 아끼셔야겠습니다."

악종기가 얼굴에 국화꽃 같은 주름을 만들면서 말했다. 이어 궁전 안으로 들어가더니 다시 옹정을 향해 대례를 올렸다.

옹정은 기분이 대단히 좋은 것 같았다. 시종일관 웃음을 잃지 않은 채 사람들에게 자리를 내주고 숨을 길게 내쉬더니 입을 열었다.

"오늘은 모처럼 다 모였네. 전에는 어전회의를 소집해도 이 사람이 안 아프면 저 사람이 드러누워 다 모이기가 쉽지 않더니 말일세. 악종기가 그러는데 작년에 사천성에서 벼농사가 백년 만에 처음 맞이하는 대풍작을 거뒀다고 하네. 그래서 올해는 성조께서 친히 육성해 내신 볍씨를 사천성 전체에 보급해 수확을 배로 늘릴 것이라고 하네. 동미는 정예 부대에 충분한 군량미까지 확보했으니 서부로 진격하라는 짐의 명령만 기다리고 있는 셈이지. 짐은 말할 수 없이 즐겁다네."

"현재 사천성에 비축돼 있는 식량만으로도 일 년 동안의 군량미는 충분하옵니다."

악종기가 기품이 넘쳐흐르는 태도로 말했다. 얼굴에는 홍광이 번뜩이고 있었다. 이어 그가 자리에 앉은 채 몸을 깊숙이 숙여 보이면서 카랑카랑한 목소리로 덧붙였다.

"신은 이세二世에 걸친 국은國恩을 한 몸에 받고 있사옵니다. 그런데 어찌 감히 군사훈련을 게을리 할 수 있겠사옵니까? 올가을 추수가 끝나면 새로 수확한 햅쌀과 이위로부터 지원받는 쌀 백만 석을 합쳐 군량미 창고를 가득 채울 것이옵니다. 그리고 곧바로 서녕으로 군사를 이동시킬 작정이옵니다. 내년 봄에 풀들이 살찔 때 북을 울리면서 서진西進해 책령 아랍포탄……, 그 쥐새끼 같은 놈들을 한 방에 없애버리겠사옵니다!"

"오늘은 군사 문제는 논하지 말자고."

옹정이 부드러운 미소를 지어보였다. 그리고는 어린 궁녀 춘연이 건넨 물수건을 왼쪽 턱밑에 갖다 대면서 다시 말을 이었다.

"짐은 아무리 생각해봐도 열셋째 아우가 기적처럼 자리를 털고 일어난 것이 도무지 믿겨지지 않아. 열셋째 아우, 이 사람이 자네가 말하던 가 선생인가?"

가사방은 사람들 틈에 끼어 어정쩡하게 자리를 '하사'받았기 때문에 은근히 좌불안석일 수밖에 없었다. 그러다 때마침 옹정이 물어오자 그대로 무릎을 꿇고는 머리를 조아렸다.

"빈도는 초야를 휘저으면서 다니는 성화치도聖化治道의 지엽말단이옵니다. 어찌 폐하께서는 선생이라는 과분한 칭호를 내리시는 것이옵니까?"

"음. 진짜 대단한 재주를 가진 사람이라면 그게 무슨 대수인가? 자네, 도호道號는 어찌 쓰는가?"

옹정이 뜻을 가늠하기 어려운 미소를 지어보이더니 물었다.

"빈도는 도호가 자미진인紫薇眞人이옵니다, 폐하."

"허, 도호가 대단하군!"

가사방이 그러자 연신 머리를 조아리면서 대답했다.

"빈도는 화개華蓋(별자리의 하나)를 범하는 운명을 타고났다고 하옵니다. 도학을 배우지 않으면 가씨 일가족 칠십여 명의 목숨이 위태롭다고 했사옵니다. 그 때문에 빈도의 부모님은 빈도가 세 살 때 강서성의 용호산龍虎山으로 들여보내셨사옵니다. 그렇게 속세와의 인연을 끊었사옵니다. 스승께서는 이후 빈도에게 자미라는 도호를 지어 주셨사옵니다. 빈도는 보잘것없는 술수에는 자신 있사옵니다. 그러나 큰 재목은 못 된다는 생각을 하고 있사옵니다. 스승님께서 지어주신 도호에 늘 황송해 하면서 살고 있사옵니다."

"자네가 화개를 범하는 운명을 타고 났다고 말한 사람이 누구인가?"

가사방이 갑자기 대답 대신 연신 돌바닥에 머리를 찧어댔다. 그러자 옹정이 대답하기 힘들다는 뜻으로 받아들인 듯 한숨을 내쉬었다.

"말하기 힘들다면 강요하지는 않겠네. 자네는 짐이 지금껏 지켜본 바로는 신통력이 대단한 사람이네. 이위의 기관지병도 고쳐줬을 뿐 아니라 이친왕도 그 무시무시한 결핵을 이겨내고 저렇게 멀쩡히 앉아 있지 않은가. 두 사람 모두 자네를 크게 치하하면서 짐에게 추천했네."

가사방이 옹정의 말에 숨을 몰아쉬면서 대답했다.

"그건 열셋째마마와 이 총독께서 조상의 덕이 있으시고 본인들의 수양이 깊은 덕분이옵니다. 게다가 폐하의 홍복洪福까지 받으시니 효험을 본 것이죠. 어찌 빈도의 공로가 전부라고 할 수 있겠사옵니까?"

악종기는 순간 "오늘은 군사 문제는 논하지 말자"라고 한 옹정의 말을 떠올렸다. 더 이상 자신이 남아 있을 이유가 없다는 생각이 들었다. 결국 한참을 더 생각하더니 엎드려 절하면서 아뢰었다.

"신은 육부에 다녀와야 하고 긴급히 처리해야 할 일들도 많사옵니다. 폐하께서 다른 분부가 안 계신다면 먼저 물러가도록 하겠사옵니다."

옹정이 미소를 지어 보였다.

"우리가 자네의 군기軍機를 방해해서는 안 되지. 그러면 자네는 가보게. 웬만한 일은 홍력이 알아서 처리할 수 있으니 일일이 짐에게 상주할 필요 없네. 의견일치가 안 되는 사안에 있어서는 몇 번이고 다시 상의를 해야 하네. 절대 방심해서는 안 되네!"

악종기는 연신 머리를 조아리고는 물러갔다.

"그럼에도 짐은 아직 자네를 완전히 믿을 수는 없네."

악종기가 물러가자 옹정이 갑자기 미소를 거둬들이면서 가사방에게 말했다.

"자네의 말처럼 짐이 '홍복'을 지닌 사람이라면 어찌해서 짐의 몸에서 신열身熱이 내내 물러가지 않는가? 또 왼쪽 턱밑에 왜 항상 영문 모를 두드러기가 난다는 말인가? 형신, 자네는 이런 도술을 믿나?"

장정옥이 손사래를 치면서 단호하게 대답했다.

"노신은 전혀 믿지 않사옵니다."

가사방이 무슨 생각을 하는 듯 두 손을 땅에 짚고 엎드렸다. 그리고는 그 상태 그대로 고개를 들어 옹정과 장정옥을 번갈아 보다가 입을 열었다.

"빈도는 용안을 처음 뵙는 순간 폐하의 담기膽氣가 충실하지 못하다고 생각했사옵니다. 폐하께서 술 한 잔만 하사하신다면 빈도가 즉시 폐하의 건강을 찾아 드리겠사옵니다."

옹정은 자신감이 넘치는 가사방의 말에 크게 기뻐했다. 동시에 주위에 황급히 명령을 내렸다.

"고무용, 인제에게 술 한 대접 가져오라고 하게. 이 도사의 담을 키워줘야겠네."

교인제는 조금 전까지만 해도 우울한 마음에 침상 위에서 괴롭게 뒤척이고 있었다. 그러다 춘연, 묵향 등 어린 시녀들로부터 밖에 미래를 점칠 줄 아는 대단한 도사가 와 있다는 말을 듣고는 몰래 병풍 뒤에서 엿듣기 시작했다. 호기심이 더욱 동할 수밖에 없었다. 그러던 와중에 마침 옹정이 자신을 부르자 즉시 작은 대접에 술을 따라 두 손으로 받쳐 들고 나왔다.

가사방은 술대접을 받아들었다. 그리고는 교인제를 슬쩍 바라봤다. 순간 그는 잠시 흠칫했다. 그러나 이내 냉정을 되찾고는 생수 마시듯 꿀꺽꿀꺽 술잔을 비웠다. 이어 옹정을 바라보면서 아뢰었다.

"빈도의 무례를 용서해주시옵소서, 폐하! 자금성과 옹화궁 도처에 흉흉한 기운이 머물러 있사옵니다. 원귀가 업보의 재앙을 내리는 것 같기도 하옵니다. 흉흉한 기운이 정중앙에 있는 폐하의 용좌를 집중 공략하니 용체가 해를 입지 않고 어찌 견디겠사옵니까? 제사를 지내 원귀를 몰아내면 자연히 기력을 회복하실 수 있을 것이옵니다."

"원귀라니? 흉흉한 기운은 또 뭐고?"

옹정이 미간을 찌푸린 채 가사방을 뚫어지게 바라봤다. 이어 다시 물었다.

"소상히 말해보게. 짐이 억울하게 사람을 죽이기라도 했다는 말인가? 그 사람은 대체 누구라는 말인가?"

가사방이 머리를 저었다.

"빈도의 천안법력天眼法力은 한계가 있사옵니다. 더는 소상히 말씀 올릴 수 없사옵니다. 폐하께서는 자금성보다 창춘원에 계실 때 마음이 더 편하시죠? 또 창춘원보다 승덕에 계실 때 더 편안하시죠? 그

뿐이 아니옵니다. 승덕보다 봉천에 계실 때 더 평안하셨을 것이옵니다. 폐하께서 과연 그렇게 생각하셨다면 빈도의 술수가 정확한 것이라 할 수 있사옵니다."

옹정이 고개를 들고 곰곰이 생각에 잠겼다. 과연 가사방의 말이 맞는 것 같았다. 옹정이 고개를 갸웃거리면서 다시 물으려 할 때 장정옥이 나섰다.

"자금성은 명나라 때부터 지금까지 수백 년 동안 제왕이 기거하신 곳이거늘 무슨 일인들 일어나지 않았겠소? 그리고 그 사이 억울하게 간 사람들이 어찌 없었겠소? 도사의 말은 듣지 않는 것만 못하오. 실로 가소롭기 짝이 없소!"

방포 역시 껄껄 웃으면서 말했다.

"도사가 말한 '흉흉한 기운'은 이른바 '음기'陰氣를 가리키는 것일 거요. 수백 년의 역사를 가진 오래된 궁전에 어찌 음기가 조금도 없겠소?"

가사방은 장정옥 등이 이쯤해서 한 수 보여주지 않으면 자신의 능력을 쉽게 믿을 사람들이 아니라는 사실을 깨달았다. 드디어 그가 정색한 얼굴을 한 채 말했다.

"두 분 대인의 말씀이 대단히 지당하십니다. 폐하, 턱밑에 나신 두드러기 상태가 지금 어떠하시옵니까? 빈도가 당장 치료해 드리겠사옵니다."

옹정이 턱밑에 대고 있던 더운 물수건을 떼어내고 두드러기를 만지작거리면서 말했다.

"생긴 지 며칠 되지 않았네. 약을 먹고 더운물에 찜질을 하고 나면 보름 후에 없어질 거라고 생각하네."

가사방은 옹정의 말에 즉각 반응을 보이지 않았다. 그저 고개를 숙인 채 한참 동안이나 염불하듯 중얼거리기만 했다. 그러더니 더 이상 옹정과는 대화하지 않고 장정옥을 향해 말했다.

"장상과 방상 모두 굉장한 정통 유학자라고 들었습니다. 하지만 사람 사는 이치를 어찌 말로만 설파할 수가 있겠습니까? 방상께서는 왼쪽 팔뼈가 어긋나 있을 것입니다. 보름 동안 그 통증으로 인해 팔도 들지 못했을 것입니다. 빈도의 말이 틀리지 않죠?"

"그러하네."

방포의 눈이 갑자기 휘둥그레졌다.

"장상, 댁의 큰도련님이 재작년에 말에서 굴러 떨어져 오른쪽 다리가 불편하죠?"

가사방이 무덤덤하게 물었다. 장정옥이 여전히 믿지 못하겠다는 표정을 한 채 대답했다.

"그거야 아는 사람이 한둘이 아니지 않은가?"

다시 가사방이 시무룩한 표정으로 말했다.

"지금 당장 사람을 댁으로 보내 확인하라고 하십시오. 큰도련님 다리는 멀쩡하게 다 나았을 것입니다."

장정옥이 가당치 않은 얘기라는 듯 빈정거렸다.

"나 참, 별 해괴망측한 소리를 다 듣네그려!"

하지만 옹정은 달랐다. 즉각 주위에 지시를 내렸다.

"진실 여부는 가서 보면 알겠지. 고무용, 자네가 직접 쾌마를 타고 다녀오게. 돌아오는 대로 즉각 짐에게 보고하도록!"

"예, 폐하!"

고무용이 밖으로 나가자 가사방이 다시 차가운 어조로 말했다.

"이는 장상의 가문에서 하늘을 노엽게 만든 일이 있어 그 대가를 받은 것입니다. 잘 생각해보십시오, 장상! 누군가에게 인자하지 못하고 자비롭지 못했던 일은 없으셨는지요?"

순간 장정옥은 가슴이 철렁 내려앉는 기분을 느꼈다. 사실 오래 생각해볼 여지도 없는 일이었다. 둘째 아들 장매청張梅清이 청루青樓의 가기歌妓와 정분이 난 것을 장정옥이 알고 결사반대하다가 홧김에 아들을 때려죽인 일이 있었으니까. 그로 인해 청루의 여자도 따라서 자살하지 않았던가. 그것은 대외적으로 널리 알려지지 않은 장정옥만의 은밀한 비밀이기도 했다. 그런데 가사방이 어떻게 단박에 그 일을 간파했다는 말인가. 장정옥은 순간 할 말을 잃고 말았다. 아직까지 아물지 않은 마음의 상처 역시 따끔하게 아려오기 시작했다.

가사방이 다시 말머리를 돌렸다.

"그럼 이제 폐하께서는 턱밑을 만져보시옵소서. 방상께서는 왼쪽 팔뼈를 만져보시고요."

옹정과 방포는 가사방의 일거수일투족을 멍하니 바라보고만 있었다. 그러다 가사방의 말을 듣고는 말 잘 듣는 어린아이처럼 자신들의 환부를 만져봤다.

기적이었다! 옹정 턱밑의 두드러기는 온데간데없이 사라졌다. 또 방포 왼팔의 어긋난 뼈 역시 제자리를 찾아간 듯 전혀 통증을 느끼지 못했다.

"과연 신선이로군! 자네, 정말 신선이네!"

옹정이 자리에서 벌떡 일어났다. 이어 믿기지 않는다는 표정으로 괴인怪人에 못지않은 기인奇人 가사방을 바라봤다. 그리고는 입을 반쯤 벌린 채 눈을 휘둥그레 뜨고 있다 한참 후에야 방포에게 물었다.

"방 선생은 다른 문제가 없는가?"

가사방이 즉각 한숨을 지으면서 아뢰었다.

"방 선생은 일대의 문성文星이옵니다. 낙향해서 저술에 전념하는 것이 본인의 희망사항이옵니다. 그러나 본의 아니게 시끌벅적한 속세에 빠져 명리名利에 젖어들었사옵니다. 어쩔 수 없이 음모에 가담한 일들이 귀신들을 노엽게 만들었기 때문에 이 정도의 가벼운 불편을 초래했사옵니다. 다행히 큰 죄악은 저지르지 않은 탓에 다른 이상은 없사옵니다."

방포는 가사방의 말을 듣자 감개가 무량했다. 그가 본의 아니게 학문을 버리고 관가에 입문한 것은 사실이었다. 이후 천자의 포의布衣 스승으로 시랑侍郎이 됐으나 사실 실권은 여느 재상 못지않았다. 한 마디로 옹정의 측근인 셈이었다. 그러나 그는 강희 말년에 북경에 들어온 이후부터 황자들 간의 황위다툼을 지켜봐야 했다. 강희를 위한 계략도 세워야 했다. 나중에는 획책이라는 말이 과언이 아닐 만큼 끊임없이 지저분한 꾀도 강구했어야 했다. 그러니 "어쩔 수 없이 음모에 가담했다"는 가사방의 말도 틀린 것은 아니었다.

방포가 한참 후에 한숨을 내쉬면서 말했다.

"다 맞는 말이네. 나로서는 달리 선택의 여지가 없었던 거지."

"과연 신통력이 놀랍군. 그러나 짐은 그대가 지금까지 보여준 것이 자그마한 술수에 불과하다고 생각하네. 삼청三淸(도교의 이상향) 대도大道의 취지는 중생을 제도하는 것이네. 지금 나라 곳곳에서는 극심한 가뭄으로 몸살을 앓고 있다네. 기우제를 수없이 지냈어도 별 효과가 없다지 않은가! 만약 자네가 모든 신통력을 동원해 비다운 비를 시원스레 내리게 한다면 그 공덕은 천지신명이 감동할 것이네. 물론 나도 크게 사례할 것이고."

옹정이 불쑥 말했다. 그러자 잠시 침묵을 지키고 있던 가사방이 머리를 조아리면서 아뢰었다.

"폐하께서 천하 백성을 아끼시는 인덕仁德이 위로는 하늘, 아래로는 땅을 감동시켰는데 달리 기우제를 지낼 필요가 있겠사옵니까? 보십시오, 벌써 비가 떨어지고 있지 않사옵니까?"

좌중의 사람들은 일제히 가사방의 손끝을 따라 창밖을 바라봤다. 그러나 창문 너머로는 여전히 작열하는 태양과 기운 없이 처진 나뭇잎들만 보일 뿐이었다.

"이 친구, 사람을 놀리나……!"

주식이 불쾌한 표정을 지으면서 한바탕 가사방을 몰아세우려 할 때였다. 갑자기 저 멀리 서쪽 하늘에서 우르릉 쾅! 하는 우렛소리가 긴 메아리를 남긴 채 울려 퍼졌다. 곧이어 창문이 덜덜 떨리면서 담벼락이 폭삭 주저앉을 것만 같은 광풍이 크게 일기 시작했다.

"비다, 비! 제법 내리겠는데? 저 먹장구름을 좀 봐!"

밖에 있던 태감들이 기쁨의 함성을 질렀다. 그리고는 후드득후드득 떨어지는 비를 맞으려고 일부러 안으로 들어오려고 하지 않았다. 옹정은 자리에서 튕기듯 일어나 주렴을 걷고 밖으로 나갔다. 담녕거 붉은 계단 위에서 바라보니 시커먼 먹장구름이 과연 기세 사납게 몰려오면서 비를 뿌리기 시작했다.

"폐하! 이 비는 어쩐지 불선不善해 보이옵니다."

태감들을 지휘해 부랴부랴 빨래를 거둬들이던 진구가 옹정에게 말했다.

"말도 안 되는 소리 하지 마. 이 비가 얼마나 반가운 것인데! 태감들은 모두 다 나와 비를 맞으라! 물오리가 되더라도 비를 피해서는 안 될 것이다! 두 팔을 벌려 환호성을 지르며 기뻐하라!"

옹정이 버럭 고함을 지르면서 명령을 내렸다. 이어 궁전으로 다시 돌아왔다. 그러나 동난각으로 들어가지 않고 그저 손짓으로 인제만 불렀다. 물을 떠오게 하려는 듯했다. 얼마 후 옹정이 손을 씻고 나더니 향을 사르고 중얼거리면서 축문을 외웠다. 이어 만면에 웃음을 띠운 채 말했다.

"가 도장, 자네 과연 신선답네!"

가사방은 옹정의 칭찬이 황송한지 바로 엎드리며 머리를 조아렸다.

"이는 폐하의 홍복이 하늘을 감화시킨 결과이옵니다. 또 천하 백성이 왕도王道에 호응해 폐하와 마음을 합쳤기에 상서로운 기운이 응집되고 비가 내린 것이옵니다. 그러니 빈도와는 무관하옵니다."

"사기邪氣를 몰아내서 병을 치료하고 미지의 세계를 예측하는 사람이 곧 비상한 사람이네."

그사이 장정옥의 집으로 갔던 고무용이 돌아와 보고를 올렸다. 과연 기적 같은 일이 벌어졌다. 옹정이 다시 가사방을 치하하고는 덧붙였다.

"먼저 백운관으로 돌아가게. 짐이 곧 은지恩旨를 내릴 것이네. 고무용, 태감 두 명을 딸려 보내 진인을 시중들도록 하게!"

하늘의 먹장구름은 가사방이 물러가고 난 뒤에도 여전히 무겁게 내려 앉아 있었다. 동전만 한 빗방울은 계속해서 지칠 줄 모르고 떨어졌다. 궁전 안팎은 황혼처럼 어스름한 분위기에 휩싸였다.

"폐하!"

주식이 조용히 옹정을 불렀다. 이어 이제는 물기둥처럼 쏟아지는 비 때문에 대나무 잎마저 못 참겠다는 듯 요동치는 광경을 보면서 말을 이었다.

"가사방은 누가 뭐래도 요인妖人에 불과하옵니다. 폐하께서는 절대 그를 중용해서는 아니 되옵니다!"

번개가 번쩍! 하면서 궁전 곳곳을 순식간에 비추고 지나갔다. 우렛소리는 마치 폭죽 공장이 폭발한 것처럼 요란했다. 사람들은 저마다 몸을 움츠렸다. 진지하게 진언을 올리는 주식의 목소리는 유난히 침착하게 들렸다.

"폐하께서 독실한 불교신자라는 자체부터 말이 되지가 않사옵니다. 그런데 이제는 도교까지 믿으신다면 그건 심각하게 생각하셔야 하옵니다. 사람의 혼을 쏙 빼가는 이런 짓거리들이 춘추 이전 시대에 없었겠사옵니까? 그러나 이런 요술들이 천하를 다스리고 중생을 구제하는 생민생업生民生業에 도움이 안 되기 때문에 성인께서도 존이불론이라고 하신 것으로 생각되옵니다."

주식의 말에 윤상이 즉각 반론 비슷한 말을 입에 올렸다.

"일단 주 선생의 말씀이 대단히 지당하옵니다. 그러나 중용하지 말라는 것은 결코 기용하지 말라는 것이 아니옵니다. 그가 여러 사람의 병을 고치는 것을 보면 하늘이 폐하의 옥체를 그 사람에게 맡기신 것인지도 모르옵니다."

그러자 이번에는 장정옥이 나섰다.

"신은 성조로부터 일찍이 가르침을 받았사옵니다. 선현先賢이신 오차우 선생께서는 하늘은 유도儒道와 불도佛道를 내리셨으나 유도를 정통으로 여긴다고 성조께 간언했다고 하옵니다. 가사방 같은 부류는 폐하께서 그저 연극배우나 태감 정도로 부리시면 적격일 것이옵니다."

옹정은 장정옥의 간언에 즉각 반응을 보이지 않았다. 그저 두드러기가 사라지고 매끈해진 턱만 매만졌다. 이어 장대비가 쏟아지는 밖을 내다봤다. 이상하게도 가사방에게 천하의 도관道觀을 맡기려고 생각했던 마음이 싸늘하게 식어가고 있었다. 신하들의 따끔한 충고는 아무래도 효과가 있었던 듯했다. 바로 그때였다. 악이태가 다시 한 번 가사방의 중용을 반대하는 의견에 불을 지피고 나섰다.

"솔직히 처음에는 신도 그의 도술에 경탄을 금치 못했사옵니다. 그러나 곰곰이 생각해보니 우려스러운 점도 있사옵니다. 그가 천기를 내다보는 재주를 갖고 있어 사람의 병을 치료해주는 것 자체는 더할 나위 없이 좋은 일이옵니다. 그러나 병을 고칠 수 있는 자라면 없던 병을 줄 수도 있지 않겠사옵니까? 폐하께서는 부디 이 점을 유의하셨으면 하옵니다."

방포도 질 수 없다는 듯 나섰다.

"의가醫家에서는 우수마발牛溲馬勃(소와 말의 배설물을 의미)도 다 약으로 쓸 수 있다고 했사옵니다. 어찌 됐든 초능력을 지닌 사람인 것만은 틀림없사옵니다. 경계는 하되 지나치게 의심할 필요는 없을 것 같사옵니다. 배궁사영盃弓蛇影(술잔에 비친 활이 뱀처럼 보인다는 말. 의심하고 보면 숨 쉬는 것조차 의심스럽게 들린다는 의미)의 어리석음을 자초해서는 아니 되옵니다. 장춘궁長春宮에 기공을 수련할 때 쓰는 방이 있사옵니다. 거기에 보냈다가 필요하실 때 부르시옵소서. 그렇지 않은 날에는 그자에게 자유 시간을 주는 것이 무난하지 않겠사옵니까?"

옹정이 방포의 말에 공감하는 표정이었다.

"그래, 방 선생의 뜻에 따르도록 하지. 어의御醫라고 생각하고 곁에 두면 도움이 될 때가 있지 않겠나?"

옹정이 말을 마치고는 한참 전부터 고개를 숙이고 생각에 잠겨 있는 듯한 교인제에게 물었다.

"인제, 자네 어디 불편한가?"

교인제는 옹정이 부르자 비로소 화들짝 정신을 차렸다. 이어 두 손을 모아 합장하면서 대답했다.

"아미타불! 소녀는 대인들의 말귀를 알아듣지 못해 답답하옵니다.

왜 가 신선 같은 사람을 곁에 두기 싫어하시는지 통 이해가 되지 않사옵니다. 세상이 이렇게 넓고 크오니 가뭄과 장마가 얼마나 빈번하겠사옵니까. 가 신선에게 부탁해 장마 때는 비를 거둬들이게 하고, 가뭄에는 이처럼 단비를 내리게 하면 오죽 좋겠사옵니까? 해마다 풍작을 거두면 폐하께서도 근심을 덜게 되니 이보다 더한 경사가 어디 있겠사옵니까?"

교인제의 말에 옹정이 웃으면서 말했다.

"주문 몇 마디 외운다고 자네 말처럼 천하가 태평하고 사해가 풍년이 든다면 하늘이 어찌해서 번거롭게 천자와 군신을 두었겠는가? 또 이렇게 많은 문무 관리들에게 공짜 밥을 먹이려고 하겠는가?"

좌중의 사람들은 옹정의 농담에 모처럼 활짝 웃었다. 옹정이 다시 정색을 하면서 말을 이었다.

"어찌 됐든 이번 비는 실로 금싸라기 같은 적절한 비였네. 이 비가 아니었으면 우리는 지금쯤 아마 가뭄으로 인한 피해 복구대책을 세우느라 여념이 없었겠지. 가사방에 대해서는 잠시 제쳐두자고. 즉각 명발明發할 조유詔諭가 몇 가지 있네. 모두 자리에 있을 때 홍시, 자네가 먼저 말해보게. 여러 사람이 참고할 수 있게."

홍시는 옹정이 불렀을 때 홍력과 함께 옹정의 등 뒤에 시립하고 있었다. 강희 때부터 내려온 규칙에 따라서였다. 이에 의하면 황제가 대신들과 자리를 같이 할 때 황자들은 지의를 받지 않은 이상 끼어들 수 없게 돼 있었다. 홍시는 때문에 가사방에 대해 논의가 분분할 때에도 입이 간지러워 참기 힘들었으나 억지로 참아야 했다. 그러다 다행히 옹정의 부름을 받자마자 머릿속으로 대답할 말을 정리하고서 상체를 숙이고 아뢰었다.

"그중 한 건은 아기나, 색사흑, 윤제 등의 숙부와 융과다의 죄에 관한 것이옵니다. 육부와 여러 성들에서－광동성과 복건성에서는 상주문이 올라오지 않았고 서장(티베트)과 몽고는 원래부터 참의參議하지 않았음-모두 주장이 올라 왔사옵니다. 아기나는 결당結黨을 해서 난정亂政을 일삼은 죄로 죄목이 총 스물여덟 가지이옵니다. 또 융과다는 옥첩을 함부로 꺼내 돌린 죄, 스스로 제갈량을 자칭한 죄, 성조께서 하사한 글씨를 별채에 건 죄 등 불경죄 다섯 가지를 우선 범했사옵니다. 여기에 주군을 속인 죄 네 가지, 정무를 혼란에 빠뜨린 죄 세 가지, 나쁜 무리에 가담한 죄 여섯 가지, 불법을 저지른 죄 네 가지를 더해야 하옵니다. 마지막으로 탐욕을 저지른 죄 열여섯 가지도 포함해야 하옵니다. 결론적으로 모두 마흔한 가지의 죄를 범했사옵니다. 이처럼 죄명이 뚜렷하고 죄질이 심각하니 더 이상 처벌을 뒤로 미뤄서는 안 된다고 생각하옵니다."

"그러면 자네 생각에는 어떻게 처벌하는 것이 좋겠나?"

옹정의 물음에 홍시가 좌중을 쓸어보더니 대답했다.

"예로부터 '왕법에는 친함이 없다'王法無親고 했사옵니다. 인정을 두지 말아야 한다는 말이옵니다. 부의部議에 넘겨진 이상 대청률大清律에 따라야 한다고 생각하옵니다. 아기나는 주제넘게 보위를 탐내 수많은 죄를 저질렀사옵니다. 능지처참형에 처해야 마땅하다고 생각하옵니다. 융과다는 기만과 난정을 일삼은 사악한 자이나 뚜렷한 찬역簒逆의 증거는 없사옵니다. 요참腰斬 제도는 이미 폐지되고 없으니 서시西市로 끌고 가 법에 따라 공개적으로 확실하게 처벌하는 것이 마땅할 것 같사옵니다. 그러나 이들이 모두 황실의 골육이나 친척인 점을 감안하시어 형벌을 조금 감해주시는 것도 바람직할 것 같사옵니다. 아기나와 색사흑, 융과다는 참립결斬立決에 처하고 윤제에게는 자결을 권유하는 것이 좋겠사옵니다. 이렇게 하면 국법에도 합당하고 대외적으로도 폐하의 아량을 널리 알릴 수 있을 것 같사옵니다.”

홍시의 언성은 나지막했다. 그러나 단호하고 이치에 들어맞았다. 좌중의 사람들은 모두 섬뜩한 느낌에 사로잡혔다. 밖에서는 비바람이 거세게 몰아치고 대나무가 아우성치고 있었다. 그 소리는 마치 귀신이 곡하는 소리처럼 사람의 마음을 오싹하게 만들었다.

바로 그때 홍력이 궁전 모퉁이에 시선을 박은 채 의견을 밝혔다.

“형벌이 지나치게 무거운 것이 아닌가 생각되옵니다. 아기나가 제위를 노렸던 것은 사실이옵니다. 그러나 그 옛날의 죄를 들춰내면 지금의 조정대신들 중에 그 일에 연루되지 않은 사람은 거의 없사옵니다. 소신은 아기나가 성조 때 지었던 죄를 결당난정結黨亂政으로 규정하는 것이 어떨까 생각하옵니다. 또 폐하 등극 후에는 황제의 정책을 무시하고 인신으로서의 예를 갖추지 않았다는 것에 초점을 맞췄으면 좋겠사옵니다. 융과다는 성조께서 붕어하시기 전에 후사를 믿고 맡기셨을 정도로 신임하셨던 탁고중신託孤重臣임을 감안해 감금형에 처하는 것이 적당하지 않을까 싶사옵니다. 이는 소자의 짧은 식견이옵니다. 성명하신 폐하의 성재聖裁를 기대하옵니다.”

홍시는 가능한 한 눈엣가시 같은 자들을 어떻게든 없애버릴 생각을 하고 있었다. 특히 홍시의 약점을 적지 않게 알고 있는 융과다는 더더욱 남겨둬서는 안 될 존재로 점찍고 있었다. 그럼에도 홍시는 전혀 조급한 내색 없이 여유롭게 홍력의 말을 반박했다.

“부의에 넘겨지기에 앞서 그자들은 벌써 집을 압수수색당한 처지였네. 만약 중벌에 처하지 않을 거라면 아예 부의에 넘기지도 않았을 거야. 부의에까지 넘겨 떠들썩하게 그 죄를 성토해 놓고 이제 와서 유야무야 풀어준다면 밖에서 우리 조정의 법규를 우습게 알 것 아닌가? 우레가 울었으면 비를 뿌리는 것이 당연한 거 아닌가? 그렇지 않으면 앞으로 우렛소리가 크게 일어도 사람들은 눈 하나 깜짝하지 않을 거야. 이보게 아우, 나는 이를 우려하지 않을 수 없네."

두 형제의 의견은 확연한 차이가 있었다. 옹정이 이번에는 윤상에게 물었다.

"열셋째, 자네는 어찌 생각하는가?"

윤상은 평생 황자들의 정쟁 속에서 파란만장한 삶을 살아온 사람이었다. 당연히 새로운 정쟁에 더 이상 휘말리고 싶지가 않았다. 그러나 나름의 까칠한 성격을 완전히 버릴 수는 없었다. 더구나 홍시가 3000명이 넘는 윤사 등의 가노들을 유배 보내는 큰일을 지척에 있는 황숙인 자신에게 사전에 한 번도 언급하지 않은 것에 대해서는 은근히 서운한 감정도 가지고 있었다. 그 때문이라도 홍력의 손을 들어줄 수밖에 없었다.

"그들은 살아 있어도 산목숨이 아니지 않사옵니까? 죽여 없애려면 파리 잡는 것보다 더 쉬울 것이옵니다. 하지만 백관들로 하여금 그들의 죄를 낱낱이 폭로해 온 천하에 공개한 것만으로도 그들의 목숨은 이미 끊어졌다고 생각하옵니다. 굳이 칼에 피를 또 묻힐 필요는 없을 것 같사옵니다."

"홍시가 이번에 북경에서 정무를 처리하느라 고생이 많았어. 짐은 홍시의 일처리가 모두 마음에 들고 흡족하네. 특히 아기나 일당의 삼천 가노를 축출한 것에 높은 점수를 주고 싶네."

밖에서는 번갯불이 간간이 비치고 있었다. 옹정의 얼굴이 그 빛을 받아 그런지 유난히 밝았다가 어두워졌다 하고 있었다. 옹정이 다시 천천히 입을 열었다.

"상갓집 개 신세가 된 주제에도 입들은 살아가지고 온갖 나쁜 소문을 퍼뜨렸지 않은가! 잘 쫓아냈어. 추방령이 내려지자마자 그들의 죄상을 탄핵하는 주장들도 빗발쳤다면서? 그건 많은 이들의 속마음을 대변했다는 뜻으로 풀이할 수 있지 않은가."

그동안 비교적 말을 아꼈던 악이태는 생각이 조금 다른 듯했다. 옹정이 홍시를 지나치게 높게 평가한다고 생각한 듯 침착하게 입을 열었다.

"그런 주장들에는 진짜도 있으나 가짜도 적지 않다고 봐야 할 것이옵니다. 겉으로는 아기나를 공격하는 척하지만 속으로 어떤 생각을 하고 있는지는 아무도 모르옵니다. 간에 붙었다 쓸개에 붙었다 하는 자들의 상투적인 수법이라는 사실도 간과해서는 안 될 것이옵니다."

옹정이 뭐라고 입을 열어 말하려 할 때 마침 고무용이 들어섰다. 고무용은 그러나 당황한 표정으로 입만 실룩거릴 뿐 쉽게 말을 꺼내지 못했다. 옹정이 그 모습을 보고는 의아한 어조로 물었다.

"무슨 일인가?"

"둘째마마……, 윤잉마마께서 오늘을 못 넘길 것 같사옵니다. 아직 숨이 넘어간 것은 아니옵니다. 그 옆에서 시중들던 태감들이 소식을 전해왔사옵니다."

옹정이 뜻밖의 소식에 멍해 있는 사이 비를 흠뻑 맞은 두 사람이 또다시 궁궐 입구에 나타났다. 태감인 듯했다.

"들어오라."

옹정이 자신의 명령에 따라 부리나케 들어온 두 태감이 이름을 말하고 대례를 올리기도 전에 다그치듯 물었다.

"윤잉 형님이 많이 안 좋은가?"

"일주일 전부터 위독했사옵니다. 태의원에서 세 명의 의정醫正들이 나와서 맥을 봤으나 다들 임종이 목전에 온 것 같다고 했사옵니다……."

태감이 빗물에 젖어 얼굴이 파랗게 질린 채 머리를 조아리면서 아뢰었다. 옹정이 태감의 말허리를 자르면서 다시 물었다.

"그래, 윤잉 형님이 다른 말은 하지 않던가?"

태감이 황급히 머리를 조아리면서 대답했다.

"눈물을 흘리시면서 두 세자世子를 하염없이 바라볼 뿐 아무런 당부의 말씀도 없으셨사옵니다. 평소에 베끼다 남은 경서經書를 가리키시면서 '내가 죽은 다음에 이 경서들을 폐하께 전해드려. 폐하께서는 독실한 불교신자라서 이런 책들을 무척 반기실 거네……'라고 하셨다 하옵니다."

태감의 두 눈에서는 빗물인지 눈물인지 알 수 없는 액체가 소리 없이 흘러내렸다.

"둘째 형님……!"

옹정이 마침내 참지 못하고 윤잉을 흐느껴 불렀다. 곧 눈에서 눈물이 방울져 내렸다. 수십 년 동안 서로를 힘들게 했던 은원이 머릿속에 밀물처럼 밀어닥치는 모양이었다. 그러나 더 이상 주저할 시간이 없었다. 옹정이 울먹이면서 숙연한 기분에 잠긴 윤상에게 물었다.

"둘째 형님이 전에 타고 다니던 가마 아직 있나?"

"육경궁에 압류당한 채 있사옵니다."

윤상은 옹정만큼은 괴로워하지 않는 것 같았다. 어조도 침착했다. 그가 덧붙여 아뢰었다.

"그러나 이제는 너무 오래 돼 조금 손을 봐야 할 것이옵니다."

옹정이 즉각 명령했다.

"가는 사람 마음 좀 위로해 주자는 것이네. 고무용, 육경궁에 지의를 전하게. 즉각 봉인 딱지를 떼고 가마를 윤잉 형님의 거처로 옮겨 가도록 하게. 반드시 형님이 숨이 넘어가기 전에 그 가마를 볼 수 있도록 서두르게. 장례식은 짐이 태자의 신분에 걸맞게 예를 갖춰줄 거라고 하게!"

"예, 폐하!"

"어서 가보게! 두 시간 내에 처리하지 못하면 자네도 따라갈 줄 알게!"

옹정이 고함치듯 말했다.

"예, 폐하!"

고무용이 창백해진 안색을 한 채 황급히 머리를 조아리고는 굴러가듯 물러갔다. 옹정이 한참 동안 생각에 잠기더니 길게 한숨을 내쉬었다.

"짐은 보지 않는 것이 나을 것 같네. 이 마당에 얼굴을 보면 더 상심할 것 같아. 더구나 형님이 신하의 신분으로 짐 앞에서 목숨을 거두게 하고 싶지도 않네. 홍력이 다녀오는 것이 좋을 테지만 홍력과는 악종기에 관해 의논을 좀 더 나눠야겠으니 홍시, 자네가 다녀오도록 하게!"

"지의를 받들겠사옵니다, 폐하!"

홍시는 홍력을 남겨 놓고 군사 문제를 논의하고자 하려는 옹정의 말에 기분이 약간 불쾌해졌다. 옹정이 홍력을 더 중요시하는 것 같다는 생각이 든 탓이었다. 그러나 곧이어 황제를 대신해 윤잉에게 다녀오는 것도 괜찮을 것 같다고 생각했는지 그대로 엎드려 절하면서 대답했다.

"아신兒臣이 가서 힘껏 위로하고 오겠사옵니다. 이런 말은 해도 되겠는지 모르겠사옵니다만, '둘째 백부님, 아직 맥을 놓지 마십시오. 좋은 약을 드시면 가망이 없는 것도 아니라고 합니다. 아바마마께서는 백부님께서 건강을 회복하시면 서산으로 모셔 옥천수를 드시게 하실 거라고 전하셨습니다'라고 아뢰겠사옵니다. 뻔한 거짓말이기는 하나 임종의 길이 조금이라도 덜 헛헛하지 않겠사옵니까?"

참으로 지능이 의심될 정도로 유치한 소리였다. 좌중의 사람들이 한심하다는 티를 내고 있을 때였다. 옹정이 얼굴에 웃음기를 보이면서 말했다.

"그렇게 하게! 어서 가보게. 옆에서 시중을 들면서 어떤 유언을 남기는지 잘 듣고 짐에게 전하게."

"예, 아바마마!"

홍시는 궁전 밖으로 뛰쳐나가다시피 했다. 그리고는 비바람 속에서 잠깐 걸음을 멈추고 흐리멍덩한 하늘을 바라봤다. 이어 길게 숨을 몰아쉬더니 우비를 입고 냅다 달려가기 시작했다.

33장

폐태자 윤잉의 한 많은 죽음

옹정은 멀어져가는 홍시의 뒷모습을 한참 동안 바라보고 나서 자리로 돌아왔다. 그리고는 침상 위에 양반다리를 하고 앉은 채 고개를 숙이고 멍하니 침대 모서리만 바라봤다. 순간 그의 모습은 몇 년은 더 늙어보였다.

장정옥이 나직이 한숨을 내쉬면서 아뢰었다.

"모자라고 불충불효한 사람이었사옵니다. 신은 선제께서 사람을 만들어보려고 백방으로 노력하셨어도 결국 두 번씩이나 폐위시킬 수밖에 없었던 것을 옆에서 지켜보며 몹시 괴로웠사옵니다. 그럼에도 폐하께서는 옹친왕 시절에 충성을 다해 폐태자를 섬기지 않으셨사옵니까? 자고로 폐위당한 태자들은 독주 아니면 참수형에 처해졌사옵니다. 좋은 결과를 본 적이 없었사옵니다. 윤잉은 다행히 폐하의 은혜를 입고 선종善終을 하게 됐으니 이 얼마나 행운이옵니까? 폐하께서는 윤잉에게 최선을 다했사옵니다. 지나치게 슬퍼하실 필요는 없사옵니다."

옹정이 장정옥의 진심 어린 말에 그제야 얼굴을 펴면서 애써 웃음을 지었다.

"형신, 자네가 솔직한 얘기를 해줬네. 짐도 윤잉 형님 때문에 슬퍼서 이러는 것은 아니네. 돌이켜 보니 천명天命의 무상함에 가슴이 섬뜩해져서 그런 거라네. 짐의 몇몇 형제들을 보면 진짜 감개가 무량하네. 삼십구 년 동안의 태자 이력이 무색할 만큼 하루아침에 폐태자된 사람이 있는가 하면 보위를 욕심내서 발광하다 결국 패망해 엄정한 심판을 기다리는 사람도 있지 않나! 욕심을 낼 것이 따로 있지. 이 자리가 뭐가 그리 좋다고 죽을 둥 살 둥 불나방 신세를 자초하느냐 그 말이야."

군기처에 아직 긴급하게 처리해야 할 서류가 산더미같이 쌓여 있는 장정옥이 옹정을 불렀다. 옹정이 '황제로서의 어려움'을 하소연할 경우 날 새는 줄도 모르는 습관이 있다는 것을 잘 알기 때문에 화제를 돌리려는 듯했다.

"폐하!"

그가 천천히 말을 이었다.

"하늘은 온정이 없기 때문에 오로지 덕을 쌓아야 한다고 했사옵니다. 아기나 등은 무덕무량無德無良해서 오늘의 재화災禍를 자초했사옵니다. 그들이 내심 바라던 결과라고 해야 하지 않겠사옵니까? 신의 어리석은 생각으로는 군신群臣들이 이미 그의 죄를 정했으니 사건은 일단 뒤로 미뤄놓고 지켜보는 것이 어떨까 하옵니다. 색사흑에게도 실낱같은 희망을 남겨줬으면 하옵니다. 후세들에게 뼈가 되고 살이 되는 교훈을 줄 수 있도록 활용하는 것이 더 뜻있지 않을까 싶사옵니다. 그럼에도 불구하고 목숨을 살려준 폐하의 깊은 뜻도 모르고 계속 음흉한 짓을 일삼는다면 태묘太廟에 고하고 목을 치는 수밖에 없을 것이옵니다."

사실 뾰족한 다른 방법도 없는 상황이었다. 장정옥이 다른 신하들의 대변인임을 잘 아는 옹정 역시 그렇게 생각하는지 가만히 한숨을 내쉬었다.

"형신의 의견에 따르도록 하지. 백 번을 용서했는데, 다시 또 한 번을 지켜보지 못하겠나? 색사흑을 지키는 호십례가 보낸 주장을 보면 그는 통 음식을 먹을 생각을 않는다고 하네. 아기나도 그렇고. 큰형님, 둘째 형님이 저렇게 된 마당에 짐은 솔직히 여덟째, 아홉째의 목숨까지 서둘러 빼앗고 싶은 생각은 추호도 없다네."

옹정이 잠시 말을 멈추고 천장을 쳐다봤다. 그러더니 뭔가 결심을 한 듯 입술을 앙다물었다.

"그렇다고 형제의 목을 친 잔인한 군주로 낙인찍히는 것이 두려워서 그러는 것은 절대 아니네! 짐은 아기나 등이 환골탈태하는 것은 꿈에도 바라지 않아. 그저 더 이상 짐의 인내를 시험하지 말았으면 하는 바람이네. 둘째 형님처럼 하늘이 내린 수명을 다하고 싶으면 조용히 있을 것이고, 그렇지 않으면 짐이 직접 칼을 빼드는 수밖에 없겠지."

옹정의 눈빛은 더욱 날카로워졌다. 장내의 왕공대신들 중에 누구 하나 피비린내를 원하는 사람은 없었다. 따라서 여지를 남겨두자는 옹정의 결정에 적이 안심하는 눈치들을 보였다. 곧 악이태가 앞으로 나섰다.

"중벌에 처할 생각이 없으시다면 폐하의 뜻을 분명히 알리는 것이 좋다고 생각되옵니다. 이 사건에 촉각을 곤두세우고 있는 관리들이나 초야의 정서를 고려해 잠시 가택연금에 처한다는 뜻을 분명히 밝혀야 할 것이옵니다. 쫓겨나간 가노들을 다시 불러들이는 경우는 없으니 내무부에서 사람을 보내 시중을 들게 하는 것 외에 다른 방법은 없사옵니다."

악이태는 잠시 말을 멈췄다. 그러다 옹정이 고개를 끄덕여 보이자 용기를 얻어 다시 자신의 생각을 피력했다.

"아기나 등을 잠시 처치하시지 않을 바에는 융과다에게도 은전을 베푸심이……."

옹정은 융과다의 이름이 나오자마자 바로 말을 잘라버렸다.

"융과다의 융자도 꺼내지 말게. 그 이름만 들어도 구역질이 나서 참을 수가 없네!"

옹정이 혐오스럽다는 표정을 지으면서 덧붙였다.

"장정옥, 자네는 조서 초안을 작성하게. 융과다는 명색이 탁고중신이라는 자가 결코 용서받지 못할 난정죄와 기만죄를 범했기 때문에 영구히 연금에 처한다는 내용으로 말이야."

"예, 폐하!"

"이불은……, 어떻게 처리하는 것이 좋겠는가?"

옹정이 차 한 모금을 마시고 여전히 비바람이 몰아치는 창밖을 바라보면서 물었다. 방포가 가볍게 기침을 하면서 장정옥을 바라봤다. 이불은 장정옥이 가장 아꼈던 문생이었다. 이는 조야에서 누구나 주지하는 바였다. 장정옥은 당연히 난감한 기색을 감추지 못하고 있었다. 옹정은 누구도 입을 열려 하지 않자 장정옥을 향해 말했다.

"형신, 자네가 난처해할 것은 없네. 자네의 지엄한 성격은 짐이 잘 아네. 문생이라 해서 무조건 감싸고도는 사람이 아니라는 것도 알고 있네. 이불이 아니라 그 누구의 죄도 자네에게는 전혀 파장이 미치지 않을 거야. 자네의 아우인 장정로가 죄를 지어 요참의 형벌에 처해질 때도 그랬지 않은가? 하고 싶은 말이 있으면 마음 놓고 하게."

장정옥이 드디어 무겁게 입을 열었다.

"정직하고 청렴한 썩 괜찮은 친구라고 생각해왔사옵니다. 그런데 이런 일이 생겨 참으로 황당하옵니다. 전문경이 과감하게 새로운 정책을 실시해 휘황한 정치적 치적을 올리는 걸 보더니 갑자기 질투가 난 걸까요? 참 알다가도 모를 것이 사람 마음인 것 같사옵니다. 신은 이불, 양명시, 손가감 세 사람이 각자 개성이 뚜렷하나 자타가 공인하는 충성파라 믿어 의심치 않았사옵니다. 물론 오랜 세월 기존의 제도나 방식만 묵묵히 고수하다 보면 그것에 익숙해져 새로운 것을 받아들이기 어려운 것은 사실이옵니다. 그런 이유로 폐하의 새로운 정책과 관련해 서로 간에 의견충돌이 있을 수 있다는 것쯤은 이해할 수 있사옵니다. 그런데 그 속에 파벌이 개입돼 있을 줄은 꿈에도 몰랐사옵니다. 지금 형세로 보면 이불이 친구들을 불러들여 전문경을 모해하고자 음모를 꾀했다는 설이 지배적이옵니다. 그러나 아직은 증거가 충분치는 않다는 것이 신의 솔직한 생각이옵니다."

옹정이 장정옥의 말을 듣고 미소를 지었다.

"자네까지 감을 못 잡는 것을 보니 이불이 그 깊이를 알 수 없는 사람인 것만은 분명하군. 자네가 말한 세 사람은 조금씩 다른 것이 아니라 확연히 다르다네. 양명시가 샘물 같다면, 손가감은 마치 삼천 척의 폭포 같지. 그래도 두 사람 모두 가지고 있는 심성을 가감 없이 드러내는 성격이지. 그러나 이불은 다르네. 짐의 희로喜怒를 파악해 말도 안 되는 소리를 곧잘 해왔다네. 그러나 그게 귀에 착착 감기는 말이기도 했지. 자네 앞에서는 그런 모습을 보이지 않았는지 모르겠지만 말이야. 물론 세 사람은 명예에 남달리 집착한다는 공통점이 있기는 하네. 이불은 겉보기에는 거침없이 당당하게 전문경에게 선전포고를 한 것 같으나 자세히 따지고 보면 그게 아닐세. 전문경이 까칠한 성격 때문에 여기저기 미운털이 팍팍 박힌 것을 알고 난 뒤 비로소 탄핵안을 올렸던 거네. 이불은 짐이 자신을 믿고 있다고 생각했기 때문에 탄핵안만 올리면 금방 자기 손을 들어줄 줄 알았을 테지. 그렇게 신사답지 못하게 구니 짐은 생각할수록 혐오감이 드네."

좌중의 신하들은 옹정의 말에 하나같이 뜨끔한 표정을 지었다. 또 이불의 속마음까지 낱낱이 파헤치는 것을 지켜보면서 자신도 모르게 자신의 행동을 반성하게 됐다. 그러나 다들 옹정의 말에 공감하지만 추호의 여지도 두지 않는 것은 약간 가혹하지 않은가 하고 생각하는 듯했다.

교인제 역시 이불을 몇 번 만나본 적이 있었다. 그녀의 기억에 남은 이불은 상당히 괜찮은 관리였다. 기품이 돋보이면서도 너무 차갑지 않고 일거수일투족이 모범적이었던 사람이었다. 그래서 이불을 만날 때마다 한 번씩 더 쳐다보고는 했다. 그런데도 옹정은 그런 사람을 '정세를 살펴가면서 행동하는 기회주의자'로 몰아 다른 장점들을 모두 부정하고 있었다. 급기야 그녀는 옹정이 듣던 대로 지나치게 가혹한 사람은 아닐까 하는 생각을 하기에 이르렀다. 그녀가 그렇게 생각하고 있을 때 악이태가 말했다.

"곰곰이 생각해보니 이불이 그런 문제가 있는 사람인 것은 틀림없는 사실인 것 같사옵니다. 그러나 그것만 가지고 죄를 논한다면 증거가 부족하옵니다. 이불이 색사흑을 가해하려 한다는 말도 호십례의 일방적인 주장에 불과할지도 모르옵니다. 이불은 누가 뭐라고 해도 나라의 중신이옵니다. 그의 죄를 쉽게 묻는다면 나라 안팎이 크게 흔들릴 것이옵니다. 또 그 여진이 오래갈 것이옵니다. 부디 통촉

하시옵소서, 폐하."

"자네 말대로라면 짐은 깊은 사려도 없이 '쉽게' 대신의 죄를 묻는 멍청한 군주라는 말인가? 악이태, 자네는 무슨 말을 그렇게 생각 없이 하나? 짐이 평소에 이불을 얼마나 아꼈는지 잘 아는 호십례가 무슨 배짱, 무슨 생각으로 본인과 아무런 알력도 없는 이불을 모함한다는 말인가?"

옹정이 버럭 화를 내면서 냉소를 터트렸다.

"호십례는 그런 배짱이 없을 수도 있사옵니다. 아마도 이불을 핑계로 폐하의 의중을 탐색해 보려고 했는지도 모르옵니다."

악이태가 여전히 낯빛 하나 변하지 않은 채 대답했다.

"지금 우리는 이불에 대해 논하고 있지 않은가? 왜 엉뚱하게 호십례에게 초점을 맞추는가? 자네 혹시 호십례와 무슨 갈등이라도 있는 것인가?"

"신은 호십례를 모르옵니다. 그러나 이불의 사건이 호십례와 관련이 있사오니 그쪽의 말이라도 더 들어보자는 뜻이옵니다."

악이태가 조관朝冠을 벗고 연신 머리를 조아렸다. 그러나 말투에는 전혀 주저하거나 주눅 든 느낌이 없었다. 그가 계속 자신의 생각을 피력했다.

"사건이 불명확하면 진상이 확연히 드러날 때까지 수사가 선행돼야 함은 당연하옵니다. 아기나, 색사흑처럼 큰 죄를 지은 경우에도 신중하게 형을 집행하지 않았사옵니까? 그러니 이불의 사건도 조금 미뤄두었다가 다시 보는 것이 어떨까 하옵니다."

탕!

마침내 옹정이 책상을 힘껏 내리쳤다. 그리고는 얼굴이 벌겋게 달아오른 채 거친 숨을 몰아쉬었다. 이어 거센 비바람이 몰아치는 뜰을 손가락으로 가리키면서 고함을 질렀다.

"이봐, 악이태! 밖으로 굴러 나가 비 맞고 정신 좀 차려!"

"예, 폐하!"

악이태가 성난 사자처럼 길길이 날뛰는 옹정을 힐끗 바라보고는 고개를 떨어뜨린 채 밖으로 물러갔다. 이어 돌계단 밑의 빗물에 털썩 무릎을 꿇었다.

분위기 좋게 조곤조곤 대화를 나누던 군신간의 의사議事 자리에 갑자기 팽팽한 긴장감이 맴돌기 시작했다. 그런 장면을 처음 보는 교인제의 놀라움은 컸다. 가히 충격적이라고 해도 좋았다. 또 그녀는 모난 구석 없이 둥글둥글하다고 생각했던 악이태가 이런 자리에서 황제에게 꼬박꼬박 말대꾸를 한다는 것도 통 이해가 되지 않았다.

끊임없이 이어지는 빗소리만 장내 사람들의 귓전을 따갑게 때리고 있었다. 그들은 신경을 곤두세운 채 잔뜩 숨을 죽이고 있었다. 사실 옹정은 신하들이 어느 정도 동조해준다면 윤사 등을 엄벌에 처해 후환을 깡그리 없애버리고 싶었다. 그런데 무지렁이 같은 신하들은 하나같이 피비린내를 두려워했다. 대역죄인들을 윤잉처럼 스스로 죽어갈 때까지 놔두자는 아무 의미 없는 주장만 하고 있었다. 옹정은 그런 신하들에게 화가 날 수밖에 없었다. 게다가 신하들은 이불에 대해서도 미지근한 반응을 보였다. 가뜩이나 심기가 불편했던 옹정은 더 이상 참지 못하고 악이태에게 분풀이를 했던 것이다. 물론 그는 친혈육과 관계된 사안인 만큼 주변의 반응에 계속 무게중심을 두지 않을 수도 없었다.

홍력은 영리하기로 소문난 그답게 이미 옹정의 마음을 꿰뚫어보고 있었다. 장정옥을 비롯해 방포, 악이태 등이 한결같이 옹정과 다른 의견을 주장하고 있다는 사실은 더 말할 나위조차 없었다. 그는 또 윤상이 오랫동안 조정의 문제에 참여하지 않은 관계로 입을 열기가 부담스러운 상태에 있다는 것도 모르지 않았다. 그랬으니 그로서는 이 난감한 상황을 타개할 사람은 자신밖에 없다고 생각했다. 그가 드디어 조심스럽게 입을 열었다.

"아바마마, 악이태는 아바마마께서 옹친왕 시절부터 곁에 두고 보아온 중신이지 않사옵니까? 그때 당시에도 병부 사관에 불과했던 악이태가 아바마마의 주장에 반기를 든 적이 있었죠. 그러나 아바마마께서는 그 용기가 가상하고 충정이 대단하다시면서 높이 평가하셨지 않았사옵니까? 아신은 악이태의 충정이 변함이 없다고 생각하옵니다. 저렇게 험한 비바람 속에 오래 방치해 두시면 자칫 병이 날 수도 있사옵니다."

옹정이 거친 숨을 무겁게 내쉬었다. 그리고는 한결 느긋해진 표정을 한 채 지시했다.

"들여보내게."

옹정이 몹시 피곤한 기색을 보였다. 더 이상 난상토론을 하는 것은 무리인 듯했다. 그러나 그는 이발을 한 지 몇 시간밖에 되지 않아 파랗게 경계가 선 앞이마를 만지면서 덧붙였다.

"태감에게 마른 옷가지를 가져다 갈아입히라고 하게."

옹정이 이번에는 윤상에게 물었다.

"열셋째, 자네 생각에는 이불을 어떻게 처리하는 것이 바람직할 것 같은가?"

"이불과 같은 경우에는 처벌하기가 수월치 않을 것 같사옵니다."

윤상은 몇 년 동안 침상 신세를 져오면서 기력이 많이 쇠약해진 탓인지 파리한 안색으로 가쁜 숨을 몰아쉬면서 대답했다.

"문제는 그가 간신이나 탐관오리와는 전혀 거리가 멀다는 사실이옵니다. 그러나 그는 같은 목소리를 내고, 한 구멍으로 숨 쉬는 관리들에게 항상 둘러싸여 있사옵니다. 또 이번에 전문경을 탄핵한 자들 대부분이 그들이라는 사실만 봐도 이불은 결당이라는 의혹에서 자유로울 수가 없게 됐사옵니다. 신은 그 죄를 물어야 마땅하다고 생각하옵니다. 그러나 잠시 시간적인 여유를 갖고 처리하는 것도 한 방법일 것이옵니다."

윤상의 뜻 역시 다른 신하들과 크게 다르지 않았다. 아니 어떻게 보면 같다고 해도 좋았다. 옹정이 미간을 좁히면서 한참 생각하더니 웃음을 머금은 채 말했다.

"인주人主라고 해서 모든 일에서 다 마음대로 할 수 있는 것은 아니군. 그래, 그러면 다수의 의견에 따르도록 하지. 단 오늘 이 자리에서 논한 모든 내용은 반드시 비밀에 붙여야 하네. 만에 하나 누가 비밀을 누설하는 날에는 짐이 기군죄欺君罪를 물어 '마음대로' 처벌할 것이네!"

그때 옷을 갈아입은 악이태가 들어왔다. 옹정이 다정한 음성으로 물었다.

"괜찮은가? 다행히 비 맞은 시간이 짧아 몸에 무리는 안 갔겠지? 다 자네가 잘 되라고 그런 것이니 원망하는 마음은 가지지 않았으면 하네."

"그런 것은 추호도 없사옵니다. 신이 건방졌사옵니다. 신은 이 고집불통인 성격 때문에 스스로도 곤혹스러울 때가 있사옵니다. 부디 잘 헤아려 주시옵소서, 폐하. 이불……."

악이태는 옹정의 따뜻한 말 한마디에 금세 마음이 녹아내렸는지 연신 머리를 조아렸다. 그리고는 또 다시 이불 얘기를 꺼내려 했다. 그러자 옹정이 단박에 그의 말허리를 툭 잘라버렸다.

"이불에 대해서는 자네들의 뜻에 따르기로 했네. 내일 호십례를 북경으로 부르게. 그쪽 말을 조금 더 들어보고 처리해도 늦지는 않을 테니 말일세."

옹정이 말을 마치고는 고개를 들어 하늘을 올려다봤다. 이어 윤상에게 말했다.

"자네 건강상 이렇게 오랫동안 앉아 있는 것은 무리일 거야. 조금 일찍 보내준다는 것이 보다시피 이렇게 됐네. 안색이 처음 들어올 때보다 안 좋아 보이는군. 비도 그칠 기미를 보이지 않으니 서둘러 청범사로 돌아가지 말고 여기 안락의자에 누워 눈 좀 붙이게. 이들은 악종기의 일에 대한 상의가 끝나는 대로 물러갈 테니 자네는 빗줄기가 약해지기를 기다렸다가 가는 것이 어떻겠는가?"

사실 윤상도 안락의자에 누워 편히 쉬고 싶은 마음뿐이었다. 그러나 곧 머리를 저으면서 미소를 지어 보였다.

"성은이 망극하옵니다. 신은 더 버틸 수 있사옵니다. 신에 대해서는 염려치 마시고 의사에만 전념하시옵소서. 폐하께서 봉천에 계시는 동안 쌓였던 일들인데 이 아우 때문에 혹시라도 차질이 생긴다면 제가 그 책임을 피해갈 수는 없지 않겠사옵니까."

옹정은 윤상의 대답이 끝나기 무섭게 본론에 들어가려는 듯 근엄한 표정을 지으며 입을 열었다.

"악종기는 이번에 짐의 밀조를 받고 왔다네. 육부에서도 호부상서 장석정蔣錫廷을 빼고 이 사실을 아는 이는 없네. 지금 책령 아랍포탄이 파견한 사신 근돈根敦이 북경에 와 있네. 홍력이 그자의 수행원 하나를 매수해 입수한 소식에 의하면 아랍포탄은 지금 중병에 걸려 생사가 오락가락한다네. 길어 봤자 반년이나 더 살까 하더군. 아마 죽음을 앞두고 강화협정을 체결하러 온 모양이야. 그럴 만도 한 것이 그쪽에서도 각 부족간의 불협화음이 만만치 않거든! 손발이 맞지 않는다 이거야! 게다가 서장西藏과 객이객 몽고의 움직임까지 심상치 않으니 아랍포탄이 뭔가 위기를 느낀 것은 당연할 테지. 사실 서부전선 얘기만 나오면 짐은 울화가 치민다네. 윤제가 강희 육십 년에 서장으로 진군하지 않았는가. 그러나 작은 승리에 만족해 방심하고 있다가 적을 놓치고 흐지부지해지고 말았었지. 연갱요도 마찬가지로 나포장단증을 코앞에서 놓쳐 후환을 남기지 않았는가. 조금 듣기 거북한 소리일 테지만 그것들이 똥을 싸고 뒷구멍을 제대로 닦지 않아 조정이 오늘날까지 그 비리비리한 몇 놈에게 휘둘리는 것이 아닌가?"

옹정은 서부에 관한 얘기만 나오면 항상 흥분하고는 했다. 주식은 그런 옹정이 윤사와 연갱요에 대한 얘기를 꺼낼까봐 은근히 걱정을 하던 차였다. 물론 주식뿐만이 아니었다. 장내의 사람들은 누구나 할 것 없이 전혀 새롭지 않은 얘기로 갑론을박을 펼치는 것을 좋아하지 않았다.

옹정은 신하들의 표정은 아랑곳하지 않았다. 다만 피곤한 기색이 역력한 윤상만은 신경이 쓰이는 눈치였다. 그가 다시 화제를 본론으로 끌고 갔다.

"세부적인 것은 다음 기회에 논하도록 하게. 짐은 아랍포탄이 보낸 사신 근돈을 당분간 만나지 않을 테니 주식, 자네가 알아서 처리하도록 하게. 병사兵事에 대해서는 언급하지 말고 사신에 대한 적당한 예를 갖추는 데 초점을 맞추도록 하게."

"예, 폐하! 폐하의 의중을 알겠사옵니다. 그자들이 엎드려 신하임을 인정하고 공품을 받들어 올리도록 만들어보겠사옵니다."

주식이 밝은 얼굴로 힘차게 대답했다. 그러자 홍력이 자신의 의견을 덧붙였다.

"주 선생께서는 그들과 굳이 그 무슨 합의를 이끌어 내려고 노심초사할 필요가 없소. 그냥 아랍포탄이 죽을 때까지 시간만 끌어주시면 되오."

옹정이 홍력에게 잘 말했다는 눈빛을 보내면서 한마디를 덧붙였다.

"그렇지. 지쳐 쓰러질 때까지 질질 끌고 다니다 보면 물 한 대접에도 감격할 거야. 밥 한 술에도 감지덕지하겠지. 그때 가면 훨씬 유리하게 조약을 체결할 수 있을 거야."

신하들은 그제야 옹정의 진정한 의도를 알게 된 모양이었다. 너 나 할 것 없이 흥분을 금하지 못하는 표정을 지었다. 그때 악이태가 말했다.

"성조 말년에 작은 승리를 거뒀으나 성에 차지 않았사옵니다. 연갱요가 비록 크게 개선가를 울렸다고는 하나 우환의 불씨를 남겨뒀다고 할 수 있사옵니다. 때문에 지금껏 찜찜했사옵니다. 그러니 이번 기회에는 완전히 뿌리를 뽑아야겠사옵니다."

장정옥이 말을 이었다.

"이 일은 보친왕께서 총지휘할 것입니다. 필요하신 모든 것은 저희 군기처에서 적극적으로 협조해 드리겠사옵니다."

그러자 이번에는 방포가 나섰다.

"신은 어디에도 얽매이지 않는 산질대신散秩大臣이오니 악종기 장군을 도와 군량미 공급을 책임지겠사옵니다."

옹정이 말을 받았다.

"자세한 내용은 더 이상 논할 수 없네. 그 문제는 홍력과 악종기가 이미 며칠 동안 의논중인 것으로 알고 있네. 군량미는 어떻게든 가까운 곳에서 조달하도록 할 것이네. 내지內地에서 서부까지 운송이 만만치 않아 배보다 배꼽이 더 클 수도 있으니 말이야. 지금의 급선무는 전장에 출전할 군사를 선발하는 일일세. 하남, 산서, 산동에서 궁마弓馬에 뛰어나고 조총鳥銃에도 능한 육천 정예병을 모집해야겠네. 그러나 이 일은 병부에서 나서지 말고 군기처에서 알아서 조용히 처리하도록 하게!"

옹정이 군기처를 언급하자 장정옥이 황급히 대답했다.

"그건 쉬울 것이옵니다. 열하와 북경의 선박영 병사들을 전선으로 보내면 되옵니다. 그리고 각 성에 명령을 내려 선박영의 빈자리를 메울 만한 정예병을 선발해 보내라고 하면 되옵니다. 그러면 조용히 빠른 시일 내에 확보할 수 있사옵니다."

홍력도 자신의 생각을 덧붙였다.

"그리고 목재도 대량으로 필요하옵니다. 호부, 병부에서 직접 나서기는 불편하니 장상, 악상, 두 분이 신경을 써줘야겠습니다. 비밀리에 빨리 처리하도록 해야 합니다."

그 순간 갑자기 악이태가 반문을 했다.

"목재 말씀이옵니까? 어찌해서 목재가 대량으로 필요하신지요? 그리 어려운 일은 아니나 적절한 이유가 있어야 할 것 같사옵니다."

옹정이 기다렸다는 듯 바로 대답했다.

"짐이 창춘원 북쪽에 원명원圓明園을 하나 더 지으려고 그러네. 이를 이유로 민간에서 목재를 지원받도록 하게."

주식이 옹정의 말이 떨어지기 무섭게 난색을 표했다.

"그건 좀……. 거마車馬를 구입하거나 궁실宮室 건축을 하는 데 필요한 재정은 조정에서 자체적으로 충당하도록 돼 있사옵니다. 지방 번고藩庫의 은이 궁실 건축에 쓰인다면 폐하의 명성에 누가 될 것이옵니다. 어사들도 입을 봉하고 있지는 않을 것이옵니다."

옹정이 그러자 희고 가지런한 이를 드러내면서 코웃음을 쳤다.

"성조께서는 창춘원을 확장 건축하시고 열하에 피서산장까지 지으셨어. 짐도 늙어 거동이 불편할 때를 대비해 거처를 하나 마련해두고 싶어서 그러네. 그런데 큰 지출도 아닌 일에 그자들이 감히 뭐라고 지껄여? 개가 짖는다고 배가 떠나지 않는 것을 봤나? 짐은 전혀 상관하지 않네."

옹정이 어조를 조금 높이더니 곧이어 손사래를 쳤다.

"회의시간이 엿가락처럼 너무 늘어져도 좋지 않구먼! 오늘은 이만 하고 물러들 가게!"

자시子時가 가까운 시각이었다. 폭풍우는 장장 두 시간 동안 이어졌다. 번개와 우렛소리는 그 시간 동안 지칠 줄 모르고 간간이 계속됐으나 빗줄기는 눈에 띄게 가늘어졌다. 그럼에도 하늘에는 가마솥 밑둥처럼 새카만 구름이 여전히 숨 막히게 드리워져 있었다.

홍시를 가마에 태운 가마꾼들은 힘겨운 다리를 끌면서 그의 집을 향해 움직이고 있었다. 선화鮮花 골목이라는 그곳은 북경의 왕부王府들이 밀집해 있는 곳으로 일반 민가는 없었다. 따라서 그저 몇 리 간격으로 우뚝 솟은 왕부들만 눈에 뜨일 뿐이었다. 당연히 궁궐의 그것을 모방한 담벼락들은 바둑판처럼 네모반듯했다. 그랬으니 비바람이 기승을 부리는 날에도 야경을 나온 선박영 병사들은 의례적으로 골목길을 순찰할 수밖에 없었다.

하루 종일 동에 번쩍 서에 번쩍 많은 곳을 다닌 홍시는 지친 나머지 들썩거리는 가마에서 그만 어렴풋이 잠이 들고 말았다. 그때 갑자기 가랑비의 장막을 뚫고 어디선가 음악소리가 은은히 들려왔다. 그가 눈을 번쩍 뜨고 창문으로 내다보니 가마꾼들이 불빛이 대낮처럼 밝은 곳을 지나고 있었다. 그가 고개를 내밀며 물었다.

"허락도 없이 극장에는 왜 왔나?"

수행태감이 급히 창가로 다가와 조심스레 웃어 보이며 대답했다.

"셋째마마! 극장이 아닙니다. 장친왕부에 왔습니다. 이제 두 집만 더 가면 우리 왕부에 도착하게 됩니다."

그 말에 홍시는 입이 찢어져라 웃었다. 그의 저택은 아직 옹정이 편액을 내리지 않았다. 때문에 그저 패륵부일 뿐이었다. 그런데도 아랫것들은 듣기 좋게 그를 왕이라 칭하면서 자기네들끼리는 '왕부'라는 칭호를 자연스럽게 내뱉었다. 그로서는 기분이 좋을 수밖에 없었다. 홍시는 불빛을 빌려서 앞을 내다봤다. 과연 강희가 친히 하사한 '장친왕부'莊親王府라는 편액이 한눈에 들어왔다. 그가 곧 발을 굴러 가마를 세웠다.

밖으로 나오자 아직도 찬비가 간간히 이어지고 있었다. 홍시는 몸이 오슬오슬 떨리는 기분을 느꼈다. 덕분에 졸음은 가신 듯 사라졌다. 그가 말했다.

"누구는 하루 종일 뛰어다녀 파김치가 돼 집에 가는데, 열여섯째 숙부는 팔자도 좋지! 그래서 사람과 사람은 서로 비교하면 안 되는 거야."

홍시는 푸념을 늘어놓으면서 빗길을 저벅저벅 걸었다. 곧 장친왕부의 대문 앞에 이르렀다. 문지기방에 들어앉아 있던 왕부의 태감들은 연락도 없이 불쑥 찾아든 홍시를 보고 깜짝 놀라는 눈치를 보였다. 그래도 눈치 하나로 먹고 사는 사람답게 대장 격인 왕구王狗가 날렵하게 한쪽 무릎을 꿇은 채 예를 갖추었다. 이어 오관五觀을 한 쪽으로 몰아붙여 웃으면서 인사를 올렸다.

"셋째마마, 이 시간에 어쩐 일이시옵니까! 거의 두 달 동안 못 뵈었죠, 아마? 뵙고 싶어서 눈이 멀 지경이었사옵니다."

홍시가 그러자 일부러 비아냥거렸다.

"마음에도 없는 소리를 어쩌면 그렇게 감칠맛 나게 하는가? 내 소매 속의 은표가 그리웠겠지!"

홍시는 말을 마치자마자 안주머니를 만져봤다. 5000냥짜리 용두 은표와 몇 푼 안 되는 자잘한 금 조각 몇 개가 만져졌다. 그가 곧 금 조각을 왕구에게 던져줬다. 이어 그에게 물었다.

"이 야심한 밤에 열여섯째 숙부께서는 연극을 관람하고 계신가?"

왕구가 입이 찢어지도록 웃으면서 대답했다.

"그럼요! 저의 주인 외에도 성친왕, 다섯째마마 모두 계십니다. 보친왕께서도 오실 거라고 했으나 일 때문에 못 오시고 몇몇 식객, 막료들만 와 있습니다. 폐하께서 기우제를 지내실 때 공연하기로 준비했던 연극입니다. 지금 비가 무지하게 내리고 있으니 기우제를 지낼 필요가 없게 됐지 뭡니까? 그래서 저희 장친왕께서 기왕 이렇게 된 바에야 곧 다가오는 태후마마의 제삿날에 공연할 수 있도록 연극 주제를 바꿔 연습을 좀 더 시키겠다고 주청을 올렸습니다. 당연히 윤허를 받았습니다. 그러니 엄격히 따지자면 지금은 배우들이 연습을 하고 있는 중입니다. 녹경당祿慶堂의 배우들을 불렀는데요, 주인공은 그 이름도 유명한 갈세창葛世昌이라는 자입니다. 어서 안으로 드시죠!"

홍시가 뜰로 들어서자 등불이 휘황찬란한 방 안에서 여자 목소리를 모방한 남자 배우들의 간드러진 목소리가 귓전을 간질이기 시작했다. 창문 너머로 들여다보니 곱상하게 생긴 갈세창이 여장을 한 채 엉덩이를 달싹거리면서 무대를 누비고 있었다.

새벽 찬이슬에 이불깃 여미면서 돌아누우니,

꿈속에서 다시 그대를 만났네.

그날 거기서 만나자던 약속 아직 잊지 않았는데,
그대는 어찌해서 나타나지 않나!
새 사람의 용모에 반했는가?
그 옛날 혼인할 때는 나도 절색이었거늘.

홍시가 피식 웃음을 흘린 채 계단을 올라 대청으로 들어섰다. 그곳에서는 열 몇 개의 등불이 대낮같이 환한 빛을 내뿜는 가운데 갖가지 악기가 한데 어우러져 시끌벅적한 음악을 연주하고 있었다. 아직 화장을 지우지 않은 남녀 배우들은 해바라기 씨를 까먹으면서 키득거리고 있었다. 그런 가운데 여장이 기막히게 어울리는 갈세창이 긴 소맷자락으로 눈물까지 찍어내면서 가느다란 목소리로 노래를 부르고 있었다.

사랑은 식어버린 화롯불이요,
내던져버린 가을 부채인데,
저 산이 가로막혀 가고파도 못 가는구나.
봄이 되면 풀은 저절로 푸르거니,
그 누가 이별이 슬프지 않으리오.
새 사람을 만났다고 옛정을 잊지는 말아주오.

홍시는 자리에 선 채 무대를 주시하다 그만 깜짝 놀라고 말았다. 뒤에서 배역을 맡아 움직이고 있는 사람들 중에 의친왕毅親王 윤례의 아들인 홍경弘慶과 성친왕誠親王이 끼어 있었던 것이다. 장친왕 역시 무슨 역을 맡은 듯 입술 위에 가짜 수염까지 붙이고 앉아 유유자적 차를 마시고 있었다.

한마디로 왕들이 무대 위에서 연극을 하고 진짜 배우들은 아래에서 시시덕거리는 진풍경이 벌어지고 있었다. 홍시는 화도 나고 우습기도 했다. 순간적으로 악기를 담았던 나무상자 위에 털썩 주저앉고 말았다.

그때 배우 하나가 홍시를 발견하고 호들갑을 떨었다. 장친왕 등도 모두 홍시에게 알은체를 하면서 다가와 앉았다. 모르고 보면 절세미인인 줄 알고 반해버릴 것 같은 갈세창은 아예 수양버들 같은 허리를 배배 꼬면서 끼어들었다. 홍시가 갈세창의 탱탱하게 올라붙은 엉덩이를 툭 치면서 말했다.

"이봐, 세창이! 우리 마누라보다 몸매가 더 매혹적인데? 언제 시간 내서 우리 한번 놀아볼까?"

갈세창은 홍시가 노골적으로 음란한 농을 걸어오자 간드러지게 웃으면서 말했다.

"호호! 셋째마마, 귀하신 분이 왜 이러시옵니까? 이렇게 많은 사람들 앞에서……."

갈세창은 다소 과장스런 행동을 보였다. 그 통에 좌중의 사람들은 모두 와! 하고 웃음을 터트렸다. 그때 성친왕 윤지가 말했다.

"지금 셋째 패륵은 나라의 살림을 도맡아하고 있는 실세야. 홍력보다 더 권한이 크다고. 아까 그런 부탁은 우리에게 말하는 것보다 셋째 패륵께 청을 드리는 것이 훨씬 낫지!"

"뭐 어려운 일이라도 있나? 따로 나가서 들어야 하나?"

홍시가 여전히 음란한 눈빛으로 게슴츠레 갈세창을 바라보면서 부드러운 말투로 물었다. 갈세창이 그러자 손바닥으로 입을 가리고 수줍게 웃더니 애교스러운 목소리로 말했다.

"너무 그렇게 노골적으로 나오시면 제가 몸 둘 바를 모르죠! 실은 저의 사촌동생이 강소성 어딘가 궁벽한 곳에 발령이 났지 뭐예요. 거기는 귀신도 새끼치기 싫어한다는 가난한 현이랍니다. 그래서 제가 성친왕께 다른 곳으로 보내주십사 하고 청을 드렸습니다. 그랬더니 성친왕께서 고맙게도 윤계선 중승께 서찰을 보내셨다고 합니다. 그런데 윤 중승이 곧 북경으로 들어오신다고 하니 셋째마마께서 그분을 한번 만나셔서 얘기를 해주시면 어떨까 해서 말씀드리는 중입니다."

홍시가 다시 웃으면서 물었다.

"그 사촌동생은 어디로 가고 싶다던가?"

갈세창은 홍시가 관심을 보이자 냉큼 다가들었다. 이어 홍시의 어깨를 감싸 안고 얼굴을 마구 비벼대면서 구역질이 날 정도로 아양을 떨어댔다. 이어 더욱 끈적끈적한 어조로 부탁의 말을 건넸다.

"상주부常州府의 김 대인이 무호蕪湖의 도대道臺로 발령났다고 합니다. 그가 가면 빈자리가 남지 않겠어요?"

홍시가 갈세창의 뺨을 살짝 꼬집으면서 말했다.

"그건 단순히 발령을 원하는 것이 아니잖아? 승진을 노리는 거네! 솔직히 말해봐, 그 사촌동생에게 얼마나 받아먹었어? 하기야 그런 것쯤이야 나한테 오면 식은 죽 먹기지."

갈세창은 이미 잔에다 술을 철철 넘치게 따랐다. 그리고는 손수건으로 받쳐 홍시의 입가로 가져갔다. 홍시는 살살 눈웃음치는 갈세창이 싫지 않다는 듯 낄낄 웃으면서 그 술을 받아 마셨다.

연극 연습이 끝나고 바로 술자리가 이어졌다. 각 왕부에서 나온 막료들 역시 우르르 몰려들어 술잔을 부딪치면서 부어라 마셔라 웃고 떠들었다. 위계질서 따위는 전혀 찾아볼 수가 없었다. 술이 서너 순배 돌아가자 윤록이 홍시에게 물었다.

"그런데, 자네 지금 어디에서 오는 길인가? 무슨 일 있었나? 이렇게 한가한 줄 알았으면 진작 불렀지."

홍시는 좌중을 둘러봤다. 사람들은 자기들끼리 어울리느라 여념이 없었다. 그가 그제야 목소리를 낮춰 지의를 받고 윤잉의 최후를 지켜본 전후 과정을 대충 들려줬다. 그리고는 덧붙였다.

"둘째 백부님이 돌아가셨는데, 우리가 이렇게 술 마시고 연극 구경을 하면 안 될 것 같아요. 아바마마께는 제가 여기 다녀갔다는 얘기는 절대 하지 마세요."

그러자 옆에서 다 듣고 있던 윤지가 입을 열었다.

"간 사람은 어쩔 수 없어. 산 사람은 먹고 마시고 살아가야 할 것 아닌가? 우리가 연극 구경을 하는 것도 지의를 받았기 때문에 상관없네. 솔직한 얘기지만 둘째 형님은 살아있는 것이 죽느니보다 못했지. 아! 됐어, 됐어! 괜히 술맛 떨어지게 그런 얘기 하지 말자고."

윤지의 말이 떨어지기 무섭게 옆자리에서 와! 하는 함성과 함께 박수가 터져 나왔다. 막료 중 누군가 주령에서 진 모양이었다. 원래 주령에서 지면 벌주를 마시거나 시 또는 우스운 얘기를 하든지 둘 중 하나를 하는 것이 원칙이었다. 홍시는 벌칙을 받아야 하는 그 막료가 홍력의 수하에 있는 이한삼이라는 것을 대번에 알아챘다. 같은 좌석에 앉은 사람들에게도 아는 체를 했다.

"보친왕의 막료예요."

"졌어, 또 졌어!"

이한삼은 술을 몇 잔 마시자 얼굴이 완전히 빨갛게 변해 버렸다. 술이 거나하게 취한 것 같았다. 급기야 항복을 했다.

"술은 더 마시면 안 되겠고, 욱! 내가 시…… 시를 읊겠소."

그때 성친왕부의 막료 한 명이 갈세창을 가리키면서 말했다.

"이 계집애를 주제로 즉흥시를 짓는 게 어떻겠소?"

"아니!"

이한삼이 고개를 절레절레 흔들었다. 이어 창가에 있는 일명 계관화鷄冠花로 불리는 맨드라미꽃을 가리키면서 말했다.

"저 꽃을 주제로 한번 해보겠소."

이한삼이 비틀거리면서 자리에서 일어났다. 그러더니 갈세창을 아래위로 훑어보면서 즉흥시를 읊었다.

붉디붉은 계관화, 저녁놀보다 더 붉으니,
죽음이 임박해도 애처로이 매달려 있네.
전전반측하면서 봄날 아침을 알려도
이는 원래 꽃이 아니어라!

이한삼이 시를 다 읊고 나더니 멍하니 서 있는 갈세창의 등을 두드리면서 한마디를 덧붙였다.

"……이건 바로 자네 같은 후정화後庭花(동성연애 상대의 은밀한 부분을 의미함)를 뜻한다네!"

좌중의 사람들은 이한삼이 언급한 단어의 뜻을 바로 알아차린 듯했다. 너 나 할 것 없이 와! 하고 흐느적거리면서 웃음을 터트렸다. 홍주도 그들 못지않게 웃으면서 이한삼에게 말했다.

"계관鷄冠(중국에서 '계'는 매춘을 하는 여성을 뜻함)과 후정화라……. 참 묘하네 묘해! 자네, 넷째패륵부의 막료라고 했나? 내일 우리 집에 놀러오게. 우리 집에도 꽃이 많다네!"

갈세창은 좌중의 대화에 비로소 후정화라는 말이 그리 좋은 뜻은 아니라는 생각이 든 모양이었다. 바로 조심스럽게 홍시에게 뜻을 물었다.

"셋째마마, 후정화가 무슨 뜻이옵니까?"

좌중의 사람들이 다시 와르르 배꼽을 잡고 뒤로 넘어갔다. 홍시가 갈세창의 엉덩이를 꼬집으면서 말했다.

"바로 자네 이 탱탱한 엉덩이를 뜻한다네!"

"엉덩이라고 하면 얼마나 듣기 거북합니까? 같은 값이면 다홍치마 아닙니까? 다들 풍아風雅로운 분들이니, 기왕이면 '백옥금단'白玉錦團이라고 하는 것이 듣기에도 좋죠!"

이한삼이 또 한 번 웃으면서 말했다. 갈세창은 드디어 후정화가 자신을 비웃는 말이라는 사실을 알아차렸다. 급기야 거칠게 이한삼에게 쏘아 붙였다.

"쥐불알만 한 것이 보자보자 하니 까불고 자빠졌군! 주제에 '풍아'를 운운하기는."

이한삼은 그러나 별로 화를 내지 않았다. 계속 껄껄 웃으면서 말했다.

"이 사람아, 불알이 뭔가? 엉덩이보다 더 듣기 거북하네. 같은 값이면 '붉은 놀 속에 우뚝 선 선녀 방망이'라고 하면 어디 덧나는가?"

대청 안은 떠나갈 듯한 웃음바다 속에 잠기고 말았다. 그렇게 한바탕 지저분한 우스개로 시간을 보내고 있을 때 집주인 윤록이 버럭 고함을 질렀다. 그리고는 질서를 바로 잡았다. 아무래도 윤잉의 죽음이 내내 마음에 걸린 모양이었다. 그제야 다른 사람들도 지금의 이 장면이 옹정에게 알려지면 뼈도 못 추릴 판이라는 사실을 뒤늦게 깨달았다. 그들은 곧 정색을 하면서 태후의 제삿날에 올릴 연극 연출에 대해 마음에도 없는 의논을 하는 척했다. 이어 새벽녘이 다 돼 흩어졌다.

34장

영웅은 영웅을 낳고

윤잉이 세상을 떠난 지 사흘째 되는 날 윤계선과 유홍도 두 사람은 함께 북경으로 돌아왔다. 윤계선은 술직차 북경에 불려온 것이고, 유홍도는 흠차대신으로 임무를 완수하고 보고를 올리러 오는 길이었다.

두 사람 모두 가족은 북경에 있었다. 그러나 유홍도는 흠차의 신분상 황제를 알현하고 난 뒤에야 집으로 돌아갈 수 있었다. 반면 윤계선은 부모가 계시는 집으로 먼저 가도 괜찮았으나 그다지 가고 싶어 하는 눈치가 아니었다. 그렇게 해서 두 사람은 북경 근교의 노하 역관에 머물기로 했다.

윤계선은 그러나 저녁을 먹고 나서 갑자기 마음을 바꿨다. 결국 집으로 들어가야겠다면서 서둘러 걸음을 옮겼다. 유홍도는 윤씨 가문의 가법이 엄격하다는 소문을 익히 들어온 터였다. 때문에 어마어마한 봉강대리도 아버지를 두려워 한다는 생각을 하면서 별다른 만류도 하지 않고 말없이 그를 멀리까지 바래다줬다. 이렇게 해서 유홍도는 여섯 칸짜리 상방上房에 말동무 하나 없이 혼자 남게 됐다.

그렇다고 어디 바람을 쐬러 나갈 수도 없는 노릇이었다. 예부에서 조정 관리들이 영접 나올 것이라고 전해온 터였으니까. 그는 결국 무료함을 달래기 위한 궁여지책으로 붓을 들어 그림을 그리기 시작했다.

그때 문 여는 소리가 들렸다. 고개를 돌려보니 내무부에 있었을 때의 동료 상덕상尙德祥이었다. 심심했던 차에 아는 사람을 만나니 그렇게 반가울 수가 없었다. 그는 팽개치듯 붓을 내려놓고는 반색을 하면서 동료를 맞았다.

"덕상, 자네가 어쩐 일인가! 혼자 왔나? 마馬씨, 김金씨, 다 이 동네에 사는 걸로 알고 있는데. 같이 오지 않고? 그렇지 않아도 내가 도착했다는 소식을 들으면 올 줄 알았어."

"유 대인! 유 대인, 이놈의 인사를 받아주십시오."

상덕상이 얼굴 가득 웃음을 지으면서 한쪽 무릎을 꿇은 채 예를 갖췄다. 이어 자리를 털고 일어나더니 다시 무릎을 꿇으려고 했다. 그러자 당황한 유홍도가 황급히 부축하며 말렸다.

"꼴값 떨고 있네! 자네, 내 앞에서 꼭 그래야겠어? 전에 같이 술 취해 밖에서 얼어 죽을 뻔한 적도 있었잖아? 하기야 우리가 같이 있을 때는 무슨 짓인들 안 했겠어?"

유홍도가 단향나무 의자를 가리키면서 상덕상에게 앉으라는 손짓을 했다. 상덕상은 역승驛丞이 건넨 찻잔을 받아 한 모금 마시더니 히히 웃으면서 말했다.

"북경에 가면 북경의 법을 따라야 한다고 했지 않소. 그때는 그때고 지금은 서로 신분이 다르잖소. 김씨, 마씨는 오늘 못 올 거요. 며칠 전 태자가 죽었지 않소. 내무부에 영정을 마련해놓고 제사를 지낸다고 난리법석이오. 폐하께서도 납신다더군. 나는 마침 종이와 향이 모자란다고 해서 사러 나왔다가 옆길로 잠시 샌 거요."

유홍도는 굽실거리는 그 옛날의 동료를 바라보자 정말로 감개가 남다르지 않을 수 없었다. 사실 그가 보기에도 1년 사이에 많은 것이 변했다. 상덕상 등은 여전히 종이 심부름이나 하면서 다리품을 파는 사무관이나 자신은 이미 도찰원에서 한자리를 차지하고 있지 않는가. 게다가 흠차의 신분으로 임무를 마치고 술직을 기다리고 있지 않는가! 그는 생각할수록 사람의 앞날은 예측할 수 없다는 생각을 했다. 잠시 그렇게 생각에 잠겨 있던 유홍도가 천천히 입을 열었다.

"아무리 처지가 달라졌다고 해도 한 번 친구는 영원한 친구 아닌가! 사람들 앞에서는 격식을 갖추더라도 둘만 있을 때는 그럴 필요가 없네. 내가 자네들 앞에서 잘난 척을 해 봐. 돌아서서 얼마나 욕하겠나!"

상덕상이 차를 후루룩 마시면서 말했다.

"누가 감히 그대를 욕하겠소? 목이 타서 죽는 줄 알았소! 유 대인은 아마 모를 것이오. 그러나 우리는 다르오. 매일 코를 맞대고 있던 사람이 하루아침에 봉황처럼 높은 하늘로 날아오르게 됐으니 얼마나 부럽겠소! 팔왕의정이니 뭐니 하면서 궁전 내에서 한바탕 난리가 났을 때 유 대인 말고 마씨도 현장에 있었다면서? 마씨는 궁전에서 나오자마자 제 뺨을 죽어라 때리면서 이렇게 말했다오. '이놈의 주둥아리는 평소에는 잘도 재잘거리더니 결정적일 때에는 통 말을 듣지 않는구나. 그 자리에서 유홍도 만큼은 아니더라도 비슷하게라도 궁시렁거렸으면 당장 괜찮은 자리 하나 얻어걸렸을 텐데!' 하고 말이오.

그래서 내가 '사람은 눈, 코, 입이 다 똑같은 것 같아도 바로 그렇게 다른 것이야. 말처럼 쉬운 것이 어디 있겠나? 홍도는 머리를 잘릴 각오를 하고 팔왕들과 대적했어. 자네는 때려죽여도 그렇게는 못하지!' 하고 면박을 줬다오."

유홍도가 그의 말을 받았다.

"그 당시 나는 결과 같은 것은 전혀 염두에 두지 않았어. 그럴 경황도 없었고."

"그러게 역시 큰 인물이 될 사람은 다르지 않소! 유 대인, 사실 유 대인께 한 가지 부탁하고 싶은 일이 있소. 들어줄 수 있을는지 모르겠소."

상덕상이 말을 멈추고는 몸을 앞으로 숙였다. 그 말에 유홍도는 대뜸 경계하는 표정을 지으면서 상덕상을 바라봤다.

"나는 어사언관御使言官에 불과해. 무슨 힘이 있다고 그러는가?"

상덕상이 껄껄 웃으면서 다시 말했다.

"등잔 밑이 어둡다더니, 정작 당사자는 아직 아무것도 모르고 있구먼! 유 대인은 사천성 번대藩臺로 발령이 났다오. 발령장도 내려왔다니까! 북경에 소문이 파다하다오."

"그게 사실인가?"

"그럼, 사실이지."

상덕상은 말꼬리를 길게 끌면서 확신에 찬 표정이었다. 그리고는 다시 말을 이었다

"보친왕이 그대를 천거했다고 하더구먼. 악종기 대장군이 사천성에서 십 몇 만 대군을 거느리고 있잖소. 보친왕은 천하제일의 군사요충지에는 그에 걸맞은 유능하고 강직한 사람이 번대로 있어야 한다고 하시면서 유 대인 아니면 안 된다고 못을 박았다지 않겠소? 또

악 장군은 서부로 출병하게 됐다오. 두고 보오, 유 대인은 번대 자리에 가만히 앉아만 있어도 재주 좋은 원님 덕에 나팔 불 일이 많아질 거요. 이번에 악 군문이 승전고를 울리고 돌아오면 유 대인은 순무 자리는 떼놓은 당상이오. 잘하면 총독에까지 오를 수 있을 거요! 전쟁이라는 것은 군량미와 군비 대결이기 때문에 유 대인은 돈과 명예 두 마리 토끼를 다 잡을 수 있을 것이오……."

상덕상이 이어 두 눈을 크게 뜬 채 두 팔을 잔뜩 벌리면서 덧붙였다.

"어마어마한 돈더미에 올라앉게 될 것이다, 이 말이오!"

그러자 유홍도가 가벼운 미소를 지으면서 부인했다.

"자네도 알다시피 나는 돈을 좋아하는 사람이 아니야."

상덕상이 즉각 유홍도의 비위를 맞춰주었다.

"그래, 그래. 그건 그렇지! 우리 내무부에서 나만큼 그대를 잘 아는 사람이 어디 있겠소? 유 대인은 돈 따위는 쓰레기처럼 취급하는 사람이지. 그런데 돈을 싫어하는 사람일수록 관운이 따르는 법이오. 이위 총독, 전문경 중승, 악이태 중당 이분들은 모두 돈에 초연한 분들이오. 유 대인은 폐하의 신임을 얻은 데다 웬만한 사람은 흉내조차 낼 수 없는 충성심, 돈을 멀리 하는 청빈한 심성까지 갖춘 사람이오. 게다가 나이도 젊고 이 총독이나 전 중승보다 건강하기까지 하니 더할 나위 없는 거목감이 아니겠소? 지금 잘 나가는 관리들을 보면 간이 나빠서 그런지 다들 결핵에 시달리고 있소. 아무튼 크게 낙관할 수 없는 사람들이라고. 이제 유 대인의 시대가 열렸소!"

유홍도는 그동안 거의 날마다 윤계선이나 이위, 홍력 등 신분이 높은 사람들과만 어울렸다. 그러다 보니 상덕상의 저속한 아부가 그리 마음에 들지 않을 수밖에 없었다. 그러나 그의 말에 일리가 없는 것도 아니었다. 옹정이 '3대 모범'이라 칭한 사람들은 모두 병으로 골골대는 상태였기 때문이다. 그는 바로 지금이 자신이 치고 나갈 때라는 생각을 순간이나마 했다. 거기에까지 생각이 미치자 유홍도의 얼굴은 더욱 밝아졌다. 곧 그가 웃으면서 말했다.

"듣기 좋은 말도 세 마디라고 하잖아. 너무 목마를 태워 주니 어지럽군. 그래, 나한테 부탁하고 싶다는 것이 도대체 뭔가?"

상덕상이 잠시 말을 멈췄다. 장황하게 뭔가 말하려는 눈치였다. 드디어 그가 입을 열었다.

"혹시 우리 그 '말라깽이' 매형 기억나오? 그 있잖소, 이 년 전 정월 팔일에 가흥루嘉興樓에서 우리를 초대했던……. 이름이 동광흥董廣興이라고…… 회남부淮南府에서 지부로 있다가 낙마했지 않소. 셋째마마께서 사천으로 보내주셨는데, 이번에 북경에 와서 하는 얘기가 더 좋은 자리가 났다면서 유 대인께 부탁을 드려 보겠노라고 하더군. 내내 며칠을 기다리다가 갔지 뭐요."

유홍도는 그제야 상덕상이 종이를 사러 나왔다가 옆길로 '샌' 이유를 알 것 같았다. 기억을 더듬어 보니 진짜 동광흥과 가흥루에서 함께 술자리를 가진 적이 있었던 것 같았다. 당시 동광흥에 대한 인상도 그리 나쁘지 않았던 것 같았다. 그가 그런 생각을 하고는 입을 열려고 할 때 상덕상이 앞질렀다

"지난번에 얻어먹었으니 이번에는 내가 한턱내서 다들 한자리에 모였지 않았겠소? 당연히 술은 차치하고 유 대인이 화제가 됐었지. 내 무부 팔십이 년 역사상 최고의 인물이 났다면서 우리가 입을 모으자, 우리 매형이 뭐라고 했는 줄 아오? '대단한 분을 이 년 전에 미리 모시게 돼 실로 우리 동씨 가문의 무한한 광영이 아닐 수 없네. 우리 대청에 곽수郭琇와 장정옥에 이어 또 큰 인물이 나오는구먼!'이라고

하면서 감격해마지 않더군."

유홍도는 싫지 않은 표정이었다.

"그렇게 말했다니, 실로 몸 둘 바를 모르겠네. 과찬이 아닐 수 없어!"

상덕상은 아예 작심한 듯 계속 주절대기를 그치지 않았다.

"매형이 하도 유 대인을 운운하기에 우리가 데리고 댁의 마님을 찾아뵙고 왔다니까! 매형은 유 대인 댁에 들어서자마자 빈궁한 살림살이를 보더니 눈물을 펑펑 쏟지 않았소? 웬만한 외관들의 집도 이보다는 낫겠다면서 말이오. 마침 자기가 기반가棋盤街에 뜰 세 개짜리 기와집을 사놓은 것이 있다면서 즉석에서 마님을 설득시켜 그리로 모셨지 않았겠소."

유홍도가 전혀 예상치 못한 상덕상의 말에 깜짝 놀라 눈을 크게 뜨면서 화를 냈다.

"어떻게 그런 짓을 할 수 있다는 말인가! 자네 누구 물 먹일 일 있나? 안 돼, 당장 원위치 시켜!"

"유 대인, 우리를 그렇게 우습게 보지 마오. 유 대인이 공짜로 집을 가진 것이 아니면 되지 않소. 유 대인 댁의 큰방에 서화 작품이 몇 점 걸려 있지 않소? 우리 매형은 한 점에 적어도 백 냥은 나가겠다면서 몇 점을 가져갔소. 소장하겠노라고. 서화 작품으로 집을 바꾼 선례는 서건학 재상이나 이광지 재상께서 이미 열어놓지 않았소. 그러니 너무 뭐라고 하지 마시오."

상덕상의 말을 받아 유홍도가 다시 입을 열려고 할 때였다. 밖에서 문안 올리는 소리와 함께 역승이 외치는 소리가 들려왔다.

"보친왕께서 납시오!"

상덕상은 순간 당황한 기색을 보였다. 이어 벌떡 일어서더니 황급히 말했다.

“내일 아침 밥 먹은 후에 우리가 마님을 모시고 창춘원 쌍갑문 입구까지 그대를 영접하러 나가겠소. 유 대인이 폐하를 알현하고 내려오면 연회를 베풀어 무사귀환을 축하드리겠소.”

상덕상은 말을 마친 다음 잠시 눈치를 힐끔힐끔 보더니 바로 물러갔다. 그러나 공교롭게도 이문二門에서 홍력과 맞닥뜨리고 말았다. 그는 감히 고개도 들지 못하고 한쪽에 물러나 공손히 두 손을 모은 채 길을 비켰다.

그 사이 유홍도는 계단 밑으로 영접 나와 무릎 꿇고 머리를 조아렸다. 그리고 고개를 들다 깜짝 놀라고 말았다. 혼자 온 줄 알았던 홍력의 등 뒤에 옹정이 보였던 것이다!

“폐하!”

유홍도가 크게 외치려다 말고 소리를 낮췄다. 이어 황급히 삼궤구고의 대례를 올렸다. 옹정이 편한 복장 차림인 것을 발견하고 신분을 폭로시켜서는 안 된다는 사실을 깨달았던 것이다.

“폐하! 보친왕마마! 어서 안으로 드시옵소서!”

옹정이 고개를 끄덕여 보이고는 홍력과 함께 계단을 올랐다. 이어 방 안으로 들어갔다. 유홍도 역시 종종걸음으로 따라 들어갔다. 그리고는 다시 한쪽 무릎을 꿇어 문안을 올린 후 길게 엎드렸다. 역승도 부랴부랴 얼음물에 담가뒀던 수박을 썰어 내온 뒤 잔뜩 숨죽인 채 까치발을 하고 뒷걸음쳐 물러갔다. 유홍도는 그제야 입을 열었다.

“폐하, 비까지 퍼부어 후덥지근한 이 날씨에 이렇게 친히 걸음하시니 신은 황송해서 어찌할 바를 모르겠사옵니다.”

홍력이 수박 한 조각을 들어 두 손으로 공손히 옹정에게 건넨 다음 말했다.

"폐하께서는 윤잉 둘째 백부님의 장례식장에서 창춘원으로 걸음을 하시던 중 자네들을 위로하고자 들르신 거네. 그런데 윤계선은 같이 있지 않았나?"

유홍도는 그제야 비로소 윤계선이 집으로 들어간 자초지종을 아뢰었다. 이어 덧붙였다.

"집으로 들어간 이상 다시 역관으로 나오지는 않을 것 같사옵니다."

"일어나 앉게!"

옹정은 기분이 그리 좋아 보이지 않았다. 그래서였을까, 미간을 찌푸리면서 담담하게 입을 열었다.

"짐은 둘째 형님의 장례식장에 다녀오는 길이라 마음이 울적하네. 자네와 윤계선이 북경에 도착했다는 소식을 접한 데다 손가감이 악종기의 모친을 북경으로 모셔왔다고 하기에 겸사겸사 들렀네. 자네들은 못 봐도 상관이 없어. 그런데 악종기의 모친만은 짐이 직접 만나보고 싶네."

그러자 유홍도가 황급히 아뢰었다.

"신들은 오후에 도착했사옵니다. 아직 손가감은 못 만나봤사옵니다."

홍력이 다시 입을 열었다.

"탐마探馬가 전해온 바에 의하면 손가감 등은 이미 풍대에 와 있다고 하옵니다. 곧 이곳에 도착할 것이옵니다. 병부 무사武司로 간 악종기도 곧 돌아올 것이라고 했사옵니다."

옹정이 홍력의 말에 고개를 끄덕이고는 유홍도에게 말했다.

"자네, 이번에 강남에 가서 일을 잘 했더군. 청강清江 하독아문에서 주장을 올려왔어. 자네의 감시하에 백 리가 넘는 큰 제방을 무사히

완공했다고 말이네. 백년에 한 번 만날까 말까 한 큰 홍수도 거뜬히 물리칠 수 있을 거라고 했네. 짐도 그곳을 다녀와서 잘 아는데, 제방이 참으로 큰 역할을 하는 곳이지. 자네가 큰 공로를 세웠어. 그리고 자네가 윤계선을 도와 강남에 의창義倉을 짓도록 했다면서? 각 마을마다 의창을 하나씩 만들게 하고 대표들을 선발해 '모범 의창'을 구경시키고 교육시키기도 했다면서? 참 잘 했네……."

옹정은 집안의 가보家寶를 꼽듯 유홍도의 치적을 작은 것 하나도 빼놓지 않고 열심히 치하했다. 유홍도는 조정이 관할하는 18개 성의 업무에 불철주야 바쁜 옹정이 자신의 행적에 대해서까지 손금 보듯 알고 있다는 사실에 놀라지 않을 수 없었다.

옹정이 다시 말을 이었다.

"짐은 자네의 강직한 성품과 자신의 주장을 떳떳이 펴는 용기를 높이 사서 일찍부터 어사 재목으로 점찍어 뒀었네. 그러나 이제 보니 그건 닭 잡는 데 청룡도를 쓰는 격이야. 자네에게 어울리지 않는 것 같아. 자네의 능력을 썩히는 것 같아 생각을 고쳐 자네를 사천성 포정사로 발령을 낼까 하네. 악종기가 그곳에 주둔하고 있으니 자네는 순무를 보좌하는 일과 더불어 군수軍需와 민정民政을 돌보도록 하게. 보친왕이 특별히 추천했어. 그러니 자네는 절대 보친왕의 얼굴에 먹칠하는 일이 없도록 해야겠어. 알겠는가?"

"잘 알겠사옵니다, 폐하!"

유홍도가 엉덩이를 반쯤 걸치고 앉아 있다가 황급히 상체를 숙이면서 대답했다.

"폐하의 지극한 은혜와 보친왕마마의 두터운 사랑은 실로 망극하옵니다! 강남에서의 성과는 모두 이위와 윤계선의 큰 도움에 힘입어 가능했던 것이옵니다. 그리고 이참에 신이 감히 한마디 간언 올리고 싶은 것이 있사옵니다. 폐하의 용체가 과로하실까 걱정되오니 앞으로는 하실 말씀이 있으시면 폐하께서 걸음하시지 마시옵소서. 지의를 내려 신을 대내로 부르셨으면 하옵니다……."

옹정은 유홍도의 말에 수심 그득한 어조로 변했다.

"짐은 그저 갑갑한 마음을 달래러 나왔을 뿐이네. 짐은 방금 둘째 형님 영전에서 향을 사르면서 참 많은 생각을 했다네. 애당초 덕을 잃지 않았더라면 어찌 오늘날 이 지경에까지 이르렀을까 하고 생각하니 서글프기도 하고 유감스럽기도 했네. 태자도, 황제도 덕을 잃으면 그 종말은 똑같을 거라고 생각하네. 홍시가 임종을 지켜보고 와서 말하더군. '윤잉 백부님은 전에 타던 가마를 보더니 말할 기력도 잃은 채 베개에 머리만 부딪치더군요'라고 말이야. 그 말을 듣고 짐은 마음이 찢어지는 것 같았네……."

옹정의 두 눈에는 어느새 눈물이 그렁그렁 맺히기 시작했다. 사실 홍력은 홍시, 윤지, 윤록 등이 장안이 떠들썩하도록 연극 구경을 했다는 소문을 들어 알고 있었다. 그래서 속으로 가만히 '친척들의 슬픔은 여전한데, 타인들은 벌써 고성방가로구나'라는 시구를 떠올렸다. 그러다 마침내 눈물을 보이는 옹정을 위로하기 위해 입을 달싹거렸다.

바로 그때 뜰 안에서 웅성거리는 소리가 들려왔다. 이어 몇몇 지게꾼들이 짐을 내려놓는 소리와 사내의 목소리가 들렸다.

"노마님은 북쪽 방에 드시게 하고 너희들은 옆방에서 시중들도록 하거라. 저는 건넌방에 있을 테니 노마님께서는 무슨 일이 있으시면 주저하지 마시고 불러주십시오."

곧 하녀인 듯한 여자들의 나지막한 대답과 함께 노부인의 목소리가 들렸다.

"손 대인, 아무래도 손님들이 드나들기에는 북쪽 방이 더 편할 것 같으니 그대가 그 방으로 드시게. 나 같은 늙은이야 덕분에 편히 잘 왔는데 아무 곳에서나 하룻밤 나면 어떻겠나?"

홍력이 그 소리에 고개를 갸웃거리더니 창문 밖으로 눈길을 돌렸다. 이어 알겠다는 표정을 한 채 아뢰었다.

"아바마마, 손가감 일행이 도착했나 보옵니다!"

옹정도 창가로 다가가 밖을 내다봤다. 과연 손가감이 처마 밑 등불 아래에서 가인들을 지휘하면서 짐을 옮기고 있는 모습이 보였다. 옹정은 천천히 밖으로 나와 계단을 내려섰다. 이어 미소를 지으면서 손가감을 천천히 불렀다.

"손가감, 오랜만일세!"

"누구……?"

손가감은 어딘지 귀에 익은 목소리에 뒤를 돌아봤다. 그러다 깜짝 놀란 표정을 한 채 옹정을 멍하니 바라봤다. 그 틈을 타서 옹정이 웃으면서 말했다.

"이분이 악종기의 모친인가? 자, 자, 우리는 상방으로 올라가고 유홍도는 하방에 머물도록 하면 되겠네."

옹정이 말을 마치고는 몇 걸음 앞으로 다가가 악종기의 모친을 부축했다. 유홍도 역시 잰걸음으로 다가가 아직 무슨 영문인지 몰라 뜨악한 표정을 하고 있는 노인의 다른 한쪽 팔을 부축했다. 이어 천천히 상방으로 올라갔다.

손가감은 옹정 일행이 방 한가운데에 있는 의자에 노인을 앉혔을 때 따라 들어왔다. 이어 옹정을 향해 삼궤구고의 대례를 올렸다. 그리고 나서 멍하니 자신을 바라보는 노인에게 말했다.

"노마님, 이 분은 폐하이십니다!"

순간 노인은 화들짝 놀라면서 부들부들 떨리는 손으로 지팡이를 짚었다. 그러나 손이 너무 떨리는 바람에 그만 지팡이를 놓치고 말았다. 노인은 지팡이를 주울 생각도 하지 않은 채 안간힘을 쓰면서 다시 자리에서 일어났다. 그리고는 땅에 엎드려 연신 머리를 조아렸다. 잠시 후 나지막한 흐느낌 소리와 함께 어느새 눈물범벅이 된 노인이 입을 열었다.

"폐하, 이 노파의 죄를 어이하옵니까……."

옹정이 자상한 미소를 지으면서 두 손으로 노인을 부축해 상석에 앉히려고 했다. 그러나 노인은 한사코 상석에 앉기를 거부했다. 그 바람에 노인과 옹정 사이에는 작은 승강이가 벌어졌다. 결국 노인은 상석의 한 모퉁이에 겨우 걸터앉았다. 옹정이 노인을 바라보면서 말했다.

"어르신, 대단히 복이 있는 관상을 타고 나셨소이다. 인자해 보이시고……. 올해 고수高壽는 어떻게 되시오?"

"칠십 하고도 삼 년을 더 살았사옵니다. 폐하의 홍복 덕분에 늙은 것이 눈치도 없이 잘 먹고 잘 살고 있사옵니다."

악종기의 모친이 떨리는 목소리로 대답했다.

"별 말씀을! 아무튼 몇 천 리 길을 오시느라 수고가 많으셨소이다."

"전혀 힘든 줄 몰랐사옵니다. 손 대인이 얼마나 극진히 보살펴 주시는지. 우리 종기가 따라와도 그 정도는 못했을 것이옵니다. 지방관들께서도 모두 다녀가시니 이 노파는 참으로 면목이 없사옵니다."

옹정이 다시 입을 열려고 할 때였다. 악종기와 윤계선이 불쑥 들어섰다. 두 사람은 아무것도 모르고 있었는지 흠칫 하고 멈춰 서서는 잠시 어찌할 바를 몰라 했다. 옹정이 빙긋 웃으면서 말했다.

"동미, 손가감이 자네를 대신해 효자 노릇을 톡톡히 했다네. 자네,

고맙다는 인사를 제대로 해야겠어!"

"폐하!"

악종기와 윤계선이 일제히 무릎을 꿇었다. 이어 다시 일어나 대례를 올리려고 했다. 그러나 옹정이 손을 내저어 제지했다.

"그만 일어나게. 짐은 지나가는 길에 자네하고 노마님을 보고가려고 들렀을 뿐이지 다른 일이 있는 것은 아니네. 종기, 자네 모친이 이토록 정정하신 것을 보니 대단히 기쁘네. 그런데 손가감, 자네는 얼굴이 좀 빠진 것 같구먼. 서둘러 도찰원에 부임하지 말고 며칠 푹 쉬게. 이친왕 윤상이 건강이 좋지 않은 것만 해도 속이 상한데 자네들까지 아프면 안 되지. 짐을 진정으로 위하는 사람들은 건강이 다 좋지 않구먼. 가끔 짐이 자네들을 너무 부려먹는 것이 아닌가 싶어 미안하기도 하네. 윤잉 형님의 사십구재四十九齋가 지나면 곧 태후마마의 제사이니 짐이 재미있는 연극을 보여주겠네."

악종기와 윤계선은 연신 머리를 조아리면서 고마움을 표했다. 이어 악종기가 자신의 모친에게 문안 인사를 올렸다. 악종기의 모친은 웬일인지 무릎을 꿇고 있는 아들을 일으킬 생각은 하지 않은 채 지팡이를 짚고 서서 상기된 표정으로 말했다.

"아들, 엎드려 어미 말을 명심해 듣거라. 이 어미의 건강은 묻지 말거라. 폐하의 홍복 덕분에 보다시피 건강하지 않느냐!"

"예, 어머니!"

"내가 열일곱 살에 악씨 가문에 시집을 왔을 때는 강희 십이 년이었어. 벌써 오십육 년이 흘렀어. 너의 아버지는 돌아가시기 전에 영태영永泰營의 천총千總으로 계셨어. 영태영 유격遊擊인 허충신許忠臣이 너의 아버지 바로 위 상관이었지. 그러나 그자는 오삼계의 종용에 못 이겨 모반을 일으켰어. 반면 너의 아버지는 진정한 사내였어. 몇 안 되는 병사들을 데리고 군영에서 연회를 베푼다는 명목으로 허충신을 초대했지. 그리고 그 자리에서 그자를 찔러 서천西天(저승)으로 보내버렸어."

악종기의 모친은 아들에게 아버지의 충심에 대해 말해주려는 듯했다. 그래서일까, 노인의 눈빛은 서늘했다. 눈에서는 어느새 눈물이 그렁그렁 맺히고 있었다. 노인이 다시 입을 열었다.

"그때 그 무시무시한 장면을 나는 영원히 잊을 수가 없어! 어느 누구도 너의 아버지가 갑자기 자신의 상사를 찔러죽일 줄은 몰랐으니까. 허충신의 친병들은 병영을 포위하고 '악씨 일가를 멸문'시켜야 한다면서 고함을 지르고 난리가 났었지! 그 위기일발의 찰나에 너의 아버지는 이렇게 말했어. '여자가 남편을 따르는 것과 남자가 주인을 섬기는 것은 이치가 같다. 모두 처음부터 끝까지 그 마음 변치 말아야 한다. 나는 허충신에게 나쁜 감정이 없다. 그러나 그를 죽일 수밖에 없었다. 그 이유는 간단하다. 그가 대절大節을 잃었기 때문이다!' 라고 말이야. 그날 저녁 우리 식구 열일곱은 죽어도 같이 죽고 살아도 같이 살자고 굳게 약속했어. 그리고 용감하게 적들의 포위망을 뚫고 나갔지. 하늘이 도왔는지 그때 날씨가 아주 나빴어. 비바람이 몹시 기승을 부렸지. 그 날씨 때문에 적들도 경황이 없었어. 우리는 적들을 보면 힘을 합쳐 무찌르고 길이 생기면 무조건 걸음아 나를 살려라 하고 도망을 갔어……."

노인이 한참을 쉼 없이 말하다 한숨을 내쉬었다. 좌중의 사람들은 55년 전의 그 처절했을 가을밤의 일을 떠올리는 듯 아무 말도 하지 못했다.

"그때부터 네 아버지는 조정에서 부름이 있을 때마다 주저 없이 출병해 목숨 걸고 싸웠지. 관직은 오르락내리락하면서 자주 바뀌었지.

제독이 되고 나서는 파면까지 당했었어. 그 이유는 나도 몰라. 조정의 뜻이었기에 순순히 따랐을 뿐 이유는 묻지 않았어. 그러나 이 어미는 너의 아버지가 절대 적들 앞에서 무기력했던 적은 없었다고 확신해. 이 어미가 알기로는 너의 아버지가 몇 번이나 면직당한 것은 공로를 탐한 나머지 물불을 가리지 않았기 때문이야. 아들아, 너는 지금 너의 아버지보다 관직도 더 높고 공로도 더 많이 쌓았다."

노인은 말을 하면 할수록 오히려 정신이 맑아지는 모양이었다. 눈빛 역시 보석처럼 빛나고 있었다. 노인이 다시 부드러운 눈빛으로 아들을 바라보면서 말을 이었다.

"우리는 이대二代에 걸쳐 황은을 한 몸에 받고 있는 가문이야. 너의 아버지가 성조께 부끄러운 짓을 하지 않았듯 너도 폐하를 욕되게 하는 어떠한 짓도 해서는 안 돼. 이게 이 어미의 부탁이다. '부사종자'夫死從子라는 말이 있다. 무슨 뜻인지 알지? 네가 충신이면 이 어미도 자랑스러운 충신의 어미가 되는 것이다. 반면 네가 간신의 딱지를 달면 이 어미도 간신의 어미가 된다 이 말이야. 성조와 폐하께서 우리에게 베푸신 성은은 너도 보고 들어서 익히 알 것이야. 너의 아버지가 사천성에서 관직을 맡았을 때 성조께서는 너의 할머니가 외로워하신다면서 가마에 태워 사천까지 데려다 주셨더랬지. 그런데 오늘 폐하께서 사천이 너무 덥다고 하시면서 이 늙은이를 북경까지 데려오셨구나……."

악종기 어머니의 두 눈에서는 그예 눈물이 주르륵 흘러내렸다. 그래도 말은 그치지 않았다.

"오늘은 인삼, 내일은 녹용 하면서 바리바리 싸들고 다니는 것만이 효도가 아니야. 죄를 짓고는 이 어미를 찾아오지 말거라! 네가 폐하의 기대에 부응해 힘껏 싸우는 것만이 이 어미의 바람이다. 네가 설령 죽는 한이 있더라도 이 어미는 절대 괴로워하지 않을 것이다!"

악종기 역시 눈물을 흩뿌리면서 어머니의 말을 명심하겠노라고 맹세했다. 이어 다시 흐느끼면서 말했다.

"어머님의 말씀을 구구절절 가슴에 아로새기겠습니다. 이 소자는 몸이 가루가 되는 한이 있더라도 충효를 다해 폐하의 성은에 보답할 것입니다. 그러니 어머니께서는 안심하십시오!"

좌중의 여기저기에서 훌쩍이는 소리가 들리기 시작했다. 옹정 역시 가슴이 뭉클했는지 눈에 눈물이 맺혔다. 잠시 후 그가 나지막한 목소리로 천천히 입을 열었다.

"동미, 그만 일어나게. 짐이 자네의 족보를 찾아봤네. 자네는 악비岳飛의 적맥嫡脈이더군. 성조께서는 악비를 무성인武聖人이라 높이 평가하셨어. 그러나 유감스럽게 그가 '금'金(만주족과 같은 갈래의 왕조)에 항거한 적이 있다고 해서 그저 관부자關夫子라는 칭호밖에 내리시지 않았지."

옹정이 유감스럽다는 표정을 지으면서 다시 말을 이었다.

"그러나 성조께서는 짐에게 악비의 대충대의大忠大義는 만세의 귀감이 되기에 손색없다고 누누이 말씀하셨어. 악비가 금나라에 맞서 싸운 것은 자신이 섬기는 주인에 대한 충성심의 발로라고 하셨지. 당초 짐이 자네를 위원장군威遠將軍에 임명했을 때에도 말 많은 자들은 자네가 악비의 후예라는 점을 트집잡았었지. 자네에게 군사를 맡기면 조정에 불리한 결과를 초래할 것이라는 악담도 서슴지 않더군. 그러나 짐은 두 번 다시 그런 말이 못 나오도록 따끔하게 혼을 내줬네. 악비가 송나라를 위해 금에 항거했다면 악종기는 우리 대청을 위해 준갈이를 시원하게 족칠 것이라고 말이네! 짐이 이런 얘기를 하는 것은 자네가 혹시 쓸데없는 소리를 듣고 괜한 고민에 빠질까 우려하기 때문이네."

악종기가 옹정의 말이 끝나자 바로 눈물을 닦으면서 아뢰었다.

"신은 몸이 가루가 되는 한이 있어도 성은에 보답할 것을 굳게 맹세하옵니다!"

"가루가 돼서 날아가 버리면 안 되지! 금의錦衣를 입고 당당히 개선하는 것이 제격이지. 자네는 등 뒤에서 수군거리는 소리는 한 귀로 듣고, 한 귀로 흘려보내게. 군무에만 전념하면 되네. 시랑施琅은 본받되 절대 연갱요를 닮지는 말게. 시랑은 정성공鄭成功의 부장部將으로 대만을 정벌해 정씨 일가를 복종시켰어. 연갱요에게 자네 모친 같은 현명한 어머니가 있고, 자네 반만큼의 충성심만 있었어도 절대 그런 비극적인 종말을 맞지는 않았을 거네. 자네가 진심으로 짐을 위해준다면 짐은 능연각凌煙閣에 자네의 자리를 만들어줄 것이네!"

옹정은 거듭 악종기를 격려했다. 그러면서 기분이 좋아졌는지 어느새 환한 표정을 하고 있었다. 그리고는 방 안을 천천히 거니는가 싶더니 책상 앞으로 다가가 붓을 들었다. 그 다음에는 거침이 없었다. 일필휘지로 적어 내려가기 시작했다.

용맹한 우리 전사 길일 받아 나아가니,
만리 길에 군량미가 즐비하네.
전장을 종횡무진 누비면서 적을 무찌르매,
임전무퇴에 오만과 자만은 금물이라!
그대들의 장검은 서슬 같이 빛나고,
바람에 흩날리는 저 깃발은 용사龍蛇의 활개인가.
유월 하늘을 울리는 우렁찬 노랫소리,
개선의 그날은 기필코 오리라!

옹정이 붓을 내려놓은 다음 웃으면서 입을 열었다.

"짐은 워낙 즉흥적인 시흥詩興에는 둔감해. 게다가 정무에 경황이 없다 보니 시사詩詞에 갈수록 자신이 없군. 실력을 논하지 말고 그저 짐이 악종기 자네의 장도를 비는 마음이라고만 받아주게!"

악종기는 옹정의 말을 듣고서야 비로소 그가 열심히 적은 글이 자신을 위한 것이라는 사실을 알았다. 황송한 마음에 바로 무릎을 꿇었다. 그리고는 연신 머리를 조아려 공손히 글을 받아들고는 감동에 겨워 입술을 부르르 떨었다. 뭔가를 말해야 하는데 마땅히 할 말을 찾지 못했다.

옹정이 그 모습을 보고는 빙그레 웃어보였다. 이어 시계를 꺼내보면서 말했다.

"자네 모자는 오늘 저녁 상방에 묵으면서 그동안의 회포를 실컷 풀어보게. 짐은 이 사람들과 서쪽 별채에 가서 얘기를 나누다 갈 테니. 바래다준다는 이유로 나오지는 말게. 노인네는 연세가 적지 않은지라 멀쩡해 보여도 그렇지 않네. 일찍 쉬도록 하게. 동미, 자네는 이제 곧 서부로 출병하게 됐으니 오늘 이 자리는 짐이 자네를 전송하는 자리가 되네. 내일 홍력이 자네를 위해 따로 연회를 마련할 것이네. 그리 알게."

옹정의 말이 떨어지자마자 악종기 모자를 제외한 나머지 사람들은 그를 따라 서쪽 별채로 건너왔다. 당연히 옹정이 정면에 앉았고, 나머지는 그 밑의 걸상에 나란히 앉았다. 옹정은 기분이 좋아진 듯 손수 수박을 썰어 사람들에게 나눠주고는 나머지 작은 조각을 입에 물었다.

"편히 앉아서 먹게. 짐은 요즘 피곤이 쌓인 데다 오늘은 둘째 형님의 죽음 때문에 괴로워서 기분이 울적했었네. 그러다 자네들을 만나

지금은 훨씬 홀가분해졌어. 계선, 자네는 왜 안 먹나? 집에 다녀왔다면서? 아버지 윤태는 잘 있던가? 다른 가족들도 모두 건강하고?"

윤계선은 옹정의 말을 들었는지 못 들었는지 그저 빨갛게 익은 수박만 뚫어지게 바라보고 있었다. 그리고는 미동도 하지 않은 채 멍하니 앉아 있었다. 웬일인지 두 눈에는 눈물도 그렁그렁 맺혀 있었다. 아무래도 옹정의 말을 전혀 듣지 못한 듯했다. 그러자 홍력이 그를 팔꿈치로 툭 건드렸다. 그는 그제야 화들짝 놀라면서 당황한 표정으로 아뢰었다.

"예? 폐하! 신은 모든 일이 순조롭게 잘 추진되고 있사옵니다."

좌중의 사람들은 어처구니없는 윤계선의 대답에 약속이나 한 듯 웃음을 터트렸다. 그는 홍력이 옹정의 말을 다시 반복해서야 황송하다는 듯 어찌할 바를 몰라 했다.

"부디 신의 불경을 용서해주시옵소서. 신은 악종기와 그 모친의 감격적인 재회를 보면서 감동을 받고 그 생각만 하고 있었사옵니다. 신이 저지른 불경을 다시 한 번 용서해주시옵소서."

윤계선이 연신 머리를 조아렸다. 이상하게 목소리가 떨렸고 숨소리는 거칠었다. 한참 후에야 그가 더듬거리면서 다시 입을 열었다.

"집에 갔사오나……, 집에……."

윤계선이 울먹이면서 끝내 말을 잇지 못했다. 홍력이 그 모습을 안타깝게 바라보다 안 되겠다고 생각한 듯 대신 말했다.

"윤태가 문을 열어주지 않았다고 하옵니다."

"뭐라고? 아들이 천리 밖에서 집이라고 찾아왔는데, 맨발바람으로 뛰쳐나와서 반겨주지는 못할망정 문을 안 열어 주다니? 그게 말이 되는 소리야?"

옹정이 대뜸 격한 반응을 보였다. 순간적으로 얼굴 근육이 경련을 일으켰다.

"아니……, 그게 아니옵니다, 폐하!"

쿵!

윤계선은 대답과 동시에 머리를 바닥에 찧었다. 그리고는 울먹이면서 뻔한 거짓말을 입에 올렸다.

"아버지께서는 봉강대리의 중책을 맡고 있는 소신이 나랏일을 우선으로 생각하라는 뜻에서……, 내일 폐하를 알현하고 나서……, 그리고 나서 만나도 늦지 않다고……."

좌중의 사람들은 윤태의 사람 됨됨이를 대체로 잘 알고 있었다. 때문에 그가 설사 비슷한 말을 했을지라도 그렇게 자상하게 말했을 리는 없다는 사실 역시 모르지 않았다. 그예 누구보다 윤태를 잘 아는 홍력이 한숨을 지으면서 나섰다.

"계선이 문전박대를 당한 이유를 알 것 같사옵니다. 이 모두가 아신이 사려가 깊지 못했던 탓이옵니다. 계선이 자신의 어머니에게 보내는 선물을 조용히 전달하지 못한 것이 화근이었지 않나 생각하옵니다."

그러자 윤계선이 더욱 기겁을 하면서 고개를 꺾었다. 그리고는 더 듬거리면서 아뢰었다.

"마마! 그런 것은 절대 아니옵니다. 제발 그리 말씀하시지 마십시오. 모두 아들로서의 도리를 다하지 못한 신의……, 신의 잘못입니다."

"한심한 인간 같으니라고!"

옹정이 화가 났는지 집어 들었던 수박을 도로 쟁반에 내던졌다. 이어 손을 닦으면서 잠시 생각하더니 말했다.

"계선이 자네, 일어나게. 윤태의 노부인이 또 아이들처럼 질투해서 난리를 친 모양인데 별일은 없을 거야. 윤태의 생일이 언제인가?"

"폐하, 모레이옵니다. 신이 준비한 선물은 역관에 맡겨두었기 때문에 오늘 들고 가지 못했사옵니다……."

윤계선이 황송한 표정을 지으면서 아뢰었다. 눈자위가 다시 확 붉어지고 있었다. 옹정은 윤계선의 난감한 처지를 이해할 수 있을 것 같았다. 아버지를 욕되게 할 수도 없고, 그렇다고 마땅히 변호할 수 있는 여지도 없었던 것이다. 그러나 나라를 위해 동량으로 쓰일 거목이 사소한 가정사에 얽매여 고통스러워하는 것을 그대로 내버려둘 수는 없는 일이었다. 옹정이 깊은 한숨을 내쉬었다.

"계선이 자네의 고충을 알겠네. 아무 말도 하지 말게. 홍력……."

"예, 폐하!"

"자네……, 자네 지금 계선이를 데리고 윤태의 집에 다녀오게. 도대체 어떻게 나오나 보자고!"

옹정이 다시 이를 악물었다. 화가 났는지 얼굴에는 아무런 표정도 찾아볼 수가 없었다. 그러자 윤계선이 황급히 도리질을 하면서 다급히 아뢰었다.

"폐하! 그건…… 절대 아니 되옵니다……."

그러자 옹정이 버럭 화를 냈다.

"안 되기는 뭐가 안 된다는 건가? 자네 집의 그 사자 같은 큰어머니를 짐이 제압하지 못할까 봐 그러나? 자네들, 일단 출발하게. 짐이 따로 은지恩旨를 내릴 것이니. 손가감과 유홍도는 남아 있게. 짐은 오늘 기분 좋은 김에 자네들을 더 붙잡아 둬야겠네. 내일 창춘원에서는 사람들이 많아 이렇게 마음 놓고 얘기를 나눌 수 없을 거네."

홍력과 같은 가마에 앉아 집으로 향하는 윤계선의 표정은 어두웠다. 홍력이 한껏 미간을 찌푸리고 있는 그를 위로했다.

"얼굴 좀 펴게. 일할 때면 무섭게 몰아붙이던 그 윤계선은 어디 갔는가? 내가 있으니 윤태가 적어도 채찍 세례를 안기는 일은 없을 것이네. 걱정하지 말게!"

"아예 채찍이라도 맞으면 더 후련할 것 같습니다. 집이라고 찾아가 봤자 들어서면 숨이 턱턱 막히는 그 기분을 마마께서는 모르실 것입니다. 후유! 폐하께서는 이렇게까지 하지 않으셔도 되는데……. 사실 폐하와 마마께 따로 아뢰올 말씀이 있었사온데 당치도 않은 집안일 때문에 큰일을 그르칠까 우려스럽사옵니다."

윤계선이 씁쓸하게 웃었다. 그러자 홍력이 바로 물었다.

"무슨 일인데? 지금 말하면 안 되나?"

윤계선이 한숨을 지으면서 대답했다.

"밖에 요언이 난무하고 있습니다."

홍력이 흠칫 놀라더니 윤계선을 뚫어지게 바라봤다.

"지금은 간단하게 말씀 올리는 수밖에 없겠습니다. 폐하께서 부당한 방법으로 보위에 올랐다는 요언이 난무합니다."

홍력이 대수롭지 않은 듯 웃음을 흘렸다.

"그런 얘기라면 새삼스러울 것도 없지! 융과다가 '전위십사자'傳位十四子를 '전위우사자'傳位于四子로 고쳐 성조의 유조를 조작했다는 그런 당치도 않은 소문이지? 그건 어제오늘 일이 아니지 않은가?"

윤계선이 다시 다급하게 아뢰었다.

"그것뿐만이 아닙니다. 폐하께서 융과다를 감금한 이유가……, 융과다가……, 폐하에 대해 알아서는 안 될 부분까지 속속들이 알고 있기 때문에……, 죽여서 물증을 없애기 위한 것이라고 합니다. 또 태후마마께서는 병으로 돌아가신 것이 아니라 폐하께서 지나치게 불경스럽게 구는 바람에 홧김에…… 대들보에 목을 매서……. 어떤 자들은 기둥에 머리를 박고…… 돌아가셨다고도 합니다. 그 이유 때문에 폐하께서는 태후마마의 묘를 준화遵化에 들이지 않으려 했다고……. 무, 무서워서……."

"뭐가 무섭다는 건가?"

"죽어서 성조를 비롯한 조상들을 뵙기가 무서워 그곳에 태후마마의 능을 앉히지 않으려고 했다는 것입니다!"

순간 홍력이 화들짝 놀라면서 몸을 뒤로 벌렁 젖혔다. 주체할 수 없는 분노가 솟구치는 모양이었다. 얼마 후 밖으로 휘황찬란한 등불 빛이 보였다. 아마도 윤태의 집에 도착한 듯 가마가 내려앉았다. 그러나 홍력은 여전히 분노가 수그러들지 않는지 계속 어찌할 바를 몰라 했다. 한참 후에야 그가 말했다.

"자네 먼저 내려가게. 나는 마음을 좀 추스른 후에 내릴 테니."

그러자 윤계선이 울상을 지었다.

"넷째마마, 용서해주십시오. 이럴 때 말씀 올리는 게 아닌데! 사실 좋은 소식도 있사옵니다. 저와 악종기가 천천히 밀주를 올릴 것입니다."

윤계선은 말을 마치고는 가마에서 내린 다음 한쪽에 서서 홍력을 기다렸다. 얼마 후 윤씨 집안의 집사가 다가왔다. 홍력은 그때에야 비로소 마음을 진정하고 가마에서 내렸다.

집사가 호롱불을 쳐들고 윤계선을 한참 쳐다보더니 말했다.

"둘째 도련님, 다시 오셨군요. 소인이 절대 무례하게 구는 것이 아닙니다. 어르신께서 워낙 심기가 불편하시어서 감히 안으로 모시지 못하겠습니다. 지금도 큰마님께서는 화를 내고 계십니다. 방금 어르신께서 하명하셨습니다. 둘…… 둘째가 다시 오면…… 돌려보내라고……."

찰싹!

그의 말이 채 끝나기도 전에 집사의 뺨에서 불이 번쩍 일었다.

"썩 꺼지지 못해?"

홍력은 참고 참았던 분노를 활화산처럼 터트렸다. 이어 집사를 향해 고래고래 고함을 질렀다.

"보친왕까지 문전박대할 거냐고 윤태에게 당장 전해!"

35장

서자庶子의 설움

집사는 그제야 눈앞의 사람이 보친왕 홍력인 것을 알고는 허둥지둥 무릎을 꿇었다. 이어 모이 쪼듯 머리를 조아렸다.

"이놈이 눈깔이 멀어서 보친왕마마를 알아보지 못했습니다! 이놈이 똥만 처먹고 자라서 요 모양 요 꼴입니다. 부디 용서하십시오. 이놈, 지금 당장 들어가…… 아뢰겠습니다."

집사는 생각나는 더러운 말을 다 주워 삼켰다. 그것도 모자라 스스로 얼굴을 찰싹찰싹 때리기까지 했다.

"시끄러워! 어서 일어나!"

홍력이 집사의 꼴이 한심한지 피식 웃으면서 그의 엉덩이를 걷어찼다. 이어 준엄한 어조로 물었다.

"윤태, 자리에 누웠어?"

"아, 아직……. 진陳씨 성을 가진 대인께서 방문하셔서 지금…… 화청에서 얘기 중이시옵니다."

집사가 더듬거리면서 대답했다.

"길이나 안내해!"

홍력이 냉랭하게 소리쳤다.

"예, 예, 예……."

집사는 연신 머리를 조아려 대답하고는 뒷걸음쳐 물러갔다. 이어 유리등을 들고 다시 나타났다. 엉거주춤 앞서 가면서 열심히 주절대기도 했다.

"사실 우리 어르신께서는 속으로 도련님을 대단히 위하십니다. 입이 거치셔서 그렇지……. 이쪽으로 오십시오. 여기 월동문은 턱이 있습니다. 조심하십시오, 보친왕마마! 저희 어르신은 타고난 인상이 좀 차가울 뿐입니다. 누구한테나 마찬가지인 것 같습니다. 이놈은 저만치 물러나 있겠습니다……."

집사가 쉴 새 없이 주절대는 동안 어느덧 만개한 장미꽃에 둘러싸인 서재가 나타났다. 그 옆의 서화청에서 말소리가 들려왔다. 순간 윤계선이 긴장하면서 주춤거렸다. 그러자 홍력이 얼음장처럼 싸늘한 계선의 손을 낚아채듯 끌어당겨 잡고는 화청으로 들어갔다. 안에서는 진세관陳世倌과 윤태가 과일 접시를 옆에 놓고 장기를 두느라 여념이 없었다.

"장군이오!"

윤태는 마침 '마'馬로 장군을 부르고 있었다. 장기판에 너무 몰두했는지 사람이 들어서는 인기척이 나자 짜증을 냈다.

"내가 말했지, 진 대인하고 장기를 두고 있으니 동원東院에 건너갈 시간이 없다고. 그런데 왜 또 와서 시끄럽게 굴어?"

진세관이 윤태의 말을 듣더니 장포 자락을 들고 양반다리를 하면서 말했다.

"부인의 명령이 군령보다 막중하다면서 그래도 되나? 우리 조정의 방현령房玄齡(당나라 때의 승상. 공처가로도 유명)이 오늘은 어쩐 일인가? 자네 큰마님께 아뢰게. 나는 오늘 여기 머물고 내일 아침 일찍 건너가 인사드릴 거라고!"

뚫어지게 장기판을 들여다보던 윤태가 입가로 가져갔던 찻잔을 도로 내려놓았다. 이어 짜증 섞인 목소리로 고함을 질렀다.

"이봐 장張씨, 차 다 식었잖아! 어서 바꿔오지 못해?"

윤태와 진세관은 사람이 들어왔는데도 고개조차 들지 않았다. 완전히 장기에 넋을 빼앗긴 상태였다. 홍력은 그런 둘을 보면서 한심한 표정을 지었다. 그가 막 입을 열어 말하려고 할 때였다. 웬 중년부인이 쟁반에 차를 받쳐 들고 들어왔다. 그 부인은 윤계선을 발견하고는 깜짝 놀라 흠칫했다. 이어 그 자리에 굳어버렸다. 윤계선이 털썩 무릎을 꿇으며 떨리는 목소리로 외쳤다.

"아버님, 어머님!"

"아니, 넷째마마!"

윤태와 진세관은 윤계선의 목소리를 듣고 고개를 들고서야 비로소 알 듯 모를 듯한 미소를 짓고 자신들을 지켜보고 있던 홍력을 발견했다. 당연히 화들짝 놀랐다. 서둘러 장기판을 물리고 바닥에 엎드렸다. 그 자리에 못 박힌 듯 서 있던 장씨 역시 쟁반을 받쳐 든 채 무릎을 꿇었다. 윤태가 머리를 조아렸다.

"넷째마마께서 이 밤에 신의 누추한 거처를 찾아주실 줄은 꿈에도 몰랐습니다. 오전에 폐하를 모시고 전前 태자의 장례식에 다녀오면서 넷째마마를 뵙고 싶었습니다. 그러나 다섯째마마로부터 넷째마마께서 큰일 때문에 아주 바쁘시다고 하더군요. 그래서 그냥 올 수밖에 없었습니다. 장정옥도 못 만났습니다."

홍력은 윤태의 말에는 별로 귀를 기울이지 않았다. 대신 엎드려 훌쩍이는 윤계선의 팔을 다짜고짜 잡아당겨 일으켜 세웠다. 나머지 사람들에게도 일어나라고 명령하고는 자리에 앉았다. 이어 입을 열었다.

"방금 창춘원에서 내려오다가 길에서 계선이를 만났네. 열셋째마마께 문후를 올리러 청범사에 다녀오는 길이라더군. 역관으로 돌아간다기에 나도 마침 열셋째 숙부한테 책을 빌리러 가던 길이라 이리로 끌고 왔네. 흠차도 아니면서 역관에 엎드려 있을 일이 뭐가 있겠나! 진세관, 자네는 북경에 언제 왔나?"

홍력이 말을 마치고는 아직도 무릎을 꿇고 있는 사람들에게 다시 한 번 자리에 앉으라고 명령했다. 그때 진세관이 대답했다.

"신은 오늘 아침에 도착했습니다. 지원받기로 했던 은 백만 냥은 번고로 보냈습니다. 이 총독과 범시첩이 넷째마마께 보내는 편지가 있어 먼저 왕부로 찾아가려고 했습니다. 그런데 길에서 만난 열셋째마마로부터 넷째마마께서 대단히 바쁘셔서 지금은 왕부에 안 계실 거라는 얘기를 들었습니다. 그래서 여기에 끌려와 장기를 두고 있던 중입니다."

그 사이 슬그머니 물러갔던 장씨가 차 네 잔을 다시 가져왔다. 이어 홍력을 비롯해 진세관, 윤태 등의 앞에 찻잔을 내려놓았다. 윤계선은 그 장씨가 자신 앞에 오자 자리에서 일어나 읍을 하고는 땅에 엎드려 두 손으로 찻잔을 받았다. 장씨는 좌중을 향해 다소곳이 인사하고는 한편에 물러나 고개를 숙이고 서 있었다.

홍력은 여자를 유심히 살펴봤다. 나이는 마흔 서너 살 가량 돼 보였다. 나이에 걸맞지 않게 하얀 얼굴에 주름이 가득했다. 또 입술은 좀 두꺼운 편이었다. 왼쪽 입술 밑에는 빨간 미인점이 있었다. 청포 적삼을 입고 있었으나 깔끔한 느낌이 드는 여인이었다. 홍력은 윤계선이 장씨에게 깍듯이 예를 갖춰 인사하는 모습을 보면서 뭔가 이상하다는 느낌을 받았다.

"이봐 계선이, 인사가 좀 이상해 보이는데?"

"넷째마마! 저분은 신의 생모 장씨입니다."

윤계선이 겁에 질린 눈빛으로 윤태를 힐끗 바라보고는 대답했다. 순간 홍력과 진세관은 깜짝 놀랐다. 그러나 홍력은 바로 정신을 차리고 황급히 일어나 장씨를 향해 읍을 했다. 이어 일부러 과장된 표정을 지어보였다.

"내가 사려가 깊지 못했네. 너그러운 아량으로 널리 양해해주길 바라네. 차를 나르고 한쪽에 시립하고 있는 모양이 영락없는 하녀라 계선이의 어머니인 줄 전혀 몰랐네. 부인, 어서 자리에 앉게. 계선이 자네는 어찌 멍청하게 서 있기만 하는가? 어서 어머니께 의자를 가져다 드리지 않고!"

윤계선이 홍력의 명령이 떨어지기 무섭게 황급히 비단방석이 깔린 의자를 윤태 옆에 가져다 놓았다. 그리고는 조용히 말했다.

"어머니, 잠깐 앉아 쉬세요……."

장씨는 윤계선의 말이 끝나기도 전에 눈물부터 떨어뜨렸다. 연신 뒷걸음질을 치면서 윤계선을 깍듯하게 대했다.

"둘째 도련님, 저같이 미천한 년이 낄 자리가 아니지 않습니까?"

순간 윤태의 얼굴이 귀밑까지 발갛게 달아올랐다. 곧이어 난감한 웃음을 흘리면서 장씨를 향해 입을 열었다.

"넷째마마께서 자리를 하사하셨으면 앉지그래!"

장씨는 그제야 남편 윤태를 향해 절을 하고는 의자에 엉거주춤 걸터앉았다. 홍력은 짐짓 시선을 진세관에게로 돌리면서 물었다.

"자네는 나한테 아뢸 말이 있다고 한 것 같은데, 무슨 일인가?"

홍력이 다그치자 진세관이 못내 부자연스러운 표정으로 아뢰기 시작했다.

"예, 넷째마마. 공사公私가 불분명한 일이라 말씀 올리기가 좀 그렇기는 합니다. 그러나 넷째마마께서 기회를 주시니 용기를 내서 말씀을 올리겠습니다. 북경에 오기 전 이위 총독께서 휴가를 칠 일이나 주셔서 고향에 다녀왔습니다. 신의 고향 해녕海寧은 말 그대로 찢어지게 가난한 고장입니다. 같은 강소성이면서도 땅이 많고 풍요로운 북부와는 달리 저희 고향은 인구에 비해 전답이 부족하고 달리 개간할 황무지도 없는 곳입니다. 그래서 그곳 사람들은 항상 여유 없이 빡빡한 삶을 살아왔습니다. 설상가상으로 근래에는 수재 아니면 극심한 가뭄 때문에 쌀값도 천정부지로 뛰고 있습니다. 백성들이 너무 가여워 이 가슴이 미어지는 것 같습니다."

어느새 진세관의 두 눈에서는 눈물이 흘러내렸다. 그는 그래도 말을 그치지는 않았다.

"올해도 먹고 살 일이 아득합니다. 그런데 세금까지 내야 하니 어쩔 도리가 없습니다. 백성들은 땅이 꺼져라 한숨만 내쉬고 있더군요. 어떻게 올해만이라도 세금을 면제해 그들에게 숨 돌릴 기회를 주셨으면 합니다. 소신이 우리 백성들을 위해 넷째마마께 간절히 청을 올리는 바입니다!"

진세관이 말을 마치고는 자리에서 일어나 앞으로 나왔다. 그러더니 다시 쿵쿵 소리가 나도록 머리를 조아렸다.

홍력은 진세관이 이런 자리에서 이런 말을 꺼낼 줄은 정말 몰랐다. 좌중의 사람들 역시 난감한 표정을 지으면서 홍력을 바라봤다. 홍력은 이 기회를 빌려 분위기도 완화시킬 겸 밉지 않은 표정으로 타박을 했다.

"이 사람아, 그런 일 가지고 여태 뜸을 들였나? 백성들을 위한 일이라면 자네가 직접 호부를 찾아가도 되지 않는가? 아니면 이위, 윤계선이 그런 일을 재량할 만한 힘도 없는가?"

진세관이 대답했다.

"저희 강소성에서는 도처에 의창義倉을 세우느라 여념이 없습니다. 이 총독은 어느 지역이든 불문하고 세금이 한 푼도 줄어서는 안 된다는 엄명을 내렸습니다. 이에 협조하지 않는 관리는 무조건 파면시킨다고 했습니다. 신이 호부에도 다녀왔습니다. 호부에서는 보친왕마마께서 윤허하시지 않으실 거라면서 난색을 표했습니다. 그래서 이렇게 직접 보친왕마마께 간청하는 바입니다."

"알았네! 알았으니 그만 괴로워하게. 내가 자네 손을 들어주지."

홍력은 이어 책상 앞으로 다가가더니 종이 한 장을 끄집어내서 몇 글자를 적은 뒤 진세관에게 건네줬다.

"이걸 징량사徵糧司에 가져가면 그들이 알아서 처리할 거네."

순간 진세관의 얼굴에 웃음꽃이 활짝 피었다. 너무 좋아 당장에 춤이라도 출 것 같은 표정이었다. 홍력은 그런 그를 가만히 바라보다 책꽂이 쪽으로 눈을 돌렸다. 《송원학안》宋元學案이라는 책이 눈에 들어왔다. 그는 그 책을 소매 속에 슬쩍 집어넣고는 말했다.

"나는 그만 가봐야겠어. 진세관, 자네도 볼일 끝났으면 이제 그만 자리를 비켜주지! 모처럼 가족끼리 오붓하게 둘러앉아 단란한 한때를 보내게 말이야. 내일 모레 윤태, 자네 생일날 내가 친히 축하해 줄 테니 그리 알고 기다리게!"

윤태는 홍력의 말에 황송한 듯 두 손을 맞잡은 채 연신 허리를 굽실거렸다. 표정은 웃는지 우는지 분간할 수가 없었다. 얼마 후 홍력은 윤태가 대가족을 이끌고 문 밖까지 배웅하려 하는 것을 억지로 눌러 앉혔다. 그리고는 진세관을 데리고 윤태의 집을 나섰다.

장씨는 홍력과 진세관이 떠나자마자 다시 한쪽으로 물러나 시립했다. 윤계선은 그런 어머니를 가슴 아픈 눈길로 바라보면서 윤태를 향해 돌아섰다.

"아버님, 아버님의 칠십 대수大壽를 즈음해 아들이 북경으로 술직을 오게 됐으니 실로 하늘이 주신 경사가 아닐 수 없습니다. 온 가족이 모이게 돼 이 소자는 기쁘기 그지없습니다. 방금 전에 이부의 마馬 당관이 편지를 보내왔습니다. 형님도 강서성 염도鹽道로 발령이 났다고 합니다. 좋기는 하나 아버님도 고희古稀에 드셨고 큰어머님도 환갑을 바라보는 나이시니 곁에서 보살펴 드릴 사람이 필요하지 않겠습니까? 말을 타면 종을 부리고 싶다고, 사람의 욕심은 끝이 없는 것 같습니다. 그래서 소자가 형님을 북경에서 가까운 천진天津이나 보정으로 보내 주십사 하고 마 당관에게 다시 부탁을 드렸습니다."

윤계선이 잠시 침묵하더니 자신의 친어머니를 바라보면서 다시 말을 이었다.

"마 당관의 얘기에 따르면 형님을 천진에 발령을 낼 수도 있으나 강서성 염도에 비해 일이 훨씬 힘들고 얻을 수 있는 것도 거의 없다고 합니다. 그러니 아버님께서 큰어머님과 잘 상의하셔서 어떻게 하는 것이 좋을지 소자에게 알려주십시오. 아들이 황급히 달려온 것도 이 일 때문이었습니다."

아들의 말에 윤태의 거북등처럼 터실터실한 얼굴의 주름이 조금 펴지는 것 같았다. 그가 급기야 흥분을 감추지 못한 어조로 입을 열었다.

"네 효심이 갸륵하구나. 사실 나에게는 너나 네 형이나 다 똑같은 자식이야. 누구를 더 좋아하고 싫어하는 그런 것은 절대 없다. 다만 너는 일사천리로 청운에 오르듯 잘 나가는데, 네 형은 제자리걸음을 하고 있으니 그게 늘 마음에 걸려서 기분이 우울했던 거야."

윤계선은 아버지의 입에서 불호령이 터지지 않는 것만으로도 마음이 놓이는 듯했다. 곧 주머니 속에서 종이 한 장을 꺼내 두 손으로 받쳐 올리면서 다시 입을 열었다.

"이건 소자가 아버님 생신 선물로 올리는 물건의 목록입니다."

장씨가 재빨리 아들에게서 종이를 받아 윤태에게 건네줬다. 순간 모자의 손이 부딪쳤다. 윤계선은 그 찰나 어머니의 손이 델 정도로 뜨거운 것에 흠칫 놀랐다. 그가 다그치듯 물었다.

"작은어머니, 어디 불편하세요?"

윤계선이 장씨에게 관심을 보이자 윤태도 맞장구를 쳤다.

"내가 보기에도 당신 안색이 좋지 않아 보여. 힘들면 들어가 쉬어. 다섯째나 다른 누구한테 시중들라고 하면 되니까."

장씨가 황급히 도리질을 했다.

"아닙니다. 괜찮습니다. 방금 뜨거운 찻잔을 만져서 손바닥이 좀 뜨거울 뿐입니다. 다른 동생들은 다 잠이 들었습니다. 제가 시중을 들겠습니다."

장씨는 윤태가 쫓아내기라도 할세라 서둘러 물수건을 짜서는 그에게 건넸다. 이어 윤태의 등 뒤에 숨다시피 물러서서 등을 조심스레 두드리기 시작했다. 그 와중에도 단 한 순간도 놓치지 않으려는 듯 눈물이 글썽한 눈으로 자신의 아들을 뚫어지게 바라봤다.

윤계선은 애써 어머니 장씨의 눈길을 피했다. 그러면서 자신이 홍력과 폐하의 신임을 받고 있다는 얘기를 아버지에게 들려줬다. 그리고는 천천히 덧붙였다.

“폐하께서는 이 아들에 대해 실로 성은이 하늘같으십니다. 저의 생모에 대해서도 안부를 전하라고 하시면서 유난히 관심을 가져 주셨습니다. 어머니, 언제까지 그러고 서 계실 것입니까? 아버님도 어머니가 힘들어 몸져눕는 것은 원치 않으실 겁니다. 어서 앉으세요.”

윤계선이 갑자기 어디에서 용기가 났는지 다짜고짜 의자 하나를 끌어다 어머니 장씨 옆에 놓으면서 말했다. 동시에 고개를 돌려 소리쳤다.

“거기 누구 없어? 두어 명 나와서 어머님 등을 두드리고 부채를 부쳐 드려!”

윤태가 보기에 아들 윤계선의 행동은 처음 보는 것이라고 해도 좋을 정도로 대담했다. 하기야 그가 안팎에서 모두 예를 각별히 중시하는 사람이라는 사실을 감안하면 그럴 만도 했다. 심지어 그는 밖에서는 자신보다 관품이 대여섯 직급 낮은 현승, 현령들도 깍듯하게 예우하고는 했다. 그래서 관리들 사이에서 자상하고 교양 있는 사람이라는 평을 듣고 있었다. 그러나 그는 집에만 돌아오면 얼굴이 싹 바뀌었다. 정실부인만 빼고 나머지는 일률적으로 ‘아랫것’ 취급을 하면서 ‘황제’ 행세를 해오고 있었던 것이다.

윤태의 정실부인 범范씨는 그가 강희를 따라 서정西征길에 올랐을 때 만난 여자였다. 당시 그는 군량미를 운반하는 직책을 맡고 있었다. 반면 범씨는 표국鏢局(현금이나 귀중품을 안전하게 운반해주는 업체)을 운영하는 가문의 딸로 무예가 대단히 출중했다.

두 사람의 인연은 윤태가 몽고 병사들에게 포위를 당해 사경을 헤매고 있을 때 맺어졌다. 당시 빗발치는 화살을 뚫고 윤태를 업고 나온 여자가 바로 범씨였던 것이다. 강희는 이후 그 사실을 알고 둘을 부부로 맺어줬다. 어떻게 보면 강희가 그녀를 대단히 총애했다고 할 수 있었다. 이렇게 해서 윤태가 2품 관리일 때 범씨는 이미 1품의 고명부인으로 봉해질 수 있었다.

초창기에는 둘은 그나마 '평등'한 부부관계를 유지했다. 그러나 범씨가 아이를 내리 여덟을 낳고 윤태가 첩을 연이어 들이면서 달라졌다. 둘 사이에 아끼고 사랑하는 마음은 여전했으나 평등은 더 이상 논할 수 없게 된 것이다. 이렇게 해서 윤태는 조야에 소문이 자자한 '방현령'이란 별명을 감수해야 했다.

윤태도 처음에는 남달리 영민하고 점잖을 뿐만 아니라 기품 있는 둘째아들 계선을 좋아했었다. 그러나 윤계선의 생모 장씨는 일품고명인 범씨와는 천양지차인 낙호樂好(천민. 민간의 풍각쟁이) 출신이었다. 게다가 범씨가 낳은 큰아들이 무능의 끝을 보이면서 말썽만 부리자 윤계선은 '잘난 대가'를 톡톡히 치러야만 했다. 특히 최근 들어 윤태의 심기가 더 불편해진 이유는 따로 있었다. 윤태가 후작侯爵에 봉해진 시기와 윤계선이 순무로 승진한 시기가 공교롭게도 겹치면서 "아버지가 아들 덕을 봤다"는 뒷담화가 무성해진 것이다.

윤계선은 서른도 채 안 된 젊은 나이에 승승장구한 끝에 봉강대리가 됐다. 그러나 범씨가 낳은 아들은 50세가 다 되는 나이에도 남들은 뒷걸음질을 쳐도 올라간다는 도대道臺 자리에도 못 올라가고 있었다. 결국 여기저기 아쉬운 소리를 해야 했다. 자존심이 센 윤태로서는 화가 나지 않을 수 없었다. 아무튼 여러 가지 복합적인 이유로 윤태는 장씨를 더욱 괴롭혔다. 그것은 장씨가 아들을 믿고 기고만장하지 못하도록 미리 기를 꺾어놓는 방법이기도 했으나 진짜 그럴 수밖에 없었던 이유는 따로 있었다. 질투의 화신인 범씨의 화를 돋우지 않기 위해 미리 손을 썼다고 할 수 있었다.

그런 윤태가 갑작스레 대담한 행동을 하는 아들을 가만히 놔둘 리가 만무했다. 그래도 그는 홍력의 체면을 봐서 굴뚝같이 치미는 화를 애써 삭이려고 노력했다. 하지만 끝내 참지를 못하고 냉소를 흘리면서 장씨에게 말했다.

"자네, 그렇게 좌불안석하면서 궁상맞게 굴 것은 없네. 자고로 어미는 아들로 인해 귀해진다고 했어. 이제 잘 나가는 아들을 뒀으니 우리를 굽어볼 날만 남았군! 계선아, 너는 이제 관직도 높고 세상구경도 할 만큼 한 사람답게 이 애비 난처하게 만드는 재주도 제법 잘 배웠구나!"

"아버님!"

윤계선이 윤태를 간절하게 불렀다. 그러나 그의 모습에서는 비굴함을 찾아볼 수는 없었다. 급기야 그가 무릎을 꿇었다.

"소자가 아버님 앞에서 무례한 행동을 보이는 것은 아닙니다. 어머니가 서서 아버님 시중을 드는 것이 불만스러워서도 아닙니다. 어머니의 안색이 너무 안 좋아 보이셔서 앉으시라고 했을 뿐입니다. 아버님께서는 항상 어른에게는 예를 깍듯이 갖춰야 하나 경우에 따라서는 변통할 줄도 알아야 한다고 소자에게 가르치지 않았습니까? 소자가 어머니 대신 무릎 꿇고 아버님 시중을 드는 것이 어떻겠습니까?"

윤태는 아들의 말에 꿀 먹은 벙어리처럼 할 말을 잃고 말았다. 정情으로나 이치理致로나 아들의 말에서 허점을 찾을 수 없었기 때문이었다. 그는 급기야 잠시 입을 쩝쩝 다시면서 난생 처음 아들에게 당한 무안함을 어떻게 되갚아 줄까를 생각했다. 그러다 드디어 트집거리가 생각난 듯 입을 열었다.

"나는 네가 네 어미를 앉히려고 의자를 가져다준 것을 뭐라 하는 것이 아니다. 네 마음이 이상하게 변질된 것 같아서 이러는 거야!"

"소자는 스스로의 양심에 떳떳합니다. 소자는 과거나 지금이나 결코 변한 것이 없습니다."

"내가 선제를 따라 출병해 피를 흘릴 때 너는 태어나지도 않았어. 내가 폐하를 동궁東宮에서 모실 때나 폐하와 더불어 바둑 두고 시를 읊조리면서 술잔을 기울일 때 너는 똥오줌도 제대로 못 가리는 코흘리개였어!"

윤태의 말은 칼끝처럼 예리했다. 그가 그처럼 예리한 칼끝을 아들에게 다시 들이댔다.

"내가 없이 네가 어찌 세상구경을 했겠느냐? 나의 어제가 없었더라면 어찌 오늘날의 네가 있었겠느냐? 네 애비가 세상 무슨 꼴을 못 봤을 것이며, 무슨 이치인들 한눈에 간파할 수 없겠느냐? 보친왕이 오늘 여기에 걸음을 하신 이유를 내가 모를 것 같아? 나는 고지식한 네가 보친왕까지 모셔다 애비 꼴을 우습게 만들 줄은 정말 몰랐다……."

윤태가 말을 하다 말고 갑자기 기침을 하기 시작했다. 장씨와 윤계선은 튕기듯 일어나 황급히 그의 등을 두드려 주고는 가래통을 들이댔다. 그 와중에도 윤계선은 윤태의 화를 풀어주기 위해 백방으로 애원했다.

그러나 윤태는 모자의 성의를 받아들이려 하지 않았다. 기침이 조금 멎자 매정하게 두 사람을 밀어 내치기까지 했다. 그리고는 마구 쏘아붙였다.

"백성들에게는 조정의 왕법에 따라야 하는 의무가 있어. 우리 집에는 나름대로의 가법과 규칙이 있다고. 알아서 해!"

윤태가 장씨와 윤계선의 손을 홱 뿌리치고는 휭하니 나가버렸다.

"아들아!"

장씨가 윤태의 발걸음 소리가 멀어지기를 기다렸다가 윤계선을 덥석 끌어안으면서 말했다. 이어 안타까운 어조로 아들을 나무랐다.

"너, 도대체 왜 그랬어? 네가 이 어미를 불쌍하게 여기는 마음은 누구보다 잘 알아. 하지만 똑똑한 애가 왜 그렇게 바보 같은 짓을 하고 그래? 풍파를 일으키고 싶어서 그러는 거냐고! 이 어미는 너를 곁에서 지켜볼 수 있다는 것만으로도 행복해서 죽을 것 같아. 어미가 조금 더 서 있는다고 큰일 나는 것은 아니지 않니? 네가 매일 집을 지킬 것도 아니고. 곧 남경으로 돌아갈 텐데……, 이 철딱서니 없는 것아……."

장씨는 온몸을 떨면서 윤계선의 어깨에 기대 흐느껴 울었다. 그러더니 아들을 와락 끌어안았다. 마치 조금만 힘을 놓으면 아들이 그냥 날아가 버릴 것처럼 숨이 막혀 질식할 정도로 꽉 끌어안은 채 놓아주려 하지 않았다. 그리고는 한 손으로 아들의 등을 계속 토닥였다. 그런 그녀의 손등은 애처로울 만큼 거칠고 앙상하게 메말라 있었다. 윤계선 역시 눈물을 철철 쏟으면서 흐느꼈다.

"어머니, 어머니는 아들 하나는 정말 기가 막히게 낳으셨어요. 어머니께는 학식 있고 용감하고 재능 있는 분신이 있는 거예요. 이제는 이 아들에게 기대세요. 다시는 어머니를 울리지 않을 거예요! 정 저렇게 나오면 제가 아예 어머니를 모시고 갈 거예요. 앞으로 살면 얼마나 산다고 평생 종노릇이나 하면서 기를 못 펴고 살아야 해요?"

"네 아버지가 나를 보내주겠니? 그 성격 하루 이틀 겪는 것도 아닌데 뭘."

장씨가 여전히 아들의 어깨를 꼭 안은 채 말했다.

"보내주고 보내주지 않고는 아버지가 고집부릴 일이 아니에요. 반드시 어머니를 남경으로 모셔갈 거예요. 이러다가 만에 하나 어머니가 잘못되는 날에는……, 이 소자는 평생 억울해서 못 살 거예요."

윤계선은 옹정의 두터운 신임과 배려를 생각하면서 단호하게 말했다. 목소리에 애잔함이 잔뜩 묻어나고 있었다. 급기야 모자는 서로 얼싸안고 구슬프게 울었다. 그때 화청 밖에서 급박한 발걸음 소리가 들리더니 고무용이 헐레벌떡 달려 들어오고 있었다.

"윤 대인, 지의가 계십니다."

윤계선이 황급히 일어나면서 어머니 장씨에게 말했다.

"아들이 지의를 받고 오겠습니다."

"아닙니다. 윤태 대인과 부인 범씨, 장씨가 함께 지의를 받으셔야 합니다. 앞뜰의 대청에서 지의를 전할 테니 속히 건너가십시오!"

고무용이 가련한 표정으로 자신을 바라보는 장씨를 일별하면서 말했다. 그리고는 곧바로 종종걸음으로 앞장을 섰다.

눈물자국이 역력한 모자는 놀란 시선으로 서로를 마주봤다. 특히 장씨는 한참 동안 어쩔 줄 몰라 쩔쩔 맸다. 그러더니 급기야 옷상자를 뒤지기 시작했다. 그러자 윤계선이 말했다.

"어머니, 치장하지 않으셔도 고우십니다. 다 모이라고 하는 것으로 봐서는 어머니에게도 폐하의 말씀이 계신가 봅니다. 어서 가세요."

윤계선이 말을 마치고는 장씨를 부축해 앞뜰로 나갔다. 뜰에는 이미 등촉燈燭이 휘황찬란하게 밝혀져 있었다. 내무부에서 나온 관리들이 계단을 가득 메우고 있었다. 상황이 상황인 터라 집안의 가인들이 총출동해 차와 간식을 나르느라 무척이나 분주했다. 윤계선은 자꾸만 뒤로 숨는 어머니에게 용기를 북돋아주면서 정당으로 들어섰다. 책상은 이미 준비돼 있었다.

윤태는 관포와 관모를 단정히 차려 입은 채 이미 자리를 잡고 있었다. 그 옆에는 일품 고명부인의 신분을 드러내는 봉관鳳冠을 쓰고 화려한 복장을 한 범씨 부인이 자리를 하고 있었다. 둘 다 기분이 별로 좋지 않아 보였다. 윤계선 모자가 들어서자 윤태가 담담하게 말했다.

"옆자리에 서거라."

윤계선은 그제야 지의를 전하러 온 사람이 다름 아닌 옹정의 열일곱째 아우 의친왕 윤례라는 사실을 알 수 있었다. 윤태의 등 뒤에 아들과 나란히 선 장씨는 그런 장면은 처음이라 덜덜 떨면서 아들에게 바싹 다가붙었다.

"지의를 받을 사람들이 모두 모였사옵니다. 지의를 낭독해주시옵소서, 의친왕마마!"

고무용이 윤례에게 한쪽 무릎을 꿇은 채 아뢰었다. 윤례가 고개를 끄덕여 보였다. 그러자 물러갔던 고무용이 금 쟁반을 받쳐 들고 돌아왔다. 쟁반 위에는 눈이 부신 일품 고명부인의 복장과 번쩍이는 커다란 금원보金元寶 두 개가 나란히 놓여 있었다. 또 고명 복장 위에는 금을 녹여 꽃 모양으로 장식한 조관朝冠이 얹혀 있었다. 조관에는 세 개의 커다란 동주東珠도 박혀 있었다. 그 한가운데에는 앵두크기 만한 붉은 보석이 유유한 빛을 발하고 있었다. 그래서였을까, 금 쟁반은 주변의 등촉을 무색케 할 정도로 찬란한 빛을 내뿜고 있었다.

일품 고명 복장과 조관은 범씨 부인이 평생 무상無上의 광영으로 생각하면서 애지중지한 보배였다. 가인들 역시 그 사실을 다 알고 있었다. 그런데 쟁반 위에 똑같은 의관이 놓여 있다니, 이 무슨 일이라는 말인가? 하인과 어멈 등 윤태의 집안에서 부리는 아랫것들 400여 명은 그런 의문을 품은 채 바깥 복도에 모여 숨죽인 채 지의 봉독을 기다리고 있었다.

마침내 윤례가 책상 앞으로 다가가 남쪽을 향해 돌아서더니 큰소리로 말했다.

"윤태, 윤계선, 범씨, 장씨는 다 함께 지의를 받으라!"

"만세!"

윤태를 비롯한 네 사람은 일제히 머리를 조아렸다.

"윤태는 선제 때부터 탁월한 공적을 세웠다. 지금은 짐을 보좌해 매사에 열심히 임하는 중신重臣이다."

윤례는 지의를 읽다 잠시 가벼운 기침을 했다. 그러다 계속 읽어나갔다.

"또 윤태는 아들을 교육하는 데에도 일가견이 있다. 그리하여 나랏일을 위해서라면 목숨도 두려워하지 않고 주군에 충성하고 백성을 아끼는 훌륭한 아들 윤계선을 두었다. 한 가문에서 대청의 기둥이 되는 대신이 둘씩이나 배출된 것은 실로 대단한 자랑거리가 아닐 수 없다. 그러나 윤계선의 생모 장씨가 없었더라면 윤계선이 있을 수 없다. 또 윤계선이 없었더라면 자귀부영子貴父榮의 이치에 따른 윤태의 빛나는 이름도 없었을 것이 아닌가? 고로 남편을 묵묵히 내조하고 아들을 이 나라의 기둥으로 키운 장씨의 공로는 절대 묻혀서는 안 된다. 윤태의 정실 범씨는 이미 일품고명에 봉해졌는 바 오늘은 의친왕 윤례를 파견해 윤계선의 생모 장씨에게도 똑같이 일품 고명의 복색服色을 내리는 바이다. 장씨, 그대는 일품 고명의 봉직을 받고 아들 계선을 따라가라. 부디 짐의 뜻을 어기지 않기를 바란다."

전혀 예상치 못했던 내용의 지의였다. 윤태를 비롯한 네 사람은 그 자리에서 그만 굳어버리고 말았다.

"경하 드리오, 윤상尹相, 범 부인. 경하드리오, 장 부인, 계선 공!"

윤례가 희색이 만면한 채 윤계선 등을 향해 공수를 했다. 그러나 네 사람은 여전히 뭔가에 의해 붙박인 듯 그 자리에서 굳은 채 움직일 줄을 몰랐다. 그러자 오히려 윤례가 놀란 눈빛으로 그들을 바라보면서 말했다.

"왜들 이러시나? 설마 봉조奉詔하지 않겠다는 뜻은 아니겠지? 그러면 나 혼자 주안상 불러 배 터지게 먹고 거나하게 취해 돌아갈까 보다!"

윤태는 망연자실한 기색으로 주위를 둘러봤다. 윤계선을 비롯한 세 사람 모두 여전히 고개를 푹 숙이고 있었다. 그러나 각자 어떤 생각을 하고 있는지는 굳이 말하지 않아도 알 수 있었다. 그는 의연한 모습을 보이려고 애썼으나 전혀 예상치 못한 결과에 도무지 초연해질 수가 없었다.

얼마 후 윤태가 이루 형언할 수 없는 표정을 지으면서 겨우 입을 열었다.

"성은이 망극하옵니다!"

윤계선을 비롯한 나머지 세 사람도 그제야 저마다 머리를 조아려 고마움을 표했다.

"이는 크게 기뻐해야 할 일이 아닐 수 없네. 나도 여러분 만큼이나 몹시 기쁘네! 자, 내가 준비한 주안상을 가져오게. 이 경사로운 날에 여러분과 더불어 술 한 잔 하자고!"

윤례는 범씨와 장씨가 쓰러지듯 땅에 엎드려 미동도 하지 않자 농담을 하듯 말했다. 이어 두 사람에게 다가가더니 먼저 장씨를 부축해 일으켰다. 그러자 눈치 빠른 윤계선이 황급히 밀가루 반죽처럼 축 늘어진 범씨를 일으켜 세웠다. 이렇게 해서 윤태가 상석에 앉고 두 일품 고명부인이 양 옆에 앉았다. 윤례는 객석에 자리를 잡았다.

윤계선은 금방이라도 튀어나올 것처럼 쿵쾅거리는 가슴을 겨우 가라앉히면서 술을 따랐다. 기분이 좋은 얼굴이었다. 그러나 윤태와 범씨는 분노와 시기, 예측할 수 없는 황제의 권위에 대한 두려움 등으로 만감이 교차하는 듯 얼굴빛이 어두웠다.

반면 장씨는 상상조차 못했던 행운이 갑자기 다가오자 일단 황공한 모양이었다. 희비가 엇갈린 표정도 비쳤다. 어색한 술자리는 1시간쯤 이어졌다. 각자 다른 생각을 품은 네 사람은 모두 술에 흠뻑 취했다. 윤계선은 거의 인사불성이 되다시피 한 윤태와 범씨를 각자의 방으로 모셔다드리고 나자 비로소 녹초가 된 몸을 쉴 수 있었다. 그러나 그 와중에도 술기운을 주체하지 못하고 깊은 잠에 빠진 어머니 장씨에게 한참 동안 부채질을 해드렸다.

그 시각 옹정은 크게 노하고 있었다. 홍력이 밖에서 들은 '나쁜 소문'들을 옹정에게 전한 탓이었다. 옹정은 즉각 홍시와 홍주를 담녕거로 불러들였다. 옹정은 원래 방포도 함께 부르고자 했다. 또 손가감도 불러 상세한 것을 묻고 싶었다. 그러나 홍력이 극구 만류했다.

"이는 아직 소문에 불과하옵니다. 검증된 것이 없사옵니다. 그런 만큼 미리 소문낼 필요가 없사옵니다. 아신이 방 선생을 만날 때 여쭤보도록 하겠사옵니다. 손가감은 이에 관해 따로 밀주를 올릴 생각인 것 같았사옵니다. 아신 생각에는 일단 홍시 형님과 홍주에게 물어보는 것이 좋을 듯합니다."

홍력의 말이 끝나자마자 홍주가 잠에 취한 듯 두 눈을 비비면서 입을 열었다.

"아신도 넷째 형님의 말에 찬성하옵니다. 이런 일은 아는 사람이 적을수록 좋사옵니다. 자칫 우리가 너무 민감한 반응을 보여 괜히 일을 크게 만드는 수도 있사옵니다. 집안의 흉은 밖으로 내보내는 것이 아니라고 했사옵니다!"

홍주는 이불 속에서 금방 불려나와 아무 생각도 없이 말하는 것 같았다. 홍시는 당연히 홍주가 옹정에게 한소리 들을 것이라고 생각하면서 속으로 킥킥대고 웃었다. 물론 일부러 못 들은 척했으나 내심 홍주가 옹정에게 혼나기를 바라고 있었다.

원래 옹정은 다른 사람들에게는 차갑고 까칠했다. 그러나 유독 막내 홍주에게만은 너그럽고 온화한 편이었다. 아니나 다를까, 홍시의 기대와는 달리 옹정은 귀에 몹시 거슬리는 말을 한 홍주를 그저 한 번 째려보면서 꾸짖고 말았다.

"이불 속에서 금방 나왔다고 그런 허튼소리를 지껄이는 거냐? 짐에게 남들이 들으면 곤란할 '집안 흉'이라도 있다는 거냐? 이건 누군가 앙심을 품고 조작해 낸 요언일 뿐이야! 전에는 북경에서만 소문이 나돌았었어. 그런데 이제는 항간巷間에까지 확산됐다 이거지? 그 주동자를 붙잡는 날에는 짐이 극형에 처할 것이야!"

홍력은 옹정이 계속 분노를 토로하는 동안 깊은 사색에 잠겨 있었다. 마침 그때 홍시가 입을 열었다.

"아바마마의 말씀이 천만번 지당하옵니다. 이건 결코 뿌리 없는 요언이 아니옵니다. 궁전 내에서 일어난 일들은 백성들이 마음대로 살을 붙여 소문을 내고 다닐 수 있는 것이 아니옵니다. 폐하께서는 이 나라의 일취월장을 위해 진력하시다 못해 이제는 온몸 가득 병까지 얻으셨사옵니다. 그런데도 마음이 바르지 않은 인간들이 백성들 사이에 이런 해괴한 소문을 퍼뜨리고 다니다니 실로 통탄스럽지 않을 수 없사옵니다!"

그러자 홍주가 즉각 반박을 했다.

"셋째 형님, 우린 모두가 아바마마의 아들이에요. 통탄스러운 것은 마찬가지 아니겠어요? 지금은 통탄을 운운할 것이 아니라 적절한 대처방안을 강구해야 할 때잖아요! 태후마마께서 돌아가신 것과 관련

된 요언은 분명히 궁중의 태감들이 밑밥을 깐 것이 틀림없어요. 아니, 밑밥을 깔았다기보다는 작정을 하고 요언을 날조한 것입니다. 난정亂政과 기군欺君을 일삼은 행위라고 보면 더 적절할 거예요!"

"고무용! 들게."

옹정이 막내 홍주의 말에서 뭔가를 깨우친 듯 크게 소리쳐 고무용을 불렀다.

고무용은 옹정이 야심한 밤중에 교인제도 배제시킨 채 자식들을 불러 모아 놓고 논의하는 모습을 일찍이 본 적이 없었다. 그랬으니 앞으로의 큰 지각변동을 예고하는 전조는 아닐까 싶어 밖에서 전전긍긍하고 있었다. 그러다 옹정이 자신을 부르자 화들짝 놀라면서 잽싸게 달려 들어갔다.

"소인, 대령했사옵니다."

고무용이 바로 무릎을 꿇었다.

"음……."

옹정은 갑자기 어디서부터 어떻게 운을 떼야 할지 난감한 모양이었다. 잔뜩 굳어진 얼굴을 약간 숙인 채 계속 생각만 하고 있었다. 한참 후에 그가 말했다.

"자네는 비록 육궁도태감六宮都太監에 불과해서 지위나 관품은 낮으나 조석으로 짐을 시봉하면서 여느 태감들보다 더 중요한 위치에 있지."

고무용이 황급히 머리를 조아렸다.

"모든 것이 폐하께서……."

옹정이 손사래를 치더니 고무용의 말허리를 툭 잘랐다.

"됐어! 짐이 신하들과 나눈 몇 마디 안 되는 대화 내용이 어떻게 밖에 유출됐을까?"

고무용은 옹정의 말뜻을 모르지 않았다. 바로 황급히 머리를 찧으면서 물기 가득한 어조로 대답했다.

“소인은 성조와 폐하를 가까이에서 시봉하면서 비로소 인간 모양을 갖춘 놈이옵니다. 주군의 규칙과 법도를 누구보다 잘 아는 소인이 어떻게 감히 세 치 혓바닥을 함부로 놀릴 수가 있겠사옵니까? 가끔 외관들이 접견 순서를 조금 앞당겨 달라고 부탁하는 뜻에서 용돈 조금씩 찔러주는 것을 받은 경우는 있사오나 절대로 달리 고약한 짓을 한 적은 없사옵니다. 이놈이 담膽이 백 개라도 그럴 수는 없사옵니다. 여기에서 시중을 드는 다른 이들도 소인과 같은 생각을 하고 있을 것이옵니다…….”

“같은 생각을 하고 있다고? 그러면 감숙성 포정사가 호남성으로 전근가게 됐다는 사실이 어찌해서 본인에게 미리 알려졌다는 말인가?”

옹정이 냉소를 터트렸다.

“아뢰옵니다, 폐하! 그 일은 이미 진상이 밝혀지지 않았사옵니까! 태감 진가秦可가 기밀을 유출해 멀리 유배를 보내지 않았사옵니까……?”

고무용은 곧 울음을 터트릴 것 같은 표정이었다. 사실 옹정도 고무용이 그럴 사람이 아니라는 사실은 모르지 않았다. 그냥 슬쩍 떠보기 위해 불러들인 것일 뿐이었다. 옹정은 그런데도 잔뜩 겁에 질려 어찌할 바를 몰라 하는 고무용을 보자 피식 웃음을 터트릴 수밖에 없었다. 그러나 곧 웃음기를 거둬들이면서 준엄하게 주의를 주었다.

“요즘 들어 궁전 내 기강이 많이 허술해진 것 같군. 문호門戶 단속도 부실해지고 말이야. 절대 밖으로 나가서는 안 될 말들이 공공연히 밖에서 먼저 나돌고 있어. 그렇다고 겁낼 것은 없네. 짐도 자네는 아니라는 것을 아네. 그러나 자네는 책임에서 자유로울 수는 없네.”

"예! 그렇사옵니다, 폐하! 소인이 내일 아침 일찍 저것들을 불러 따끔하게 훈계하겠사옵니다. 이런 일이 두 번 다시 있을 시에는 대나무 회초리를 안겨 내쫓도록 하겠사옵니다."

고무용이 이마에 송골송골 맺힌 땀을 닦으면서 전전긍긍했다.

"대나무 회초리라니! 궁전 내 기밀을 누설했는데, 고작 회초리질이나 해서 되겠는가? 짐은 반드시 그 목을 딸 것이네!"

옹정이 이를 악물었다. 그러나 어조는 그에 비해 담담했다. 그가 다시 말을 이었다.

"며칠 내로 반드시 자신의 본분에 어긋나는 짓을 한 자의 말로를 보여줄 것이니 그리 알고 썩 물러가게!"

고무용이 물러가자 홍력이 미간을 찌푸린 채 말했다.

"태감들이 할 일 없이 찻집에서 읊어댄 말들이 날개가 돋쳐 운남, 사천 쪽으로 날아갔다는 것은 실로 불가사의한 일이 아닐 수 없사옵니다. 방금 아우가 했던 말에 지나치게 신경 쓰실 것은 없사옵니다. 일단 멈춰 서서 사태를 관망하는 것이 무엇보다 중요하다고 생각되옵니다. 요즘 돌아가는 꼴을 보면 괴이하고 의문투성이인 일들이 참으로 많사옵니다. 지나치게 치밀할지언정 절대 소홀해서는 안 되겠사옵니다. 그러나 폐하께서는 천지를 포용하시는 인주人主로서 이런 허튼 소문 따위에 정력을 소모하실 필요가 없사옵니다."

홍력의 의견은 홍주의 그것과 일치했다. 그것은 어떤 일에 지나치게 민감하게 반응해 해명을 하면 할수록 사태가 원치 않는 쪽으로 더 크게 불거질 위험이 있다는 것이었다.

옹정은 말할 것도 없이 그 깊은 뜻을 알아들었다. 그러나 옹정으로서는 아무리 되뇌지 않으려고 해도 쉽지 않았다. 문관이나 무장들이 붕당을 만들어 요언을 퍼뜨리고 다닌다면 붙잡아 옥에 가두거나 유

배를 보내든지 목을 치면 되는 일이었다. 그러나 백성들 사이에서 요언이 꼬리에 꼬리를 물고 퍼지는 것은 달리 어떻게 할 방법조차 없었다. 일일이 해명하지 못하는 것은 물론이었다.

더구나 일부 지역에서는 이미 그런 요언들이 정체불명인 백련교白蓮教의 세력을 더욱 부추기고 있었다. 그것은 옹정과 조정이 가장 우려하는 것이기도 했다. 당연히 수차례 단속을 하기는 했다. 하지만 그 기세가 꺾이기는커녕 눈덩이 굴리듯 커져만 가고 있었다. 이미 그들에게 호응하는 무리들도 적지 않게 생기기 시작했다. 그럴 경우 정체를 알 수 없는 단체들도 우후죽순처럼 생겨나 자칫 순진한 백성들까지 어영부영 도둑들의 무리에 가담해 희생양이 될 소지가 다분했다. 옹정은 그런 생각을 하면서 물었다.

"홍력, 네가 북경에 돌아왔을 때 이위가 장님 도사를 소개시켜 준다고 했다더니, 그 친구 지금 자네한테 와 있나?"

홍력 역시 옹정처럼 손가감에게서 들은 무시무시한 요언에 대해 생각하고 있었다. 그러다 옹정이 갑자기 자신에게 묻자 황급히 절을 하면서 대답했다.

"예, 와 있사옵니다. 지금 아신의 왕부에 머무르고 있사옵니다. 지금 아신에게 무술을 가르치고 있사옵니다. 그 사람을 불러올까요?"

홍시는 홍력이 집에 남녀 고수들을 불러들여 무예를 연습하고 있다는 소문을 일찍이 듣고 있었다. 그 문제를 구실삼아 홍력의 흉을 보려고 기회만 노리고 있기도 했다. 그런데 엉뚱하게 홍력이 옹정 앞에서 먼저 솔직하게 털어놓고 말았다. 이로 인해 언제 한번 아우를 톡톡히 골탕 먹이려던 홍시의 계획은 이렇게 해서 완전히 허공으로 사라지게 됐다. 옹정이 잠시 뭔가를 생각하는 듯하더니 고개를 저었다.

"아니, 짐은 당분간 만나고 싶지 않네. 그러나 그런 사람들을 잘 이

용하는 것이 중요하다는 것은 사실이네. 진짜 영웅의 기질을 지닌 협객들은 인정사정없이 막나가는 도둑떼들과도 밀접한 관계를 유지하고 있네. 또 크고 작은 무리들을 이끌고 있는 터라 강호의 소식을 누구보다 빠르게 입수할 수 있지. 그런 자들은 우리가 은혜를 내리고 의리를 다하면서 도리를 깨우쳐 주고 조정의 위엄을 상기시켜 준다면 한번 손잡아 볼 만한 친구들이네. 조정에서 직접 나설 수 없는 일도 그자들은 할 수 있다네. 홍력, 너는 일단 병부에 명령해 그 사람에게 당당한 명분을 내리라고 해라. 접견은 나중에 천천히 하지. 그 사이 강호에 어떤 움직임이 있는지 유심히 살펴보라고도 해."

"예, 폐하!"

홍력이 옹정의 의중을 완벽하게 읽었는지 곧바로 대답했다. 얼마 후 옹정이 찻잔을 들어 한 모금 마시고 오래도록 생각에 잠겨 있다가 천천히 입을 열었다.

"이 일을 가볍게 생각하지 말게. 무심코 던진 돌에 개구리가 맞아 죽을 수도 있으니 말이야. 요언은 작게는 사람을 다치게 하고 크게는 나라를 망하게 할 수도 있어. 짐은 그래서 요언을 절대 간과하지 않는다네. 홍력, 너는 군무軍務와 전량錢糧을 책임지고 있으니 정국의 상황에 유의하는 것은 당연지사야. 홍시는 잡다한 것 같으나 중요한 정무를 보고 있으니, 그 어떤 풍문이 들리더라도 제때에 짐에게 밀주하도록 하게. 막내 홍주는 성격이 좀 털털한 편이고 건강이 좋지 않아서 태상시, 태복시, 난의위鑾儀衛, 태의원 등을 관장하는 한가로운 일을 맡고 있지? 결코 막내 너에게 늙어 죽을 때까지 현상유지만 하라고 그런 일을 맡긴 것은 아니었어. 그런데 너는 어찌 정무에는 전혀 관심 없이 집에서 엉뚱한 짓거리만 하고 다닌다는 말이냐? 너희들 세 형제는 나름대로 장단점을 다 가지고 있으니 서로 보완하고 발전

하면서 이 아비를 도와 일조를 해야 하지 않겠느냐? 짐이 어느 한쪽을 편애하지 않는지, 누구에게만 따뜻한 관심을 보여주는지 이런 것에 쓸데없는 정력을 쏟지 말거라. 짐의 골육이 너희들 셋밖에 더 있느냐? 너희들 셋이 단결하고 뭉쳐 울타리를 튼튼하게 해야 미친개가 기어들어오지 못할 것이 아니냐! 그리고 집안도둑들도 겁에 질려 몸을 움츠릴 것이 아닌가!"

"무슨 말씀이신지 잘 알겠사옵니다, 아바마마."

홍시를 비롯한 셋은 약속이나 한 듯 일제히 머리를 조아렸다. 이어 홍주가 입을 열었다.

"아신은 지금까지 아랫것들과 너무 격의 없이 어울렸사옵니다. 그러다 보니 양명시나 손가감을 비롯해 이 사람, 저 사람을 씹어대는 말들도 곧잘 듣고 있사옵니다. 앞으로는 아바마마의 가르침을 받들어 신경을 쓰도록 하겠사옵니다."

홍시도 얼굴 가득 근엄한 표정을 짓고 있다 황급히 나섰다.

"성조께서 붕어하신 뒤 황위 계승을 두고 요언이 난무한 것은 융과다 그자의 작당이 틀림없어 보이옵니다. 그로 인해 그자는 비록 감금돼 있으나 요언은 날개 돋친 듯 퍼지고 있지 않사옵니까? 이런 자를 절대 가볍게 용서해서는 안 될 것이옵니다. 반드시 목을 쳐 그에 맹종하는 자들의 간담을 서늘하게 만들어야 하옵니다."

홍시의 말이 끝나기 무섭게 홍주가 짓궂은 표정을 지은 채 말했다.

"저는 셋째 형님 생각에 공감하지 못하겠사옵니다. 저는 융과다를 서둘러 죽일 필요는 없다고 생각하옵니다. 아바마마께서 보위에 오르신 것은 누가 뭐래도 광명정대하옵니다. 여덟째 숙부……, 아니 아기나 등이 앙심을 품고 이런 요언을 날조했을 가능성이 큰데 융과다를 죽이면 엄청난 물증을 잃게 되는 것과 다름없사옵니다. 살려둬야 하옵니다."

홍력도 바로 홍주의 말에 동의하고 나섰다.

"아우, 자네 말이 맞네. 일깨워주지 않았더라면 깜빡할 뻔했어. 지난번 윤잉 백부님 병문안 다녀오는 길에 융과다가 갇혀 있는 곳을 들렀더니 고약한 냄새에 구역질이 나서 가까이 갈 수가 없었어. 간수에게 물어봤더니 대소변도 안에서 본다더군. 바깥출입이 완전히 통제됐으니 이 더운 여름에 냄새가 진동할 수밖에! 이대로 방치했다가는 얼마 못 살지도 몰라. 셋째 형님, 간수들을 교체해 최소한의 인간적인 생활을 할 수 있도록 배려해 주세요. 아무리 죄가 큰 범인이라고는 하나 전에는 공로도 세웠었잖아요."

옹정은 홍력의 말을 들을수록 석연치 않은 점을 느꼈다. 그러나 대체 어디가 어떻게 석연치 않은지 딱 꼬집어 설명할 수는 없다고 생각했다. 셋 모두 자신의 아들이기는 하나 속마음을 완전히 털어놓을 수는 없었던 것이다.

그는 잠시 아들들을 살펴봤다. 그리고는 담담한 표정으로 차만 마셨다. 더 이상의 말은 하지 않았다. 그 모습이 어딘가 우울해 보였다.

잠시 침묵이 흐른 뒤 홍시가 웃으면서 화제를 돌렸다.

"아바마마께서는 늘 뜻하지 않은 방식으로 그 어떤 어려움도 매끄럽게 타개하시는 마력이 있사옵니다. 윤계선의 집에서도 지금쯤은 아마 잔치 분위기에 싸여 있을 것이옵니다."

옹정은 홍시의 말을 듣고서야 활짝 펴져 있을 윤계선 모자의 얼굴을 떠올렸다. 그의 얼굴에서도 자연스럽게 웃음이 번졌다. 이후 세 형제는 다소 우울해 보이는 옹정의 기분을 풀어주기 위해 한참 동안 있는 재주, 없는 재주를 다 부렸다. 그러다 자명종이 열한 번을 쳐서야 옹정이 편안하게 숙면을 취하기를 기원하면서 공손히 물러났다.

36장

옹정에게 진실을 고백하는 융과다

이튿날인 6월 18일은 옹정의 생모인 오아烏雅씨의 제삿날이었다. 옹정은 날이 뿌옇게 밝아오자 바로 창춘원에서 황궁으로 향했다. 먼저 수황전壽皇殿으로 가서 강희와 오아씨의 좌상坐像을 향해 향을 살랐다. 그리고는 삼궤구고의 대례를 올렸다. 왕생주往生呪 역시 세 번이나 읽었다. 이어 고무용, 진구, 교인제 등 궁인들을 거느리고 홍덕전弘德殿으로 가서 미리 대기 중인 윤지, 윤록, 윤례, 홍시, 홍력, 홍주, 홍염弘瞻, 홍환弘晥, 홍효, 홍교 등 가까운 황친들을 접견했다. 모두들 정신없이 바빴다.

그러나 군기처는 정상적으로 정무에 임하라는 옹정의 지의가 있었던 터라 장정옥을 비롯한 고관들은 미리 향배를 올리고는 다들 물러갔다. 오직 주식만 남아 어가를 수행하면서 시중을 들고 있었다. 옹정은 손님들이 거의 모두 형제 아니면 조카들이었으므로 예식이 끝나자 각자 편한 대로 하라는 지시를 내렸다. 그때 어선방의 상녕常寧이 들어와 주청을 올렸다.

"어선방에서 조선早膳(아침 수라)을 준비했사옵니다, 폐하! 수라상을 여기에 모셔야 할지 아니면 양심전으로 모셔야 할지 하명해 주시기를 바라옵니다."

옹정이 짤막하게 대답했다.

"짐은 간식을 먹었네. 아직 이른 시각인데, 뭘 그렇게 서두르나? 음, 그러지 말고 먼저 한 상 차려 수황전의 성상聖像 앞에 올리고 나머지는 창음각 무대 동쪽에 차리도록 하게."

상녕이 잠시 어리둥절한 표정을 지었다. 그러자 옹정이 웃으면서 말했다.

"짐이 사연賜宴(음식을 하사하는 것)하려고 그러네. 이렇게 많은 사람들을 배를 쫄쫄 굶게 하면서 연극 구경을 시킬 것인가? 배가 고프면 눈에 뵈는 것이 없다네. 다들 배부르게 먹고 희희낙락 구경해야 하늘에 계신 태후마마께서도 즐거워하실 것이 아닌가! 윤상은 위가 부실하니 주방에 특별히 부탁해 소화에 좋은 음식을 만들라고 하게. 주 사부, 오늘 당직이라고 했지? 돌아가지 말고 짐과 함께 앉아 있어 주게."

주식이 옹정의 당부에 황급히 엎드려 고마움을 표하고는 몸을 일으키면서 아뢰었다.

"태후마마를 조금이라도 더 뵐 수 있게 해주셔서 실로 감지덕지하옵니다. 그 옛날 신이 공부工部에 있을 때 황하 보수문제를 소홀히 했다는 죄로 삼년 동안 녹봉을 감봉당한 적이 있었사옵니다. 그때 당시 태후마마께서는 선제께 이렇게 말씀하셨사옵니다. '주 사부는 씻은 듯 가난해서 손님에게 차 대접도 못하는 처지라고 들었습니다. 그러니 삼 년 동안 감봉을 하시면 어떻게 살겠습니까? 국법이 엄연하니 어찌할 수 없으나 쌀을 사먹을 수 있도록 제 주머니라도 털어줘야 마음이 편할 것 같습니다'라고 말입니다. 그리고 실제로 노신에게 황금 삼백 냥을 하사하셨사옵니다."

주식은 그 옛날에 받은 은혜가 감격스러워 목이 메는 모양이었다. 그리고는 그예 눈물을 흘리면서 말을 잇지 못했다. 옹정 역시 대쪽 같았던 자신의 어머니를 떠올리자 슬픔과 그리움에 눈물을 쏟지 않을 수 없었다. 그는 항간에 태후가 자신의 불경 때문에 자결했다는 소문이 나도는 것을 너무나도 잘 알고 있었다. 그러나 방법이 없었다. 그저 분노할 뿐이었다. 그가 씁쓸한 미소를 지으면서 주식을 위로했다.

"너무 상심하지 말게, 태후께서도 슬퍼하실라."

그때 장오가가 들어섰다. 옹정이 다그치듯 물었다.

"자네의 열셋째마마는 왔는가?"

장오가는 어느새 환갑을 넘긴 노인이 되어 있었다. 그러나 그에게도 젊은 시절은 있었다. 그것도 파란만장한 삶이었다. 우선 그는 소금 밀매꾼을 할 때 윤상의 도움으로 목숨을 구원받은 적이 있었다. 또 형장으로 끌려가 사형이 집행되는 순간 강희에 의해 극적으로 사면을 당한 일도 있었다. 때문에 윤상과는 사적으로 깊은 교분을 나누고 있었다. 물론 묵묵히 본분을 지키는 것을 잊지 않았다. 윤상이 병환으로 청범사에 누워있을 때 매일 교대 시간이 끝나는 대로 찾아가 문안을 올리고 직접 시중을 든 것만 봐도 알 수 있었다. 당연히 옹정은 그런 사실을 잘 알고 있었다. 그를 보자마자 윤상에 대해 물은 것도 바로 그 때문이었다.

장오가가 옹정의 질문에 예를 갖춰 인사하고는 고개를 저으면서 한숨을 내쉬었다.

"열셋째마마께서는 지난밤에 또 발병했사옵니다. 아직도 인사불성이옵니다, 폐하……!"

장오가는 얼굴에 가득한 수심을 구태여 감추려 들지 않았다. 그러나 어쩔 수 없이 말끝을 흐렸다.

"가사방은? 그래, 가사방은 뭐라고 하던가?"

옹정이 흠칫 놀라면서 다그쳤다. 장오가가 서둘러 대답했다.

"이미 백운관으로 사람을 파견했사옵니다. 신은 그를 기다리려고 했사오나 폐하께서 부르실까 걱정이 돼 먼저 왔사옵니다."

옹정이 다시 물었다.

"그럼 태의들은 어찌 말하던가?"

장오가가 눈물을 닦으면서 아뢰었다.

"태의들은 열셋째마마께서 맥박은 어제와 같이 고른 편이나 아직 혼미상태에 계셔서 뭐라고 단언하기 어려운 모양이옵니다. 지금도 수시로 맥박을 재고 있사옵니다……."

"그만 가보게. 짐의 곁에는 시중드는 사람이 많으니 자네는 가보게. 힘들게 양쪽으로 뛰어다니지 말고 윤상의 곁을 지키도록 하게. 자네가 있으면 짐도 안심일세."

옹정은 맥박이 고르다는 장오가의 말에 크게 위험하지는 않을 것이라고 생각하는 듯 다소 안도하는 표정이었다. 장오가는 옹정의 허락이 떨어지기 바쁘게 이미 저만치 멀어져갔다. 서둘러 윤상에게 가는 듯했다. 옹정이 장오가의 뒷모습을 멍하니 바라보더니 한숨을 쉬고는 주식을 불렀다.

"주 사부."

"예, 폐하!"

"자네 생각은 어떤가? 윤상의 병이 누군가 뒤에서 요술을 부려 귀신이 붙도록 한 것은 아닐까?"

옹정이 고개를 옆으로 돌리면서 물었다. 주식은 기본적으로 "귀신이 붙는다"는 말 자체를 믿고 싶지 않았다. 그러나 강희 때 황자들 사이에서 귀신과 관련해 일어났던 일련의 사건들을 직접 목격한 데다 가사방의 괴이한 능력을 두 눈으로 똑똑히 본 터라 감히 아니라고 부정할 수도 없었다. 그가 잠시 생각하더니 입을 열었다.

"성인께서도 존이불론이라고 하셨사옵니다. 그러므로 신이 감히 뭐라고 망언을 올릴 수가 없사옵니다. 그러나 사적史籍을 찾아보니 그런 사술邪術들이 어느 조대朝代에나 끊이지 않은 것은 사실이옵니다. 그래서 군자들은 귀신에 대해서만은 말을 아꼈사옵니다. 열셋째마마께서는 그 무슨 불구대천의 원수가 있는 것도 아니옵니다. 또 몇몇 정적이라고 해봤자 모두 제 한 몸 건사하기도 힘든 자들이옵니다. 그러니 누가 감히 그런 짓을 할 수가 있겠사옵니까? 신 역시 안타깝기는 마찬가지이옵니다."

"됐네! 지금은 그런 것을 얘기하지 말자고. 아직 진시辰時도 되지 않았네. 시간이 많이 남았으니 짐과 함께 산책이나 하지."

옹정이 시계를 꺼내보고는 말했다.

"예, 폐하! 외람되오나 어디로 걸음을 하실 것인지요?"

주식이 황급히 물었다.

"융과다를 보러 가세!"

옹정이 시계를 가슴 속에 도로 집어넣으면서 담담하게 말했다.

옹정과 주식은 시위 몇 명만 거느린 채 말을 타고 신무문을 나섰다. 서쪽을 향해 조금 달리자 금세 융과다의 부저府邸에 도착할 수 있었다.

뜰은 서쪽 방향으로 넓게 펼쳐져 있었다. 처음에는 여느 왕부들과 똑같은 규모와 구조로 지어졌을 집은 푸른 기와칠이 거의 다 떨어져 나가 아주 볼썽사나웠다. 또 문밖 계단을 따라 울퉁불퉁 높다랗게 쌓은 담벼락은 바람조차 뚫고 들어오기 힘들 것처럼 높고 으스스했다. 여름날의 붉은 태양은 죽은 자의 얼굴을 연상시키는 바로 그 담벼락을 하얗게 비추고 있었다. 게다가 사방을 둘러봐도 어디나 할 것 없이 피폐한 정경뿐이었다. 진짜 처량하기 그지없었다. 물론 문가에 희미하게 남은 노란 칠만은 이집 주인의 휘황찬란했던 과거 영화를 조금이나마 알려주고 있었다.

말에서 내려선 옹정은 쪼글쪼글 주름이 잡힌 두 눈을 가늘게 뜨고 담벼락 앞에서 서성이는 주식을 향해 물었다.

"주 사부, 왜 그러나?"

"옹정 이 년에 이곳을 한 번 다녀간 적이 있사옵니다. 황사성皇史宬(황실의 역사 문서를 담은 사고)을 수리하는 데 필요한 재정을 지원받을까 해서 찾아왔다가 대문 안에 들어가지도 못하고 쫓겨났었사옵니다. 융과다 대인은 바빠서 그런 일에 신경 쓸 겨를이 없으니 직접 호부로 찾아가라고 하더군요."

주식의 얼굴에는 희비를 알 수 없는 표정이 묻어났다. 그가 다시 말을 이었다.

"그 뒤로는 단 한 번도 이 근처에 오지 않았사옵니다. 오늘 다시 와 보니 실로 감회가 새롭사옵니다……."

옹정이 미처 입을 열기도 전이었다. 시위 색륜索倫이 북쪽 측문에서 달려 나오더니 아뢰었다.

"이곳의 관사管事 태감에게 미리 알렸사옵니다. 북문으로 들어가시옵소서."

옹정은 고개를 끄덕이면서 색륜의 뒤를 따라갔다. 북으로 몇 발짝 더 가자 과연 담벼락에 폭이 네 척尺 정도 되어 보이는 구멍이 있었다. 그 구멍에는 철문이 달려 있었다. 열려 있는 문으로 안을 들여다보니 의관을 단정히 한 열 몇 명의 태감들이 후끈후끈한 돌바닥에 엎드린 채 땀을 철철 흘리고 있었다.

옹정은 그들에게는 눈길도 주지 않은 채 뜰로 들어섰다. 안에서 지키고 있는 그들은 모두 내무부에서 파견 나온 아역들이었다. 그들은 웃통을 벗고 있다가 황제가 납시었다는 소식을 듣고는 저마다 공복公服을 찾아 입느라 한바탕 소란을 피웠다. 곧 이어 모두가 땀범벅이 된 채 달려 나와 무릎을 꿇었다. 그리고는 가운데 맨 앞에 선 사무관이 머리를 조아리며 아뢰었다.

"폐하, 윤과다는 그쪽에 없사옵니다. 소인이 안내해 드리겠사옵니다!"

옹정이 의문儀門으로 들어가려다 말고 발걸음을 멈췄다. 그리고는 의아해 하면서 물었다.

"정원正院에 없다는 말인가? 그럼 정원에는 누가 있나? 자네는 어느 아문의 누구인가?"

옹정의 물음에 사무관이 황급히 머리를 조아리면서 아뢰었다.

"소인은 내무부의 사무관 황전발黃全發이라고 하옵니다. 윤과다는 후원의 마구간에 있사옵니다."

"지금 마구간이라고 했나?"

옹정은 바늘에 찔린 듯 흠칫 했다. 이어 대뜸 따져 물었다.

"어찌 마구간에 있을 수 있다는 말인가? 누가 그리 지시했는가?"

옹정의 안색이 예사롭지 않자 황전발이 황급히 아뢰었다.

"원래는 정원에 있었사옵니다. 언젠가 신형사愼刑司에서 파견된 사람이 '융과다는 중죄를 범한 죄인이다. 목을 치지 않은 것만 해도 과분한데 높이 받들어 모실 일이 있느냐'라면서…… 당장 마구간으로 내쫓으라고 했사옵니다. 소인은 정원만 관리하고 마구간은 태복시에서 관장하는지라 어찌할 도리가 없었사옵니다. 여기는 모두 세 개의 아문에서 나와 있사옵니다."

"총관總管은 누군가?"

"총관은 태복시에서 나온 왕의王義라는 사람이옵니다. 항상 여기 있는 것은 아니고 가끔씩 와서 둘러보고 갑니다."

옹정은 더 이상 말이 없었다. 그저 주식을 데리고 마구간으로 걸음을 옮겼다. 그곳에서도 간수들이 이미 무릎을 꿇고 있었다. 모두들 태감이었다. 아니나 다를까, 뜰에 들어서자마자 악취가 코를 찔렀다. 그러나 말똥 냄새는 아니었다. 비릿한 생선 썩는 냄새, 구정물 냄새, 발효된 음식찌꺼기 냄새가 한데 뒤섞인 것 같은 고약한 냄새였다.

옹정은 참기 힘든 악취에 머리가 어지러웠다. 손으로 코를 감싸 쥐고 억지로 태감의 뒤를 따랐다. 전에는 말을 매어두는 용도로 쓰였을 법한 곳에는 구유를 떼어냈는지 철제 난간이 쳐져 있었다. 겨우 구유 두개를 놓을 수 있을 정도의 넓이였다. 처마 끝을 따라서는 유포油布를 둘둘 감은 것이 보였다. 눈비가 날아들지 못하게 막아놓은 것 같았다.

공간 한가운데의 낮은 탁자에는 잿물을 입히지 않고 구운 항아리와 큰 질그릇, 그리고 젓가락이 놓여 있었다. 기름칠을 하지 않아 덕지덕지 때가 앉은 걸상은 눈 뜨고 봐줄 수가 없었다. 또 탁자 위에는 베어 먹다 남은 수박이 있었다. 그 위로는 파리 떼가 새카맣게 들러붙어 있었다. 인기척을 듣고도 도망가지 않았다. 안쪽 벽면에는 작은 나무침대가 벽에 붙어 있었다. 침대 머리에는 종이를 덮어 놓은 커다란 요강도 있었다. 그뿐만이 아니었다. 갈대를 대충 엮어 올려놓은 침상 위에는 목침 하나와 얇은 이불이 어지럽게 구겨져 있었다. 옹정은 그제야 악취의 발원지를 알 것 같았다.

옹정은 가까이 갈수록 진동하는 악취에 몇 번씩이나 멈춰 서서 눈물을 찔끔거렸다. 치밀어 오르는 구역질도 참아야 했다. 옹정이 가까이 다가가니 이불만 구겨져 있는 줄 알았던 그 속에 미라처럼 바싹 마른 융과다가 새우처럼 웅크리고 있는 모습이 보였다. 그가 조심스레 다가가더니 나지막하게 불렀다.

"융과다!"

융과다는 응답이 없었다.

"융과다! 귀 먹었어? 폐하께서 납시었단 말이야!"

그러자 간수 태감이 거칠게 고함을 질렀다. 순간 죽은 듯 굳어 있던 융과다가 몸을 흠칫 했다. 이어 두 손으로 침대를 짚고 안간힘을 쓰며 몸을 일으켰다. 옹정의 눈앞에 나타난 융과다는 그야말로 눈을 뜨고는 차마 볼 수 없을 정도였다. 우선 수염과 머리카락이 주인 없는 무덤의 잡초 같았다. 두 눈은 죽은 붕어의 눈을 방불케 할 만큼 흐리멍덩했다. 그는 그런 모습으로 철제 난간 앞에 서 있는 옹정과 주식을 유심히 뜯어봤다. 순간 그의 수염이 가늘게 떨렸다. 그가 또 입을 실룩거리면서 뭔가를 중얼대는 것 같았으나 아무 말도 들리지 않았다.

융과다가 마치 낯선 사람을 쳐다보듯 옹정을 뚫어지게 바라보기만 하는가 싶더니 드디어 짐승의 포효에 가까운 고함을 질렀다.

"폐하……!"

이어 미친 듯 침대에서 뛰어내려서는 철제 난간을 두 손으로 부여잡았다. 그리고는 스르르 무릎을 꿇더니 눈물을 철철 쏟으면서 울부짖었다.

"폐하, 이 못난 놈이 다시 폐하를 뵙게 되다니요!"

"짐이 자네를 보러 왔네."

옹정도 한때는 발을 한번 구르면 자금성 반쪽이 흔들렸다는 '국구'國舅와 다시 마주하자 감개가 무량한 모양이었다. 순간적으로 미움과 원망, 애석함과 통탄, 비애와 서글픔이 밀려오기 시작했다……. 그러나 그 느낌을 과연 어떻게 다 표현할 수 있으랴!

옹정은 융과다의 눈빛을 똑바로 바라볼 자신이 없었다. 더 이상 악취도 느끼지 못했다. 그가 길게 한숨을 토해내면서 명령을 내렸다.

"이 철문을 열어 젖혀! 마구간 저쪽 뜰에 있는 홰나무 밑에 짐과 주식 사부의 자리를 마련해놓게."

그러자 열쇠를 구멍에 꽂으려던 태감이 주저하면서 아뢰었다.

"저렇게 멀쩡하다가도 가끔씩 미쳐서 날뛰곤 하옵니다. 발광을 하다가 폐하를 해치지는 않을지……."

"이 새끼야, 주둥이 닥쳐! 너야말로 미쳤어! 내가 미친 척이라도 하지 않았더라면 너희 같은 새끼들에게 이미 맞아죽었겠지!"

융과다가 몸을 무섭게 떨면서 태감에게 호통을 쳤다. 옹정이 잠시 놀란 기색을 보이더니 천천히 고개를 돌려 태감을 바라봤다. 그리고는 다급한 걸음으로 마구간을 나와 홰나무 밑에 마련해놓은 의자에 앉았다.

융과다는 그 사이 극도의 흥분에서 벗어나 차분하게 이성을 찾은 것 같았다. 얼굴에서는 갑자기 찾아온 옹정에 대한 두려움도 보이지 않았다. 하기야 이미 더 내려가려야 갈 수도 없는 바닥까지 추락한 신세였으니 그럴 필요도 없었다. 그의 표정은 옹정에게 더 이상의 은전도 바라지 않는 듯했다.

융과다가 더럽고 구겨진 청포 자락을 잡아 당겨 펴는 시늉을 하면서 어지러이 흐트러진 머리카락을 뒤로 넘겼다. 이어 나무를 깎아 만든 신발을 끌고 옹정에게 다가와 엎드린 다음 머리를 깊이 조아렸다.

"죄신 융과다가 폐하께 문후 올리옵니다. 폐하의 만수무강을 간절하게 엎드려 비옵니다!"

"저쪽 바위에 걸터앉게."

옹정의 표정은 악취를 풍기고 파리 떼가 득실거리는 마구간에서 나오자 한결 밝아졌다. 그가 고개를 끄덕이면서 융과다를 향해 덧붙였다.

"짐이 자네를 보러 왔네. 색륜, 이 뜰에 있는 자들에게 모두 물러가라 하게. 자네 처지가 이 정도인 줄은 몰랐네. 진작 찾아왔어야 했는데……."

"죄신은 죽어 마땅한 놈이옵니다. 목숨을 살려주신 것만 해도 성은이 망극하거늘 어찌 감히 더한 사치를 바랄 수 있겠사옵니까? 다만 신은 죽기 전에 폐하께 꼭 아뢰어야 할 기밀이 있어서 죽지 못했사옵니다. 오늘 폐하를 뵙고 상주하게 됐으니 이제는 죽어도 여한이 없을 것 같사옵니다……."

융과다는 진지했다. 두 눈에서는 눈물이 비 오듯 쏟아지고 있었다. 옹정이 위로의 말을 건넸다.

"짐은 자네를 죽이지 않을 거네. 영구히 연금만 한다고 했지 않은가! 자네는 죽음의 공포에서 자유롭지 못한 것 같구먼? 그런데 짐에게 상주하고 싶다는 일은 무엇인가?"

"이곳의 간수 태감들이 죄신을 없애려 하옵니다!"

"누가 감히? 자네, 구타를 당한 적이 있나?"

"폐하께서는 어디에도 하소연할 곳 없는 암울함을 모르실 것이옵니다. 죄신은…… 이미 이틀 밤을 연이어 흙 포대를 멨사옵니다. 폐하께서 납시지 않으셨다면 죄신은 길어야 모레면 필히 숨이 끊겼을 것이옵니다!"

옹정은 대뜸 주식에게 시선을 돌렸다. "흙 포대를 멨다"는 말이 도대체 무엇을 뜻하는지 알 수 없었던 것이다. 주식이 서둘러 아뢰었다.

"신은 방포의 《옥중잡기》獄中雜記를 읽었사옵니다. '흙 포대를 멘다'는 것은 사형私刑을 뜻하옵니다. 범인을 포박한 채로 등에 흙을 가득 담은 자루를 얹어 놓는 것이라고 하옵니다. 몸이 허약한 사람들은 지탱하다 못해 그 자리에 폭삭 고꾸라져 다시는 일어나지 못하는 경우가 허다하옵니다. 그렇게 죽은 사람들은 외상이 전혀 없어 타살 여부를 확인하기가 사실상 불가능하다고 하옵니다."

주식의 설명을 듣고 난 옹정은 대로했다. 버럭 고함을 내질렀다.

"누구야? 이것들이 완전히 무법천지로군!"

융과다가 비통에 잠긴 채 동아줄 자국이 역력한 손목을 내보이면서 아뢰었다.

"죄신은 잘 모르겠사옵니다. 죄신의 눈을 가리고 침대 다리에 묶어 두었기 때문에 누군지…… 알아볼 수가 없었사옵니다."

"그래, 짐에게 상주하고자 했던 일은 어떤 것인가?"

"조정에 간신이 있사옵니다!"

"누구 말인가?"

"염친왕이 바로 간신이옵니다!"

"아기나 말인가?"

옹정은 실소를 금치 못했다. 그러나 그도 그럴 만했다. 융과다는 윤사가 붙잡혀 개명당하기 훨씬 전부터 자유를 잃었기 때문에 소식에 어두울 수밖에 없었던 것이다. 옹정이 다시 말을 이었다.

"자네가 몰라서 그러는데, 그도 지금은 자네하고 처지가 막상막하라네."

"염친왕 등 뒤에 다른 사람이 있사옵니다! 그자를 붙잡았다면서 아직 자백을 받아내지 못했단 말씀이옵니까?"

융과다가 의외라는 반응을 보이면서 옹정을 향해 말했다. 옹정은 자리에서 일어났다. 그리고는 부채를 들고 나무 밑을 한 바퀴 돌면서 한참 생각에 잠겼다. 잠시 후 그가 무성한 잎 때문에 햇빛이 거의 스며들지 못하는 수관樹冠을 올려다보면서 냉소를 터트렸다.

"이 홰나무는 적어도 팔백 살은 됐을 걸? 이 나무를 심을 즈음에 진회秦檜라는 구제불능의 간신배가 조야를 혼란에 빠지게 했었지. 그런데 자네는 우리 대청의 진회가 되고 싶은 건가? 자네는 심보가 바르지 않았기 때문에 이 지경에 처하게 됐네. 그런데 아직까지 누굴 더 잡으려 드는 건가? 자네는 목숨이 붙어 있는 것이 귀찮은 것인가?"

융과다는 옹정의 질타에도 표정의 변화가 전혀 없었다. 하고 싶은 말을 계속 입에 올렸다.

"죄신이 어찌 감히 망언을 할 수가 있겠사옵니까? 태후마마께서 돌아가셨을 때 염친왕은 대역을 꾀했사옵니다. 그때 당시 장정옥은 군기처와 호부를 틀어쥐고 있었사옵니다. 그 때문에 일이 성사되지 못했사옵니다. 당시 죄신은 염친왕에게 멸문지화를 자초하지 말고 위태로운 일에서 손을 떼라고 간곡히 말렸사옵니다. 여덟째마마…… 아니, 윤사는 '멸문지화를 당하더라도 내 뒤에는 다른 사람이 있어. 자네는 내가 황제 자리에 앉고 싶어서 이러는 줄 아나? 나는 내가 보위에 앉고 싶어서 이러는 것이 아니야'라고 말했사옵니다."

융과다가 잠시 숨을 돌리고는 다시 말을 이었다.

"죄신이 옥첩玉牒을 몰래 빌려간 것도 윤사의 지령에 따른 것이옵니다. 그 당시 그는 '누군가가 필요로 한다'라고 말했사옵니다. 그리고 폐하께서 하남성을 순시하고 계실 때도 윤사는 죄신을 은밀히 불러들였사옵니다. '천재일우의 기회'라면서 죄신으로 하여금 직권을 남용해 창춘원을 들이치게 했사옵니다. 그때도 죄신은 '대세가 이미 기울었는데 창춘원을 차지한다고 해서 이 강산을 호령할 수 있을 것 같으냐'면서 강하게 반박했사옵니다. 그러자 윤사는 '옹정만 아니면 그 누가 보위에 앉든 상관없다'라고 했사옵니다. 폐하, 신은 난도질당해 죽어 마땅한 죄신이옵니다. 이제는 파리 목숨보다도 못한 지경에 이르렀사옵니다. 그럼에도 누군가가 신을 죽여 없애려고 하옵니다. 이것은 죄신의 입이 두렵기 때문이옵니다!"

융과다의 입에서 나온 말들은 옹정이 전혀 모르고 있던 사실이었다. 그는 경악을 금할 수 없었다. 주식도 사색이 돼 있었다.

"주 사부, 이걸 어찌하면 좋겠나?"

옹정이 물었다.

"폐하, 결코 간과할 수 없는 사안이옵니다. 신이 깊이 생각해 상주하도록 허락해주시옵소서."

주식의 머릿속에 번개처럼 스치는 한 사람이 있었다. 그는 자신도 모르게 흠칫 떨면서 고개를 돌려 융과다에게 물었다.

"그대가 그러고도 인신人臣이었소? 연금당하기 전에는 조석으로 폐하를 배알했으면서 왜 자수해 죄를 인정하지 못했소?"

융과다는 분노로 불을 뿜을 것 같은 주식의 눈을 감히 쳐다보지 못했다. 그저 엎드려 고개를 두 팔 사이에 박고 흐느끼기만 했다.

"죄신은 실로 드릴 말씀이 없사옵니다! 당시 태자 윤잉마마가 두 번째로 폐위당하고 황태자 자리가 아직 미정일 때 여러 황자들의 보위 경쟁은 극에 달하지 않았사옵니까? 윤사의 세력은 눈덩이처럼 불어나는 반면 폐하께서는 거의 고립무원이셨사옵니다. 저의 동佟씨 일가도 모두 여덟째마마와 가까이 지내오던 사이였사옵니다. 그런데 선제께서 저를 기용하시자 저의 숙부 동국유佟國維는 저와 밀의하는 자리에서 어떻게든 윤사를 밀어주라고 하였습니다. 그래야 우리 일문이 기를 펴고 살 수 있을 거라는 쪽지도 신에게 주었습니다. 그런데 그 쪽지가 어찌해서 윤사의 손에 들어갔사옵니다. 그러자 윤사가 이를 미끼로 신을…… 위협하면서 같은 도둑 배에 타게 협박했던 것이옵니다……. 신은 어려서부터 성조를 섬겨 왔사옵니다. 성조께서는 이놈을 크게 믿으시어 탁고중신託孤重臣이라는 빛나는 위치에까지 올려놓고 붕어하셨사옵니다. 그러나 이 때려죽일 놈은…… 이 벼락 맞아 뒈질 놈은…… 성조를 배신하고 말았사옵니다. 폐하……, 부디 죄신을 죄에 합당하게 처벌하시어 후세의 간신들에게 피의 교훈을 삼게 해주시옵소서!"

융과다는 띄엄띄엄 겨우 말을 이어나가다 끝내 통곡하기 시작했다. 끝내는 그 자리에 무너지고 말았다.

융과다는 관가에서 온갖 풍파를 다 겪었다. 곁눈질로도 대세를 파악할 수 있는 인물이었다. 연금 상태이기는 했으나 최근 자신을 대하는 간수 태감들의 태도와 표정에서 홍시가 자신에게 마수를 뻗쳐 물증을 없애려 한다는 사실을 직감적으로 간파했다. 그래서 다시 오지 않을 절호의 기회에 작정하고 모든 것을 털어놓은 것이다. 물론 홍시의 이름은 직접 거론하지 않았다. 그저 자신이 '윤사당'의 2인자 역할을 해왔다는 사실을 인정했을 뿐이었다.

물론 옹정으로서는 융과다를 경계하는 마음을 쉽게 버리기 어려웠다. 그러나 더 이상 꿈도 야망도 없이 죽음의 그림자만 달고 다니는 사람이 어느 정도의 진실을 고백했을 것이라는 생각은 없지 않았다. 옹정은 땅에 엎드려 오열을 토하는 융과다의 후줄근한 등허리를 바라보면서 코끝이 시큰해지는 것을 느꼈다. 한참 후 그가 천천히 입을 열었다.

"물론 자네가 지은 죄를 논하려면 짐은 자네를 능지처참에 처해 국문國門에 내걸어야 마땅하네. 그러나 자네에게 아직 일말의 진실한 마음이 남아 있으니 더 이상 추궁하지는 않겠네. 조금 있다 종이와 붓을 줄 테니 자네가 알고 있는 모든 것을 적어 내도록 하게. 반드시 밀봉해 밀주해야 한다는 사실을 잊지 말게. 짐이 구태여 설명하지 않아도 잘 알리라 믿네. 혹시라도 육부에 기밀이 새어나갈 경우 짐이 자네를 구해주고 싶어도 불가능하다는 사실을 알아야 하네. 신중에 신중을 기하게. 이렇게라도 천명을 다하고 싶으면 더 이상 망념에 들뜨지 말고 조용히 있어 주게."

옹정이 말을 마치자마자 바로 자리를 털고 일어났다. 이어 시계를 꺼내보더니 색륜을 불러 지시했다.

"자네가 남아서 뒤처리를 하도록 하게. 융과다는 마구간으로 돌려보내지 말고 원래 있던 정원에 들어가게 하게. 연금 범위 내에서는 마음대로 움직일 수 있도록 조치하게. 그리고 이곳을 간수하는 인원들을 전부 교체……."

옹정은 간수 교체 대목에서 잠시 망설이더니 조언을 청하는 눈길로 주식을 바라봤다.

옹정의 말을 들으면서 미리 속으로 생각을 굴리고 있던 주식이 즉각 대답했다.

"폐하! 융과다가 오늘 털어 놓은 말은 엄청난 파장을 몰고 올 것이옵니다. 하루 이틀 사이에 그 진상을 파악하기는 힘들 것이옵니다. 이곳 간수 태감들은 두 갈래로 나눠서 처리하는 것이 바람직할 것 같사옵니다. 직접 융과다의 간수를 맡았던 자들은 전부 북경 근교의 밀운密雲에 있는 황장皇莊에 가둬놓고 서로의 죄상을 고발하도록 하면 될 것 같사옵니다. 나머지 자들 중에서는 관사 태감만 내무부의 감시를 받게 하고 다른 자들은 아무 일도 없었다는 듯 원래 자리로 돌려보내 정상적인 업무를 하도록 하는 것이 어떨까 하옵니다. 융과다를 모해하려 한 범인들의 진상이 파악되는 대로 처벌을 상의하는 것이 좋겠사옵니다."

"그래, 그러지. 융과다에게 옷을 갈아입히도록 하게! 아무리 죄수라도 저 꼴이 뭔가! 주 사부, 우리는 그만 출발하지!"

옹정이 만족스럽게 입을 다시면서 말했다. 이어 주식과 함께 말을 타고 천천히 움직이기 시작했다. 그러다 갑자기 고삐를 잡고 잠시 생각에 잠기는가 싶더니 말했다.

"주 사부, 잘 궁리해 보게. 융과다가 '누군가' 자신을 모해하려고 한다는데, 그 사람이 과연 누구일까? 돌아가서 우리 다시 마주 앉자고."

"예, 폐하!"

옹정과 주식 두 군신이 궁궐로 돌아왔을 때는 사시巳時가 지나고 오시午時가 가까워 오는 시각이었다. 성친왕 윤지를 비롯해 윤기, 윤조, 윤자, 윤도, 윤우, 윤록, 윤례 등 황숙들과 홍시, 홍력, 홍주, 홍염, 홍환 등 70여 명의 직계 황친 그리고 강희 때의 서너 명 옛 친왕들이 창음각 무대의 월대에 모여 있었다.

월대 옆에는 한 무리의 부마駙馬들도 있었다. 그중에는 환갑을 넘겨 등이 구부정한 사람도 있었으나 젊은 패기가 흘러넘치는 젊은이들도 많았다. 어림잡아 70명에서 80명은 충분히 될 것 같았다. 형제들, 아들들, 사위들이 그렇게 한 자리에 다 같이 모이기는 쉽지 않은 듯 그들은 마음 맞는 사람끼리 삼삼오오 모여 앉아 웃고 떠들며 난리법석을 떨고 있었다. 그에 비해 병풍 뒤에 있는 황후와 비빈, 몇몇 늙은 태비太妃들과 수십 명에 달하는 고륜공주固倫公主(황후의 딸)와 화석공주和碩公主(비빈의 딸)들은 있는 듯 없는 듯 조용했다.

"폐하께서 납시오!"

드디어 태감 고무용이 목청을 돋워 소리 높여 외쳤다. 소란스럽던 장내는 삽시간에 쥐 죽은 듯 조용해졌다. 사람들은 일제히 숨을 죽이고 무릎을 꿇었다. 분장을 끝내고 공연 준비를 마친 무대 위의 배우들과 악대 대원, 창음각 공봉태감들 역시 일제히 무릎을 꿇은 채 만세를 연호했다.

"오늘은 주식 사부만 손님이니 다들 편한 자리가 됐으면 하네. 이 사람들은 다 주 사부의 가르침을 받는 학생들이니 불안해할 것 없네. 그만 일어나게. 셋째 형님, 열여섯째, 열일곱째, 그리고 막내가 짐과 함께 주 사부를 모시고 첫 자리에 앉고, 나머지는 미리 배석해둔 자리에 앉으면 되네. 이젠 선膳을 내오라고 하게!"

옹정이 어찌할 바를 몰라 하는 주식의 손을 잡아끌면서 웃음 띤 얼굴로 말했다. 옹정이 말한 막내는 다름 아닌 스물넷째 윤필允祕이었다. 강희의 막내아들로 이제 겨우 열한 살이었다. 옹정이 즉위한 지 엿새째 되는 날 다른 형들을 제치고 패륵貝勒으로 봉해질 정도로 옹정의 총애를 받고 있는 인물이었다.

사실 윤필은 항렬로 따지면 다섯 번째 연회석에 앉아야 했다. 그럼에도 옹정이 윤필보다 나이가 많은 열 몇 명의 형들을 제쳐두고 그를 제일 상석에 앉힌다고 하자 삽시간에 좌중의 시선이 그에게 쏠렸다.

어린 윤필은 부러움과 대견함이 섞인 시선을 한 몸에 받으면서 자리에서 일어섰다. 이어 의연하게 옷차림을 바로 잡고 상석으로 건너가 옹정의 앞에 무릎을 꿇은 채 입을 열었다.

"폐하, 이 아우는 감히 폐하의 뜻을 받들기 난감하옵니다. 이 많은 황백과 황숙들, 그리고 몇 분의 연로하신 친왕들을 뒤로 하고 어린 제가 상석에 앉는다는 것이 실로 부담스럽사옵니다. 폐하의 크나큰 배려를 마다할 수도 없고 하오니 아우가 여러분께 술을 따르는 것이 어떻겠사옵니까?"

그러자 옹정이 아버지처럼 자애로운 눈빛으로 윤필을 대견스럽게 바라보면서 말했다.

"역시 자네는 착한 아우야! 어려도 철이 들었다는 말이지! 성조께서 살아 계실 때 자네는 홍주보다도 더 어린 나이에 이미 상석에 앉았었지 않은가. 짐은 정무에 경황이 없어서 그렇지 늘 마음 한 구석에는 자네를 그리워하는 마음이 있었다네. 자네가 공부한 서책을 짐이 훑어봤어. 진보가 상당하더군. 자네 생각이 과연 그렇다면 자네가 편한 대로 하게. 차례로 술을 따르고 마지막에 짐의 옆자리로 돌아와 앉게."

좌중의 사람들은 모두 나이에 비해 늠름하고 의젓해 보이는 윤필에게 부러움 섞인 시선을 보냈다. 하지만 그가 왜 그렇게 옹정의 총애를 받는지는 알지 못했다. 그러나 윤지만은 옹정이 윤필에 대해 각별할 수밖에 없는 이유를 알고 있었다. 강희가 임종 당시 남긴 유언과 관련해 창춘원에서 의견이 분분할 때 윤필이 발딱 일어서면서 "폐하께서는 분명히 넷째 황자에게 보위를 물려주신다고 말씀하셨사옵니다. 제가 똑똑히 들었사옵니다"라고 말했던 때문이었다. 한마디로 결정적인 순간에 윤필은 옹정의 등극을 위해 마지막 한 방을 날리는 역할을 한 것이다. 당연히 옹정으로서는 그 공로를 모른 척

할 수가 없었다.

윤지가 이런저런 생각에 잠겨 있는 사이 음식을 나르는 태감들의 발걸음이 분주해졌다. 순식간에 식탁 위에 진수성찬이 차려졌다. 상석 뒷자리의 정중앙에 모신 태후의 영정 앞에도 상다리가 부러지게 음식이 마련돼 있었다. 그중에서도 주먹만 한 흰 복숭아가 1000개나 쌓여 있는 것이 사람들의 눈길을 확 끌었다.

음식이 모두 상에 오르자 옹정이 천천히 자리에서 일어나더니 등 뒤에 모셔져 있던 '인황후'仁皇后의 영위靈位를 향해 세 번 절을 했다. 그리고는 향을 사르고 한참 묵도를 한 뒤 자리로 돌아와 고무용에게 고개를 끄덕여 보였다. 지시를 받은 고무용이 즉각 목청을 돋워 외쳤다.

"연회 시작! 연극 개시!"

요란한 징소리, 북소리와 함께 무대 위에서 연극이 시작됐다. 역시 여자의 역할을 맡은 갈세창이 웬만한 사람 머리통만 한 수도壽桃(장수를 기원하는 복숭아)를 두 손에 받쳐 들고 태후의 영위 앞에 공손히 바쳤다. 이어 극단 연출자가 미끄러지듯 무릎을 꿇으며 준비한 연극 목록을 올렸다. 그것을 고무용이 받아 다시 옹정에게 받쳐 올렸다.

"음, 많이 준비했군."

옹정은 대수롭지 않은 표정으로 목록을 대충 훑어봤다. 그리고는 아무거나 손가락으로 짚었다. 이어 웃으면서 셋째 윤지에게 말했다.

"태후께서는 생전에 귀신놀이 연극을 참 좋아하셨어. 짐은 별로던데! 셋째 형님도 하나 고르지."

윤지가 고른 연극의 제목은 〈목련구모〉木蓮救母였다. 내용은 유치했다. "목련의 어머니가 살아생전에 인혈人血을 마시고 인육人肉을 먹으면서 온갖 악업을 저질러 죽은 뒤 18층 지옥에 떨어졌다. 이에 아들

목련이 악귀들에게 시달림을 받는 어미를 구하기 위해 직접 지옥으로 내려갔다. 그리고는 악귀들과 목숨 건 사투를 벌여 끝내 어미를 구해왔다"는 것이었다. 비록 끝이 좋기는 했으나 오아씨의 제삿날에 목련의 어머니가 저지른 '악업'惡業이라는 두 글자는 어울리지 않았다. 옹정의 얼굴에 순간적으로 불쾌한 기색이 스치고 지나갔다.

연극이 시작됐다. 옹정은 그러나 연극에 정신을 집중할 수가 없었다. 대신 아들들이 모여앉은 자리로 시선을 자주 던졌다. 그는 순간 그들이 모두 물밑에서 추악한 황위 쟁탈전을 모의하는 귀신이 아닌가 하는 생각을 했다.

'만인지상 일인지하에 있던 융과다는 윤사에게 약점이 잡혀 그 '도둑 배'에 억지로 올라탔다고 자백했어. 그렇다면 그 '도둑 배'의 최종 목적지는 어디인가? 융과다는 또 누구인가 자신을 음해하려 한다고 했는데, 그 '누구'는 과연 누구일까?'

옹정은 그런 생각이 들자 연극 따위를 구경하고 싶은 생각이 전혀 들지 않았다. 황친들은 그런 줄도 모르고 뭐가 그리 재미있는지 몸을 뒤로 잔뜩 젖히면서 박수를 쳐대고 있었다. 태감들 역시 고무용의 등 뒤에서 고개를 잔뜩 빼든 채 넋이 나가 있었다. 그들을 바라보는 옹정의 마음속에는 주체할 수 없는 혐오감이 몰려왔다.

"자네들은 편히 앉아 구경하게. 저기 숙왕叔王들과 황고皇姑들이 계신데, 짐이 가서 술 한 잔 따르고 오겠네."

옹정이 자리에서 일어났다. 이어 왼쪽 자리로 다가갔다 그러자 정친왕鄭親王, 간친왕簡親王, 노老과친왕果親王 등이 황급히 일어나 그를 맞이했다.

갈세창이 또 무슨 재주를 부리고 있는지 장내에서는 와! 하고 귀청이 찢어질 듯한 함성이 터졌다. 친왕들에게 술을 따르고 돌아서던 옹정은 200여 명이 일제히 내지르는 함성에 깜짝 놀란 듯 흠칫 했다. 그러나 애써 냉정을 유지한 채 홍시, 홍력, 홍주의 곁을 지났다. 세 형제는 마치 약속이나 한 듯 미리 자리에서 일어나 절을 했다. 이어 그가 막 지나가는 순간에 홍력이 말했다.

"갈아무개 실력이 굉장하지 않아? 나이도 많아 보이지 않는데 말이야. 저 정도가 되려면 적어서 삼십 년은 무대 위에서 놀아야 할 텐데!"

홍주도 맞장구를 쳤다.

"나 참! 연극을 그렇게 많이 봤어도 왜 갈세창 같은 인물을 발견하지 못했을까요? 못하는 게 없네요. 만능이야, 만능! 언제 한번 따로 불러……."

홍주는 옹정이 이미 지나간 줄 알고 고개를 쳐들었다가 앞으로 가다 말고 걸음을 멈춘 채 매섭게 자신을 노려보는 옹정과 눈이 딱 마주쳤다. 순간 그는 더 나오려는 말을 억지로 목구멍으로 삼켜버렸다. 동시에 "정업正業에는 뒷전이고 엉뚱한 짓거리만 하고 돌아다닌다"라고 하던 옹정의 훈계를 떠올리면서 홀랑 혀를 내밀고는 손바닥으로 자신의 입을 거칠게 때렸다.

옹정이 아들들에게 불편한 심기를 드러내면서 자리로 돌아왔을 때 무대 위에서는 갈세창이 다른 배우들이 무색할 정도로 신들린 듯한 연기를 선보이고 있었다. 특히 그가 잘못을 저질러 아버지에게 쫓겨다니면서 얻어맞는 대목은 압권이었다. 나무판으로 애비의 채찍을 막으면서 마구 호들갑을 떨어대는 장면이었다.

"잘못했어요. 이렇게 빌게요, 아버지. 저를 때려죽이면 아버지인들 속이 편하시겠어요? 네?"

아들인 그는 아버지가 채찍을 떨어뜨리면서 길게 탄식을 토해내자

한술 더 떴다.

"옹정 황제께서 이치吏治를 쇄신해 우리 백성들의 삶도 점점 윤택해지고 있어요. 그러니 우리 다 함께 잘 살아야죠! 폐하께서도 곧 천수연千叟宴을 베푸실 거예요. 그때 아버지도 가셔서 복주福酒 한 잔 얻어 마셔야죠? 괜히 멀쩡한 아들 때려 죽여서 감옥 신세 지지 마시고요!"

옹정은 그 대목을 연기하는 갈세창을 보고는 그만 피식 웃음을 터트리고 말았다. 기분이 좋지 않은 탓에 잔뜩 굳어 있던 근엄한 표정은 어느새 사라지고 없었다.

"그놈, 잘 노는데? 은 이백 냥을 상으로 내리거라!"

옹정이 고무용에게 지시했다. 그리고는 몇 마디를 덧붙였다.

"지금 바로 내려와 사은을 표하느라 하지 말고 연회가 끝나면 오라고 하게."

고무용이 무대 뒤로 달려가 지의를 전했다. 그러자 배우들은 더욱 신바람을 냈다. 장구소리도 더욱 힘차게 들렸다.

미시未時가 지날 무렵 옹정은 연회를 파하라고 명령을 내렸다. 이어 자리에서 일어서면서 주식을 향해 말했다.

"주 사부는 피곤할 테니 군기처로 돌아가지 말고 집으로 돌아가서 쉬게. 내일 아침 창춘원에서 패찰을 건네게. 짐은 홍시 형제들과 함께 관음당觀音堂으로 가서 예불을 올리겠네."

홍시 등은 연극이 끝나자마자 갈세창에게 은을 상으로 내리고 뒷수습을 지시하고 있었다. 그러다 관음당으로 따라나서라는 옹정의 지시를 받고는 하던 일을 바로 멈췄다. 이어 부랴부랴 옹정을 따라 창음각 뒤편에 있는 관음당으로 향했다.

옹정이 떠나가자 나머지 사람들은 그제야 안도의 숨을 내쉬면서 희희낙락 떠들어댔다. 그때 윤지가 손짓으로 갈세창을 불렀다.

"이봐, 갈세창! 자네 친척 일자리가 해결됐어. 고맙다고 인사 안 해?"

"하고말고요! 한턱 톡톡히 내야죠. 이 모든 것이 성친왕마마와 열여섯째마마의 은혜입니다. 연극 시작 전에 셋째마마께서 미리 귀띔해 주셔서 알고 있었습니다. 아니면 몇 시간 동안 신들리게 혼자 까불어 댈 수가 있었겠습니까?"

갈세창이 좋아라 윤지에게 달려가더니 한쪽 무릎을 꿇은 채 감사를 표했다. 그때 윤록이 저쪽에 앉아 있는 이한삼을 발견하고는 반가운 척을 했다.

"자네도 왔었나? 이리 와 보게."

이한삼은 자신을 향해 반색하는 윤록에게 달려간 인사를 올렸다. 그러자 윤록이 자신의 손가락에 끼고 있던 옥반지를 빼냈다. 그리고는 이한삼에게 던져주었다.

"자네한테 상으로 내리는 거네!"

이한삼이 짐짓 크게 놀라는 척하면서 한 발 뒤로 물러나더니 그에게 물었다.

"이건 일반인들이 모두 꺼리는 물건입니다. 그런데 어찌 이걸 소인에게 상으로 내리실 수가 있습니까?"

좌중의 사람들도 이한삼의 말에 동의하는지 약속이나 한 것처럼 의아하다는 표정을 지었다. 그러나 윤록은 대수롭지 않게 말했다.

"어릴 적부터 지금까지 끼고 있었어. 그런데 그런 소리는 또 처음 듣네."

"저는 북경에 들어온 이후 북경 사람들은 복건 사람들과 마찬가지로…… 남총男寵을 좋아한다고 들었습니다. 여자들은 월경 때 방사房

事를 피합니다. 남자들은 치질이 생겼을 때 방사를 싫어한다고 합니다. 손가락에 이런 반지를 끼고 있는 남자는 자신이 치질을 앓고 있으니 건드리지 말아달라는 말을 하는 겁니다. 저는 여자를 좋아하는 건강한 사내인데, 이걸 끼고 있으면 괜한 의심을 받을 것입니다."

이한삼이 두 손을 내저으며 정색을 했다. 좌중의 사람들은 그의 말이 채 끝나기도 전에 휘파람을 불면서 왁자지껄 떠들어댔다. 윤록도 배를 끌어안고 웃었다.

"홍력은 어디서 저런 놈을 데리고 왔지? 곁에 두고 있으면 심심하지는 않겠어!"

그때 이한삼이 갈세창의 손가락에 끼워져 있는 반지를 가리켰다. 이어 과장스런 몸짓으로 깔깔 웃으면서 말했다.

"여러분, 조심하세요! 갈세창이 치질이랍니다!"

좌중의 사람들은 다시 배를 끌어안고 웃었다. 그때 옹정이 홍시 등을 거느리고 예불을 마치고 다가오는 광경이 보였다. 사람들은 언제 그랬더냐 싶게 저마다 정색을 하면서 자세를 바로 잡고 옹정을 맞았다.

37장

옹정의 심병心病과 도사 가사방

옹정은 관음당에서 마음을 차분히 가라앉히고 왔는지 조금 전보다 훨씬 심기가 편해 보였다. 자리에 앉아서는 어린 태감이 건넨 얼음 조각을 입안에 집어넣으면서 다른 사람에게도 나눠주도록 지시하는 여유를 보였다. 이어 갈세창을 향해 말했다.

"자네는 무대가 좁지 않던가? 아무튼 대단한 만능 재주꾼인 것 같았네. 태후께서는 생전에 귀신놀음을 하는 연극을 빼고는 달리 기호가 없으셨네. 그래서 짐이 특별히 이 자리를 마련했던 것이네. 짐까지 웃겼으니 자네는 정말 대단하네!"

"폐하!"

갈세창은 그제야 긴장을 풀었다. 옹정이 그처럼 자상하고 부드러울 줄 몰랐던 모양이었다. 그가 다시 연신 머리를 조아리면서 말을 이었다.

"이놈들의 짓거리가 존귀하신 폐하의 법안法眼에 드셨다니, 실로 이놈들의 하늘같은 복이 아닐 수 없사옵니다. 태후마마께서도 불철주야 근정애민勤政愛民하시는 폐하께서 금싸라기 같은 시간을 쪼개시어 본인을 위한 이런 자리를 마련하셨다는 것에 대단히 감격하시리라 믿어마지 않사옵니다. 이놈 같은 천한 것들은 늘 강호 바닥을 떠돕니다. 그러다 보니 요즘 백성들이 얼마나 복에 겨워 있는지를 온몸으로 느낄 수 있사옵니다. 폐하의 홍복이 하늘을 감화시켜 풍조우순風調雨順(바람이 조화롭고 비가 잘 내림)하는 나날들이 이어지고 있사옵니다. 해마다 풍작이라 도처에서 폐하의 장생불로를 기원하는 소리가 하늘땅을 뒤흔들고 있사옵니다. 덕분에 이놈도 얼마나 즐거운지 모르겠사옵니다."

옹정은 자신도 모르게 너털웃음을 터트렸다. 얼굴도 삽시간에 환하게 빛났다. 그는 지금껏 강희가 살아생전에 자신을 '성효'誠孝 두 글자의 귀감이라고 치하한 것을 일생일대의 광영으로 생각하면서 살아오고 있었다. 그런데 갈세창은 무대 위에서 옹정의 이치 쇄신을 칭송한 것도 모자라 무대 아래에서는 또 백성들이 배불리 먹고 잘 사는 세상이 도래했다고 자신을 치켜세우지 않는가. 옹정은 마치 손이 닿지 않는 가려운 등을 누군가 긁어준 것처럼 통쾌하고 즐겁기 이를 데 없었다. 크게 기뻐하면서 시원스런 어조로 입을 열었다.

"고무용, 저기 접시에 있는 간식을 이 친구에게 하사하게. 배우 노릇하기도 여간 힘든 게 아닐 텐데, 많이 먹고 힘내야지!"

갈세창은 순간 온몸에 난류가 퍼지면서 하늘로 날아오를 것 같은 기분을 느꼈다. 연신 머리를 조아렸다.

"망극하옵니다! 이놈이 무슨 덕을 쌓았다고 이토록 과분한 복을 받는지 모르겠사옵니다. 이 간식은 금보다 더 값진 것이오니 조금 있다 형제들에게 조금씩 맛보게 해서 폐하의 은총을 다 함께 만끽하도록 하겠사옵니다."

갈세창이 잠시 말을 멈췄다가 다시 이어 나갔다.

"소인은 비록 밑바닥에서 허덕이는 인생이기는 하옵니다만 폐하의 서예 솜씨가 왕희지王羲之를 능가한다는 소문을 오래 전부터 들었사옵니다. 폐하께서 기분이 좋으신 김에 이놈에게 '복'福자 딱 한 글자만 하사해주시면 안 되겠사옵니까? 폐하께서 부디 이놈의 일문구족에 무한한 광영을 내려주셨으면 하옵니다."

말을 타면 종을 부리고 싶어 하는 것은 모든 욕심쟁이들의 공통점이라고 할 수 있다. 갈세창 역시 자신의 욕망을 적절히 제어할 줄 모르는 그런 사람이었다. 원래 '복'자는 강희가 말년에 해마다 큰 명절 때면 공훈이 혁혁한 노신들이나 재상, 그리고 일선에서 물러났어도 묵묵히 빛을 발하는 옛 신하들에게 특별히 내리는 은전恩典이었다. 배우는 말할 것도 없고 일반 신하들도 쉽게 황제에게 그 글자를 하사해달라는 말을 감히 하지 않는 것이 불문율이었다. 그런데 한낱 배우에 불과한 갈세창은 칭찬을 두어 마디 들었다고 하늘 높은 줄 모르고 큰 무례를 범하고 있었다.

홍주는 가슴이 덜컹 내려앉는 것 같았다. 홍력과 홍시의 시선 역시 일제히 옹정에게로 쏠렸다. 옹정이 미세하게 손을 떨더니 곧 웃음을 지으며 대답했다.

"그렇게 하지! 성모聖母를 추모하는 자리이니 짐이 한번 인심을 쓰지!"

옹정은 말을 마치고는 바로 종이와 붓을 가져오라고 지시를 내렸다. 그리고는 식탁 위에서 커다란 '복'자를 휘둘러 썼다. 이어 그에게 건네주면서 말했다.

"귀신 쫓는 데 일조를 하려나? 아무튼 가져가게."

갈세창이 조금이라도 눈치가 있는 자라면 그쯤에서 더 이상 옹정의 심기를 건드리지 말아야 했다. 그저 감사함을 표하고 조용히 물러가는 것이 도리였다. 그러나 갈세창은 좀체 물러갈 생각을 하지 않았다. 오히려 여자의 그것처럼 탐스러운 궁둥이를 한들거리면서 옹정에게 바싹 다가들면서 여쭈었다.

"폐하, 외람되오나 혹시 상주부常州府의 지부가 누구인지 알고 계시옵니까? 바로 소인의 사촌형이옵니다."

"음! 과연 그런가?"

옹정의 낯빛이 순식간에 어두워지기 시작했다. 입가에는 소름 끼치는 웃음이 걸렸다. 갈세창이 옹정의 물음에 배시시 웃으면서 말했다.

"폐하께서 대필을 한 번만 휘두르시면 그렇게 된다는 말씀이옵니다."

분위기는 갈수록 험악해져 갔다. 그럼에도 갈세창은 전혀 눈치를 채지 못하고 있는 듯했다. 그때 홍력의 등 뒤에 서 있던 이한삼이 홍분한 어조로 아뢰었다.

"폐하! 효렴孝廉 이한삼이 감히 한 마디만 간언하고자 하옵니다. 저 갈아무개는 한낱 배우에 불과하옵니다. 어찌 감히 나라의 관직에 대해 운운할 수가 있사옵니까?"

윤지가 홍주의 손가락에서 반짝거리는 보석반지를 보면서 고개 숙여 웃음을 몰래 참고 있다가 갑자기 튀어나온 이한삼의 말에 화들짝 놀라서는 고함을 질렀다.

"이한삼, 지금 여기가 자네가 끼어들 자리인가? 말조심 하게!"

순간 이한삼이 땅에 납작 엎드려 머리를 조아리고는 정색을 하면서 아뢰었다.

"성친왕마마, 만약 배우가 정무를 운운하고 다닌다면 태감들은 기군망상欺君罔上을 서슴지 않을 것이옵니다. 저는 당당한 공생貢生으로서 폐하께 간언을 올리는 것이오니 그리 말씀하시지 마십시오."

"간언 한번 잘 했네."

옹정이 이한삼을 뚫어지게 바라보더니 담담한 말투로 입을 열었다. 그리고는 어리둥절한 채 사람들의 눈치를 살피느라 여념이 없는 갈세창을 쓸어본 다음 다시 이한삼을 향해 말을 이었다.

"자네 말이 맞네. 배우들까지 덩달아 춤추게 하면 안 되지. 그 옛날 당나라 개원 연간에 이융기李隆基는 얼마나 영명한 사람이었나? 그런 사람이 사소한 것을 소홀히 하더니 결국 삼천 제자가 나라를 말아먹는 천보지란天寶之亂을 초래해 망국으로 이끌지 않았던가! 자네는 어느 부의 막료인가?"

"아뢰옵니다, 폐하! 소인은 보친왕부寶親王府에서 붓대를 잡고 있는 식객이옵니다."

"그러면 그렇지! 그 주인에 그 노복이라더니, 옛말이 하나도 틀린 데가 없군."

옹정이 흡족한 표정으로 껄껄 웃었다. 그러다 갑자기 웃음을 뚝 멈추고는 얼음장 같은 눈빛으로 놀라서 절절매는 갈세창을 한참 노려보더니 불호령을 내렸다.

"네 이놈, 네가 무슨 죄를 지었는지 알겠느냐?"

갈세창의 얼굴은 이미 사색이 되어 있었다. 급기야 그가 죽어라 머리를 찧으면서 울먹였다.

"소인이 너무 철딱서니가 없어서 그만 폐하의 천안天顏을 범하고 말았사옵니다. 폐하께서 소인의 친아버지 같으셔서……."

그러자 옹정의 섬뜩한 눈길을 감지한 윤지가 황급히 나서서 조심스레 말했다.

"이것들은 인간 취급을 해주기도 애매한 장난감에 불과하지 않사옵니까? 무대 위에서 원숭이처럼 까부는 것 외에 아는 것이 뭐가 있겠사옵니까? 소인배들은 가깝게 대해주면 불손해지고 푸대접해주면 금방 수군대는 자들이옵니다. 미친개가 짖었다 생각하시고 그만 화를 푸시옵소서. 존체를 보존하시옵소서!"

"자네는 왜 그리 몸 달아 하는가?"

옹정은 조금 전부터 갈세창이 불리해지자 은근히 좌불안석인 윤지를 아니꼽게 보고 있던 터였다. 그런데 윤지가 급기야 공공연히 갈세창을 감싸고 나서자 드디어 크게 냉소를 터트렸다.

"맹자는 '사직은 무겁고, 군주는 가볍다'社稷爲重, 君爲輕고 하셨어! 짐의 몸이 존귀하다면 이 강산의 명운은 더욱 존귀하다. 한낱 노리개에 불과한 배우가 함부로 '복'자를 요구하지를 않나, 나라의 관직에 대해 운운하지를 않나, 이게 될성부른 자의 짓인가? 이자를 엄하게 처벌하지 않으면 후궁의 태감들이 언젠가는 짐의 자손들에게 '성총을 받는 신하'가 누구냐고 함부로 묻게 될 거야. 나라가 기강을 잃으면 어떤 꼴이 될지는 보지 않아도 뻔하겠지. 여봐라, 이자를 끌어내 대곤大棍을 안겨라!"

옹정의 말이 끝나기 무섭게 몇몇 태감들이 독수리가 병아리 채듯 사색이 된 채 떨고 있는 갈세창을 질질 끌고 밖으로 나갔다. 그러자 갈세창이 가슴에 안고 있던 간식 접시가 떨어지면서 과자가 여기저기 나뒹굴었다. 윤록과 홍주는 감히 소리도 지르지 못하고 애처롭게 끌려가는 갈세창을 보면서 옹정에게 말이라도 붙여보고 싶었으나 윤지가 먼저 혼나는 모습을 본 터라 감히 입도 뻥긋하지 못했다.

홍시는 더했다. 낯빛이 흙색으로 변하고 있었다. 척 보기에도 가슴이 터질 것 같은 긴장감이 느껴졌다. 갈세창이 자신을 향해 살려달라며 애걸이라도 할까봐 두려웠던 것이다. 그러나 유독 홍력만은 미소를 머금고 여유롭게 지켜보고 있었다. 나머지 배우들은 공포에 질린 나머지 구석에서 바들바들 떨고 있었다. 마침내 윤지가 비굴해 보이기까지 하는 웃음을 지으면서 분위기를 바꾸려고 했다.

"폐하, 오늘은 태후마마를 기리는 자리이온데……."

그의 말이 채 끝나기도 전에 밖에서 떡메를 치는 것 같은 곤장 소리가 들렸다. 동시에 갈세창의 돼지 멱따는 울부짖음도 울려 퍼졌다. 곤장이 떨어질 때마다 기절할 듯 아우성치는 갈세창의 목소리는 애처롭다 못해 모골이 송연할 지경이었다.

윤지가 곤장이 절도 있게 내리꽂히는 소리에 맞춰 흠칫흠칫 놀라면서 다시 뭐라고 청을 드리려 할 때였다. 고무용이 종종걸음으로 달려 들어와 아뢰었다.

"곤장을 얼마나 때릴 것인지 하명을 내려주시옵소서, 폐하."

"그것이 목청 하나는 쓸 만하네. 저놈을 때려죽이지 못하면 자네가 대신 죽을 준비나 하게!"

옹정이 코웃음을 치면서 웃음기를 싹 뺀 어조로 고개를 돌리며 소리쳤다. 고무용은 무슨 뜻인지 알아들었다는 듯 당장 곤장이 자신을 향해 날아오는 것처럼 몸을 웅크린 채 사색이 되어 종종걸음으로 물러갔다. 고무용이 곤장꾼들에게 무슨 말을 어떻게 전달했는지는 모르나 잠시 후 "퍽!" 하는 소리와 함께 갈세창의 숨이 꼴깍 넘어가는 소리가 섬뜩하게 울려 퍼졌다.

사람들은 잔뜩 숨을 죽였다. 홍력 역시 옹정이 그토록 무자비하게 나올 줄은 몰랐다는 듯 은근히 놀라는 눈치를 보였다.

"나머지 배우들은 죄가 없네. 무대를 재미있게 꾸며줬으니 상을 내리도록 하게. 갈세창이 죄를 지었다고 해서 애꿎은 사람들까지 연루시킬 것은 없지 않은가. 이자들에게 상으로 은 천 냥을 더 내리도록 하라. 그리고 시체는 날도 더우니 서둘러 실어다 태워버리도록! 아미타불!"

옹정이 말이 떨어지자마자 배우들은 경황없이 감사함을 표하고는 우르르 몰려가 시체를 둘러쌌다. 옹정이 그 광경을 보더니 고무용에게 각 궁전의 총관태감들을 불러 훈계를 듣게 하라고 다시 지시를 내렸다. 그런 다음 계속 무릎을 꿇고 있는 이한삼을 향해 말했다.

"이보게, 선비! 어서 일어나게. 자네의 간언이 짐에게 큰 계시를 줬다네. 실로 공로가 크네."

옹정이 홍시 형제들을 힐끗 노려보고는 다시 말을 이었다.

"기왕이면 이런 간언이 짐의 아들들 입에서 나왔더라면 얼마나 위로가 됐을까! 짐은 자네 공로를 인정하나 이로 인해 관직을 하사하지는 않을 거네. 간언 한 마디 잘했다고 관직을 내리는 것도 인주人主로서 취할 바가 못 되는 일이네. 공생이라고 했으니 열심히 노력하여 전시殿試를 보도록 하게. 자네, 그 정도 용기와 자질이면 충분할 것이네."

이한삼은 대놓고 남색男色을 파는 기미가 농후했던 갈세창이 처음부터 아니꼽던 터였다. 게다가 황제의 면전에서 경거망동까지 했으므로 더욱 화가 치밀었다. 그래서 앞뒤도 재지 않고 불쑥 간언에 나섰던 것이다. 그러나 그의 행동은 간언의 성공 여부를 떠나 황제의 윤허 없는 중뿔난 것이었다. 용린龍鱗을 건드린 죄를 추궁당해야 마땅한 일이었다. 이한삼도 감정을 못 이겨 충동적으로 나선 자신의 행동이 괜히 홍력에게 누를 끼치지 않을까 은근히 걱정을 하지 않을 수 없었다. 그런데 옹정은 죄를 묻지 않고 오히려 치하해 줬다. 그는 그제야 시름이 놓이는 모양이었다. 황급히 절을 하면서 감사를 표했다.

"공생은 의분에 찬 나머지 불경을 저질렀사옵니다. 그러나 잘난 척해서 폐하의 점수를 따려는 마음은 추호도 품지 않았사옵니다. 이 당돌하고 무모한 공생을 널리 용서해주셔서 성은이 망극하옵니다. 소생은 오로지 책을 읽어 수양을 쌓는 것으로 보답하겠사옵니다. 지켜봐 주시옵소서!"

"음!"

옹정은 생각에 잠긴 채 이한삼을 힐끗 쳐다봤다. 오늘 처음 봤으나 앞으로 무한한 가능성이 엿보이는 선비였다. 그러나 그와 같은 사람들은 수양을 쌓지 않을 경우 너무 아는 척하고 사람들 앞에서 나대기 좋아하다가 불필요한 화를 자초할 수도 있었다. 옹정은 그것을 우려해 "독서로 수양을 쌓으라"고 훈계를 내리려던 참이었다. 그런데 이한삼은 자신의 잘못을 깨닫고 옹정이 하고자 했던 말을 먼저 했다. 옹정으로서는 참으로 영민한 사람이라면서 속으로 매우 흡족해할 수밖에 없었다.

그가 다시 이한삼의 학문을 시험해 보려고 할 때였다. 멀리 저쪽에서 태감들이 엉거주춤 줄을 서서 걸어오는 모습이 보였다. 그가 태감 진구에게 용좌龍座를 가운데로 조금 움직이게 하고는 지시를 내렸다.

"태감은 노소를 떠나 모두 무릎을 꿇고 나머지는 지위 고하를 막론하고 전부 일어서게. 짐은 오늘 살계殺戒를 풀었어. 배우 한 명을 죽였지. 자네들이 더 잘 알 거야. 갈세창이라고."

옹정이 편안하게 양반다리를 하고 앉은 채 가볍게 부채질을 하면서 목청을 가다듬은 다음 말했다. 그리고는 위엄 어린 시선으로 주위를 둘러봤다. 잔뜩 웅크린 태감들이 더욱 낮게 몸을 숙였다. 그가 얼굴에 복잡한 표정을 한 채 다시 말을 이었다.

"짐은 옹친왕 시절에 반노叛奴 고복高福의 목을 친 이래로 지금까지 육부를 거치지 않고 마음대로 사람을 죽여본 적이 없어. 갈아무개가 뛰어난 배우라는 사실은 짐도 인정해. 그런데 무엇 때문에 죽였냐고? 그 이유는 그자가 배우인 자신의 본분을 망각하고 경거망동했기 때문이야. 자네 태감들도 마찬가지야. 주인의 의식기거衣食起居를 깍듯이 시봉하고 가끔 주인의 기분을 전환시켜 주기 위해 갖은 노력을 다하는 것이 자네들의 본분이야. 무릇 자신의 본분을 망각하고 약방의 감초처럼 낄 데 안 낄 데 다 끼어드는 자는 모두 갈아무개의 전철을 밟게 될 것이니 그리 알아."

순간 옹정은 갑자기 머리가 어지러워지는 기분을 느꼈다. 눈앞의 사물이 겹쳐 보였다. 태감들을 훈계하는 목소리 역시 점차 낮아졌다. 그러나 애써 정신을 가다듬으면서 계속 말을 이었다.

"천지만물에는 모두 '본분'이라는 것이 엄연히 존재하는 법이야. 짐이 이렇게 용좌에 앉아 있고 몇몇 왕들은 서 있고, 자네 태감들은 무릎을 꿇고 있잖은가? 이는 분명한 신분의 차이 때문이지. 성인께서는 이를 '예'禮라 정의를 내리셨지. 누구든지 자기가 갖춰야 할 예를 망각하면 곧 성인의 뜻을 거스르는 것이요, 무법자라고 할 수 있어. 그런 자는 징벌을 받아 마땅하지. 음……, 요즘 들어 짐은 이치를 정돈하고 국책에 전념하느라 궁중 관리를 소홀히 한 것이 사실이야. 그 틈을 타서 머리를 덤으로 달고 다니는 자들이 무중생유無中生有(없는 것을 만들어냄)의 요언을 날조하면서 다닌다고 들었어. 짐은 그렇지 않아도 어떤 태감이든 재수 없이 걸려들면 목을 쳐서 일벌백계를 하려고 했어. 망언을 살포하고 다니는 자의 최후가 어떤 것인지 자네들에게 똑바로 보여주려고 했지. 그러던 차에 갈세창이 불나방 신세를 자초한 것이야. 솔직히 짐이 그를 없앤 것은 자네 태감들에게 보여주기 위함이야. 옛말에 '닭 잡는 모습을 원숭이에게 보여준다'고 했어. 짐이 보여만 주고 설마 원숭이를 잡지는 않을 거라고 생각하는 자가 있다면 지금 당장 시험대에 올라와 봐! 보정부保定府에는 정신淨身(남자의 생식기를 자름. 그런 다음 보통 환관이 됨)하고 입궁을 대기하고 있는 태감 후보들이 줄지어 섰어! 누가 감히 다시 한 번 망언을 퍼뜨리기만 하면 알면서 적발하지 않은 자들까지 한꺼번에 목을 칠 것이야!"

옹정의 안색은 갈수록 창백해졌다. 숨소리도 거칠어지고 있었다. 곧 병이 도질 조짐이었다. 불안해진 홍시가 바로 틈을 타 끼어들었다.

"아바마마, 저자들은 워낙 미천한 것들이라 한 번씩 혼을 내주지 않으면 하늘 높은 줄 모르고 기어오르려 하옵니다. 그런데 아바마마께서 대단히 피곤해 보이시옵니다. 저것들 때문에 존체를 상하실 이유는 없지 않겠사옵니까? 아바마마께서는 먼저 돌아가셔서 누워 계시는 것이 좋을 듯하옵니다. 저것들은 소자에게 맡겨 주시옵소서. 감히 오늘의 교훈을 우습게 여기는 자가 있다면 소자가 기름 가마에 처넣고 튀기겠사옵니다!"

옹정은 그러나 홍시의 말이 전혀 귀에 들어오지 않았다. 어지럼증은 점점 심해지고 있었다. 가슴은 마치 조롱에 갇혔다 풀려난 산토끼가 풀밭 여기저기를 쏘다니는 것처럼 심하게 뛰었다. 궁궐과 사람들이 모두 빙글빙글 돌아가는 것처럼 보였다. 그는 급기야 자리에서 일어서다가 옆으로 쓰러질 듯 비틀대기까지 했다.

당황한 홍력과 홍주가 황급히 달려가 부축했다. 그리고는 먼저 영항永巷으로 모셔다 놓고 몰래 어의에게 전갈을 했다. 이어 옹정을 가마에 태워 양심전으로 향했다.

옹정은 장소를 바꾸자 상태가 조금 나아진 것 같았다. 솜뭉치가 틀어박힌 듯 답답하던 가슴도 좀 후련해지는 모양이었다. 곧 홍시 형제의 시중을 받고는 동난각에 자리를 펴고 누웠다. 이어 냉차를 두어 모금 마셨다. 그제야 그는 가슴이 한결 청량해졌다. 창백하던 안색도 눈에 띄게 좋아졌다. 그러나 몸에 열만 나고 땀이 나지 않아 괴로운 듯했다.

옹정이 뜨거운 물수건을 가져오게 하고는 조용히 지시를 내렸다.

"짐은 조용히 쉬고 싶네. 자네들은 여기 우르르 모여 있을 필요 없네. 홍시, 자네는 어서 운송헌으로 돌아가 보게. 접견을 기다리는 사람들이 많을 텐데 모습을 드러내지 않으면 또 기상천외한 요언이 난무할 것이 아닌가! 홍주, 자네는 청범사로 가서 열셋째 숙부께 문후 올리도록 하고. 나하고 자네 열셋째 숙부가 같은 증세를 앓고 있으니 간 김에 가사방에게 무슨 영문인지도…… 물어보고. 홍력, 자네는 여기 남아 짐에게…… 시나 한 수 읊어주게."

옹정이 힘없이 손사래를 쳤다. 그러자 모두들 숙연한 표정으로 물러갔다. 홍력은 기다렸다는 듯 직접 향을 피웠다. 이어 마음을 차분히 가라앉힌 뒤 옹정 옆에 앉아 한 수 한 수 시를 읊어나가기 시작했다.

간밤에 불어온 동풍에
베갯머리의 우수는 얼마나 달아났던가!
재잘대는 새소리에 눈을 떠보니
어느새 창밖이 하얗게 밝았구나.
올 때는 봄과 같이 왔는데,
갈 때는 봄도 늙어 서글프구나.
먼 길에 방초芳草는 여전한데,
돌아올 때에도 그 어여쁨이 여전하기를.

"아바마마, 이는 증순경曾舜卿의 시구였사옵니다."

홍력이 시의 저자를 입에 올리고는 계속 다른 시를 읊기 시작했다.

가을이 적막하니,
추풍야우秋風夜雨에 이별이 슬프구나.
이별이 슬프다고 아니 할 수는 없지 않느냐!
늙은 이 마음 눈물에 젖어 시리구나.
한 번 떠난 고인故人은 돌아올 기약도 없어,
문득 종이학을 접어 서쪽으로 날려 보내네.
종이학은 잘도 나는데, 고인은 어디 있는가?
수촌산곽水村山郭은 그 어디냐!

옹정은 게슴츠레하게 눈꺼풀을 드리우고 중얼거리듯 말했다.

"그건 손도순孫道洵의 〈진루월〉이라는 시지. 짐도 외울 수 있어. 너무…… 너무 처량하다. 이번에는 《시경》詩經을 한 수 읊어보게."

홍력은 옹정의 눈가에 흘러내린 눈물을 손수건으로 살짝 찍어내면서 조용히 읊조렸다.

일월중천을 우러러 함성을 지르면서 나아가노니,
용감무쌍한 방장方將들이 만무萬舞하는구나.
우람하고 늠름한 석인碩人들이여,
힘은 호랑이요, 기개는 사자라.
왼손에는 피리요, 오른손에는 꿩의 깃,
왕성한 기상은 구중을 불태우리…….

홍력은 계속 시를 읊었다. 그러다 잠시 쉬면서 옹정을 바라봤다. 잠든 것 같기도 하고 아닌 것 같기도 했다. 그때 옹정은 이미 꿈속으로 빠져든 뒤였다. 그의 꿈에 윤지가 찾아왔다.

"넷째, 태후께서 자녕궁에 계시니 우리 같이 문후 올리러 가세."

"그래, 같이 가지."

옹정은 흐리멍덩한 두 눈을 비비면서 침대에서 내려와 신발을 끌고 밖으로 나갔다. 그런데 윤지는 온데간데없었다. 대신 옆에서는 난데없이 이위가 따라오고 있었다. 옹정이 즉각 이위에게 물었다.

"자네는 무슨 일로 북경에 왔나? 방금 셋째마마가 지나가는 것을 못 봤나?"

이위가 웃으면서 대답했다.

"신은 주군을 뵙고 싶어 무작정 찾아왔사옵니다. 취아가 주군께 올리는 신 두 켤레도 가지고 왔사옵니다. 또 태후마마의 생신을 경하하기 위해 태후마마께 드릴 절인 거위발을 열두 항아리 챙겨 왔사옵니다."

옹정 역시 웃음 띤 얼굴로 말했다.

"어째서 매일 그 나물에 그 밥인가! 이제는 양렴은도 두둑하게 주는데, 아직도 궁상을 떨고 그러나?"

옹정이 말을 마치고는 자녕궁 쪽으로 발걸음을 옮겼다. 그곳에는 마제, 방포, 장정옥 등의 모습이 보였다. 연갱요는 궁문 뒤의 돌사자에 바싹 붙어 고개를 빼끔히 내밀 뿐 감히 앞으로 나오지 못하고 있었다. 그가 이미 죽었다는 것을 잊은 옹정이 냉소를 흘리면서 쏘아붙였다.

"무슨 낯짝으로 짐을 보겠다고 그러느냐!"

옹정의 말에 숨어 있던 연갱요가 나와 간곡히 아뢰었다.

"폐하! 신은 하늘에 맹세코 모역謀逆을 일삼은 적이 없사옵니다. 융과다가 증인이옵니다!"

그러나 옹정은 그의 하소연에는 아랑곳하지 않고 태후를 만날 일념으로 발걸음만 재촉했다. 이어 고개도 돌리지 않고 내뱉듯 말했다.

"모역을 꾀하지 않았더라도 목을 쳐야 마땅하다면 목을 치는 것이야. 모역을 일삼았을지라도 용서할 여지가 있으면 짐은 용서한다네!"

그때 갑자기 노색이 완연한 태후 오아씨가 이덕전과 윤제의 부축을 받으면서 지팡이를 짚고 나오고 있었다. 그러나 태후는 옹정을 뚫어지게 쳐다만 볼 뿐 아무런 말이 없었다.

옹정을 바라보는 태후의 표정은 그리 밝아 보이지 않았다. 옹정은 먼저 간 첫째 윤제가 허튼소리를 해서 태후를 노엽게 만든 줄 알고 자신이 셋째 윤지와 함께 가지 않은 것을 후회하면서 무릎을 꿇었다. 이어 문후를 올렸다.

"어마마마, 부디 안심하시고 옥체를 보존하십시오. 소자는 불초하나 어머니에게 불경을 저지른 일은 없습니다. 절대 당치도 않은 요언에 휘둘리지 마십시오."

"누가 자네더러 불경, 불초하다고 했나? 바로 융과다 그자가 나쁜 놈이야. '전위십사자'라고 분명히 적혀 있는 유조를 '전위우사자'라고 고쳤던 것이 틀림없어. 자네 잘못은 없네!"

태후가 먼 곳에 시선을 박은 채 웃는 듯 마는 듯한 표정으로 말했다. 그녀의 말이 끝나자 사방에서 괴성이 들려왔다. 이어 한 무리 귀신들이 미친 듯이 날뛰면서 고함을 질렀다.

"거봐, 전위십사자가 확실하다고 하잖아. 전위십사자야, 전위십사자라고!"

옹정은 순간 경악했다. 이어 귀신들 틈에서 시달리기 시작했다. 그때 연갱요가 피 묻은 혀를 날름대면서 달려 들어왔다.

"과연 네가 찬위簒位(황제 자리를 빼앗음)를 한 것이 사실이구나! 그래, 좋아! 네가 찬위하고도 뻔뻔스럽게 보위에 앉아 있는데, 나라고 못하라는 법이 있겠어?"

옹정이 기겁을 하더니 바로 뒷걸음질 쳤다. 그러나 연갱요는 순식간에 흔적도 없이 사라졌다. 그러더니 이번에는 갈세창이 송곳 같은 이빨을 드러내면서 소리를 질렀다.

"나는 억울해. 나는 억울하게 개죽음을 당했단 말이야……. 나를 다시 살려줘……."

"장오가! 덕릉태는 또 어디 가서 뒈졌어! 얼른 나와서 저것들을 물리쳐. 힘껏 때려줘……. 퉤!"

참다못한 옹정이 목청이 터져라 고함을 질렀다.

그때 갑자기 어디선가 홍력의 목소리가 들려왔다.

"폐하! 두려워하지 마세요. 아신이 아바마마를 지켜드릴 거예요. 잠깐만 눈을 떠보세요……."

옹정은 번쩍 눈을 떴다. 서산에서는 해가 너울너울 춤추고 궁궐 안은 눈부시게 밝았다. 붉은 계단 밑에는 장오가와 덕릉태가 장검에 손을 얹은 채 늠름하게 지키고 서 있었다. 병풍 저편에는 어린 태감들이 시립하고 있었다. 또 고무용은 그 가운데 앉아 희미한 소리를 내면서 먹을 갈고 있었다. 홍력 역시 곁에서 자신의 손을 꼭 잡고 있었다. 그제야 옹정은 자신이 방금 악몽에서 헤어났다는 사실을 알 수가 있었다.

"아바마마, 악몽에 시달렸던 것 같사옵니다. 아바마마께서 괴로워하시는 모습을 차마 지켜볼 수가 없었사옵니다. 어의들이 달려와 맥을 짚어보고는 별다른 이상은 없다고 했사옵니다. 다른 생각은 접어

두시고 마음을 편히 다스리시옵소서."

홍력이 눈물을 훔치면서 말했다. 그러자 옹정이 깊은 한숨을 토해냈다.

"짐은 오늘 사람을 잘못 죽인 것 같네. 갈세창이 죽을죄를 지은 것은 아닌데……. 짐은 요즘 들어 부쩍 신경이 날카로워졌네. 죽이지 말아야 할 사람을 죽였으니 짐의 잠자리가 사나운 것은 당연하지 않겠나? 그러나 태감들의 간담을 서늘하게 만들려니 피를 보는 수밖에 다른 방법은 없었네."

홍력이 옹정의 이마 위에 있던 수건을 치웠다. 만져 보니 열은 많이 내린 것 같았다.

"물수건을 다시 올릴까요?"

옹정이 홍력의 말에 머리를 저었다. 그러자 홍력이 다시 조용히 위로를 했다.

"아바마마께서 그자를 없앤 것은 참 잘하신 일이옵니다. 성조께서 똑같은 상황에 계셨더라면 아마 곤장을 안겨 죽이지 않고 도륙을 했을 것이옵니다……. 절대 잘못된 판단을 하신 것은 아니옵니다. 설령 조금 지나치셨다고 하더라도 너무 자책하실 필요는 없사옵니다. 자고로 충신들 중에도 억울한 죽음을 당한 사람들이 많고 많은데, 그 사람들이 다 주군을 찾아와 도로 살려내라고 조른다면 이 세상은 뭐가 되겠사옵니까? 이 말은 아신이 오랫동안 속에 간직하고 있던 말이온데, 아바마마께서는 비뚤어진 꼴을 못 보시고 바로 잡으시려는 마음이 지나치게 성급하시옵니다. 그래서 무리하시는 것 같사옵니다. 우리 대청이 나아갈 길은 아직 멀고도 멉니다. 조금 천천히 움직이는 것이 먼 길을 가기 위해서는 꼭 필요할 것 같사옵니다. 아바마마, 꼭 존체를 보존하셔야 하옵니다……."

홍력이 고개를 떨어뜨리면서 눈물을 쏟았다.

"짐의 건강은 그리 걱정할 정도는 아니네."

옹정은 순간 "자네가 바로 황태자감이네"라고 말해버리고 싶었다. 그러나 씁쓸한 미소를 지으면서 이내 도로 삼키고 말았다. 그가 다시 천천히 입을 열었다.

"세 아들 중에서 인품이나 학문이나 모두 자네가 최고네. 자네는 애비에 효도하고, 벗들을 존경하고, 사람들에게 인정을 베풀 줄 알지. 짐이 굳이 흠을 잡자면 늘 '천천히'를 주장해. 그것 빼고는 거의 완벽한 사람이네. 성조께서 이미 충분히 '천천히' 하셨기에 짐은 '긴장'하는 수밖에 없다네. 짐이 자네에게 군무를 전담하게 한 의중을 자네는 언젠가는 알게 될 것이네. 자네는 이미 정무에는 익숙해져 있으니까. 짐에게 군사가 없었더라면 벌써 용좌가 뒤집히고도 남음이 있었을 테지……."

옹정이 부드럽고 따스한 손으로 홍력의 손등을 어루만졌다. 이어 다소 우울하고 상심 어린 표정을 지은 채 덧붙였다.

"짐은……, 눈만 감으면 귀신에게 시달린다네. 이건 불길한 징조가 아닐 수 없어. 자네, 예사로이 듣고 넘기지 말게……."

홍력이 옹정의 말에 비감 어린 표정을 지으면서 아버지를 바라봤다. 그리고는 어린 태감이 건넨 약사발을 받아 들고 조금 마셔 맛을 음미해보고는 말했다.

"주사朱砂가 너무 많이 들어간 것 같네. 다음부터는 좀 줄이게. 대신 천마天麻와 감초甘草를 조금 더 넣게. 폐하, 약 드실 시간이 됐사옵니다!"

옹정이 눈을 감은 채 고개를 끄덕였다. 그러자 홍력이 조심스레 옹정의 몸을 부축해 베개에 기대도록 했다. 그리고는 직접 약을 옹정의 입에 한 술 한 술 떠 넣었다.

한참 침묵이 이어진 후 가벼운 옷자락 스치는 소리와 함께 교인제가 들어섰다. 그 뒤로 채운彩雲, 하고霞姑 등 궁녀들이 뒤따랐다. 그들은 보친왕이 직접 약을 떠 넣는 모습을 보고 묵묵히 한쪽으로 물러섰다. 그때 옹정이 눈을 뜨고 교인제에게 물었다.

"셋째마마는 어디 있느냐?"

교인제는 몇 시간 사이에 10년은 더 늙어 보이는 옹정의 초췌한 모습을 보자 자신도 모르게 코끝이 찡해지는 기분을 느꼈다. 그러나 곧 황급히 눈물을 닦으며 대답했다.

"지의를 받고 정상적으로 정무를 보아야 한다면서 운송헌으로 가셨사옵니다. 그런데, 폐하! 어이해서 요즘 들어 자꾸 몸져누우시는 것이옵니까……."

"별거 아니다."

옹정의 눈이 교인제의 흐느낌에 순간적으로 번쩍 빛났다. 그러나 곧 눈꺼풀을 내리깔면서 덧붙였다.

"짐은 다시 창춘원으로 돌아가야겠네. 여기는 너무 더워. 자네들은 양쪽으로 왔다 갔다 할 것 없어……."

교인제가 옹정의 온정이 넘치는 말에 더욱 상심한 어조로 아뢰었다.

"창춘원에도, 이곳 건청궁에도 모두 상서롭지 못한 기운이 스며들었을지 모르옵니다. 가사방인가 뭔가 하는 사람이 수화문 밖에서 대기하고 있사옵니다. 나름대로 도통한 법사이니 폐하께서 불러들이시어 행법行法을 받아보시는 것이 어떻겠사옵니까?"

옹정이 달리 거부하지 않고 고개를 끄덕였다. 그러나 도인들과 어울리는 것을 싫어하는 홍력은 조심스레 아뢰었다.

"아신은 저녁에 만나봐야 할 사람들도 있고 호부의 사관들도 접견해야 하옵니다. 폐하께서 많이 호전되신 것 같사오니 아신은 먼저 가보겠사옵니다. 가는 길에 가사방을 불러들이도록 하겠사옵니다. 그리고 궁문을 닫기 전에 아바마마께 문후 올리러 오겠사옵니다."

옹정이 그러자 바로 손사래를 쳤다.

"뭐니 뭐니 해도 일이 중요하지! 오늘은 됐네. 달리 문후 올리러 올 필요 없어."

홍력이 물러간 지 얼마 지나지 않아 홍주가 가사방을 데리고 들어섰다. 가사방은 여전히 검은 옷차림을 하고 있었다. 머리카락 역시 정수리에 틀어 올린 모습이었다. 궁녀들은 마치 여자들이 바쁠 때 대충 머리를 틀어 올리는 것처럼 아무렇게나 틀어 올린 그 모습을 보고 터져 나오는 웃음을 억지로 참았다.

홍주가 가사방을 데리고 옹정의 침상 앞에서 예를 갖춰 인사를 올리고는 말했다.

"폐하, 열셋째 숙부께서는 다시 기력을 회복하셨사옵니다. 이 가아무개는 아무래도 진짜 재주가 있는 것 같사옵니다."

"가 신선! 짐은 눈을 감으면 자꾸 귀신이…… 보인다네. 이 궁전에 무슨 문제라도 있는지…… 어디 봐주게."

옹정이 눈을 잠깐 뜬 채 가사방을 바라보면서 말했다. 가사방이 곧바로 궁전 안을 휙 둘러보더니 아뢰었다.

"이 궁을 지을 때 얼마나 많은 고승과 점성술사, 도사들이 이상 유무를 점검했겠사옵니까? 그중에는 빈도를 능가하는 사람들도 많았을 것이옵니다. 궁전 자체에야 무슨 문제야 있겠사옵니까? 방금 다섯째마마로부터 갈세창에 대해 들었사옵니다. 입궁할 때 유심히 살펴봤더니 과연 그의 혼백이 아직 머물고 있더군요. 그러나 궁전 문신門

神이 막고 있어 아직 나가지 못했을 뿐 나쁜 기운은 뿜지 않았사옵니다. 그래서 폐하께서 잠시 요사스런 꿈에 시달리셨던 것이옵니다."

옹정은 방금 전의 꿈을 다시 떠올리고는 합장을 하고는 지시했다.

"그렇다면 가사방, 자네가 어화원에 도량道場을 만들어 궁중의 기를 깨끗이 정화하도록 하게."

그러나 가사방은 대답이 없었다.

"가 신선! 짐의 대한大限(죽음)이 가까워온 것은 아닌가?"

가사방이 대답이 없자 옹정이 다시 물었다. 가사방이 그제야 황급히 고개를 저었다.

"폐하, 그런 것은 절대 아니옵니다. 폐하에게는 아직 자기紫氣가 모락모락 피어오르고 있사옵니다. 해가 아직 중천에 이르지 않은 것처럼 천명天命이 아직 많이 남아 있사옵니다. 그런 걱정은 놓으시옵소서!"

옹정은 가사방이 들어서면서부터 정신이 훨씬 맑아진 터라 이제는 벌떡 일어나 앉았다. 이어 다그쳐 물었다.

"그렇다면 짐의 병은 뿌리를 뽑을 수 없는 것인가? 몸에 병을 달고 오래 산들 뭘 하겠나?"

가사방이 창밖을 내다봤다. 그리고는 다시 궁전 입구를 바라보면서 옹정에게 말했다.

"오곡을 먹고 사는 사람으로서 어찌 병균의 침입에서 완전히 자유로울 수가 있겠사옵니까? 폐하께서는 노심勞心이 일반인보다 무거우시기까지 하오니 당연히 몸이 괴로우실 수밖에 없사옵니다. 그러나 한 가지 분명한 것은 폐하의 이 병은 심상心傷한 재액災厄이 아닙니다. 누군가 신통력을 가진 통인通人이 술수를 부려 위해를 끼치는 것이옵니다!"

"뭐라고?"
"누군가 폐하를 암해하려 하고 있사옵니다."
"그게 과연 어떤 자인가?"
가사방이 미소를 머금은 채 고개를 저었다.
"잘 모르겠사옵니다. 빈도가 보니 폐하의 주변을 감도는 이상한 기운이 예사롭지 않사옵니다. 그래서 단언한 것이옵니다. 지금은 빈도의 진기眞氣가 폐하를 위협하는 괴기怪奇한 기운을 압도하고 있는 상황이옵니다. 그래서 폐하께서는 빈도가 들어오기 전보다 훨씬 더 기력을 회복하신 것이옵니다. 폐하께서 빈도의 말을 검증하시고 싶으시면 지금 빈도가 궁전 밖으로 잠깐 나가 있겠사옵니다. 폐하께서는 바로 느끼실 것이옵니다."
옹정이 고개를 끄덕였다. 가사방은 즉시 성큼성큼 물러갔다.
웃고 있던 옹정은 가사방이 돌아서는 순간 가슴이 철렁 내려앉는 동시에 머리가 아찔해지기 시작하는 기분을 느꼈다. 가사방의 발걸음 소리가 마치 심산유곡에서 전해져 오는 것 같이 들리기도 했다. 나중에는 가슴이 심하게 떨리고 눈앞이 가물가물해졌다. 옹정의 안색은 가사방이 완전히 궁전 밖으로 나갔을 때 샛노랗게 변했다. 눈빛 역시 초점을 잃고 흐리멍덩해졌다.
사태가 심상치 않자 교인제, 고무용을 비롯한 궁녀와 태감들이 우르르 달려들었다. 이어 허리를 부축하고 물을 먹였다. 상황은 긴박하게 돌아갔다. 그러나 옹정의 명령 없이 가사방을 다시 부를 수도 없는 일이었다.
잠시 후 가쁜 숨을 몰아쉬면서 눈을 까뒤집던 옹정이 급기야 명령을 내렸다.
"가사방 선생을 모셔 들이거라……."

가사방이 곧 홀연히 들어서서는 옹정을 향해 읍을 했다. 순간 금세 숨이 넘어갈 듯하던 옹정은 거짓말처럼 정상으로 돌아왔다. 가사방의 말을 믿지 않으려야 믿지 않을 수 없게 된 옹정은 이를 악문 채 악에 받쳐 소리쳤다.

"어떤 적자賊子가 짐에게 이토록 큰 원한을 품어 짐을 사경으로 내모는 것인가! 이…… 이를 어찌하면 좋은가?"

"번승番僧이옵니다!"

가사방이 어느새 먹장구름이 뭉게뭉게 모여 드는 창밖의 하늘을 뚫어지게 바라보면서 대답했다. 이어 안주머니에서 종이 한 장을 꺼냈다. 그것을 보고는 옹정이 물었다.

"자네, 혹시 행법行法을 하려고 그러나? 행법을 해도 궁전 안에서는 삼가해 주게. 밖으로 소문이 나돌면 좋지 않네. 자네는 짐의 곁을 지켜주고 아랫것들을 시켜 어원에 법대法臺를 만들라고 하면 안 되겠나?"

"폐하, 빈도는 중생을 제도하는 일을 근본으로 삼고 있는 사람이옵니다. 법대에 올라 행법하는 것 같은 요망한 짓은 하지 않사옵니다. 빈도는 그저 종이를 태워 천지신명께 여쭤보려고 할 뿐이옵니다. 거칠 것 없이 떠돌아다니는 일이 업인 사람이 폐하 옆에만 붙어 있을 수는 없지 않겠사옵니까?"

가사방의 얼굴은 담담하기 이를 데 없었다. 그가 말을 마친 다음 곧 종이에 불을 붙였다.

고작 종이 한 장을 태웠을 뿐이었다. 그런데 불꽃은 큰 기둥을 만들면서 높이 치솟기 시작했다. 가히 장관이라 할 수 있었다. 일반적으로 종이에 불을 붙이면 불꽃이 두어 번 혀를 날름거리다가 그냥 한 줌의 재로 사라져버리는 것이 정상이다. 그러나 그가 피운 불꽃은 쉽게 사그라지지 않았다. 때로는 자줏빛으로, 때로는 진한 청색으로 꺼질 듯 말 듯 신명나게 타오르더니 한참 후에야 누군가의 입김에 스러지듯 감쪽같이 꺼져버렸다

"빌어먹을 요승妖僧 같으니라고! 그따위 밀종密宗이 그렇게 대단해?"

가사방이 버럭 고함을 질렀다. 이어 옹정을 향해 깊숙이 절을 하면서 아뢰었다.

"폐하께서는 진명천자眞命天子이시옵니다. 제 아무리 날고 기는 요승일지라도 폐하께는 치명타를 입힐 수 없을 것이옵니다. 빈도 역시 모름지기 덕을 쌓아왔는지라 이 정도 요기妖氣는 가볍게 내쫓을 수 있사옵니다. 그러나 이 요승은 간악하기 이를 데 없는지라 반드시 없애버려야 하옵니다. 이 여자……."

가사방이 교인제를 가리키면서 말했다.

"이 여자를 제외한 나머지 사람들은 전부 궁전 밖으로 나가게 해주시옵소서. 빈도가 폐하의 정기正氣를 빌려 악을 제거하겠사옵니다!"

옹정은 어디에서 힘이 솟구쳤는지 날렵하게 바닥으로 뛰어내렸다. 이어 벽에 걸려 있던 보검을 잽싸게 내리면서 물었다.

"짐이 어떻게 도와주면 되겠나?"

"폐하께서는 만승지존이시옵니다. 이까짓 방외方外의 요승들은 허장성세에 강할 뿐 실속은 없사옵니다. 빈도 혼자서도 거뜬히 제거해버릴 수 있사옵니다."

가사방은 말만큼은 시원하게 했다. 그러나 적이 긴장되는 듯 안색이 섬뜩할 정도로 창백했다. 표정도 처연해졌다.

"폐하께서는 용상에 편히 앉으셔서 정신을 가다듬고 편한 마음으로 빈도가 하는 것을 지켜보시옵소서. 마치 연극 구경을 하시듯 편하게 구경만 하시면 되겠사옵니다. 우렛소리가 아무리 진동을 해도

그것은 빈도를 향한 것이기에 폐하께서는 전혀 두려워하지 마시옵소서."

옹정은 애써 담담한 척하면서 《역경》 한 부를 뽑아들면서 교인제에게 말했다.

"이리로 오너라. 짐이 《역경》을 가르쳐 줄 테니."

"참으로 바람직한 발상이옵니다!"

가사방은 옹정에게 기분 좋은 어조로 말하고는 틀어 올렸던 머리를 풀어 헤쳤다. 이어 비녀처럼 꽂고 있던 작은 목검木劍을 손에 들고 다시 부적 한 장을 태웠다. 동시에 불이 번쩍 하면서 부적은 재로 변해 버렸다. 가사방이 다시 손가락으로 하늘을 가리키면서 왼손에 목검을 치켜들고 고함을 질렀다.

"태상노군太上老君(도교道教의 비조鼻祖인 노자老子를 일컬음)이시여, 칙령을 내려주시옵소서!"

꽈르릉…… 꽝!

갑자기 하늘이 박살나는 듯한 우렛소리가 진동을 했다. 그와 동시에 자금성 전체가 부르르 진저리를 쳤다. 곧이어 광풍이 불어 닥치는가 싶더니 콩알만 한 빗방울이 후드득 떨어지기 시작했다. 궁전을 덮고 있는 모든 유리 기와들은 산이 무너지고 파도가 밀려오는 듯한 울음소리를 냈다. 하늘은 숯검정처럼 새카맣게 변했다. 《역경》을 배우려고 옹정과 마주 앉은 교인제는 놀란 나머지 완전히 넋이 나가 있었다.

천지개벽이라도 일으키려는 듯 무서운 기염을 토해내던 빗줄기는 삽시간에 기세가 약해졌다. 그러자 영항 쪽에서 빗물을 뒤집어 쓴 어린 태감들이 물에 빠진 병아리 모습을 하고 달려오면서 외쳐댔다.

"태극전이 번개에 맞아 불이 붙었다가 다시 빗물에 꺼졌사옵니다……."

옹정은 흠칫 놀라 밖을 내다봤다. 첨벙거리면서 어린 태감을 따라잡은 시위 색륜이 다짜고짜 그의 뺨을 때렸다. 그리고는 고함을 지르는 모습도 보였다.

"썩 꺼지지 못해? 지금은 태극전이 아니라 태화전에 불이 붙어도 보고 올릴 때가 아니라고!"

옹정이 도로 자리에 돌아오려 할 때였다. 꽈르릉 하는 우렛소리가 양심전 바로 위에서 대포처럼 터졌다. 깜짝 놀란 교인제가 어머나! 하면서 엉겁결에 옹정의 품으로 파고들었다. 경황이 없기는 마찬가지인 옹정은 그래도 교인제의 두 손을 꼭 잡고 어깨를 다독여줬다. 갑자기 무엇에 베었는지 가사방의 목에서 시뻘건 피가 흘러나왔다.

"빌어먹을 요승 같으니라고!"

가사방이 이를 악문 채 엎치락뒤치락 하는 먹장구름을 뚫어지게 노려봤다. 이어 가슴 속에서 부적을 꺼내더니 손가락으로 목의 피를 찍어 '태상노군'太上老君이라는 네 글자를 적었다.

다시 우렛소리가 진동을 하고 거센 바람과 세찬 빗줄기가 몰아쳤다. 그 사이로 두 개의 목탄불 같은 화구火球가 흔들흔들 춤추면서 구름 속에서 나타났다 사라졌다 하면서 가사방에게 가까이 다가왔다.

다급해진 가사방은 부적에 불을 붙여 목검과 함께 힘껏 내던졌다. 그러자 목검은 활활 타오르는 부적을 싣고 화구를 겨냥해 쏜살같이 날아갔다. 곧바로 부적에 부딪친 화구는 맥없이 땅 위로 툭 떨어지고 말았다. 목검은 어느새 구름층을 뚫고 어디론가 사라져버리고 말았다.

악에 받친 가사방이 소리를 질렀다.

"요승 같으니라고! 네 놈은 이미 하늘을 단단히 노엽게 만들었어. 결코 액운을 벗어날 수 없을 것이야!"

가사방의 말이 끝나기 무섭게 또다시 천지가 무너질 듯한 우렛소리가 터졌다. 이어 유리창이 진동을 하는가 싶더니 두 쪽으로 쫙 갈라졌다. 유리로 된 조벽照壁(병풍처럼 둘러쳐진 벽) 앞에 서 있던 태감 한 명이 그 벼락을 맞았는지 그 자리에서 쓰러졌다.

"이제 끝났사옵니다. 빈도는 본의 아니게 폐하를 놀라게 한 죄를 지었사옵니다."

가사방이 두 손을 마주 비볐다. 어찌된 일인지 표정이 다소 우울해 보였다.

옹정은 한바탕 떠들고 천천히 물러가는 우렛소리를 들으면서 안도의 숨을 길게 토해냈다. 그때 덕릉태가 달려 들어와 아뢰었다.

"폐하, 태감 규자葵子가 번개에 맞아 죽었사옵니다!"

"그래서 어쨌다는 말이냐? 죽었으면 묻으면 되지."

옹정이 대수롭지 않게 말하고는 다시 가사방을 향해 입을 열었다.

"자네의 실력이야 더 말해서 뭘 하겠나. 짐이 직접 그 혜택을 봤으니! 그런데 자네, 어째 심사가 무거운 것 같구먼?"

가사방이 솔직하게 아뢰었다.

"빈도는 목검을 잃었사옵니다. 그 목검은…… 빈도의 외사外師로부터 받은 것이옵니다. 이제 그 소중한 목검을 잃었사오니 빈도의 명도 그리 길지는 못할 것 같사옵니다."

"자네, 외사도 있었다는 말인가? 그럼 자네의 정사正師는 어떤 사람인가?"

"빈도의 본문本門은 용호산龍虎山의 누사원婁師垣이옵니다. 빈도의 스승인 장진인께서는 빈도가 지나치게 총명하고 지혜로울 뿐 아니라 몸동작이 날렵해서 밖에 내돌리면 안 된다고 하셨사옵니다. 반드시 큰 재앙을 몰고 올 것이라면서 빈도에게 산속에서 참선만 하라고 하셨사옵니다. 그러던 중 산 밑에서 물을 긷다가 우연히 비범한 노인을 만나면서부터 빈도는 신통력을 부여받고 천안天眼을 뜨게 됐사옵니다. 사실 빈도가 배운 외법진공外法眞功은 본문의 사부님도 쫓아오지 못하는 실력이옵니다. 빈도의 실력이 나날이 향상되자 스승께서는 빈도가 산문에 재앙을 몰고 올 것을 우려하시어 고민 끝에 환속시켰던 것입니다. 빈도는 스승께 무릎을 꿇고 절대 나쁜 짓은 하지 않고 오로지 중생을 구제하는 착한 일만 해서 덕을 쌓겠노라고 맹세했사옵니다."

가사방이 여전히 우울한 얼굴빛을 한 채 공수를 하면서 대답했다. 옹정이 고개를 갸웃거리면서 물었다.

"도대체 오늘의 자네를 있게 한 그 이인異人이 누군가? 어디 가면 찾을 수 있겠나?"

가사방이 씁쓸한 표정을 지으면서 머리를 저었다.

"찾을 수 없을 것이옵니다. 이름은 황석공黃石公이라고 하옵니다. 여태까지 폐하를 괴롭혀 왔던 요승의 시체는 지금쯤 신무문 밖에 있는 금수하金水河에 떠올라 있을 것이옵니다. 폐하께서는 사람을 보내서 건져낸 다음 잘 묻어주셨으면 하옵니다. 다만 빈도에게 한 가지 청이 있사옵니다. 빈도가 고향인 산서山西로 돌아가 불경 공부에 전념할 수 있도록 윤허해주셨으면 하옵니다."

가사방은 말을 마치고는 천천히 무릎을 꿇었다. 이어 머리를 깊이 조아렸다. 옹정이 크게 환한 얼굴로 말했다.

"자네, 아직도 그 목검 때문에 괴로워하는 것 같은데 짐이 똑같이 만들어 하사할 거네. 걱정하지 말게! 그리고 고향으로 돌아가느라 할 것 없이 짐이 도관道觀을 하나 지어줄 테니 조정이 필요로 할 때는 조정을 위해 일을 해주게. 평소에는 조용히 숨어 살도록 짐이 최

대한 배려해 주지."

"폐하……!"

바로 그때였다. 밖에서 대경실색한 태감의 고함소리가 들려왔다.

"신무문 밖의 호수에 번개에 맞아 죽은 늙은 중이 떠올랐사옵니다!"

〈12권에 계속〉